KB274709

황금열쇠

황금열쇠 2

지은이_박이수 | 초판 1쇄 인쇄_2008년 5월 16일 | 초판 1쇄 발행_2008년 5월 27일 | 발행처_도서출판 청어람 | 발행인_서경석 | 편집장_문혜영 | 편집책임_이재권 | 주소_경기도 부천시 원미구 심곡1동 350-1 남성B/D 3F | 등록_1999년 5월 31일(제1081-1-89호) | 문의전화_032)656-4452 | 팩스_032)656-4453 | http://www.chungeoram.com | 전자우편_eoram99@chollian.net | 어람번호_8-0008 | 파본은 구입하신 서점에서 교환하여 드립니다. 저자와 협의하여 인지를 붙이지 않습니다. 이 책은 도서출판 청어람과 저작자의 계약에 의해 출판된 것이므로, 무단 전재 및 유포·공유를 금합니다. 책값은 뒤에 있습니다.

ISBN 978-89-251-1275-6 04810
ISBN 978-89-251-1273-2 (SET)

박이수 소설

황금열쇠

Golden Key

보이는 것과 보이지 않는 것

2

도서출판 청어람

Contents

Chapter 9

미혹(迷惑)의 시간

"백작님을 뵙게 해주세요. 부탁드립니다."

로알드는 문 앞에 버티고 선 듀이를 향해 조금 전과 같은 말을 그대로 되풀이했다.

"백작님께선 몸이 편찮으신 관계로 어떤 방문객도 만나지 않고 계십니다. 그러니 점잖은 손님께서 이해하시고 돌아가 주십시오."

그는 '점잖은 손님'을 유독 힘주어 강조했다.

"정말 중요한 일이라니까요. 백작님을 뵙기 위해 아주 먼 곳에서 왔어요. 얼마나 고생이 심했는지 몰라요. 제발 한번만 뵙게 해주세요, 제발이요!"

울상을 지으며 간곡히 부탁했으나 로알드의 마음을 움직이는 건 역부족이었다. 로알드는 서른 살부터 30년이 넘도록 암브로시니 백작의 저택을 관리해 온 노련한 집사였다. 고작 그 정도에 넘어가 불청객을 받아들일 사람이 아니었다. 애가 바짝바짝 타 들어간 듀이는 사생결단의 각오로 문턱에 엉덩이를 대고 앉았다.

"백작님을 뵙기 전엔 이곳에서 한 발자국도 움직이지 않겠어요."

섣불리 카시아스나 자신의 정체를 드러내면 안 되는 상황이었기 때문에 생떼라도 쓰는 방법 외엔 별 뾰족한 수가 없었다. 사실 주변에 노집사만 있었다면 듀이도 용기를 내어 전후 사정을 설명했을 터였다. 그러나 하인, 하녀, 요리사, 일꾼 등등 스무 명에 달하는 사람들이 지켜보는 앞에서 함부로 입을 놀렸다간 더 큰 문제가 야기될 위험이 있었다.

"정 그렇게 뜻을 꺾지 않으시니 하는 수 없겠군요."

드디어 고집쟁이 집사가 마음을 돌렸다고 생각한 듀이는 엉거주춤 몸을 일으켰다. 그러나 채 허리를 펴기도 전에 로알드의 신호를 받은 하인 두 명이 그를 번쩍 들어 올렸다.

"어어! 이거 놔요!"

듀이는 끌려 나가지 않으려고 기를 썼지만 하인들의 억센 완력을 당해낼 수 없었다.

"그럼 안녕히 가십시오."

정중한 태도로 인사를 건넨 로알드가 문을 닫으려 했다. 다급해진 듀이는 온 힘을 다해 발버둥쳐 하인들의 손아귀에서 빠져나왔다. 그리고 달려들 듯 뛰어가 로알드의 주름진 손을 움켜잡았다.

"물건 하나만 백작님께 전해주세요! 물건 하나면 돼요! 할아버지, 제발이요!"

필사적인 외침과 간절한 눈빛이 돌덩이처럼 단단한 노집사의 심지를 흔들리게 했다.

"먼저 물건을 제게 보여주십시오."

위험한 물건을 안으로 들이지 않는 건 집사의 의무였다. 듀이는 안주머니에서 그리 깨끗하지 않은 손수건을 꺼내 내밀었다. 그건 전에 듀이가 가족 얘기를 하며 눈물을 찔끔거렸을 때, 카시아스가 던져 준 손수건이었다. 눈물을 닦고 코까지 푸는 듀이에게 카시아스는 인상을 쓰며 당장 버리라고 말했다. 하지만 듀이는 별생각없이 손수건을 뭉쳐 주머니에 집어넣었다. 그 후 까맣게 잊고 있던 손수건을 다시 꺼내본 건 헤이론 국으로 되돌아오는 배 안에서였다.

사실 암브로시니 백작이 카시아스의 손수건을 알아보리라는 기대 자체가 허황된 공상일지 모른다. 하지만 듀이에겐 이 손수건이 마지막 남은 희망이었다.

지저분할 뿐 아니라 찜찜하게 뭉쳐 있기까지 한 손수건을 로알드는 눈썹 하나 까딱하지 않고 받아 들었다. 비록 손가락 두 개를 집게처럼 사용했지만 말이다.

"기다리고 계십시오."

빈틈없는 성격의 로알드는 대기하고 있던 하인들에게 잘 지켜보고 있으라는 눈짓을 보낸 뒤 백작의 침소로 향했다. 치료사가 지어준 감기약을 먹고 선잠에 빠져 있던 암브로시니 백작은 문 두드리는 소리에 반쯤 정신을 차렸다.

"죄송합니다, 백작님. 꼭 만나뵙기를 청하는 방문객이 있어, 본의 아니게 백작님의 휴식을 방해하고 말았습니다."

"그가 누군가?"

잔뜩 잠긴 어조로 겨우 말한 백작은 콧물이 흘러나오려 하자 때마침 로알드가 내민 손수건을 집어 코를 풀었다. 노집사의 얼굴에 처음으로 동요가 나타났다.

"나를 만나고 싶어하는 사람이 누구라고 했지?"

"이름이나 신분은 밝히지 않고, 그… 손수건을 백작님께 전해드리라는 요청만 했습니다."

"손수건? 아, 이거 말이군."

주섬주섬 손수건을 펴보던 백작이 별안간 눈을 번쩍 부릅떴다. 손수건 한 귀퉁이에 카시아스의 머리글자가 새겨져 있었다.

"이 손수건의 주인이 지금 밖에 와 있다는 말인가?"

백작의 말투는 믿기지 않을 정도로 또렷했다. 의외의 사태에 놀란 로알드는 그답지 않게 말을 더듬고 말았다.

"아… 예, 예, 그렇습니다."

"어서 그분을 이리 모셔오게, 어서!"

암브로시니 백작은 문고리를 잡는 로알드를 급히 불러 세웠다.

"로알드!"

"염려 마십시오. 다른 사람의 눈엔 평범한 방문객처럼 보이도록 하겠습니다."

로알드는 말하기 전에 늘 족집게처럼 백작의 심중을 짚어내곤 했다. 로알드가 나가자 백작은 부랴부랴 옷을 갈아입었다. 설령 단순한 감기가 아닌 죽을병에 걸렸다고 하더라도 감히 왕자 전하를 잠옷 차림으로 맞을 수는 없었다.

　문이 열리고 로알드의 안내를 받은 듀이가 안으로 들어왔다. 문가까지 걸어나오던 백작은 듀이를 알아보고 그 자리에 우뚝 멈춰 섰다.

　"백작님, 카시아스를 구해주세요!"

　듀이는 그동안의 마음고생을 숨김없이 드러내며 다짜고짜 소리쳤다. 딱딱하게 굳어 있던 암브로시니 백작은 로알드가 나갈 때까지 입을 열지 않았다.

　"나를 어찌 알고 이곳까지 온 것이오?"

　듀이는 자신에게 꽂힌 백작의 눈에서 적대감과 뒤섞인 강한 의혹의 빛을 생생히 느낄 수 있었다.

　"세상 그 누구보다 믿을 수 있는 사람이 바로 암브로시니 백작님이라고 카시아스가 몇 번이나 말했어요. 그래서 백작님을 찾아온 거예요."

　백작은 믿어야 할지 말아야 할지, 쉽게 마음을 정하지 못했다. 눈앞에 서 있는 사람은 다름 아닌 아룬델이었다. 그에게 있어 아룬델은 당장이라도 목을 잘라 버리고 싶은 원수와 같은 존재였다.

　"전 아룬델이 아니라 듀이 델코입니다. 믿어주세요, 백작님. 그리고 카시아스가 붉은 줄, 아니, 붉은 털에 묶여 어디론가 끌려갔어요. 전 어떻게 해야 될지 몰라서… 그래서 무작정 헤이론 국으로 돌아왔어요. 백작님을 뵙기 위해서요. 다행히 손수건이 있었어요. 그 손수건은 제 것이 아니라 원래 카시아스한테서 받은 거구요. 아, 백작님께서도 이미 알고 계시겠군요."

　초조하고 불안한 탓도 있지만, 백작의 적의에 몹시 당황하고

만 듀이는 자신이 횡설수설하고 있다는 사실도 자각하지 못했다. 아룬델에게선 보지 못했던 그의 이런 모습은 백작의 마음을 돌리는 데 결정적인 역할을 했다.

"우선 이리 앉으시오. 그리고 처음부터 차근차근 말해주시오."

듀이는 서둘러 의자에 앉아 얘기를 시작했다. 의문이 생길 때마다 백작이 말을 끊고 질문을 하는 바람에 두 사람의 밀담은 거의 새벽녘까지 이어졌다.

"그 배에서 본 자들의 생김새에 대해 자세히 말해보게."

어느새 백작의 말투는 물론 태도까지 상당한 변화를 보이고 있었다. 듀이는 기억을 더듬어가며 한 명, 한 명 될 수 있는 한 상세히 묘사하기 위해 노력했다. 그가 입을 다물자 백작이 느릿느릿 고개를 주억거렸다.

"역시 모고르의 짓이군."

암브로시니 백작은 전부터 철저히 경계해야 될 사람은 왕위를 찬탈한 세르지오가 아니라, 그의 등 뒤에 숨어 있는 모고르란 생각을 가지고 있었다. 은밀히 사람을 붙여 모고르와 그 주변을 살피게 한 이유도 그래서였다. 오랜 시간과 노력을 들인 결과로 얼마 전 백작은 모고르의 저택에 종종 모습을 보인다는 괴상한 4인조에 관해 알게 되었다.

최대한 빨리 전하를 구해야 돼.

모진 고초를 겪고 있을 카시아스의 모습이 떠오르자 통풍으로 인해 부어오른 손가락에 불끈 힘이 가해졌다.

놈이 전하를 여기에다 가둬놨을까?

모고르의 저택에서 수상한 움직임이 보인다는 정보는 아직 들어오지 않았다. 하지만 그 사실 하나만으로 카시아스가 그곳에 없다는 성급한 결론을 내릴 수는 없었다.

일하는 사람들이 바글거리다시피 한 저택에 과연 전하를 숨겨 놓았을까? 아무래도 그럴 가능성은 희박할 것 같은데……. 그렇다면 가장 확률이 높은 곳은 어디일까?

시간 가는 줄 모르고 깊은 생각에 잠겨 있던 백작은 이상한 웅얼거림이 들리자 문득 현실로 돌아왔다. 의자에 깊숙이 몸을 묻고 사지를 축 늘어뜨린 듀이가 잠꼬대를 웅얼거리고 있었다. 백작은 모포를 가져와 듀이에게 덮어주었다. 그러고는 다시 생각에 몰두했다.

해가 중천에 뜨도록 백작의 기척이 들리지 않자 걱정이 된 로알드는 침소 문을 조심스레 열어보았다. 백작과 예기치 않은 그의 손님이 마주 보고 앉아 잠들어 있는 모습이 눈에 들어왔다. 조용히 문을 닫은 후 홀로 나온 로알드는 막 청소를 시작하려 드는 하인과 하녀들에게 오늘은 푹 쉬라는 지시를 내렸다.

"쯧쯧, 정말 말도 못하게 무겁겠구먼. 조금만 더 고생하면 되니 기운을 내시구려, 색시. 그런데 어디서 왔다고 그랬지?"

셰이는 너무 힘이 들어 대답할 기운도 없었다. 강도들에게 죽을 뻔한 남자를 끌고 골목을 나올 때만 해도 그녀는 어떻게든 여관 문까지만 가면 도움을 받을 수 있으리라 생각했다. 여관 주인의 사정이 여의찮으면 손님에게라도 말이다. 하지만 현실은 그녀의 바람과는 정반대로 전개됐다. 자세히 말해, 여관 주인은 자기 몸 하나도 건사하기 힘들 것 같은 백발의 노파였고, 손바닥만 한 여관에 든 손님이라곤 인사불성이 되어 뻗어 있는 술주정뱅이와 만삭인 그의 아내가 전부였다. 설상가상 객실이란 객실은 모두 2층에 몰려 있는 관계로 셰이는 태산만큼이나 무겁게 느껴지는 남자를 업고 계단을 올라야 하는 최악의 상황에 처하고 말았다.

거의 탈진 상태에 빠진 그녀는 침상 위에 남자를 떨어뜨리자마자 바닥에 풀썩 주저앉았다. 헉헉, 쉬지 않고 거친 숨이 쏟아졌으며 얼굴은 물론 전신이 땀투성이였다.

"고생 많았구랴, 색시. 그나저나 신랑이 빨리 나아야 할 텐데… 걱정이 이만저만 아니겠구먼."

기진맥진해 생각조차 마비된 처지였기 때문에 셰이는 노파가 자신과 남자를 부부로 여기고 있다는 사실도 깨닫지 못했다.

"색시, 내가 갓 잡은 새끼 염소 피 좀 가져다줄까? 힘도 불끈불끈 솟게 하고, 상처에도 좋고, 아무튼 그만한 보약이 없거든. 값도 얼마 나가지 않아."

"아니요. 필요없습니다."

"그럼 마음대로 하시구랴."

무뚝뚝한 대답에 마음이 상한 노파가 뒤도 돌아보지 않고 방을 나갔다. 셰이는 호흡이 정상으로 돌아올 때까지 눈을 감고 있었다. 이윽고 몸 상태가 어느 정도 나아진 듯하자 그녀는 끙끙 앓는 소리를 내며 다리를 세웠다. 남자의 부상 정도를 대충이나마 살펴볼 생각이었다. 먼저 피범벅이 되어 끈적끈적 뭉쳐 있는 머리카락을 조심스레 치워보았다. 정수리 뒤쪽에 생긴 상처가 드러났다. 상처의 실제 크기는 새끼손가락 반 정도에 불과했지만, 그 주위로 피와 살점이 머리카락과 뭉쳐져 엉망으로 얽혀 있었기 때문에 셰이의 눈엔 대단히 심각해 보였다. 더군다나 상처에선 연이어 선혈까지 배어 나오고 있었다. 사정이 이러하니, 의술이나 치료에 완전 문외한인 그녀가 은근히 겁을 집어먹게 된 것도 당연한 결과였다. 셰이는 지혈을 시킬 만한 게 없을까, 생각하며 주위를 두리번거렸다. 그러나 작은 헝겊 쪼가리 하나 눈에 띄지 않았다.

괜한 일을 벌였다는 후회 반, 걱정 반 상태에 빠진 그녀는 터져 나오려는 한숨을 참으며 남자의 윗옷 단추를 풀었다. 마음이 몹시 심란한 탓에 조금씩 노출되는 맨살을 보면서도 민망하거나 불편하다는 생각은 들지 않았다. 단추를 반 정도 풀어 내렸을 때였다. 남자가 돌연 그녀의 손을 움켜쥐었다. 자줏빛 눈동자와 호박색 눈동자가 허공에서 마주쳤다. 잠시 동안 두 사람 모두 입을 열지 않았다.

"상처를 좀 보려고 하는데… 싫어?"

셰이가 먼저 말을 걸었다. 움직임없이 가만히 있던 남자가 천천히 손을 놔주었다. 남자의 시선이 그녀에게 고정됐다. 쑥스러움에 얼굴이 달아오르려 하자 손놀림이 빨라졌다. 이윽고 단추가 전부 풀어졌으나 천이 상처 부위에 달라붙어 떨어지지 않았다. 셰이가 주춤한 사이 남자가 옷자락을 난폭할 정도로 거칠게 잡아당겼다.

"아프잖아! 아픈데 왜 그런 거야?"

자신도 모르는 사이 그녀는 예민하게 반응했다. 무척이나 고통스러울 것이 분명한데도 정작 얼굴을 찌푸린 쪽은 남자가 아니라 그녀였다.

"난 고통 같은 거……."

주저하는 기미를 보이던 남자가 뒷말을 이었다.

"잘 참아, 원래."

다른 말을 꺼내려 한 것 같다는 느낌이 들었으나, 셰이는 잠자코 옆구리에 생긴 창상으로 시선을 내렸다. 억지로 천을 떼어내는 바람에 상처에서 다시 피가 솟아 나오고 있었다.

"치료사한테 보여야겠어."

셰이는 자신의 능력으로는 도저히 감당할 수 없다는 결론을 내렸다.

"싫어."

"뭐가?"

치료사를 불러와야 하나 치료소로 직접 데리고 가야 하나, 궁리하며 셰이는 건성으로 물었다.

"치료사는 싫어."

"너무 아파서 제정신이 아닌가 본데, 지금 자신의 모습이 얼마나 엉망인지 알기나 해? 머리엔 주먹만 한 구멍이 뚫렸지, 옆구리엔 팔뚝만 한 틈이 벌어져 뼈까지 들여다보이지… 여태까지 살아 있는 게 신기할 정도라고."

셰이는 겁을 줘서 고분고분 말을 듣게 할 속셈으로 과장되게 표현했다.

"네가 치료해 줘."

지극히 자연스럽게 남자가 말했다. 황당한 나머지 셰이는 일순 할 말을 찾을 수 없었다.

"나보고 하라고?"

고개를 끄덕이려던 남자가 신음 소리를 토해냈다.

"거봐, 그렇게 아프면서 치료사가 싫다는 말이 나와?"

"이 근방에 치료사는 없어. 치료사를 만나려면 아주 멀리 가야 돼."

"말도 안 돼. 말루프처럼 유명한 항구에 치료사가 없다니, 그 말을 나더러 믿으라는 거야?"

"엉터리 치료사들은 몇 명 있어. 실수인지 취미인지, 고친 사람들보다 죽인 사람들이 몇 배나 많은 돌팔이들."

"괜찮은 치료사도 분명히 있을 거야."

"말루프는 내 고향이야. 나보다 더 이곳을 잘 아는 사람은 없어. 아버지가 작은 술집을 하시거든. 오는 사람들마다 어찌나 목청이 큰지 거기 앉아 있으면 언제 부부싸움을 했는지부터 그 집 애가 이갈이를 몇 번이나 했는지까지 다 알게 되더라고."

너무나 천연덕스러운 어투였기 때문에 셰이는 그의 말을 곧이곧대로 받아들이고 말았다.

"하지만 아무리 그렇다 해도 난 못해. 여태껏 치료라곤 동생 무릎에 생긴 상처에 입김 불어준 게 전부란 말이야."

"내가 가르쳐 줄게. 어떻게 해야 하는지 내가 다 가르쳐 줄게… 하나부터 열까지, 차근차근."

남자가 속삭였다. 마치 비밀 얘기라도 털어놓은 것처럼 자주색 눈동자 위로 은밀한 그림자가 아른거렸다. 발끝으로 톡톡 바닥을 치며 고민하던 셰이는 마침내 마음을 정했다.

"한번 해볼게. 가장 먼저 뭘 해야 돼?"

남자가 눈부시게 하얀 이를 살짝 드러내며 미소 지었다. 심각한 부상을 입기는커녕 꾀병을 부리고 있는 장난꾸러기를 연상시켰다. 조금 전까지만 해도 시체처럼 창백한 얼굴로 누워 있던 사람이라고는 도무지 믿어지지 않는 모습이었다.

"물을 좀 떠와. 깨끗한 천도 얻어오고. 또 바늘하고 실도 필요해."

셰이는 군소리없이 남자의 말을 따랐다. 바늘과 실은 여관 주인에게 부탁해 빌릴 수 있었으나, 천을 구하는 건 그리 만만한 일이 아니었다. 그녀는 숙소를 얻고 남은 돈을—한 푼도 없는 그녀에게 본 존이 건네준 돈이다—탈탈 털어 그리 크지 않은 천 조각 네 개를 겨우 손에 넣을 수 있었다.

방으로 돌아온 셰이에게 남자는 천에 물을 적셔 상처 주변의 먼지와 피를 닦으라고 말했다. 그 일을 끝내자 수통에 반 정도 차 있던 물이 온통 붉은색으로 물들었다. 상처 부위가 깨끗해진 것뿐인데도 셰이의 눈엔 처음보다 한결 나아져 보였다.

"끝났으면 바늘에 실을 꿰어."

셰이는 납작한 의자 위에 올려놓았던 실과 바늘을 집어 들었다. 그리고는 우주의 진리라도 찾는 사람인 양 뚫어지게 주시했다.

실에 바늘을 꿰라고 했지? 아니, 바늘에 실을 꿰라고 했나? 아무튼 잘 보이지도 않는 요 조그만 구멍에 실을 집어넣으라는 뜻이겠지? 그런 다음엔 묶어야 하는 건가? 그런데 어디를 묶지?

　지금껏 바느질은 고사하고 바늘과 실을 손에 쥐어본 적도 없는 셰이는 어떻게 해야 할지 갈피를 잡지 못했다. 깊어지는 침묵을 따라 얼굴이 점점 붉어졌다.

　"이리 줘봐."

　셰이는 남자의 손바닥 위에 바늘과 실을 얌전히 올렸다. 남자가 순식간에 미세한 바늘귀에 실을 꿰자 그녀는 감탄사를 터뜨렸다.

　"대단하다! 어디서 배운 거야?"

　"전에… 아주 옛날에 하루에도 몇 번씩 바늘에 실을 꿰곤 했어… 어떤 사람을 위해……."

　셰이는 혹시 라이라는 사람이 아니냐고 물어볼까 하다 마음을 바꿨다. 남자의 어조와 눈빛에서 그녀는 아련한 슬픔 같은 걸 엿볼 수 있었다. 그사이 능숙하게 매듭을 지은 남자가 가까이 오라는 손짓을 하더니 천 조각을 집어 들었다.

　"잘 봐. 이렇게 바늘을 집어넣었다가 위로 빼내는 거야. 이걸 계속 반복하면 돼. 어때, 쉽지?"

　셰이는 대단한 걸 알게 된 사람처럼 열심히 고개를 끄덕거렸다. 두 사람의 시선이 자연스레 이어졌다. 그리고 그들은 동시에 미소 지었다. 그녀는 낯설기만 한 남자가 왜 이토록 편하게 느껴지는 건지, 자신을 이해할 수 없었다.

　"이름이 뭐야?"

　남자가 불쑥 물었다.

　"셰이엔."

　"셰이엔……."

남자가 흡사 맛을 음미하는 것같이 느리게 혀를 움직였다.

"넌?"

"난 벨이야, 벨페스트."

"어울려, 너한테."

벨페스트의 얼굴이 보일 듯 말 듯 살짝 굳어졌다. 그는 천에 꽂힌 바늘을 뽑아 셰이의 손에 쥐어주었다.

"조금 전에 내가 한 것 봤지? 그대로만 하면 돼."

"뭘 어떻게 하라는 거야? 천을 꿰매라는 말이야?"

"천이 아니라 여길 꿰매줘."

벨페스트가 옆구리 상처를 가리키자 셰이의 입술이 딱 벌어졌다.

"사, 살을 꿰매라고? 사람 살을? 나보고?"

"싫어?"

"당연하지! 사람 살을 어떻게 꿰맬 수 있어? 바늘을 살 속에 집어넣었다가 다시 빼냈다가 또다시……."

상상만으로도 소름이 돋자 셰이는 제대로 말도 하지 못했다. 그대로 두면 회복이 더딜 뿐만 아니라, 움직일 때마다 상처가 벌어질 위험이 크다는 건 알고 있었지만 시도해 볼 엄두조차 나지 않았다.

사람까지 죽인 살인자가 고작 그 정도 일을 가지고 벌벌 떠는 거야?

마음속에서 비웃음이 날아왔다. 셰이의 얼굴이 침울해지자 벨페스트는 서둘러 입을 열었다.

"괜찮아, 내가 할게. 내가 하면 돼. 이 정도쯤은 내 손으로 너끈히 할 수 있어. 넌 그냥 보고만 있어. 아니, 아니야. 보고 싶지 않으면 굳이 볼 필요……."

"벨."

셰이는 숨 가쁘게 이어지는 벨페스트의 말을 가로막았다.

"왜?"

"입 다물어."

그녀는 의자를 침대 옆으로 당겨 앉았다.

"아플 거야."

"아니, 아프지 않을 거야."

벨페스트는 담담하게 말했다. 그리고 한 땀, 한 땀 주의 깊게 바늘을 움직이는 셰이를 물끄러미 응시했다. 그녀를 보면 라이가 생각났다. 닮은 곳이라곤 눈 색깔이 약간 비슷하다는 것밖에 없는데도, 자꾸만 라이가 떠올랐다.

라이는 그의 누나였다. 그가 일곱 살 때 어느 부유한 지주에게 팔려간 뒤, 영영 소식이 끊어진 라이. 세상에서 유일하게 그를 사랑해 주었던 그의 라이.

그래서 그런 걸까, 이렇게 쳐다보고 있으면 마음이 편해지는 이유가? 의도하지 않았는데도, 꾸미지 않았는데도 저절로 미소가 나오는 이유 역시 그 때문일까? 괴물이 영영 깨어나지 않을 것 같은 느낌도 그래서 드는 걸까……? 지금 괴물도… 나와 같은 걸 느끼고 있을까?

벨페스트의 전신이 딱딱하게 경직됐다. 그의 변화를 알아챈 셰이가 번쩍 고개를 쳐들었다.

"많이 아파?"

“응… 많이 아파… 정말 많이…….”

어쩔 줄 몰라 하던 셰이는 상처에 대고 입김을 호호 불었다. 벨페스트는 그녀가 하는 대로 가만히 보고만 있었다. 이상하게 기분이 좋아졌다.

“이제 얼마 안 남았어. 반하고, 조금… 더 남았을 뿐이야.”

멋쩍은 미소를 보인 셰이는 바늘을 고쳐 잡았다.

“얘기 좀 해봐.”

그녀는 벨페스트의 정신을 다른 곳으로 쏠리게 해 조금이나마 고통을 덜어주고 싶었다.

“네가 얘기해. 얘기할 게 없어, 나는.”

“얘기할 게 없는 사람이 어디 있어? 얘기하기가 싫은 거겠지.”

셰이는 눈을 흘긴 다음, 이야깃거리를 찾았다.

“황금열쇠란 말 들어본 적 있어?”

“황금열쇠?”

“응, 황금열쇠. 사람들이 좋아하는 진짜 황금으로 된 열쇠는 아니야.”

같은 말을 하며 껄껄대던 창조신이 떠오르자 셰이는 웃음을 터뜨렸다. 벨페스트는 영문을 몰라 하면서도 그녀를 따라 미소 지었다.

“황금열쇠란 명운의 열쇠를 말하는데, 존재하는 모든 사람들이 각자 하나씩 가지고 있대. 그런데 신기한 게 뭔지 알아? 만약 나한테 나쁜 일이 생기면, 내 황금열쇠에게도 크든 작든 안 좋은 일이 닥친다는 거야. 좀 황당하게 들리지? 나도 그동안 여러 번 생각해 봤는데, 그때마다 잘 믿어지지가 않더라.”

"믿지 마, 그런 거. 쥐뿔도 모르는 것들이 재미 삼아 떠들어대는 헛소리에 불과해."

"그 말을 누가 해주었는지 들으면 아마 까무러치고 말걸?"

"누가 해주었는데?"

"누구냐 하면……. 잠깐만… 다 됐다!"

셰이는 정성을 다한 노력의 결과물을 그리 곱지 않은 시선으로 살펴봤다. 삐뚤삐뚤 틀어진 바늘땀 틈으로 부어오른 살가죽이 불룩하니 튀어나와 있었다. 누가 보더라도 눈살을 찌푸릴 만큼 엉망이었다. 손이 아니라 발로 꿰맸다고 해도 지금보단 나았으리란 생각이 들었다.

차라리 벨페스트가 한다고 했을 때 얌전히 물러나 있을걸.

"잘했어."

벨페스트는 대수롭지 않다는 듯 태연한 얼굴로 옷자락을 여몄다.

"움직일 수 있겠어?"

"응, 그건 왜?"

"늦지 않게 집에 돌아가야 하잖아. 데려다 주고 싶지만… 사정이 좀 있거든."

벨페스트의 부친이 운영한다는 술집 주변은 분명 사람들의 왕래가 빈번할 터였다. 덮어놓고 나갔다간 위험에 처하기 십상이었다.

벨페스트는 자신이 했던 거짓말을 후회하며 힘없이 고개를 떨어뜨렸다. 이 방에서 나가면 다시는 셰이엔을 만나지 못할 것이란 생각이 그를 울적하게 만들었다. 벨페스트의 모습이 마치 부

모에게 버림받은 어린아이처럼 느껴지자 셰이는 엉겹결에 입을
열었다.

"집엔 내일 가는 게 어때? 아직 걷는 것도 무리고, 시간도 많이
늦었고……. 그렇게 할래?"

얼굴이 눈에 띄게 밝아진 벨페스트가 고개를 끄덕였다. 그 모
습에서 동생 루셀이 떠오르자 셰이는 스스로에게 어이가 없어졌
다.

쓰러져 있는 걸 봤을 땐 형무소에서 만난 소녀가 생각나더니
만, 이젠 루셀이라니……. 벨한테 말도 안 되는 보호 본능이라도
느끼는 걸까?

셰이는 목전에서 소녀의 죽음을 보면서도 지켜주지 못한 죄책
감이 괴상한 형태로 표출되는 것이라고 나름대로의 분석을 내놓
았다. 마음이 한결 가벼워진 그녀는 좁은 바닥에 모포를 깔고 몸
을 뉘였다. 고단한 눈꺼풀이 스르르 내리덮였다.

"셰이."

벨페스트는 조용히 그녀를 불렀다. 하지만 마음 깊은 곳에선
셰이가 깨지 않기를 바라고 있었다. 그는 입술을 달싹였다. 어떤
말이라도 하고 싶었다.

"얘기할 게 없는 사람이 어디 있어? 얘기하기가 싫은 거겠지."

머릿속에 되살아난 셰이의 목소리가 그를 재촉했다.
"나… 난 말이야……. 나는……."
끝없이 이어지는 막막한 고요 속에서 벨페스트는 눈을 감았다.

“이런 제길!”

자신을 애꾸눈 벅이라고 소개한 남자가 험상궂은 얼굴로 본 존을 노려봤다. 당장이라도 주먹을 휘두를 기세였다.

그러게 개뿔도 안 되는 실력으로 왜 이런 판에 끼어드나? 애당초 발길을 코흘리개 놀이판 쪽으로나 돌렸어야지.

본 존은 입 밖으로 꺼내려던 비아냥거림을 삼키며 판돈을 끌어모았다. 애꾸눈 벅의 더러운 성질을 일부러 더 부추길 필요는 없다는 생각에서였다.

하긴 3만 페어 가까운 돈을 앉은자리에서 날렸다면 나 역시 기분이 썩 좋지는 않았을 거야. 저 무식한 촌놈보다야 훨씬 품위를 지켰겠지만.

탁자에 둘러앉은 사람들의 시선이 판돈을 따라 이동했다. 그들 중 애꾸눈 벅처럼 노골적으로 불쾌감을 내보이는 사람은 없었다. 한눈에도 전문 도박꾼으로 보이는 벤슨은 철저히 무표정으로 일관했고, 헤이론 국에서 왔다는 나이 지긋한 여행객 제롬은 오히려 본 존에게 감탄 어린 시선을 보내고 있었다. 그리고 관능적인 분위기를 물씬 풍기는 마담 로제타는 붉은 입술에 요염한 미소를 머금은 채 그를 바라보는 중이었다.

“시간도 늦고 피곤하기도 하니 난 이쯤에서 빠져야겠소.”

본 존은 느긋한 자세로 돈을 챙겨 들었다. 이런 곳에서 성급하거나 서툰 태도를 보이면 괜한 의심을 사기 십상이었다.

“하! 단물만 쪽쪽 빨아먹고 이제 와서 슬그머니 빠지시겠다? 그런 빌어먹을 개수작이 어디 있어?”

애꾸눈 벽이 탁자라도 뒤집어엎을 태세로 벌떡 몸을 일으켰다. 본 존은 여유있는 웃음을 지어 보였다.

"성미가 불같으시군. 성질 좀 누그러뜨리라는 의미로 내가 술 한잔 사겠소."

"그딴 것 필요없어! 머리에 피도 안 마른 자식이 누굴 가르치려 드는 거야?"

언성이 높아지며 분위기가 한층 험악해졌다. 본 존의 얼굴에서 웃음기가 자취를 감췄다. 그는 일을 크게 만들면 안 된다는 생각을 거듭 떠올리며 말아 쥐었던 주먹을 풀었다.

저런 놈은 무시하는 게 상책이야.

애꾸눈 벽은 본 존이 대응하지 않자 겁을 먹었다고 판단했다. 더욱 기세가 등등해진 그는 본 존의 팔뚝을 와락 움켜잡았다.

"속임수지? 맞아, 그게 틀림없어! 더러운 속임수를 쓰지 않았다면 네놈 혼자 그 많은 돈을 싹쓸이하진 못했을 거야! 이런 쳐 죽일 놈! 감히 속임수를 써? 뒈지고 싶어 환장한 자식 같으니!"

말이 끝나는 순간 본 존이 애꾸눈 벽의 멱살을 낚아챘다. 번개처럼 돌진한 주먹이 눈 바로 앞에서 딱 멈추자 애꾸눈 벽은 마른침을 꿀꺽 삼켰다. 그가 방금 전 판돈으로 날린 금화 하나가 주먹 쥔 손가락 사이에 단단히 끼워져 있었다.

"몹시 아까워하는 것 같은데, 돌려줄까? 응? 말만 해. 남아 있는 눈깔 한가운데에 박아 넣어줄 테니까."

본 존의 어조는 조금도 거칠지 않았다. 하지만 극도로 억누른 조용한 음성은 오히려 애꾸눈 벽에게 섬뜩한 두려움으로 다가왔다. 그의 낯빛이 하얗게 질렸다.

"그만들 하시게. 조금 전까지도 기분 좋게 어울리던 사람들끼리 이러면 되겠는가?"

백발이 성성한 제롬이 본 존의 팔에 손을 얹었다.

"이렇게 만난 것도 다 인연이 닿아서일 텐데, 두 사람 모두 한 발씩만 서로 양보하는 게 어떤가?"

제롬의 계속되는 권유에 본 존은 순순히 멱살을 풀어주었다. 제롬은 애꾸눈 벽에게 시선을 옮겼다.

"먼저 말실수를 한 쪽이 사과하는 게 순서일 것 같군."

얼굴부터 목덜미까지 시뻘게진 애꾸눈 벽이 마지못해 입을 열었다.

"미안하게 됐소. 내 말이 좀 심했소. 내일 버틀랜드에서 들어오는 피혁을 구입해야 하는데… 구입비는 물론, 돌아갈 경비까지 죄다 잃는 바람에……. 흥분이 좀 과했던 것 같소."

"그런 사정이 있었다면 나 역시 얌전히 앉아 있진 못했을 거요."

본 존은 시원스럽게 사과를 받아들였다.

"들어보니 사정이 참 딱하게 됐구만."

주머니를 뒤지던 제롬이 애꾸눈 벽에게 약간의 돈을 내밀었다.

"얼마 되진 않지만 마차 삯 정도는 치를 수 있을 걸세."

제롬을 비롯한 사람들의 시선이 본 존에게 모여들었다. 얼마간의 돈이라도 내놓기를 기대하는 눈치들이었다. 물론 본 존은 단 1페어라도 자신의 돈을 포기할 사람이 아니었다.

"다들 즐거운 시간 보내길 바라겠소. 그럼 난 이만."

본 존은 지체없이 도박장 문을 나섰다. 그의 수중엔 거의 7만

페어에 달하는 돈이 들어와 있었다. 그 사실은 시간을 끌어 좋을
건 하나도 없음을 의미했다. 그는 셰이가 기다리고 있을 여관을
향해 부지런히 걸음을 옮겼다.

여관 입구에 매달아놓은 등불이 시야에 들어왔을 때였다. 세
명의 남자가 느닷없이 앞을 가로막았다. 본 존은 걸음을 멈추며
슬쩍 어깨 너머를 살폈다. 그림자 두 개가 바로 뒤에서 어슬렁거
리고 있었다.

다섯이라……. 아니, 여섯이로군.

서너 걸음 떨어진 골목 어귀에 한 남자가 서 있었다. 그는 방금
전 도박장에서 본 존과 같은 탁자에 앉았던 전문 도박꾼 벤슨이
었다.

"한눈판 사이 자리를 비웠기에 돌아가 잠이나 자는 줄 알았더
니… 친절하게도 여기까지 배웅을 나와주었군."

"너한테 받을 게 있어서 그런지 잠이 오지 않더라고."

본 존이 기억하기로 벤슨이 잃은 돈은 얼마 되지 않았다. 많아
봐야 5, 6천 페어에 불과할 것이다.

그 정도 금액을 돌려받기 위해 이런 일을 벌이진 않았겠지.

"따간 돈을 돌려달라는 뜻인가? 그건 도박장 규칙에도 어긋나
는 줄 알고 있는데?"

"개나 소나 다 기어들어 오는 도박장에 규칙은 무슨 규칙?"

벤슨이 콧방귀를 뀌자 남자 두세 명이 낄낄거렸다.

"맞아, 돈이야 무조건 힘센 쪽이 갖는 거지."

본 존은 한마디 끼어든 남자를 보며 동조한다는 뜻으로 가볍게
고갯짓을 했다.

"틀린 말은 아니야, 한 가지를 빼먹어서 탈이지. 돈을 가지려면 힘도 세야 하지만, 그보다 더 중요한 게 있어. 그게 뭔 줄 알아?"

본 존은 이를 드러내며 히죽 웃었다.

"그건 말이야, 머리가 잘 돌아가야 한다는 거야. 바로 나처럼."

말이 끝나자마자 본 존은 앞에 있는 남자의 얼굴을 겨냥해 다리를 차올렸다. 고개가 모로 획 돌아가며 중심을 잃은 남자가 벽에 부딪쳤다. 곧바로 본 존은 움찔거리는 다른 사내의 복부와 가슴을 무자비하게 걸어찼다. 그때 뒤에 있던 남자 두 명이 와락 달려들었다. 재빨리 물러선 본 존은 두 사람의 머리를 움켜잡은 뒤 인정사정없이 박치기를 시켰다. 정신을 차리고 덤벼들려 하는 사내가 얼핏 시야에 잡혔다. 본 존은 얼굴로 돌진하는 주먹을 민첩하게 피하며 사내의 명치에 팔꿈치를 꽂아 넣었다. 우욱, 숨이 턱 막힌 사내가 몸을 웅크렸다. 본 존의 주먹이 번개처럼 그의 턱을 강타했다. 정신을 잃은 남자가 바닥으로 쓰러졌다. 본 존이 획 고개를 돌리자 주먹을 치켜들고 있던 사내가 겁에 질린 얼굴로 슬금슬금 물러섰다.

"꺼져."

남자 세 명이 정신을 잃은 동료를 내팽개친 채 골목 쪽으로 후닥닥 달아나 버렸다. 맨 처음 얼굴을 걸어차인 남자와 사건의 주동자인 벤슨은 벌써 꽁무니를 빼버렸는지 어디에서도 눈에 띄지 않았다.

상황이 대충 마무리되자 본 존은 주위를 둘러봤다. 골목 어귀에 옅은 그림자 하나가 어른거리고 있었다.

"뭐야? 아직도 부족해? 곤죽이 될 때까지 얻어맞고 싶으면 앞으로 나와. 내키지 않으면 지금 당장 꺼지고."

신경 써서 건넨 경고에도 그림자는 사라지지 않았다. 본 존은 일부러 저벅저벅 위협적인 발소리를 내며 다가갔다. 짜증이 치솟은 그는 그림자를 향해 가차없이 주먹을 들어 올렸다.

"내가 경고했⋯⋯!"

요염한 여인의 얼굴을 대면하게 되자 본 존은 순간적으로 당황했다. 그의 상태를 눈치 챈 마담 로제타가 살포시 이를 드러냈다.

"얻어맞기도 싫고, 꺼지기도 싫은 사람은⋯ 어쩌면 좋죠?"

보드라운 손가락이 본 존의 주먹을 느릿느릿 어루만졌다.

"그럴 땐 우선 상황을 지켜보는 게 현명하겠죠."

"아아, 현명이라니⋯⋯."

마담 로제타는 실망스럽다는 듯 살짝 눈살을 찌푸렸다.

"따분한 건 질색이에요. 그래서 난 언제나 행동부터 해요. 나중에 결과가 나오면 알게 되죠. 최선의 선택이었는지, 아니면⋯⋯."

말끝을 흐리며 마담 로제타가 본 존의 턱 선을 유혹적으로 더듬어 올랐다. 그리고 그의 얼굴을 부드럽게 끌어당겼다.

"최악의 선택이었는지⋯⋯."

두 사람의 입술이 닿으려는 순간 본 존이 마담 로제타의 손목을 움켜잡았다. 그녀의 손엔 자그마한 단도가 쥐어져 있었다.

"최악의 선택을 하셨군요, 마담."

마담 로제타의 뺨에 홍조가 피어났다.

"이건⋯ 그러니까⋯⋯."

"아무래도 상관없습니다. 매혹적인 마담 덕분에 즐거운 시간을 보냈으니까요.”

본 존은 마담 로제타의 손등에 입을 맞췄다.

“그럼 이만.”

“안 돼요!”

마담 로제타가 다급히 그를 잡았다.

“뭐가 안 된다는 겁니까?”

“이대로 그냥 가면 안 된다고요. 이번이 마지막일 텐데, 작별 인사만이라도 느긋하게 나누고 싶어요… 내가 원하는, 그리고 좋아하는 방식으로…….”

두 사람의 시선이 의미심장하게 얽혀들었다.

“왜… 싫어요?”

마담 로제타가 혀끝을 내밀어 관능적으로 입술을 핥자 본 존의 눈동자에 희미한 흥분이 스쳐 갔다. 망설임없이 유혹을 받아들인 본 존은 마담 로제타의 허리에 팔을 감으며 촉촉이 젖은 입술에 자신의 입술을 능숙하게 포갰다. 그가 허리를 바짝 당겨 안았을 때, 달짝지근한 액체가 입속으로 흘러들었다. 이상한 느낌이 든 본 존은 그 즉시 입술을 떼어냈다.

“뭐, 뭐야? 이거? 어떻게 된…….”

몇 마디 꺼내지도 않았는데 혀의 움직임이 부자연스러워지며 말투가 어눌해졌다. 어이없게 당했다는 사실을 깨달은 본 존은 마담 로제타의 팔을 움켜잡으려 했다. 그러나 몸이 제대로 말을 듣지 않았다. 간신히 뻗은 팔을 여유있게 피하며 마담 로제타가 웃음을 터뜨렸다.

“이만하면 최선의 선택 아닌가요?”

　머리가 핑 돌며 전신에서 힘이 빠져나가자 본 존은 벽에 몸을 의지했다.

　"이런, 벌써 포기한 거예요? 이보단 오래 버틸 줄 알았는데… 실망이군요."

　마담 로제타가 포옹이라도 하듯 본 존에게 몸을 밀착시켰다. 그리고는 그의 웃옷 안주머니로 손을 밀어 넣었다.

　"안… 돼……."

　본 존은 힘겹게 말을 뱉어냈다.

　"난 당신같이 잘생기고 강한 남자가 좋아요. 하지만 나이를 먹을수록 남자보단 돈이 더 좋아지더군요."

　말을 끝내며 마담 로제타가 손을 빼냈다. 7만 페어가 들어 있는 자신의 금낭 주머니를 보며 본 존은 어떻게든 정신을 차리기 위해 노력했다.

　"이건 내가 갖겠어요. 입맞춤 값이라 생각하면 그리 아깝진 않을 거예요."

　마담 로제타의 얼굴에 만족스런 미소가 번졌다. 본 존이 알아들을 수 없는 말을 웅얼거렸다. 마담 로제타는 그의 입술 가까이 귀를 가져다 댔다.

　"다시 한 번 말해봐요."

　"그 돈으로 부아느 숲을… 사면 어떠실지……. 거기에 유난히 많은… 프란델 나무의 잎이… 지독한 구취에… 그만이라고 하더군요……."

　마담 로제타의 눈꼬리가 표독스럽게 올라갔다. 본 존은 그녀를 향해 히죽 웃어 보인 뒤, 곧바로 정신을 잃었다.

벨페스트는 될 수 있는 한 천천히 빵을 뜯어먹었다. 흡사 꺼끌꺼끌한 모래를 씹고 있는 느낌이었다. 입맛이 조금도 없었지만, 그는 앞에 놓여 있는 빵 반 덩어리를 전부 먹을 생각이었다. 그렇게 해서라도 이곳에 머물 수 있는 시간을 늘리고 싶었다.

"잠은 잘 잤어? 바닥에서 자느라 많이 불편했지?"

셰이는 입 안에 있는 빵 조각을 삼킨 다음, 말을 받았다.

"정신없이 잤어. 요샌 아무 데서나 잘 자. 전엔 침구가 조금만 불편해도 잠을 설치곤 했는데……."

내가 언제 이렇게 바뀌었나, 생각하며 셰이는 쓴웃음을 지었다.

"그 '황금열쇠'란 거 말이야."

벨페스트가 갑자기 말머리를 돌렸다. 막 물을 마시려던 셰이는 벨페스트의 얼굴이 심각해 보이자 그대로 잔을 내려놓았다.

"만약 그런 게 정말로 존재한다면, 자기 스스로 선택할 수 있을까?"

"그러진 못할 거야. 그런 일이 가능하다면 '명운의 열쇠'란 명칭에도 어긋나잖아. 그건 그냥 처음부터 정해진 걸 거야, 태어나면서부터. 어쩌면 그전부터일지도 모르고."

"태어나기 전부터 이미 정해진 명운의 열쇠… 황금열쇠……."

벨페스트는 혼잣말을 중얼거렸다.

혹시 셰이가 내 황금열쇠인 것은 아닐까?

불현듯 뇌리를 스친 생각이었다. 벨페스트는 정신없이 그 생각 하나에 빠져들었다.

그래, 맞아! 그게 틀림없어! 셰이가 내 황금열쇠인 거야! 자꾸 라이가 떠오른 것도, 보고 있으면 기분이 좋아진 것도, 내가 아닌 다른 사람이 된 것 같은 느낌도! 다 그것 때문이었던 거야!

가슴 고동이 빨라지며 강력한 미약(媚藥)이라도 마신 것처럼 마음이 달떠 올랐다.

"셰이!"

무심코 벨페스트에게 시선을 가져간 셰이는 놀라지 않을 수 없었다. 그의 자주색 눈동자가 쉴 새 없이 희번덕거리고 있었다. 그 눈빛이 너무나 강렬하게 와 닿았기 때문인지, 한순간 광기를 본 것 같은 착각까지 일었다.

"네 황금열쇠 말이야……!"

셰이가 자신을 이상하게 볼지 모른다는 생각이 들자 벨페스트는 입을 다물었다. 그는 셰이가 자신을 있는 그대로의 평범한 벨로 봐주길 원했다.

"내 황금열쇠가 뭐?"

"아니야, 아무것도. 그냥… 네 황금열쇠가 누구인지 궁금해서……."

셰이는 목까지 올라온 '듀이 델코'란 이름을 다시 밀어 넣었다.

벨은 황금열쇠 자체를 믿지 않아. 그런 그에게 이름을 밝히면, 날 정신 나간 이상한 애로 보게 될 거야.

"난 이제 집으로 돌아갈게."

벨페스트는 먹다 남은 빵을 쟁반 위에 내려놨다. 셰이가 자신의 황금열쇠임을 알게 된 이상, 이곳에서 괜히 시간을 끌 필요는 없었다. 그는 두 사람이 필연적으로 다시 만나게 되리란 걸 믿어 의심치 않았다.

미적대고 있어봤자 의심이나 사게 될 거야.

벨페스트는 모포를 걷어냈다. 서둘러 다가온 셰이가 바닥에 내려서는 그를 도와주었다. 다친 옆구리 쪽으로 상체를 약간 숙였을 뿐 신음 소리도 내지 않았지만, 그녀는 벨페스트가 걱정스러웠다.

"혼자 괜찮겠어? 같이 가줄까?"

"괜찮아, 혼자 갈 수 있어."

"그럼 여관 입구까지만 도와줄게. 계단 내려갈 때 많이 힘들 거야."

"그럴 필요 없어."

벨페스트는 문을 열고 선 채 셰이를 돌아봤다. 그리고 몇 번이나 망설인 끝에 입을 열었다.

"셰이, 나하고 같이 갈래?"

"집까지 함께 가자고?"

"아니… 네가 원하는 곳으로… 어디든지…….."

셰이는 말문이 막혔다.

"난…….."

거절당할 것이 두려워진 벨페스트는 얼른 말을 바꿨다.

"그러면 좋겠지만 아무래도 불가능하겠지?"

"그렇겠지."

셰이는 싱겁게 웃었다. 그제야 그녀는 자신이 꽤나 긴장하고 있었다는 사실을 깨닫게 되었다.

"계속 말루프에 머물진 않을 테고… 어디로 갈 거야?"

"버틀랜드 국."

벨페스트는 놀라지 않았다. 말루프 항구에 오는 방문자 대부분은 버틀랜드나 헤이론 국으로 떠나려는 사람들이었다.

"버틀랜드에 집이 있는 거야?"

"아니, 내 집은 여기 있어. 바르샤르 왕국에."

힘주어 말한 셰이는 어투를 가볍게 바꿨다.

"꼭 찾아야 할 게 버틀랜드에 있어. 그래서 가는 거야. 그 일만 끝나면 바르샤르로 돌아올 거고. 어쩌면 그때 다시 만날 수도 있겠다."

"그래, 다시 만나게 될 거야."

두 사람은 잠시 서로를 마주 봤다. 어느 쪽에서도 작별 인사는 나오지 않았다. 밖으로 나간 벨페스트가 조용히 문을 닫았다.

셰이는 한동안 가만히 서서 닫힌 문을 바라봤다. 기분이 이상했다. 꼭 무엇인가에 홀려 정신을 잃었다가 지금 막 깨어난 사람 같은 느낌이었다. 별안간 밖에서 인기척이 들렸다.

혹시 꿰맨 상처가 다시 벌어진 건가?

셰이는 부랴부랴 문을 열어젖혔다. 그 순간 본 존이 크게 휘청거리며 그녀 앞으로 고꾸라졌다.

여관에서 조금 떨어진 곳에 이르자 벨페스트는 머리에 난 상처에 치유 마법을 걸었다. 묵직하게 머리를 짓누르던 통증이 깨끗이 사라졌다. 자연스레 옆구리로 향하던 손이 멈칫하며 정지했다. 치유 마법은 유일하게 남은 셰이의 흔적을 지워 버릴 것이다.

벨페스트는 손을 거둬들였다.

세이한테도 그를 잊지 않고 기억하게 할 수 있는 무엇인가가 있으면 좋겠다는 생각이 든 건 막 걸음을 내디디려 할 때였다. 벨페스트는 기분 좋은 흥분에 휩싸인 채 상가가 밀집된 번화가로 이동했다. 이리저리 상가를 둘러보던 그는 장신구를 파는 가게로 들어갔다.

"어서 오십시오, 손님."

주인으로 보이는 중년 남자가 반색하며 그를 맞았다.

"뭐, 특별히 찾으시는 게 있습니까?"

"아니, 그건 아니고……."

수천 개의 갖가지 장신구들에게 둘러싸이자 벨페스트는 정신을 차리기 힘들었다. 어쩔 줄 몰라 하는 젊은 남자들을 자주 상대해 본 주인은 그를 안쪽으로 안내했다. 거기엔 흔히 볼 수 없는 독특하면서도 귀한 장신구들이 따로 진열되어 있었다.

"어떤 분에게 선사하실 건지 말씀해 주시면 제가 적당한 걸 찾아드리겠습니다."

"이거! 이걸로 하겠소."

주인은 고개를 비죽 내밀어 벨페스트가 가리키고 있는 장신구를 살펴봤다. 그가 고른 건 엄지손톱 두 개만 한 크기의 최고급 자수정이 달린 펜던트였다.

"취향이 매우 고급스러우시군요, 손님."

주인은 펜던트를 꺼내 진열장 위에 올려놓았다. 다음 순간 그의 얼굴에 그려졌던 사근사근한 미소가 그대로 얼어붙었다. 눈 깜짝할 사이 젊은 남자와 펜던트가 사라져 버리다니! 현실에서 벌어진 일이라고는 도저히 믿을 수 없었다. 벨페스트가 서 있던 자리에 떨어져 있는 금화를 보지 못했다면, 그는 죽을 때까지 자신이 꿈을 꾼 줄로만 알았을 것이다.

벨페스트는 셰이의 숙소 앞에 도착하자마자 어떤 일이 벌어졌음을 알아챌 수 있었다. 비스듬히 열려 있는 문을 통해 들리는 건 틀림없는 남자의 목소리였다.

"어떻게든 구슬만은 지키려고 했는데… 놈들이 한꺼번에 덤벼드는 바람에 그만…….."

"그러니까 돈은 물론이고 요술 구슬마저 강도한테 모조리 빼앗겼단 말이야?"

"어쩔 수 없었어. 한두 명도 아니고 자그마치 스무 명이나 됐다니까. 몸집은 또 어찌나 거대한지… 처음엔 황소가 떼로 몰려드는 줄 알았을 정도니 말 다했지. 창조신 아스트라한의 보살핌이 없었다면 아마 이렇게 살아서 돌아오지도 못했을 거야."

"스무 명인 건 어떻게 알았어?"

"그 정도야 딱 보면 바로 나오지."

"그런데 팔이며 얼굴하고 목에 왜 손톱으로 할퀸 것 같은 상처가 생긴 거야? 남자들은 그렇게 싸워? 서로 손톱으로 할퀴면서?"

"하하… 하…….. 원래 주먹질을 하면서도 손톱으로 슬쩍슬쩍 긁히는 경우가 자주 있거든. 난 그게 싫어서 언제나 손톱을 짧게 다듬는데, 나한테 덤벼든 녀석들 중엔 그걸 노리고 일부러 손톱을 뾰족하게 기른 놈들이 한둘이 아니더라고. 치사한 자식들, 밥 먹다 손톱이나 확 부러져라. 그런데 왜 그런 눈으로 날 보는 거야? 지금 날 의심하는 거야?”

“응.”

“내 말을 그렇게 못 믿겠어?”

“응.”

“어… 오늘 날씨 참 좋지? 아까 오다가 봤는데 하늘이 그렇게 맑을 수가 없더라.”

“더 이상 따지지 않을 테니까, 그만둬. 지금 엄청 구차스럽게 보이는 거 알아?”

어색한 헛기침이 새어 나오더니 잠시 아무 소리도 들리지 않았다. 벨페스트는 으스러져라 움켜쥐고 있던 주먹을 폈다. 손바닥에 펜던트 자국이 선명히 나 있었다. 두 사람은 매우 친밀한 사이임이 틀림없었다. 그렇지 않다면 저토록 격의없는 대화를 나누지는 못하리라. 그는 치기 어린 질투심에 사로잡혔다.

어쩌면 남매 사이일지도 몰라. 그래, 라이와 나처럼! 그게 분명해!

벨페스트는 지금 당장 자리를 떠나라는 마음의 경고를 무시하고 안에서 들리는 말소리에 더욱 신경을 곤두세웠다.

“그건 그렇고, 여기 들어오려 하다가 주인 할머니한테 이상한 말을 들었어. 버젓이 신랑까지 있는 남의 여자를 왜 찾느냐며 한심하다는 눈으로 날 훑어보시더라고… 솔직히 털어놔, 내가 없는 사이에 무슨 일을 벌인 거야?”

“어, 어어… 별일 아니야.”

“별일 아니라면서 얼굴은 왜 빨개져?”

“별일 아니니까 빨개지지!”

"나 참, 무조건 큰소리치며 우기기만 하면 되는 거야?"

"아무튼 별일 아니니까 그런 줄 알아."

"알았어, 더 이상 따지지 않을 테니까, 그만둬. 지금 엄청 구차스럽게 보이는 거 알기나 해?"

자그마한 투덜거림 뒤로 두 사람의 웃음소리가 들렸다. 벨페스트는 이를 악물었다.

"별일 아니야."

셰이의 목소리가 뇌리를 맴돌았다. 그를 괴롭히는 건 더 이상 질투심이 아니었다. 걷잡을 수 없이 솟구치는 배신감과 분노가 그 자리를 대신하고 있었다.

별일 아니라고?

벨페스트는 문틈으로 비치는 셰이의 모습을 독기 서린 눈으로 노려봤다. 그녀는 그를 아무것도 아닌 하찮은 쓰레기로 취급했다.

별일 아니라고? 별일 아니라고?

벨페스트는 살아 있는 모든 것을 죽여 버리고 싶은 살기에 휩싸였다. 피투성이가 되어 울부짖는 셰이의 모습이 또렷이 떠올랐다. 벨페스트는 자신의 손등을 물어뜯었다. 달콤한 혈향이 그 무엇으로도 채워지지 않는 굶주림을 불러일으켰다. 그 안에 잠들었던 괴물이 깨어나려 하고 있었다.

웃음이 잦아들자 셰이는 앉은 자세를 고쳤다. 왠지 모르게 불편한 느낌을 지울 수 없었다. 내색은 하지 않았지만 그녀는 본 존과 얘기를 나누는 내내 마음을 안정시키기 어려웠다. 무언가 불길한 일이 생길 것만 같은 불안이 심기를 뒤숭숭하게 만들었다.

"아, 내가 말했던가? 도박장에서 웬 황당한 녀석을 만났다고?"

본 존이 불쑥 말을 꺼냈다. 셰이의 시선이 와 닿자, 그는 문을 향해 의미심장한 눈짓을 했다. 그리고는 민첩하게 일어나 살금살금 문 쪽으로 걸어갔다.

"너만큼 황당한 녀석이 또 있을라고?"

그의 의도를 알아챈 셰이는 태연한 어조로 말을 받았다. 본 존이 모난 시선을 쏘아 보냈다. 그러나 말투는 여전히 능청스러웠다.

"그런데 우습게도 나보다 더한 녀석이 있긴 있더란 말이지."

말을 끝내자마자 본 존은 문을 세차게 열어젖혔다. 셰이는 목을 빼고 몸을 반쯤 들어 올린 자세로 그의 어깨 너머를 살폈다. 아무것도 보이지 않자 그녀는 이유 모를 안도감을 느끼며 '그럼 그렇지' 하고 혼잣말을 중얼거렸다.

"이리 와봐."

본 존의 어투에서 심상치 않은 느낌이 전해졌다. 셰이가 서둘러 다가가자 본 존이 옆으로 몸을 비켰다. 바닥에 떨어져 있는 붉은 핏자국이 단번에 시선을 잡아끌었다.

"저거 피야?"

아니면 좋겠다는 심정이 내포된 물음이었다. 본 존은 직접 확인할 생각으로 허리를 굽혔다.

"만지지 마!"

손끝이 붉은 액체에 닿으려는 순간 셰이가 그의 어깨를 움켜잡
았다. 두 사람의 눈길이 마주쳤다. 본 존은 아무렇지 않은 태도로
손가락에 피를 묻혔다.

"피가 분명해. 흘린 지 얼마 되지 않은 피."

몸을 세운 본 존이 셰이에게 시선을 던졌다.

"왜 그렇게 겁을 내는 거야?"

"그런 거 아니야."

셰이는 반사적으로 부정했다. 본 존에게 설명할 자신이 없었
다. 그녀가 느끼는 감정이 너무 모호하고 복잡했기 때문에 스스
로도 명확한 실체를 잡아내기 어려웠다.

"버틀랜드로 가야 해."

셰이는 자신도 모르게 중얼거렸다.

어서 빨리 듀이 델코를 찾아야 돼.

그녀는 확신했다. 모든 의문과 혼란을 잠재울 해답의 열쇠는
다름 아닌 듀이 델코였다.

"카시아스가 어디 있는지조차 알아내지 못했단 말인가? 아직
까지도?"

세르지오는 못마땅한 기색을 조금도 숨기지 않았다. 요즘 들어
모고르는 전에 없이 그에게 실망만을 안겨주었다.

"면목없습니다, 폐하."

모고르는 깊숙이 고개를 숙였다. 때가 되면 세르지오에게 카시

아스를 넘길 생각이었다. 물론 산 채로 내어줄 마음은 없었다. 살아 있는 카시아스는 그의 계획을 방해할 위험이 있었기 때문이다. 쉽게 입을 열진 않겠지만, 만에 하나 세르지오한테 '마드라의 열쇠'에 대한 정보가 흘러들어 간다면 일만 괜히 복잡해질 우려가 있었다. 그가 세운 허수아비 왕이 진실을 깨달았을 땐, 이미 자신의 손에 마드라의 열쇠가 들어온 뒤일 것이다. 그동안 세르지오는 그를 받쳐 주는 디딤돌 역할만 해주면 그만이었다.

"물론 아룬델의 행방도 오리무중이겠지?"

"너무나 송구스러워 폐하를 뵐 낯이 없습니다."

"됐네! 그런 입에 발린 말 따위 듣기 싫네!"

세르지오는 발칵 성질을 부리며 모고르를 외면했다.

"빠른 시일 내에 폐하께 기쁜 소식을 전해 드리기 위해 혼신의 힘을 다하겠습니다."

"됐으니 나가보게."

미천한 잡부라도 내쫓듯 세르지오가 손을 아래위로 툭툭 튕기자 모고르의 눈에 일순 격한 분노가 나타났다.

왕은커녕 일개 시종도 못 될 무지렁이를 제위에 올려놨더니… 스스로 종말을 앞당기는군.

모고르는 자신의 감정을 완벽하게 숨기며 정중히 예를 갖췄다.

"나가기 전에 알아둬야 할 게 있네. 카시아스와 아룬델은 내가 알아서 찾을 테니, 자네는 지금 이 시간부터 그 일에서 손을 떼게. 앞으로는 재상의 책무에만 신경을 쓰라는 말일세."

"폐하의 노여워하심은 당연지사이나, 마지막으로 한 번만 더 절 믿어주십시오. 간곡히 간청드립니다, 폐하."

세르지오는 즉시 입을 열지 않고, 고민하는 척 뜸을 들였다. 사실 그는 카시아스와 아룬델을 쫓는 일에 직접 나서고 싶은 마음이 없었다. 단지 모고르를 바짝 조일 속셈으로 꾸민 연극에 지나지 않았다. 물론 모고르는 그의 심중을 훤히 꿰뚫고 있었다.

"좋네, 자네가 그렇게까지 곡진히 청하니, 내 한 번 더 자네를 믿어보겠네. 날 실망시키지 말게, 모고르."

"말씀드린 대로 혼신의 힘을 다하겠습니다."

모고르는 세르지오에게 조만간 카시아스를 넘겨야겠다고 생각하며 문밖에 대기하고 있던 시종장을 지나쳤다.

한시라도 빨리 아룬델을 찾아야 해.

예상했던 것보다 시간이 많이 지체되고 있었다. 그의 손으로 마드라의 열쇠를 쥐게 되리라는 자신감은 줄지 않았으나, 마음이 자꾸만 조급해졌다. 심지어 얼마 전부터는 약간의 불안감까지 생길 정도였다.

먼저 아룬델을 찾고, 버틀랜드 국의 칼루스에 있는 레온 크로스까지 수중에 넣는다면, 그 후론 모든 것이 일사천리로 풀리게 될 거야. 그런데 레온 크로스란 자는 어떻게 해서 아룬델과 영혼이 바뀌게 된 것일까?

골똘히 생각에 잠겨 복도를 걷던 모고르는 활짝 열린 창문 앞에서 걸음을 멈췄다.

"레온 크로스……."

그가 심각한 어조로 중얼거렸을 때, 젊은 시녀 한 명이 쿡쿡 자그맣게 웃으며 옆을 지나갔다. 모욕을 당했다고 생각한 모고르는 당장 시녀를 불러 세웠다.

“거기 너! 이리 와봐라!”

새파랗게 질린 시녀가 몸을 움츠린 채, 주춤주춤 다가왔다.

“부, 부르셨습니까?”

“감히 내 면전에서 네까짓 게 소성(笑聲)을 터뜨리다니! 네가 죽고 싶어 실성을 한 게로구나!”

와들와들 떨던 시녀가 쓰러지듯 무릎을 꿇었다.

“죽을죄를 지었습니다! 목숨만 살려주십시오! 미천하고 무식한 탓에 아무것도 모르고 저지른 실수입니다! 제발 목숨만 살려주십시오!”

납작 엎드려 흐느끼는 시녀의 모습을 보며 모고르는 화를 조금 누그러뜨렸다.

“웃음을 터뜨린 연유를 고해봐라. 네 방자함의 이유가 내 듣기에 타당하다면 목숨만은 유지하도록 해주마.”

“재상께서 하신 말씀을 제가 잘못 알아듣고 그만… 저도 모르게…….”

“내가 한 말?”

모고르는 이맛살을 찌푸렸다. 그가 밖으로 꺼낸 말이라고는 레온 크로스란 이름밖엔 없었다.

“내가 무슨 말을 했는지, 네가 들은 대로 말해봐라.”

“레, 레온 크로스라고… 죽을죄를 지었습니다…….”

모고르는 시녀에게 바짝 다가섰다.

“아는 이름이냐? 레온 크로스 말이다.”

시녀가 연방 눈물을 주르륵 흘리며 모고르의 눈치를 살폈다.

“괜찮다. 네가 아는 그대로만 고하면 된다.”

“레온 크로스는 소설책에 나오는 남자 주인공의 이름입니다.”

“소설책?”

“예… ‘장미넝쿨’ 이라는, 요새 제 또래 여자 아이들에게 인기 있는 책입니다.”

모고르의 회색 눈동자가 날카롭게 번득였다.

“그래, 그렇게 된 거였군. 이제야 알겠어. 세 치 혓바닥으로 감히 날 속이려 들다니… 내 이 앙큼한 것을!”

모고르는 이를 뿌드득 갈았다. 겨우 마음을 진정시키려던 시녀는 다시금 혼비백산하고 말았다.

“오해이십니다! 잘못 들은 것뿐이지, 절대 재상 각하를 속이려고 한 게 아닙니다! 믿어주십시오!”

눈물을 펑펑 쏟아내던 시녀는 웃음소리가 나자 조심스레 얼굴을 쳐들었다. 주방 하녀로 보이는 소녀 세 명이 계속해서 키득거리며 그녀를 지나쳐 걸어갔다. 시녀는 미친 사람처럼 고개를 이리저리 휘저어댔다. 어디에서도 모고르의 모습은 보이지 않았다. 그제야 마음이 놓인 그녀는 벌떡 일어나 허겁지겁 복도를 내달렸다.

“그나저나 사흘 안에 만 페어를 어떻게 마련하지?”

창가에 서서 밖을 내다보고 있던 셰이는 연달아 무겁게 한숨지었다.

“뭐 좋은 방법 없…….”

셰이는 말을 하다 말고 눈을 반짝이며 본 존을 돌아봤다. 그녀의 생각을 읽은 본 존이 잽싸게 선수를 쳤다.

"안 돼. 실망시켜서 미안하지만, 벌써 이 일대 도박장이란 도박장엔 하나도 빠짐없이 나에 대한 정보가 쫙 퍼졌을 거야. 거의 신기에 가까운 기술을 선보였으니까. 경험 많은 전문가로서 말하는데, 도박장 문턱도 못 넘어설 게 뻔해. 운이 좋아 작은 판에라도 한 번 끼워준다 해도, 밑천이 바닥났으니 아무 소용 없지, 뭐."

이번엔 두 사람의 입에서 동시에 한숨이 흘러나왔다. 사실 여관비도 다 떨어진 상태라 조만간 야반도주라도 해야 할 형편이었다.

"방법이 하나 있긴 있어."

"무슨 방법?"

셰이는 금세 귀가 솔깃해졌다.

"내 특기를 십분 살려 뱃삯을 손에 넣는 거야."

"특기라면, 도둑질?"

셰이와 본 존 모두 떨떠름한 표정이 되었다.

"도둑질이라니? 보물 사냥이라니까."

셰이는 그게 그거라고 생각했지만 입 밖으로 꺼내지는 않았다. 그러나 그녀의 마음을 알아챈 본 존은 자존심에 치명상을 입고 말았다.

"됐어! 그 방법을 쓰느니 손톱이 몽땅 빠질 때까지 나무를 뽑아 뗏목이나 만들겠어."

"그래, 차라리 그게 낫겠다. 잘 생각했어."

셰이가 눈치없게 맞장구를 치자 본 존은 쓰게 입맛을 다셨다.

"나도 방법이 떠올랐어, 두 가지나."

"이야! 한 가지도 아니고, 자그마치 두 가지씩이나? 대단한데?

그러다 버틀랜드 국을 두 번 왕복하게 되는 거 아닌가 몰라?”

본 존이 과장되게 감탄사를 터뜨리며 비꼬았다. 눈을 흘기던 세이는 넓은 아량을 베풀기로 마음먹었다.

“첫 번째는 돈 많은 사람에게 뱃삯을 빌리는 거야. 두 배, 아니, 열 배로 되돌려주겠다고 하면 안 빌려줄 사람이 세상에 어디 있겠어? 그게 내키지 않으면 출항하기 직전에 몰래 배로 숨어드는 거야. 간단히 말해 밀항을 하자는 거지. 나중에 발각이 된다 해도 뭘 어쩌겠어? 우릴 쫓아내기 위해 다시 말루프로 돌아오기야 하겠어? 어쩔 수 없이 버틀랜드로 계속 갈 수밖에 없잖아.”

세이는 의기양양하게 말했다. 허탈한 얼굴로 그녀를 응시하던 본 존이 맥없이 고개를 가로저었다.

대체 지금까지 어디서 살았기에 저토록 세상 물정을 모를 수 있을까? 아무도 찾지 않는 깊은 산속에서도 제일 구석진 토굴 끄트머리에서 산 거 아닐까?

“차라리 땅에 떨어진 눈먼 돈을 찾아다니는 게 낫지, 사람한테선 단 1페어도 빌리지 못해. 열 배가 아니라 천 배로 갚아준다고 해도.”

본 존은 세이가 입을 열려 하자 더욱 강한 어조로 말을 계속했다.

“밀항하다 걸리면 어떻게 되는지 알아? 우릴 쫓아내기 위해 말루프로 되돌아오진 못할 테니, 버틀랜드로 계속 갈 수밖에 없다고 했지? 어쩌면 그럴 수도 있을 거야, 창조신의 도움으로 마음씨 좋은 선장을 만나게 된다면. 하지만 그건 목숨을 걸고 벌이는 무모한 도박일 뿐이야. 밀항자의 처분은 전적으로 그 배의 선장에게 달려 있어. 그리고 대부분의 선장은 밀항자를 같은 인간으로 취급하지 않아."

본 존은 계속 말을 해줄 것인가 말 것인가, 잠시 고민했다. 아무것도 모르는 천진난만한 어린애에게 사창가를 구경시키는 듯한 기분이 들었지만, 앞으로 셰이한테 도움이 되리라는 생각에 마음을 굳혔다.

"선장들이 가장 많이 행하고, 또 선호하는 건 수장이야. 바다에 빠뜨리기만 하면 깨끗이 처리되니 간편하기도 하겠지. 어찌 생각하면 밀항자에게도 그나마 수장이 나을지도 몰라. 네가 상상할 수 없을 만큼 잔인하고 처참한 죽음을 맞는 사람들도 많으니까. 간혹 밀항자들을 죽이지 않는 선장도 있어. 젊고 외모가 뛰어나거나 체격 좋고 힘 좋은 사람들은 노예로 팔기도 하거든. 선장들의 입장에선 짭짤한 부수입을 올릴 수 있으니까 이래저래 좋긴 할 거야. 실제로 젊은 여자들은 수장당하는 것보다는 노예로 팔리는 경우가 더 많아. 그리고 그들 대부분은 팔리기 전에……."

"팔리기 전에, 뭐?"

가만히 귀 기울이고 있던 셰이는 약간 가라앉은 목소리로 물었다.

"간단히 말해, 죽기 싫으면 노리개가 되어야 해. 선장과 선원들을 상대로."

침묵이 흘렀다. 본 존은 탁자 위에 올리고 있던 다리를 일부러 쾅! 소리 나게 바닥으로 내렸다. 그리고는 벌떡 몸을 일으켰다.

"나가려고?"

"답답해서 바닷바람이나 좀 쐬려고. 그럼 좋은 수가 생각날지도 모르니까. 여기서 죽상이나 쓰고 있는 것보다야 그게 낫잖아."

"같이 가."

셰이는 냉큼 일어나 겉옷을 집어 들었다.

"너까지 따라나섰다간 그 길로 잡혀 들어갈걸? 2인조 흉악범을 잡기 위한 수배령이 여기까지 퍼졌을 게 뻔하잖아. 내가 그래서 바르샤르 왕국을 싫어한다니까. 다른 나라 같으면 수배령이 내리든 말든 대낮에 휘파람을 불며 거리를 배회해도 멀쩡할 텐데 말이야. 바르샤르만 유독 왜 이렇게 난리를 치는지 몰라. 그렇게 용쓴다고 나쁜 놈들이 몽땅 개과천선할 줄 아나?"

본 존의 빈정거림에 셰이는 마음이 상했다. 마치 그녀 자신이 욕이라도 먹은 것 같은 기분이었다.

"그건 비난할 게 아니라 칭찬받아야 할 일이지. 자신이 범죄자라고 훌륭한 보안 체계를 비방하는 건 야비한 짓이야!"

"왜 그렇게 열을 내? 넌 범죄자 아니야?"

본 존이 어이없다는 반응을 보였다. 할 말이 없어진 셰이는 뚱한 얼굴로 가슴에 팔짱을 꼈다.

"아무튼 넌 그냥 여기 얌전히 있어."

본 존은 허리춤에 꽂아놨던 단검을 빼서 탁자 위로 툭, 던졌다.

"네 몸은 네가 알아서 지켜."

"넌?"

"나야 당연히 내가 알아서 지키지."

본 존은 오래전부터 자기 몸 하나 건사하는 일엔 이골이 나 있었다. 사실 그 혼자였다면 버틀랜드 국으로 가는 일에 대해서도 걱정할 필요가 없었다. 늘 여러 나라를 돌아다니며 살아온 그에게 배편 하나 구하는 건 고민거리도 되지 못했다. 문제는 셰이와 그녀의 안전이었다. 그런 그녀가 단검을 도로 그에게 내밀었다.

"내 말은 이건 나보다 너한테 더 필요할 거라는 뜻이야."

본 존은 픽 웃었다.

"하나 더 준비해 두었으니까 그냥 가지고 있어. 그리고 난 그런 쇠붙이 없어도 괜찮아. 그것보다 훨씬 든든한 이게 있으니까."

본 존은 셰이 앞에 주먹을 들어 보였다. 셰이는 문으로 향하는 그의 등에 대고 짐짓 걱정스러운 어조로 말했다.

"하지만 손톱은 짧잖아."

본 존이 문을 닫으며 시원스레 웃음을 터뜨렸다. 가볍게 웃음 짓던 셰이는 단검을 챙겨 들었다. 혼자 이곳에 남아 하릴없이 시간만 죽이고 싶지는 않았다.

이번 일은 본 존과는 아무 상관 없는 그녀 혼자만의 문제였다. 순탄하길 바라지만 넘어져 깨어지고 다친다 해도 어차피 자신의 힘으로 헤쳐 나가야 할 길이었다.

카시아스는 무의식과 의식의 세계 사이를 계속해서 오르내렸다. 눈을 뜨고 있어도 정신은 흐리멍덩했다. 좀 더 시간이 지나자, 눈을 떴는지 감았는지조차 모르게 되었다. 할 수 있는 일이라곤 어둠을 지켜보는 것뿐이었고, 그와 그를 둘러싼 세상은 점점 아득한 망각 속으로 가라앉았다.

희미한 소리가 귀로 스며들었다. 카시아스의 눈꺼풀이 가느다랗게 열렸다. 앞을 가린 희뿌연 장막을 걷어내기 위해 힘겹게 눈을 깜박였다. 그 순간 차가운 물이 전신을 뒤덮었다. 둥실둥실 떠 있다가 서서히 떨어지는 듯한 느낌이 들었다.

"그래, 깨어났구나."

정면에 버티고 있던 모고르가 한 발 옆으로 비켜섰다. 그러자 그동안 카시아스에게 모진 고문을 가했던 한스란 사내와 가냘픈 체구의 소녀가 시야에 들어왔다.

"처음 보는 사이일 테니, 먼저 소개부터 시켜주마."

모고르의 눈짓을 받은 한스가 소녀의 목덜미를 움켜잡고 앞으로 나섰다. 소녀가 목이 졸린 듯한 가녀린 신음 소리를 토해냈다. 어찌나 낯빛이 창백한지 얼굴에서 색이란 색은 모조리 씻겨 나간 것 같은 모습이었다.

"이쪽에 계신 분은 카시아스 비저 드 아브레이유 전하시다. 얼마 전 비운의 죽음을 맞은 파비앙이란 한심한 작자의 아드님이시지."

모고르는 그라무스 3세를 모욕적으로 입에 담았다. 카시아스의 분노를 야기할 속셈에서였다. 그는 분개에 찬 카시아스가 아무것도 하지 못하는 비참한 처지를 깨달은 후, 더욱 깊은 절망에 빠지길 바라고 있었다. 그러나 유심히 들여다본 카시아스의 눈 속엔 초점없는 동공만이 힘없이 걸려 있을 따름이었다. 실망한 모고르는 씁쓸하게 입맛을 다시며 몸을 바로잡았다.

"그리고 저기 서 있는 아이는 전에 아룬델의 시중을 들었던 아미라는 심부름꾼이다."

모고르는 아미를 향해 돌아섰다.

"내 다시 한 번 묻겠다. 아룬델이 언급한 이름, 다시 말해 버틀랜드 국의 칼루스에 산다는 사람의 이름이 무엇이냐?"

아미는 겁에 질린 눈으로 모고르를 바라볼 뿐 대답하지 못했다.

"내 기억으론, 네 입에서 나온 이름은 레온 크로스였다. 맞느냐?"

아미는 하얗게 말라붙은 입술을 달싹였다. 한스가 그녀의 팔을 우악스럽게 꺾어 올렸다. 고통에 찬 비명이 터졌다.

"어서 대답해! 각하께서 물으셨잖아!"

"예… 예, 그랬습니다……. 제가 그렇게 말씀 올렸습니다."

"가련하고 어리석은 아이야, 내 너에게 마지막 기회를 내리려 하니, 지금부터 내가 하는 말을 허투루 듣지 마라."

모고르는 화덕 위에서 시뻘겋게 달궈진 쇠 집게를 들어 올렸다.

"지금부터 네 입에서 거짓말이 나올 때마다 너의 두 눈과 두 귀, 마지막으로 혀를 차례차례 뽑아낼 것이다."

"잘못했습니다! 그땐 모르는 걸 자꾸 고하라 하시기에 소설책에 나오는 이름을 대고 말았습니다! 너무 무서워서 저도 모르게 그런 잘못을 저지르고 말았습니다! 죽을죄를 지었습니다! 부디 한 번만, 한 번만 용서해 주십시오!"

아미는 와들와들 떨며 다급히 애원했다.

"아직도 네가 정신을 차리지 못했구나!"

모고르는 인정사정없이 아미의 눈으로 쇠 집게를 가져갔다.

"아악!"

아미는 외마디 소리를 지르며 필사적으로 고개를 젖혔다. 한스가 낄낄거리며 그녀의 뒤통수를 단단히 붙잡았다. 뜨거운 열기를 못 이긴 속눈썹이 타 들어갔다. 쇠 집게가 꽉 감은 눈을 후벼 파려는 찰나 뒤쪽에서 거친 외침이 터졌다.

"내가 말해주마! 이 역겹고 추잡한 자식아!"

모고르는 쇠 집게를 천천히 내렸다.

"귓구멍 크게 열고 잘 들어라! 네놈이 그토록 듣고 싶어하는 이름은 바로 '듀이 델코' 다! 구역질나는 개자식아, 똑똑히 들었느냐? 내 자비를 베풀어 다시 한 번 말해주마! 네놈의 썩어빠진 대가리에 똑똑히 새겨두거라! 듀! 이! 델! 코!"

카시아스는 씹어뱉듯이 소리쳤다. 그는 악에 받쳐 있었다. 그러나 말을 받는 모고르의 태도는 지극히 침착했다.

"네 말은 믿을 수 없다. 내가 네 속셈을 모를 줄 아느냐? 듀이 델코란 내 계획을 방해하기 위해 네가 대충 지어낸 거짓 이름이 분명하렷다!"

"내가 네놈처럼 간사하게 잔머리나 굴리는 줄 아느냐? 카시아스 비저 드 아브레이유, 내 이름에 걸고 맹세하마! 이 교활하고 야비한 자식아!"

욕설투성이의 말이 귀에 거슬린 건 사실이나 모고르의 눈엔 만족감이 깃들어 있었다. 이제껏 자긍심 하나로 버티고 있는 카시아스가 자신의 이름을 건 맹세에 거짓을 실었을 리 만무했다.

"지금 당장 저 아이를 풀어줘라! 구더기만 바글거리는 네놈의 악취 나는 대갈통을 박살 내기 전에!"

"아가리 닥치지 못해?"

한스가 카시아스를 향해 주먹을 흔들었다.

"저놈의 주둥아리를 뭉개 버릴까요, 각하?"

"아니다, 어찌 됐든 중요한 정보를 알려주지 않았느냐? 어차피 오래 살아 있지도 못할 애처로운 운명이다. 완전히 숨통을 끊어놓기 전까진 더 이상 손을 대지 마라."

카시아스의 시신을 세르지오한테 넘기면 수많은 시선에 노출되리란 건 불을 보듯 뻔했다. 필사적으로 도망치다 처참한 죽음을 맞았다는 이유를 달아도, 심하게 망가진 왕자의 모습에 의혹을 갖는 자들이 상당수 나타날 것이다.

그래, 지금 꼬락서니도 과히 좋아 보이진 않으니, 시신을 더 흉측하게 만들어 굳이 성가신 일을 자초할 필요는 없어.

모고르는 문을 나설 때까지 단 한 번도 카시아스에게 눈길을 주지 않았다. 카시아스는 더 이상 그의 관심을 끌지 못했다. 그는 사람이나 물건이나 할 것 없이 같은 잣대를 들이댔다. 효용 가치가 있으면 최대한 이용하지만, 얻어낼 것이 남아 있지 않으면 가차없이 내버렸다.

모고르가 나타나자 대기하고 있던 일곱 명의 호위기사가 부동자세를 취했다.

"카시아스를 근처 야산으로 끌고 가 없앤 후, 그 즉시 사체를 왕궁으로 옮겨라. 필사적으로 도망치는 왕자를 쫓다 그 과정에서 본의 아니게 벌어진 불행한 사건이라는 말도 빠뜨리면 안 된다."

"각하, 말씀드리기 송구하오나 이곳에서 간단히 일을 마무리 짓고, 시신만 왕궁으로 옮기는 편이……."

모고르가 역정 어린 눈으로 노려보자 금세 주눅이 든 기사는 말을 끝맺지 못했다.

"일이란 처음부터 끝까지 모든 걸 치밀하게 준비하고 행해야 뒤탈이 없는 법이다. 그러니 카시아스를 처리할 때에도 반드시 활을 사용해라."

몸을 돌리려던 모고르는 다시 기사들을 향해 섰다.

“그리고 안에 여자아이가 한 명 있다. 카시아스를 없앨 때 같이 제거해라.”

“그 아이의 사체도 왕궁으로 가져가야 합니까?”

평소에도 눈치없기로 악명 높은 거스가 답이 뻔한 질문을 꺼냈다. 모고르의 눈썹이 살벌하게 치켜올라 갔다.

“정말 한심하기 짝이 없구나! 그 아이 사체도 왕궁으로 가져가야 하냐고? 왜, 국왕 폐하의 머리맡에 떨어뜨려 놔야 하느냐고 묻지 그러느냐? 대체 그 아무 짝에도 쓸모없는 머리는 왜 갖고 다니는지 모르겠구나! 목 근육을 단련시키기 위해 얹고 다니는 거냐? 하나같이 다 똑같은 놈들만 모여 있으니 죄다 그 모양들이지. 내가 저렇게 아둔한 것들을 데리고 뭔 일을 하겠다는 건지⋯⋯.”

매섭게 몰아붙인 모고르가 혀를 끌끌 차며 밖으로 횡하니 나가 버렸다. 졸지에 도매금으로 취급받게 된 기사들은 일제히 거스에게 험악한 시선을 던졌다.

“뭐 해? 멀뚱히 서서? 각하께서 하신 말씀 못 들었어? 또 야단맞고 싶어서들 그래? 이러니 각하께서 그렇게 화를 내셨지. 또 불호령 떨어지기 전에 어서어서 움직이자고.”

거스가 부리나케 취조실로 들어가 버린 후, 체념 상태에 빠진 기사들은 터벅터벅 그의 뒤를 따랐다.

Chapter 10

구출 작전

　두터운 구름 사이로 내려온 달빛이 어슴푸레하게 성을 밝히고 있었다. 잠시 후 달이 구름의 구속에서 완전히 벗어나자 성은 음울하고 위협적인 모습으로 눈앞에 나타났다.

　"카시아스가 정말 저 안에 있을까요?"

　부자연스럽게 고개를 모로 치켜들고 있던 듀이는 근심 어린 시선을 암브로시니 백작에게 옮겼다.

　"틀림없을 걸세. 여기저기서 얻은 정보를 신중하게 분석한 끝에 내린 결론이네. 더군다나 내 직감은 여태껏 틀린 적이 한 번도 없네."

　암브로시니 백작은 짐짓 자신만만한 태도를 보였지만, 눈동자에 서린 불안까지 감추지는 못했다.

　"저 성은 꼭… 뭐라고 하면 좋을까… 그래요, 오래된 무덤 같아요. 까마득한 옛날에 만들어진 거대하고 왠지 오싹한 고대의 무덤이요."

알 수 없는 힘이라도 작용한 듯 두 사람의 눈길이 다시 사이트러스 성으로 이끌려 갔다.

사이트러스는 모고르의 최측근인 디에고 백작이 얼마 전에 구입한 성이었다. 수도인 아르덴에서 비교적 멀리 떨어져 있을 뿐 아니라, 십 년이 넘도록 사람의 발길이 끊겼던 낡은 성이었기 때문에, 그가 사이트러스 성을 샀다는 얘기는 세간의 관심을 끌지 못했다. 그런 까닭에 그 사실을 아는 이들도 이해관계가 얽혀 있는 소수의 몇 사람에 불과했다.

사실 성의 실질적인 주인은 디에고 백작이 아니라 재상인 모고르였다. 사람들의 시선이 미치지 못하는 은밀하고 안전한 곳을 찾던 모고르에게 사이트러스 성은 완벽한 장소로 비쳐졌다. 첫눈에 마음을 정해 버린 모고르는 그 즉시 디에고를 전면에 내세워 사이트러스를 손에 넣었다.

사이트러스 성은 적의 공격에 효과적으로 대응하기 위해 가파른 언덕 위에 세워져 있었다. 성벽은 높고 견고했으며, 단단한 나무에 철판을 대어 만든 두꺼운 성문은 안에서 열어주기 전엔 그 누구도 침범할 수 없을 만큼 튼튼했다. 하필이면 그런 철옹성에 카시아스가 있다니……. 듀이는 물론 암브로시니 백작까지 암담한 심정을 떨쳐 내기 어려웠다.

두 사람은 사이트러스 성의 진입로에서 약간 빗겨난 곳에 대기한 채로 신호가 오기만을 기다리고 있었다. 외벽과 이어진 오래된 성루에 등불이 켜지면 카시아스를 구하기 위한 본격적인 작전에 들어가게 될 터였다.

사흘 전 암브로시니 백작은 사이트러스 성에 출입하는 벤트리란 자를 매수했다. 벤트리는 성문을 비롯해 손질이 시급한 낡은 성 곳곳을 보수하기 위해 디에고 백작 측이 고용한 사람이었다. 성벽 아래로 밧줄과 줄사다리—통풍을 앓는 암브로시니 백작을 위해, 또 작전에서 절대 빠질 수 없다는 그의 옹고집 때문에 마련한 방책이었다—를 내려주기로 약속이 돼 있는 그는 그 일의 대가로 이백만 페어라는 상당한 금액을 챙기게 되었다. 물론 현재 건너간 돈은 백만 페어였고, 일이 끝난 뒤 남은 돈을 주기로 약속되어 있었다.

암브로시니 백작은 이번 구출 계획에 절대적으로 믿을 수 있는 소수의 사람만을 동참시켰다. 오랜 세월 백작과 동고동락한 호위대장과 호위기사 네 명이 그들이었다. 사실 백작은 대부분의 지인들이 이미 세상을 떠났을 뿐 아니라, 전 국왕인 그라무스 3세와의 각별한 친분으로 인해 귀족들 사이에서 기피 대상이 된 지 오래였다. 때문에 사회적으로나 인간관계에서나 고립된 상태에 가까웠다.

"왜 이렇게 신호가 안 오는 걸까요?"

"그러게 말일세. 어떤 문제가 생긴 건 아닌지… 걱정되는군."

듀이나 암브로시니 백작이나 또 그들과 동행한 기사들까지 벤트리가 마음을 바꿨을지 모른다는 근심에 싸여 있었다.

"신호가 오면 우린 재빨리 움직일 테니 자넨 여기서 망을 봐주게."

암브로시니 백작은 듀이에게 짤막한 시선을 던졌다. 그는 본격적인 구출 작전에서 듀이를 제외시키기로 계획 초기서부터 마음

먹고 있었다. 목숨을 걸어야 하는 위험천만한 일이었다. 그 과정에서 정작 카시아스는 구하지도 못한 채 듀이마저 모고르 쪽에 잡히는―백작은 그보단 차라리 듀이가 죽는 편이 카시아스의 앞날에 더 나으리라는 생각을 가지고 있었다―최악의 상황이 벌어질 가능성도 무시할 수 없었다.

"여기서 망을 보라고요?"

오가는 건 들쥐 몇 마리가 전부인 곳에서 망을 보라니… 터무니없는 말임을 듀이 역시 모르지 않았다. 그러나 보면 볼수록 뒷골이 서늘해지며 기가 질리는 사이트러스 성엔 발가락 하나 들여놓기 싫은 것이 솔직한 심정이었다.

"하지만 카시아스를 구해야 하는데… 저도 같이 가는 편이 낫지 않을까요?"

백작이 더욱 강하게 만류해 주길 바라며 듀이는 괜한 말을 꺼내보았다.

"아닐세, 자넨 여기 남게."

암브로시니 백작은 그의 기대를 저버리지 않았다.

초조한 시간이 계속해서 흘러갔다. 그러나 등불은커녕 작은 연초 불씨 하나 눈에 띄지 않았다.

"백작님, 아무래도 일이 틀어진 듯합니다."

호위대장이 말했다.

"그래… 내 생각에도 그게 분명한 것 같군."

암브로시니 백작의 얼굴은 실망을 넘어 침통하기까지 했다.

"돈만 받아 처먹고 배신을 해? 내 이 더러운 개자식을 그냥!"

호위기사 한 명이 분통을 터뜨렸다.

"말을 삼가라! 백작께서 앞에 계시다!"

"죄송합니다, 대장님. 너무 화가 나서 그만……."

"어떠한 경우에라도 기사로서의 자세와 본분을 잊지 않도록 항상 긴장을 늦추지 마라."

호위대장은 기사에게 근엄한 시선을 던진 후 암브로시니 백작을 향해 섰다.

"더 늦기 전에 성에 들어갈 다른 방도를 찾아야겠습니다. 제가 지금 가서 성을 살펴보고 오겠습니다."

"그러게. 나 역시 전하를 구하기 전엔 이곳에서 한발도 물러서지 않을 걸세. 그리고 성이 넓어 혼자 둘러보긴 어려울 테니 기사들을 데리고 가게."

호위대장은 암브로시니 백작의 지시에 군소리없이 따랐다. 백작과 듀이만 남겨놓고 자리를 떠나는 것이 마음에 걸리긴 했지만, 보호해 줄 기사를 붙이는 건 백작에 대한 모욕이었다. 지금은 예순을 훌쩍 넘긴 나이와 지병인 통풍으로 인해 많이 노쇠했으나, 사십대까지만 해도 암브로시니 백작은 헤이론 국에선 당할 자가 없다는 찬사를 듣는 기사이자 전사였다.

호위대장과 기사들이 떠난 후, 그리 오랜 시간이 지나지 않았을 때였다. 진입로 쪽에서 여러 개의 말발굽 소리가 들려왔다. 성문이 열리는 기척은 없었으나 사이트러스 성에서 나온 자들임이 틀림없었다.

듀이와 암브로시니 백작은 반사적으로 서로를 마주 봤다.

"누굴까요?"

"어서 말에 오르게!"

백작의 어조에서 다급함이 느껴지자 듀이는 부랴부랴 나무에 매어놓았던 말고삐를 풀었다. 백작의 뒤를 이어 그가 말 등에 올라탔을 때, 여섯 명의 기사가 앞뒤로 마차를 호위한 채 언덕길을 빠르게 달려 내려왔다.

"내 뒤를 따라오게. 큰 소리 내지 말고."

암브로시니 백작은 적당한 간격을 벌리기 위해 곧바로 말을 출발시키지 않았다.

"저들을 쫓으시려는 거예요? 왜요?"

"전하께서 저 마차 안에 계실 게 분명하니까."

"아무리 그렇더라도 우리 둘이 어떻게……."

듀이는 울상을 지었다.

"제가 지금 후닥닥 올라가서 기사들을 데리고 올게요."

"그랬다간 십중팔구 저들을 놓치게 될 걸세."

"하지만 저기 카시아스가 없을 수도 있잖아요."

"내 직감은 틀린 적이 없네, 단 한 번도."

기사들과의 거리를 주의 깊게 가늠하고 있던 암브로시니 백작은 됐다는 판단이 서자 즉시 말을 출발시켰다.

"이번엔 틀릴지도 모르잖아요."

듀이는 어린애처럼 징징대면서도 어쩔 수없이 백작의 뒤를 따랐다.

✳

세이가 숙소에 도착했을 때, 본 존은 먼저 와 그녀를 기다리고 있었다.

"어디 갔다 와?"

본 존이 물었다. 팔짱을 끼고 창틀에 비딱하게 기대서 있는 모습이 한눈에도 과히 기분 좋아 보이지는 않았다.

"이것저것 알아보러."

셰이는 침상에 걸터앉아 지친 다리를 앞으로 나란히 뻗었다.

"그래서? 뭐 건진 건 있어?"

"내일 버틀랜드로 출항한다는 배를 알아냈어."

"그 얘긴 나도 들었어."

"그 배를 타야겠어."

셰이는 단정적으로 말했다. 본 존이 즉각 반대하고 나섰다.

"안 돼. 그 배가 어떤 배인지 알기나 해?"

"알고 있어. 그걸 알아내려고 저녁 내내 악취 나는 하역장 구석에 숨어 있었거든."

"그런데 그걸 알면서도……."

기가 막힌 본 존은 말을 하다 말고 천장을 올려다봤다.

셰이가 타겠다는 '멤피스' 호는 발라스 국과 버틀랜드 국을 오가는 무역선이었다. 장식품이며 피혁과 직물, 염직된 피류, 오지그릇, 카펫 등 갖가지 수공예품들을 사고팔았다. 그러나 그건 겉으로 드러난 외형상의 눈가림에 불과했다. '멤피스' 호의 주 거래 품목은 다름 아닌 노예였다.

발라스 국은 노예 매매가 합법적으로 이루어지는 유일한 나라였다. 또한 경제적으로도 매우 궁핍했기 때문에 굶어 죽는 사람들이 한 해만도 만여 명에 이르렀고, 돈 몇 푼에 자식을 파는 부모 역시 상당수였다. 이렇듯 세상에 둘도 없는 자신들만의 천국에서 노예 상인들은 헐값에 사들인 노예들을 높은 가격에 팔 수 있는 몇몇 나라들로―버틀랜드와 헤이론 국도 그중 하나였다―끊임없이 실어 날랐다. 상당수의 노예 상인들과 중개인들은 납치까지도 서슴지 않았다.

바르샤르 왕국에서도 종종 비밀리에 노예 매매가 이루어지곤 했으나 비교적 보안이 잘 갖춰져 있었기 때문에 노예 상인들이 가장 꺼려하는 나라였다. 그런 이유로 바르샤르 왕국은 오가며 들르는 중간 기착지 정도로 이용될 때가 많았다. 말루프 항에 정박 중인 '멤피스' 호도 그런 경우였다.

"노예로 팔려갈 생각은 없으니까, 그렇게 황당한 표정 짓지 마."

"뭘 어떻게 하겠다는 거야?"

"그 배의 선원이 될 생각이야."

"뭐어? 그게……!"

"우선 내 얘기부터 들어봐."

본 존의 언성이 높아지려 하자 셰이는 재빨리 말허리를 잘랐다.

"멤피스 호에서 갑작스럽게 선원을 세 명이나 잃었대. 그래서 급히 다시 구하게 됐나 봐. 모여서 수군대는 소릴 들어봤는데, 어제 술집에서 말다툼이 칼부림으로 변하는 바람에 한 명은 목숨을 잃었고, 한 사람은 크게 다쳤다고 하더라. 또 다른 선원은 오늘 새벽에 어떤 여자 노예하고 도망을 쳤나 봐. 상황이 그러니 운 좋으면 우리 둘 다 선원으로 뽑히게 될지도 몰라."

"아무리 상황이 다급해졌다고 해도 나이 어린 여자 애를 선원으로 뽑아줄 것 같아? 만에 하나 뽑는다고 치자, 그게 더 끔찍하지만 아무튼 놈들이 널 곱게 버틀랜드까지 모셔다 줄 것 같아? 우린 평온하고 아름다운 동화 속이 아니라 살벌한 현실에서 살고 있어. 문밖만 나서도, 아니, 지금 이 자리에서도 운 나쁘면 더럽고 끔찍한 꼴을 얼마든지 당할 수 있는 현실 말이야."

어조가 빨라지며 거칠어졌다. 침착하려 했지만 지금의 본 존에겐 여간 어려운 일이 아니었다.

"나도 그 생각에 동의해. 하지만……."

"됐어, 됐어. 이제 그만 말해. 무조건 안 되니까, 그런 줄 알아. 만 페어 정도는 오늘 밤 안에 구해올 수 있어. 그러니까 원래 계획대로 사흘 후에 떠나는 화물선을 타자. 그게 제일 현명한……. 지금 뭐 하는 거야?"

자리에서 일어난 셰이가 단검을 꺼내 들자 본 존은 자신도 모르게 후닥닥 몸을 곤추세웠다. 셰이는 한 움큼 움켜쥔 긴 머리채에 망설임없이 단검을 가져갔다. 잘려 나간 빨간 머리카락이 바닥으로 떨어졌다. 놀란 나머지 본 존은 입술만 벙긋거릴 뿐, 할 말을 찾지 못했다.

"이 방법밖에 없어. 그 화물선에 지금 누가 타고 있는지 알아? 수십 명에 달하는 보안병들이 배 전체를 샅샅이 뒤지고 있어."

"뭐? 우릴 찾고 있는 거야? 우리가 그 배를 타려 한다는 건 어떻게 알고?"

"나도 처음엔 그렇게 생각했는데, 알고 보니 우리와는 전혀 관계없는 사건이 벌어졌더라고. 그 배 선장이 어떤 악명 높은 해적과 한패라는 내용의 밀서가 오늘 아침 항만보안청으로 날아왔대. 경쟁 관계에 있는 상단 측에서 이익을 독점하기 위해 저지른 모함이라고 여기저기서 수군거리더라."

셰이는 말을 하는 내내 쉬지 않고 머리를 잘라냈다.

"만약 음해라고 해도 결백이 밝혀지기까진 상당히 오랜 시간이 필요할 거야. 최소로 잡아도 보름, 운 나쁘면 몇 년을 끌 수도 있고."

"그래서? 남자 행세를 하며 노예선에 오르시겠다?"

본 존의 말투는 여전히 곱지 않았다.

"나 말이야, 그런 말 꽤 많이 들었어."

"무슨 말?"

셰이는 답을 꺼내기 전 악동처럼 씩 웃었다.

"개구쟁이 남자 애 같다는 말."

본 존은 웃어야 할지 울어야 할지 모르겠다는 얼굴로 가만히 그녀를 응시했다.

"두 가지만 약속해 줘. 그럼 나도 더 이상 반대하지 않겠어."

"일단 들어보고 결정할 테니 말해봐."

"선원으로 뽑히지 않는 경우는 언급할 필요도 없고… 그 반대 상황이 벌어졌을 때만 놓고 얘기하겠어. 배가 출항하기 전에 한 녀석이라도 널 의심쩍은 눈으로 바라보거나 너한테 껄떡거리면 그 즉시 배에서 내려야 해."

"나머지 하나는?"

본 존은 답변하기 전 잠시 뜸을 들였다.

"항해 도중 네 정체가 발각되었을 때… 내 도움을 기대하지 마."

셰이의 손이 짧은 시간 허공에서 멈췄다. 그녀는 쥐고 있던 머리채를 마저 자른 다음, 답변을 내놨다.

"약속해, 두 가지 모두."

아무 말 없이 다가온 본 존이 셰이에게서 단검을 빼앗아 들었다.

"의자에 앉아봐."

셰이는 순순히 그의 말을 따랐다. 본 존은 엉망으로 잘린 머리카락을 차근차근 다듬어 나갔다. 그가 머리 손질을 거의 끝마쳤을 무렵, 셰이는 한동안 지속되던 침묵을 깼다.

"껄떡거리는 건 어떤 걸 말하는 거야?"

"으음… 그건 말이야. 짜증나고 징그러운 녀석이 재수없게 치근덕거리는 걸 말해."

본 존은 자신의 능력이 닿는 범위 내에서 최대한 알기 쉽게 설명해 주었다.

"치근덕거리는 건 또 뭔데?"

"으음… 그건, 짜증나고 징그럽고 느물거리는 녀석이 재수없게 껄떡대며 수작을 거는 걸 말해."

"그럼 수작을……."

"자, 다 됐습니다, 아름다운 레이디."

본 존은 셰이의 말을 잽싸게 가로막았다. 셰이는 목덜미 부근까지 짧아진 머리를 만져 보았다.

"나 어때? 괜찮아 보여?"

지금껏 한번도 짧은 머리를 해본 기억이 없는 셰이는 자신의 모습이 어떨지 사뭇 궁금했다.

"괜찮아. 동글동글한 모습이 꼭……."

"꼭, 뭐?"

기대감에 찬 호박빛 눈동자가 샛별처럼 반짝였다.

"밤톨처럼 먹음직스러워 보여."

본 존은 '밤톨이야, 밤톨' 하고 반복하며 계속 낄낄거렸다. 세이는 복수하는 심정으로 입을 열었다.

"그런데 말이야. 수작을 건다는 말은 무슨 뜻이야?"

본 존의 표정이 떨떠름해졌다. 세이는 웃음을 참을 수 없었다. 그녀가 배꼽을 잡자 본 존의 얼굴에도 슬며시 웃음이 피어났다.

두 사람은 눈물이 줄줄 흘러내리고 배가 아파올 때까지 웃음을 멈추지 못했다.

✳

"벌써 죽은 것 아닐까?"

마차에서 카시아스를 끄집어내다 말고 거스가 꺼림칙한 얼굴로 동료 기사들을 둘러봤다.

"설마… 숨은 붙어 있겠지."

말은 그렇게 하면서도 거스와 같은 의심을 품고 있던 클리브는 카시아스의 목에 손을 가져갔다. 피가 말라붙은 살갗에 손가락 끝이 닿으려는 순간, 거스가 꽥! 소리치며 그의 등을 와락 떠밀었다. 카시아스 위로 쓰러진 클리브가 버둥거리다시피 하며 허겁지겁 몸을 일으켰다. 그를 제외한 나머지 기사 모두에게서 웃음이 터져 나왔다.

"근데 이 자식이!"

발끈한 클리브가 달려들려 하자 거스는 뒤편에 위치한 야산 쪽으로 잽싸게 뛰어갔다.

"거기 못 서? 저 뺀질뺀질한 자식, 잡히면 그 자리에서 죽을 줄 알아!"

거스는 안전거리를 확보한 다음 손나발을 하고 외쳤다.

"굼벵이보다 더 굼뜬 녀석이 누굴 잡으려고 그래? 약 오르지, 요놈아! 나 잡아봐라!"

"넌 이미 죽은 목숨이야!"

화가 머리 꼭대기까지 치민 클리브가 쏜살같이 거스를 향해 돌진했다.

"어어어, 야! 너까지 가면 어떡해?"

"근데, 저 자식들이! 이 반송장이나 처리하고 놀 것이지!"

"내 말이!"

"하여튼 돌대가리들하고 같이 다니느라 우리만 생고생을 한다니까!"

"내 말이!"

"내 말인지, 니 말인지, 그만 떠들고, 빨리 가서 두 녀석 다 잡아와! 어서! 아니, 넌 여기 남고, 너희 세 명만 가!"

대장 격인 카론의 말에 기사 세 명이 동시에 달려나갔다. 남은 두 사람은 자리를 비울 수 없었다. 카시아스와 아미를 감시할 최소한의 인원이었기 때문이다. 비록 다 죽어가는 처지라 해도 카시아스를 이대로 방치하고 자리를 뜬다는 건 용납되지 않는 행위였다. 또한 결박당한 채 입에 재갈까지 물고 있긴 하지만 아미 역시 말썽을 일으킬 가능성은 얼마든지 있었다.

"하여간 거스 자식은 일생에 도움이 안 된다니까!"

"내 말이!"

"그 녀석만 떼어버리면 소원이 없겠는데 말이야."

"내 말이!"

"그 떠버리 뚱통 자식, 돌아오기만 해봐! 쌍코피를 콸콸 쏟게 만들어줄 테다!"

"아, 내 말이 바로 그 말이라니까!"

꼼짝없이 발이 묶여 버린 기사들은 말썽을 일으킨 거스를 욕하며 치밀어 오르는 짜증을 달래야 했다.

"백작님, 이제 어쩌죠?"

"기회를 노려 일시에 기습할 생각이네. 섣불리 뛰어들었다가 만에 하나 놈들이 전하께 위해라도 가한다면 큰일이지 않나? 기습밖엔 달리 방법이 없네."

듀이는 핏기 가신 얼굴을 암브로시니 백작에게 돌렸다.

"기습도 대충 머릿수가 맞아야 하죠. 우린 달랑 둘뿐인데, 저긴 여섯, 아니, 마부까지 일곱이나 되잖아요. 그리고 검을 찬 걸로 봐선 저 마부도 기사일 게 확실하다고요. 그럼 기사 일곱, 우린 둘……."

"쉿!"

암브로시니 백작은 듀이에게 얼른 주의를 주었다. 사실 기사들에게서 꽤 멀리 떨어진 야산 기슭에 몸을 숨기고 있는 터라, 말소리가 전해질 위험은 크지 않았다. 그럼에도 불구하고 입에서 손가락을 떼지 못하는 건, 백작이 듀이의 우는소리에 질릴 만큼 질린 상태였기 때문이다.

"백작님, 저쪽은 기사가 자그마치 일곱이나 된다니까요."

암브로시니 백작에게 찰싹 몸을 붙인 듀이가 손가락 일곱 개를 펴 보이며 소곤거렸다. 백작은 터져 나오려 하는 신음 소리를 겨우 막을 수 있었다.

전하께서 그동안 얼마나 마음고생이 심하셨을까?

암브로시니 백작은 목에 아릿한 통증을 느끼며 카시아스가 타고 있을 마차를 응시했다.

"어어, 백작님!"

별안간 기사 한 명이 야산 쪽으로 뛰어오자 듀이는 놀라 백작의 팔을 흔들었다.

"나도 봤네."

백작의 말이 끝나기도 전에 다른 기사 한 명이 뒤를 이어 달려오기 시작했다. 야산 기슭에 먼저 다다른 기사가 무성하게 자란 수풀 뒤에 쪼그려 앉았다. 듀이와 백작이 있는 장소에서 세 걸음도 채 떨어지지 않은 곳이었다.

"히히, 멍청한 놈! 죽었다 깨도 날 잡진 못할 거다. 요기 있다가 몰래 다가가서 뒤통수나 냅다 갈겨줘야지."

기사의 말이 끝나는 순간 암브로시니 백작이 검 손잡이로 그의 뒤통수를 힘껏 후려쳤다. 비명은커녕 숨소리 한 번 크게 내지 못한 기사가 앉아 있던 자세 그대로 푹 고꾸라졌다. 암브로시니 백작은 곧이어 도착한 두 번째 기사 역시 같은 방법으로 처리했다.

"이들을 묶게."

연달아 감탄사를 터뜨리며 백작의 활약을 지켜보고 있던 듀이는 부랴부랴 안장에 걸어둔 밧줄을 가져왔다. 그가 기절한 기사들의 손과 발을 묶었을 때였다.

"어! 이번엔 셋이에요, 백작님."

"나도 봤네."

"엄청 이상한 사람들이에요, 그죠?"

"자네 말이 맞네. 정말 요상한 놈들일세. 그나저나 이번엔 나 혼자 처리하기가 좀 벅찰 것 같군. 자네 도움을 빌려야겠네."

"저, 저요?"

듀이는 허를 찔린 듯한 얼굴로 손을 들어 자신을 가리켰다.

"그럼 내가 저기 있는 꽃나무한테 도와달라고 했겠는가?"

슬쩍 비꼰 백작이 곧바로 진중한 표정을 지었다.

"둘은 내가 맡을 테니, 자넨 한 명만 처리해 주게."

잔뜩 긴장한 듀이는 장식처럼 매달고 있기만 했던 검집에서 검을 빼냈다. 한숨 돌릴 사이도 없이 기사 세 명이 동시에 나타났다.

"그런데 이 녀석들이 어디 있는 거야?"

"거스! 클리브! 들었으면 대답해!"

"좀 이상하지 않아?"

기사 한 명이 신중하게 사방을 둘러보며 안쪽으로 들어갔다. 민첩하게 움직인 암브로시니 백작이 뒤에 남은 기사 중 한 명을 급습했다. 백작이 지체없이 몸을 돌렸을 때, 한발 먼저 움직인 다른 기사가 그의 목에 검을 겨누었다.

"검을 버려라!"

"너나 버려라!"

흠칫한 기사가 눈동자만 움직여 소리가 들린 곳을 살폈다. 그 곳엔 동료 기사의 목에 검날을 들이댄 듀이가 서 있었다.

"버리지 마, 이놈 숙맥이야. 어찌나 몸을 벌벌 떠는지 나까지 흔들릴 지경이야."

"그, 그렇지 않아! 지금 당장 검을 버리지 않으면 이 녀석의 목을 따버리고 말겠어!"

듀이는 위협적으로 보이기 위해 안간힘을 썼다. 하지만 그의 어투에선 겁을 집어먹은 기색이 역력히 풍겨 나왔다.

"내 목이 따지기 전에 네놈 모가지가 먼저 잘리게 될 거다."

기사가 팔꿈치로 듀이의 명치를 가격했다. 아찔한 통증이 엄습한 순간 듀이는 검을 떨어뜨리고 말았다. 비탈 쪽으로 검을 차버린 기사가 듀이의 멱살을 움켜쥐었다. 그가 주먹을 치켜들자 듀이는 외마디 소리를 지르며 고개를 뒤로 젖혔다.

"쥐뿔도 안 되는 게!"

기사의 주먹이 연거푸 내리꽂혔다. 잘못해서 광대뼈 부위를 때리고만 기사가 욕설을 토해내며 오른손을 비벼댔다.

"에이, 씨! 재수가 없으려니까!"

시체처럼 바닥에 널브러져 있던 듀이의 손에 무엇인가 단단한 것이 만져졌다. 듀이는 무작정 그것을 움켜쥐고 기사의 발목을 겨냥해 힘껏 휘둘렀다.

"어억!"

기사가 비명을 지르며 뒤로 벌렁 나자빠졌다. 그의 머리 위로 희누르스름하게 보이는 막대가 날아왔다. 퍽! 충격음이 터지며 기사의 눈동자가 뒤로 돌아갔다.

암브로시니 백작에게 검을 겨누고 있던 다른 기사가 뜻밖의 사태에 놀라 급히 숨을 들이켰다. 백작은 주의가 흐트러진 틈을 놓치지 않았다. 번개처럼 바닥에 떨어진 검집을 낚아채 기사의 손목을 후려쳤다. 검을 놓친 순간 암브로시니 백작이 그의 목에 위협적으로 검날을 들이밀었다.

"허튼수작하지 마라!"

위험한 상황에서 벗어나자 백작은 바닥에 쓰러져 있는 듀이에게 걱정스러운 눈길을 보냈다.

"여보게, 괜찮은가?"

"안 괜찮아요……."

듀이가 힘겹게 몸을 일으켰다.

"백작님, 어떡하면 좋아요? 요술 피리가 부러졌어요."

듀이는 두 동강 난 피리를 들어 보였다. 관자놀이에 든 피멍하며, 터진 입술에서 흘러내리는 핏방울, 그 위에 눈물이 그렁그렁한 눈을 보자 백작은 듀이가 몹시 안쓰러워졌다.

"피리 덕분에 목숨을 구했으니, 요술 피리는 요술 피리로군. 너무 상심하진 말게. 요술 피리도 자신의 용맹한 활약에 만족하며 눈을 감았을 걸세."

암브로시니 백작은 최선을 다해 듀이를 위로했다. 쑥스러운 마음이 든 그는 헛기침을 몇 번 터뜨린 후 예리한 눈으로 상황을 점검했다.

일곱 명 중 다섯이라… 어림잡아 7할은 해결된 셈이군.

"우선 이들을 전부 묶어야겠네. 서두르세나."

백작을 도와 나무에 기사들을 잡아맨 듀이는 허리를 펴며 입을 열었다.

"이제 어쩌죠, 백작님?"

암브로시니 백작은 간단히 답했다.

"남은 3할을 마저 처리해야 하지 않겠나?"

"대체 어디까지 갔는데 아직도 안 오는 거야?"

꽤 오랜 시간이 지나도록 기사들이 나타나지 않자 두 사람은 점점 더 초조해졌다. 목을 길게 빼고 동료들이 사라진 쪽을 살펴봤지만 그림자 하나 보이지 않았다. 그들은 이리저리 불안한 시선을 움직이면서도 아미 쪽은 될 수 있는 한 쳐다보지 않으려고 노력했다. 부상자를 없애는 것도 내키지 않았으나, 눈이 발갛게 부어오른 채 와들와들 떨고 있는 소녀를 해치는 일은 생각하는 것만으로도 정말이지 죽을 맛이었다.

"어이! 빨리들 안 오고 뭐 하는 거야?"

카론은 크게 고함쳤다. 응답이 있을까 싶어 귀를 기울였지만 들리는 건 풀벌레 소리가 고작이었다.

"정말 무슨 일 생긴 거 아닐까?"

"설마?"

"아니라면 이렇게 늦을 이유가 없잖아. 기척도 전혀 없고."

"내가 한번 가보고 올까?"

"그래, 그게 좋겠어."

카론은 동료들의 이름을 부르며 서둘러 야산 쪽으로 뛰어갔다. 그의 모습이 시야에서 완전히 사라지자 혼자 남게 된 기사는 괜스레 무서워졌다. 바보 같은 생각임을 알면서도 어둠 속에서 무언가 끔찍한 존재가 튀어나올 것 같은 두려움이 좀체 떨어지려 하지 않았다. 그는 마차에 달린 등불 쪽으로 가까이 붙어서며 검집에 손을 올렸다. 그때 어둠 속에서 저벅저벅, 서너 명가량 될 듯한 발소리가 들려왔다. 긴장이 탁 풀린 기사는 반가운 마음에 앞으로 나섰다.

"다들 왜 이제……."

기사는 경악하고 말았다. 결박당한 카론이 코피를 흘리며 비틀비틀 걸어오고 있었다. 뒤늦게 정신을 차린 기사는 황급히 검을 뽑으려 했다. 그러나 이미 암브로시니 백작의 검날이 그의 목젖을 지그시 누르고 있었다.

"검을 버려라!"

백작이 근엄하게 명령했다. 말짱한 모습을 유지하고 있는 단 한 명의 기사는 엉거주춤 검을 틀어쥐고 있긴 했으나 전의는 완전히 상실한 후였다.

"어서!"

추상같은 호령에 소스라치게 놀란 기사가 즉시 검을 땅에 떨어뜨렸다. 듀이는 지체없이 그의 몸을 묶었다. 듀이가 남은 기사 둘을 처리하는 동안 암브로시니 백작은 카시아스의 상태를 살피기 위해 부랴부랴 마차로 다가갔다. 얼굴을 알아볼 수 없을 정도로 처참한 모습이 눈에 들어오자 백작은 숨이 턱 막혀 버렸다.

"저, 전하! 전하! 왕자 전하!"

암브로시니 백작은 피를 토하듯 비통하게 카시아스를 불렀다.

설마 돌아가신 건 아니겠지? 제발 그것만은 아니기를… 제발…

제발…….

부들거리는 손이 카시아스의 목줄기를 더듬었다. 약하긴 하나 손끝을 두드리는 건 분명한 맥이었다. 암브로시니 백작은 참았던 숨을 토해내며 크게 휘청거렸다. 마침 기사들을 근처 나무에 붙잡아매고 돌아온 듀이가 잽싸게 그를 잡아주었다.

"괜찮으세요, 백작님?"

백작이 대답할 말을 찾기도 전에 카시아스를 본 듀이가 와락 마차로 달려들었다.

"카시아스! 이, 이럴 수가! 나쁜 놈들! 어떻게 사람을 이 지경으로……! 카시아스, 괜찮아? 서, 설마…….'

"걱정 말게, 괜찮으시네."

공포에 질린 듀이를 암브로시니 백작이 서둘러 안심시켜 주었다. 그러나 정작 암브로시니 본인은 두려움에 차 있었다. 그동안 많은 전투를 겪으며 치명상을 입고 끝끝내 죽음을 맞는 기사와 병사들을 수없이 보아온 그였다. 그런 경험에 비추어볼 때 카시아스의 상태는 절망적이라 할 수 있었다.

"백작님, 울지 마세요."

듀이가 울상을 지었다. 그의 뺨을 타고 눈물이 주르르 흘러내렸다. 암브로시니 백작은 얼굴을 만져 본 후에야 자신의 볼 역시 축축이 젖어 있음을 깨달았다.

"어서 마차에 오르게! 아니, 그러면 속도가 줄어들 테니, 말을 타고 따라오게!"

암브로시니 백작은 황급히 마부석에 올라앉았다. 그가 마차를 출발시키기 직전 듀이는 아미의 입에 물린 재갈을 겨우 빼내줄 수 있었다. 결박까지 풀어주고 싶었으나 그럴 시간이 없었다.

“아, 아룬델님…….”

아미가 울먹이며 그를 불렀다. 듀이는 막 움직이기 시작한 마차에서 훌쩍 뛰어내렸다.

“미안해, 잠시 후에 풀어줄게! 조금만 참아!”

피투성이가 되어 마차 바닥에 짐짝처럼 실려 있던 카시아스의 모습이 자꾸만 눈앞에 아른거렸다. 그의 목숨이 경각에 달려 있음을 듀이도 예감하고 있었다.

내 직감은 한번도 맞은 적이 없어! 이번에도 그럴 거야!

듀이는 멀어지는 마차를 전속력으로 쫓았다. 뒤에 남은 기사들은 말 뒤꽁무니를 바라보며 뼈저린 피눈물을 쏟아야 했다.

“대체 벨은 어디서 뭘 하고 있는 거냐? 부른 지가 언젠데, 아직까지 코빼기도 나타나지 않느냔 말이다!”

모고르는 의자 팔걸이를 거세게 내려쳤다. 찌르르 통증이 일자 가뜩이나 언짢던 마음이 삽시간에 분노로 변했다.

“가서 벨페스트를 잡아와라! 지금 당장!”

그는 앞에 서 있는 고르키, 피셔, 아슬라를 향해 버럭 소리쳤다.

“주인님, 벨을 어떻게 잡아오라는 말씀인가요? 어디 있는지도 모르는데요.”

고르키는 다리에 기대 놓은 거대한 방망이를 만지작거리며 모고르의 눈치를 살폈다.

“벨이 어디 있는지도 모른다니? 그동안 너희 넷이 함께 다녔을 것 아니냐?"

"그렇지 않습니다."

벨페스트의 목소리가 허공을 울리며 말을 받았다.

"지금 네 입에서 나온 소리가 무슨 얘기인지 하나도 빠짐없이 낱낱이 고해라."

의혹에 찬 시선이 드디어 모습을 보인 벨페스트에게 못 박혔다.

"저 혼자 떨어져 다른 곳에서 칼루스를 찾고 있었습니다."

"네가 있었다는 지역을 말해봐라."

"전에 알려주신 마시호 강의 상류 지역을 일부 돌았습니다."

"그래, 몇 개 마을을 확인했느냐?"

"십여 개 정도 됩니다. 애석하게도 그중에 칼루스는 없었습니다. 또한 칼루스를 알고 있다는 사람 역시 만나지 못했습니다."

벨페스트가 모고르의 부름에 즉각 따르지 못한 이유는 서둘러 마을을 조사하러 다녔기 때문이다.

"네 능력은 내가 익히 잘 알고 있다. 그런데 지금까지 찾아본 곳이 고작 마을 십여 개라고? 그렇다면 나머지 시간엔 뭘 하고 있었느냐? 어디에서 뭘 하고 있었는지 어서 고해라! 버틀랜드 국에서 내 명을 수행하고 있어야 할 시간에 넌 어디에 있었느냔 말이다!"

모고르는 매섭게 추궁해 들어갔다.

"버틀랜드에 있었습니다."

"아슬라, 저 말이 사실이냐?"

모고르의 눈길이 곧장 아슬라에게 날아갔다.

"사실입니다."

아슬라의 어조는 조금도 흔들리지 않았다. 벨페스트의 말이 거 짓이라 확신하고 있던 모고르는 이마에 굵은 주름을 잡았다.

내 직감이 틀린 건가?

그는 고르키 쪽으로 시선을 옮겼다. 눈에 띄게 움찔한 고르키 는 모고르가 자신에게 사실을 물어보지 않기만을 빌었다. 정말이 지 벨페스트를 배신하고 싶지 않았다. 그러나 주인을 속인다는 건, 감히 생각할 수도 없는 죄악이었다.

"고르키, 버틀랜드에서 벨페스트를 봤느냐?"

"예, 주인님! 제 눈으로 똑똑히 봤습니다!"

마음이 놓인 고르키는 두툼한 가슴까지 들썩이며 소리쳤다. 그 는 임무가 내려진 첫날, 자신과 피셔를 버틀랜드 국까지 데려다 주었던 벨의 모습을 또렷이 기억하고 있었다.

모고르는 그제야 화를 누그러뜨렸다. 목에 칼이 들어와도, 아 니, 설령 목이 잘리는 한이 있어도 그에게 거짓말을 할 고르키가 아니었다. 고르키로 인해 의혹의 대부분은 풀어졌지만 벨페스트 의 행적엔 아직 의문점이 남아 있었다.

"네가 버틀랜드에 있었다는 사실은 밝혀졌다. 하나, 지금껏 십 여 개의 마을밖에 확인하지 못했다는 건 여전히 말이 되지 않는 다. 어떻게 된 일인지 거짓 없이 아뢰어라."

"몸 상태가 좋지 않았습니다."

"몸 상태가 좋지 않았다고?"

모고르는 저도 모르게 되물었다. 여태까지 다치거나 병이 난 벨페스트를 본 적이 한 번도 없었던 까닭에 놀라움을 감추기 어려웠다.

생각해 보니 말이 되는군. 벨이라고 아프지 말란 법은 없으니.

그는 벨페스트가 치유 마법을 능수능란하게 사용한다는 사실을 알지 못했다.

"몸이 많이 안 좋았나 보구나."

모고르는 벨페스트의 안색을 살폈다. 그러고 보니 조금 창백한 것 같기도 했다. '아픈 사람에게 내가 너무 심했나' 하는 생각에 마음이 약간 불편해졌다. 하지만 그보다는 이토록 중요한 시기에 귀찮은 문제를 일으켰다는 못마땅한 감정이 훨씬 컸다.

"지금은 괜찮은 거냐?"

"예, 말끔히 나았습니다."

"그래, 그것참 다행스런 일이 아닐 수 없구나."

상투적인 말을 내놓은 뒤, 모고르는 곧장 본론으로 넘어갔다.

"레온 크로스란 이름은 잘못된 정보였다. 너희가 찾아야 할 대상은 듀이 델코라는 자이다. 듀이 델코, 틀림없는 이름이니 절대 잊지 말거라."

"전 아룬델을, 정확히 말해 듀이 델코의 영혼을 가진 아룬델을 찾고 싶습니다. 허락해 주십시오."

이번을 놓치면 기회가 없으리라는 판단하에 벨페스트는 모고르에게 직접 청을 올렸다.

"정말 답답하구나! 가짜 아룬델을 찾아 뭘 어떻게 하겠다는 말이냐? 중요한 건 '마드라의 열쇠'를 쥐고 있는 진짜 아룬델이라고 그동안 수없이 말하지 않았느냐?"

모고르는 당장 역정을 냈다.

“하지만, 주인님⋯⋯.”

“듣기 싫다! 당장 버틀랜드로 가 네게 내려진 명이나 빈틈없이 수행하라! 가짜 따위가 아닌 진짜 아룬델을 내 앞으로 끌고 오란 말이다!”

“알겠습니다.”

말을 받은 사람은 아슬라였다. 그녀는 벨페스트를 스치듯 바라본 뒤 모습을 감췄다. 곧이어 벨페스트를 비롯한 나머지 세 사람도 버틀랜드 국으로 이동했다.

모고르는 두통이 느껴지는 관자놀이를 지그시 눌렀다. 머리가 아픈 이유를 생각하다 그는 요즘 들어 잠을 편히 자본 기억이 없다는 사실을 떠올렸다. 그러나 두통의 원인은 단순히 몸이 피곤하기 때문만은 아니었다.

그는 얼마 전부터 원인 모를 불안감에 시달려 왔다. 사실 모고르는 그런 감정을 느끼는 자기 자신을 이해할 수 없었다. 생각보다 시간을 약간 지체하긴 했으나 일은 계획대로 차근차근 진행되고 있었다. 또한, ‘마드라의 열쇠’ 라는 궁극의 목표를 쟁취하는데, 방해가 될 걸림돌도 대부분 치워진 상태였다.

그런데 왜 이런 마음이 드는 걸까? 무엇인가 중요한 걸 놓치고 있다는, 이 불안감은 대체 어디서 온 거란 말인가?

모고르는 의자 깊숙이 묻고 있던 몸을 일으켜 창가로 걸어갔다. 넌더리나는 불안감도 어김없이 그의 뒤를 쫓아왔다.

“이제 제가 해드릴 수 있는 건 없어요.”

아미는 카시아스가 사경을 헤매게 된 것이 마치 자신의 탓인

양 고개를 들지 못했다. 그녀의 입에서 어떤 말이 나올지 능히 짐작하고 있었음에도 듀이와 암브로시니 백작 모두 절망에 가까운 낙담에 빠지고 말았다.

암브로시니 백작이 마차를 몰고 곧장 향한 곳은 메르센 자작의 저택이었다. 2년 전에 이미 세상을 떠났지만, 전대 메르센 자작과 암브로시니 백작은 막역한 친구 사이였다. 급박한 상황에 처한 암브로시니 백작은 어릴 때부터 친자식처럼 아꼈던 친구의 아들에게 도움을 청할 수밖에 없었다.

현 메르센 자작은 갑자기 들이닥친 암브로시니 백작을 웃으며 반겨주었다. 그러나 카시아스를 보고 난 이후엔 내키지 않는다는 기색을 구태여 감추려 하지 않았다. 그는 '상황이 나아지는 대로 떠나 달라'는 말을 하며 백작에게 마지못해 별관을 내어주었다. 듀이는 그동안 내내 몸을 숨기고 있어야 했다.

별관에 발을 딛자마자 아미는 자신의 숙부인 마르틴 어의관 앞으로 '위급한 환자가 있으니 최대한 빨리 와달라'는 내용의 서신을 썼다. 서신은 암브로시니 백작을 통해 메르센 자작 밑에서 일하는 젊은 하인에게 맡겨졌다. 그가 마르틴 어의관에게 제대로 서신을 전할지 걱정이 앞섰으나 지금으로선 최선의 선택이었다. 웬만한 능력의 치료사로는 카시아스를 살릴 수 없었다.

"숙부님이 오시면 전하께서도 곧 괜찮아지실 거예요. 그러니 너무 상심하지 마세요. 전 아는 게 없어서 상처 주위만 겨우 닦아 드렸거든요."

아미는 머뭇거리다 듀이 옆에 놓인 의자에 앉았다.

"저… 아룬델님……."

　듀이는, 난 아룬델이 아니라고 얘기하려다 마음을 고쳤다. 아미가 당한 봉변의 이유가 자신에게 있음은 쉽게 짐작할 수 있었다. 그녀한테 충격을 주거나 마음 상하게 할 위험이 조금이라도 있다면, 그런 말과 행동은 절대 하고 싶지 않았다.

　"죄송해요… 말하고 싶지 않았는데… 정말 말하고 싶지 않았는데……. 너무 무서워서… 그만……."

　아미는 울먹이며 고개를 떨어뜨렸다.

　"무슨 말을 했는데?"

　"버틀랜드 국에 있는… 칼루스요……. 제가 그걸 얘기하고 말았어요……. 죄송해요… 아룬델님……."

　아미가 끝내 울음을 터뜨렸다.

　"울지 마, 괜찮아. 버틀랜드 국의 칼루스를 모르는 사람이 세상에 어디 있다고? 아미는 잘못한 거 하나도 없어. 그러니까 울지 마."

　듀이는 쩔쩔매며 아미를 달래기 위해 애썼다. 그러나 울음소리는 점점 더 커지기만 했다. 듀이의 어깨를 툭 건드린 암브로시니 백작이 안아주라는 몸짓을 해보였다. 듀이는 몹시 어색한 동작으로 아미의 등에 손을 얹고 가볍게 다독였다. 아미가 흐느끼며 그의 어깨에 얼굴을 묻었다. 듀이는 그녀의 울음소리에 깃든 두려움을 생생히 느낄 수 있었다.

　아미도 나처럼 겁이 난 거야. 아니, 나보다 훨씬 더 무섭고 힘들었을 거야.

　그녀의 울음이 거의 잦아든 후, 서신을 전한 젊은 하인의 안내를 받으며 마르틴 어의관이 별관에 들어섰다. 듀이는 인기척이

나는 순간 서둘러 안쪽에 위치한 내실로 몸을 피했다. 마르틴 어의관의 눈에 띄지 않는 편이 낫다는 백작의 의견에 그도 동의했고, 그에 따라 취한 행동이었다.

"아미, 괜찮니? 다치거나 아픈 곳은 없고?"

마르틴 어의관은 먼저 질녀의 안녕부터 살폈다.

"네, 전 괜찮아요. 그보다 숙부님이 빨리 봐주셔야 할 분이 계세요."

"이쪽이요! 서두르시오!"

암브로시니 백작은 침실 문을 붙잡고 선 채 마르틴 어의관을 재촉했다. 부랴부랴 침대로 다가간 마르틴 어의관은 입을 딱 벌렸다.

"아, 아니, 이분은!"

"맞소. 카시아스 왕자 전하요. 몹쓸 일을 당하셨소. 어서 치료를 시작하시오, 어서!"

"나가 계십시오."

고압적인 왕족과 귀족들을 적잖이 다뤄본 마르틴 어의관은 정중하면서도 단호한 말투를 사용했다.

"아니, 나는 전하 곁을 떠날 수 없소. 그러니 난 신경 쓰지 말고 어서 치료나 시작하시오!"

"죄송스런 말씀이나 백작님은 방해만 될 뿐입니다. 나가 계십시오. 아미야, 백작님을 밖으로 모셔라."

암브로시니 백작은 불만에 가득 찬 얼굴로 문을 나섰다. 불안감으로 인해 잠시도 앉아 있을 수 없던 그는 발이 닳도록 카펫 위를 걸어다니며 문이 열리기만을 기다렸다. 피가 마르는 듯한 시간이 지난 뒤, 드디어 마르틴 어의관과 아미가 밖으로 나왔다. 암브로시니 백작은 우뚝 멈춰 섰다. 카시아스의 상태에 대해 묻고 싶었지만 두 사람의 어두운 표정을 대하자 입이 떨어지지 않았다.

"많이 안 좋으십니다. 오늘 밤을 넘기기 힘드실 것 같습니다."

백작은 창틀을 부여잡았다. 다리에서 힘이 풀리며 당장이라도 주저앉을 것 같았다.

이러면 안 돼. 전하께서 아직 건재하신데 내가 먼저 무너질 수는 없어. 그런 불충을 저질러서는 안 돼.

"방도가 있을 거요. 전하를 살릴 수 있는 어떤 방법이 반드시 있을 것이오."

"몸이 너무 심하게 상하셨습니다. 또 오랜 시간 물 한 모금 들지 못하셨는지 환후를 이겨내실 최소한의 원기도 남아 있지 않으십니다. 가장 심각한 건 존체(尊體)에 생긴 모진 상처로 인해 사독(邪毒)이 쌓이셨다는 겁니다. 사독이 존체의 모든 맥과 혈을 막고 있어 요행히 며칠간 숨을 이어나가신다 해도……."

무거운 한숨을 내쉰 마르틴 어의관이 암브로시니 백작의 시선을 피했다.

"의식을 찾지 못하시고… 곧 사지의 끝 부분부터 썩어 들어가게 되실 겁니다."

마르틴 어의관은 조용히 밖으로 나갔다. 그의 눈짓을 받은 아미도 기운없는 걸음을 옮겼다. 암브로시니 백작은 넋 나간 사람처럼 침실 문만 바라보고 있었다. 뻣뻣하게 굳은 몸이 잇따라 경련을 일으켰다. 별안간 문이 요란한 소리를 내며 열렸다.

“백작님!”

얼굴이 백지장처럼 하얗게 질린 듀이가 뛰어나왔다. 방금 전 그는 문에 귀를 가져다 댄 채 마르틴 어의관의 얘기를 빠짐없이 듣고 있었다.

“이것 좀 고쳐 주세요!”

듀이가 다짜고짜 내민 건 부러진 피리였다. 피리를 내려다보던 초점없는 동공이 듀이를 향했다.

“이걸 고쳐야 돼요! 그래야 카시아스를 살릴 수 있어요! 백작님, 제 말 들으셨어요? 이 요술 피리를 고쳐야 카시아스를 살릴 수 있다니까요! 백작님!”

암브로시니 백작이 피리를 낚아챘다.

“이따위가 전하를 살릴 수 있다고? 고작 이까짓 싸구려 피리 따위가 전하를 살릴 수 있다고?”

버럭버럭 소리치던 백작이 피리를 난폭하게 내던졌다. 의자 등받이에 부딪친 피리 반쪽이 카펫 위로 굴러 떨어졌다. 듀이는 허둥지둥 뛰어가 피리를 집어 들었다.

“이런 세상에! 깨지면 어쩔 뻔했어요?”

“나가게! 여기서 나가게! 어디든 가버리게! 어차피 전하께선… 전하께선……”

백발이 성성한 노백작의 얼굴이 일그러졌다. 곧이어 목메인 울음이 고통스레 터져 나왔다. 듀이는 성큼성큼 걸어가 그의 정면에 버티고 섰다. 그리고는 피리를 내밀었다. 암브로시니 백작이 거칠게 피리를 밀쳤다. 듀이는 또다시 피리를 그의 눈앞에 들이댔다. 두 사람은 계속 같은 행동을 되풀이했다. 분위기가 험악해지자 듀이는 바닥에 엉덩방아까지 찧게 되었다. 그러나 그는 포기하지 않았다. 요술 피리에 대한 그의 믿음은 확고했다.

"왜 이러는 건가? 대체 왜?"

분노와 함께 기력도 떨어져 버린 암브로시니 백작이 맥없이 중얼거렸다.

"이걸 고쳐야 돼요."

백작은 잠시간 침묵을 지켰다.

"바보짓이야. 천하가 비웃을 바보짓."

말을 끝낸 백작이 피리를 받아 들었다.

"기다리게."

암브로시니 백작은 피리를 움켜쥔 채 출입문 쪽으로 걸어갔다.

"시간이 없어요, 백작님."

"알고 있네."

짧은 답변을 끝으로 문이 닫혔다.

암브로시니 백작이 돌아온 건 동이 막 뜨기 시작한 새벽녘이었다. 밤새도록 카시아스의 신열을 내리기 위해 애쓰던 아미는 지쳐 잠이 들었고, 듀이는 게슴츠레한 눈을 비비며 끈질기게 암브로시니 백작을 기다렸다.

인기척이 들리자 듀이는 서둘러 뛰어가 출입문을 열었다. 지친 기색이 완연한 백작이 피리를 내밀었다. 모양은 매끄럽지 않았지만 꽤 튼튼하게 이어져 있었다.

"갖풀인가 뭔가 하는 거에 어떤 진액을 섞어서 붙였다고 하더군."

암브로시니 백작이 두 동강 난 피리를 들고 찾아간 곳은 가구를 만들어 파는 목공의 집이었다. 대부분의 목공들은 그를 노망난 늙은이쯤으로 여겼다. 백작은 네 차례의 문전박대 후 만난 목공에게 겨우 피리를 맡길 수 있었다.

듀이는 피리를 받아 들고 곧장 카시아스에게로 향했다. 잠이 깬 아미가 부스스 몸을 일으켰다.

"잠깐 밖에 나가 있어줄래?"

아미가 문을 나선 뒤 백작이 들어와 침대 맡에 놓인 의자에 앉았다. 듀이는 백작도 자리를 비켜주길 바랐으나 그의 간절한 마음을 알기에 말로 청하지는 않았다.

"내가 뭐 도울 일은 없나?"

듀이는 피리를 불 준비를 마치고 나서 응답했다.

"귀를 꽉 막고 계세요."

곧 시끄러운 소리가 터져 나왔다. 신경을 갉아대는 듯한 소음에 백작은 오만상을 찡그렸다. 그는 침대에서 가장 멀리 떨어진 문가로 뛰다시피 잰걸음을 옮겼다. 카시아스를 지켜보고 싶었으나 도저히 견뎌낼 재간이 없었다. 그렇다고 침실을 완전히 나가버릴 수도 없었던 그는 귀를 단단히 막은 채 문에 기대어섰다.

듀이는 쉬지 않고 피리를 불었다. 그리고 계속해서 오직 한 가지만을 기원했다.

카시아스를 낫게 해주세요… 그를 살려주세요… 제발 그를 낫게 해주세요… 카시아스를 살려주세요… 제발 카시아스를 살려주세요…….

시간이 얼마나 지났는지 알 수 없었다. 어깨와 팔이 아파왔다.

피리는 천근같이 무거워졌다. 숨이 막히고 목과 가슴엔 뻐근한 통증이 일었다. 앞이 노래지며 머리가 어지러워지자 듀이는 눈을 감았다. 그의 이마엔 땀이 홍건했고, 얼굴과 목은 온통 벌겋게 달아올라 있었다.

어떤 소리가 들린 것 같았다. 집주인인 메르셴 자작이 아까부터 문을 두드리며 악을 써대고 있던 터라 듀이는 신경 쓰지 않았다.

별안간 손아귀에서 피리가 쑥 빠져나갔다. 귀가 멍해지는 듯한 고요가 밀어닥쳤다. 그리고 짜증 섞인 음성이 귀를 파고들었다.

"한 번만 더 이 시끄러운 걸 불어대면, 널 죽여 버리고 말겠어."

듀이는 번쩍 눈을 떴다. 순간 깊고 깊은 바다빛 눈동자와 시선이 마주쳤다.

"카시아스……."

카시아스를 부르는 자신의 목소리를 들으며 듀이는 정신을 잃었다.

✳

선착장이 내다보이는 하역소 창고 뒤편 공터에 이십여 명의 사람이 모여 있었다. 굳이 살펴보지 않아도 그들 모두 남자라는 걸 쉽게 알 수 있었다.

셰이는 걸음을 늦추며 다시 한 번 자신의 차림새를 점검했다. 팔이 긴 회색 윗도리와 종아리 부분이 좁은 감청색 바지, 머리 위에 눌러쓴 둥글납작한 검은 모자. 영락없는 소년의 모습이었다.

"나 괜찮지?"

어색함과 불안감을 떨치기 어려운 셰이는 자신의 행동이 무모한 짓이 아님을 확인받고 싶었다.

"지금 네 모습을 괜찮다고 해야 할지, 기가 막히다고 해야 할지 모르겠다."

본 존의 말투는 체념조였다.

"좀 구체적으로 말해봐, 내가 어떻게 보이는지."

"그러니까 아주⋯⋯."

고개를 들이밀고 꼼꼼히 뜯어보던 본 존이 피식 웃으며 셰이의 모자를 푹 눌러 씌웠다. 셰이는 모자를 올리며 앞서 나가는 본 존을 서둘러 따라잡았다.

"아주 뭐?"

"아주 둥글둥글 먹음직스러운 밤톨 같다고. 내가 어제도 말했잖아."

불만 섞인 시선이 날아와 박혔지만 본 존은 장난기 어린 미소만 지어 보였다.

한발 먼저 하역소 창고 앞에 도착한 본 존은 셰이에게 따라오라는 눈짓을 보낸 뒤 남자들을 헤치며 앞쪽으로 나아갔다.

"이봐, 조심해!"

"늦게 왔으면 구석에 찌그러져 있을 것이지 왜 사람은 밀치고 난리야?"

"에이 씨! 사람을 쳤으면 미안하다고 사과를 해야지!"

본 존과 어깨를 부딪친 남자가 눈을 부라렸다. 그는 본 존의 탄

탄한 체격을 훑어본 후, 뒤따라가던 애꿎은 셰이의 팔을 움켜잡
았다.

"내 말 못 들었어?"

셰이는 무시하는 게 상책이라고 생각하며 남자의 손을 뿌리치
려 했다.

"내 말 못 들었느냐고 물었잖아!"

남자의 손아귀가 아픔이 느껴질 정도로 강하게 팔을 조여댔다.
셰이는 얼굴을 찌푸리며 본 존을 찾았다. 일을 벌인 사람이 알아
서 해결하라고 말해줄 생각이었다. 본 존은 흡사 구경꾼인 양 가
슴에 팔짱을 끼고 서서 그녀를 바라보고 있었다. 느긋하게 관망
하는 듯한 태도에서 셰이는 그의 속내를 알아차릴 수 있었다. 본
존은 고의로 말썽거리를 일으켜 그녀를 시험대에 올린 것이다.

그러니까 날 평가하겠단 속셈이시군. 내가 겁에 질려 눈물이라
도 보이면, 역시 넌 거친 선원들 틈에선 하루도 견디지 못할 거라
는 식으로 꼬투리를 잡겠지. 노예선에 오르려는 내 계획을 무산
시키기 위해서.

"사람 말이 말 같지가 않아? 엉? 너 오늘 한번 내 손에 뒈져 볼
래?"

남자가 포악스럽게 셰이의 멱살을 틀어쥐었다. 그 순간 그녀는
남자의 정강이를 있는 힘껏 걷어찼다.

"어억!"

외마디 소리를 지르며 남자가 허리를 접었다. 셰이는 그 틈을
놓치지 않고 남자의 턱을 겨냥해 무릎을 차올렸다. 고통을 못이
긴 남자가 턱을 부여잡으며 비명을 쏟아냈다.

“꺼져, 뒈지고 싶지 않으면.”

셰이는 일부러 거친 말을 사용했다. 비틀비틀 대여섯 보 물러선 남자가 입에 담기 힘든 욕설을 퍼부으며 악다구니를 쳐댔다. 셰이는 못들은 척 태연히 걸음을 내디뎠다. 그녀가 다가가자 남자들이 알아서 길을 터주었다.

“잘했어, 밤톨.”

셰이가 멈춰 섰을 때, 본 존이 말했다. 그녀는 별것 아니라는 식으로 어깨를 으쓱했다. 본 존의 입술이 슬며시 벌어졌다. 웃음을 터뜨리려는 기미가 보이자 셰이의 눈초리가 매서워졌다. 본 존은 얼른 입술을 꾹 다물었다. 계속해서 피식피식 웃음을 흘리던 그는 셰이의 집요한 시선을 피해 고개를 모로 꺾었다. 그때 하역소 창고 앞쪽에서 세 명의 사내가 나타났다. 그중 가장 나이가 많아 보이는 중년 남자가 구석에 쌓아놓은 나무통을 가져와 밟고 올라섰다. 그리고는 사람들을 쭉 훑어본 다음 입을 열었다.

“거기 검은 콧수염, 그리고 저 뒤 감색 윗도리, 그 옆에 옆에 회색 모자, 그리고… 저기 저 떡진 머리… 아니, 당신 말고 그 앞, 아니, 당신이 아니라 그 옆, 그 옆! 아니, 아니, 당신이 아니라, 반대쪽으로 옆! 그래 당신, 바로 당신 말이야!”

셰이의 옆에 서 있던 남자가 낄낄대더니 고개를 내밀며 소곤거렸다.

“드러운 놈들이 단체로 놀러 왔나 봐.”

그에게 힐끔 시선을 던진 셰이는 어깨 위로 허옇게 내려앉은 비듬 덩어리들을 보자 슬그머니 본 존 쪽으로 몸을 움직였다. 그 동안에도 선원 후보들은 계속 발표되고 있었다.

"저기 애 옆에 있는 갈색 곱슬머리! 거 당신 애요? 애가 있으면 곤란하거든. 아니라고? 그럼 그쪽도 포함."

"예끼, 이 사람! 아까부터 애가 '아부지, 아부지' 하고 불러대는 소리를 내가 똑똑히 들었는데, 누굴 속이려고 그래?"

"아, 내가 아니라는데 형씨가 왜 나서서 씨부렁거리는 거야?"

"뭐어? 씨부렁거려? 아니, 저 대가리에 피도 안 마른 자식이!"

"대, 대가리에 피도 안 마른 자식? 근데 저놈이 뚫린 주둥이라고 말을 함부로 하네! 내가 애가 몇인데!"

"뭐, 뭐? 저노오옴? 뚫린 주둥이?"

시비가 붙은 남자 둘이 씩씩거리며 멱살잡이를 시작했다.

"이래서 사내놈들 앞에선 방귀도 뀌기 싫다니까."

나무통 위에 서 있던 남자가 인상을 구기며 투덜댔다. 그는 함께 온 두 명의 사내에게 빨리 처리하라는 신호를 보냈다. 그들은 주먹다짐으로 막 들어가려던 남자 둘을 선착장 쪽으로 끌고 갔다. 소란이 정리된 후 중년 남자는 세 사람을 더 지목했다. 그중엔 본 존도 끼어 있었다. 그리고 셰이는 당연히 고려 대상조차 되지 못한 처지였다.

"이제 됐으니까 후보로 뽑힌 사람들만 남고 다들 돌아가시오!"

사람들이 툴툴대며 발길을 돌렸다.

"어떡할 거야?"

본 존이 놀리듯 셰이의 귀에 대고 속삭였다. 셰이는 그의 가슴을 어깨로 퍽! 밀치며 앞으로 나섰다.

"선장님!"

뽑힌 사람들에게 이런저런 질문을 던지고 있던 남자가 셰이를 흘긋 쳐다봤다.

"난 선장이 아니다, 꼬마야."

"저도 꼬마가 아닙니다."

"꼬마든 아니든, 귀찮게 굴지 말고 집에나 가라."

"제 집은 '멤피스' 호입니다."

남자의 시선이 그제야 셰이에게 고정됐다.

"'멤피스' 호가 네 집이라고? 거 참, 맹랑한 녀석이로구나."

"절 뽑아주신다면 '멤피스' 호를 제집처럼 알고 목숨을 바쳐 열심히 일하겠다는 뜻입니다."

"뜻은 가상하다만, 너 같은 약골은 하루도 배겨내지 못할 거다."

"뱃일이 얼마나 고된 중노동인지 모르니까 저런 소릴 떠벌리지."

콧수염이 달린 선원 후보가 가소롭다는 얼굴로 셰이를 쏘아봤다.

"시켜만 주십시오! 뭐든지 해낼 수 있습니다!"

셰이는 어떻게든 남자의 눈에 들기 위해 애썼지만, 본 존을 제외하고는 단 한 사람의 관심도 끌지 못했다.

"이제 다 됐군."

이윽고 자신이 추려낸 세 사람을 앞에 나란히 세운 남자가 만족스러운 표정을 지었다. 셰이는 본 존이 뽑혔다는 사실에 기뻐해야 할지 성을 내야 할지, 심란할 뿐이었다. 시무룩한 얼굴로 서 있던 그녀는 이대로 포기해서는 안 된다고 생각하며 마음을 다잡았다.

"세 사람은 냉큼 날 따라와. 오늘이 바로 출항이라 할 일이 한

두 가지가 아니거든."

남자가 걸음을 빨리해 앞으로 나갔다. 셰이가 그를 부르려 했을 때, 본 존이 한 발 먼저 입을 열었다.

"아무래도 전 안 되겠습니다."

"뭐어? 왜?"

본 존은 셰이에게 손짓을 했다.

"밤톨아, 이리 와."

셰이는 사람들의 이목이 집중되자 얼떨결에 본 존 옆에 가 섰다. 본 존이 그녀의 어깨에 팔을 둘렀다.

"제 동생입니다. 가족이라곤 달랑 우리 둘뿐인데, 세상 물정 모르는 녀석을 혼자 남겨두고 떠나려니 발이 영 안 떨어지네요, 글쎄."

"혀엉! 날 두고 떠나지 마!"

셰이는 눈치 빠르게 맞장구를 쳤다.

"면목없는 말씀입니다만, 제 동생 녀석도 저와 함께 가면 안 되겠습니까? 청소나 심부름 같은 허드렛일이라면 세상 그 누구보다 잘해낼 겁니다. 겉보기는 비리비리해도 속은 밤톨처럼 알찬 녀석이거든요. 얼마나 실한지… 자, 보십시오."

본 존은 사람 좋아 보이는 미소를 지으며 셰이의 등을 퍽퍽! 두들겨 댔다. 앞으로 넘어질 뻔한 셰이는 다리에 단단히 힘을 주어 버티며 여유 만만한 태도를 유지하기 위해 노력했다.

"알았어. 그럼 그렇게 하도록 해. 어차피 다시 뽑을 시간도 없으니까."

발을 떼려던 남자가 셰이에게 시선을 던졌다.

“뼈가 닳도록 열심히 해야 돼! 꾀부리면 국물도 없을 줄 알아!
알아들었어?”

세이는 얼른 고개를 끄덕였다. 미덥지 않은 눈초리로 그녀를
쓱 훑어본 남자가 바삐 걸음을 서둘렀다.

“약속 잊지 마.”

본 존이 딱딱한 어조로 말했다. 자신의 행동을 후회하는 눈치
였다.

“잊지 않아, 절대.”

그에 못지않게 경직된 목소리가 나왔다. 그녀는 본 존과 한 약
속을 정확히 기억하고 있었다.

배가 출항하기 전에 한 사람이라도 날 의심쩍은 눈으로 보거나
이상한 행동을 하려 하면 그 즉시 배에서 내리기로 약속했어. 그
리고 또 한 가지는…….

자연스레 그녀의 눈길이 한 발 앞서 걷고 있는 본 존을 쫓았다.

“항해 도중 네 정체가 발각되었을 때, 내 도움을 기대하지 마.”

냉정하던 음성이 또렷이 떠올랐다. 본 존에게 기댈 생각은 조
금도 없었지만, 그의 말은 세이한테 적지 않은 놀라움을 안겨주
었다. 지금도 그녀는 본 존이 그렇게 매몰찬 말을 했다고는 좀처
럼 믿어지지 않았다.

난 본 존에 대해 뭘 알고 있는 것일까?

의식하지 못한 사이 흘러나온 한숨이 어수선한 마음을 더욱 복
잡하게 휘저어댔다.

*

“듀이는 어떤가?”

탕제가 흘러넘칠까 봐 신경을 곤두세우고 있던 암브로시니 백작은 쟁반을 안전하게 내려놓은 다음에야 입을 열었다.

“조금 전에 들여다봤는데, 여전히 잠에 빠져 있었습니다.”

“참 줄기차게도 자는군.”

암브로시니 백작은 조심스레 약그릇을 들어 올렸다.

“약 드실 시간입니다, 전하.”

“벌써? 대체 그 약은 하루에 몇 번을 마셔야 되는 건가? 이러다 간 몸에 피가 아니라 시커먼 약물이 흐르게 될 것 같군. 쓰긴 또 얼마나 쓴지…….”

투덜거리며 약그릇을 받아 든 카시아스가 어린아이처럼 코를 움켜쥔 채 탕제를 마셨다. 암브로시니 백작은 감개무량한 얼굴로 그의 모습을 지켜보았다. 안색이 다소 창백하고 체중이 약간 줄어든 것만 빼면 혈기왕성하던 예전의 모습과 거의 흡사했다. 고작 하루 전에 죽음의 문턱까지 이르렀다가 가까스로 살아 돌아온 사람이라고는 세상 그 누구도 믿지 못할 터였다.

이건 기적이야!

다른 말로는 도저히 설명할 수가 없었다. 카시아스의 몸엔 상처는 고사하고 희미한 상흔조차 남아 있지 않았다. 심지어는 어린 시절 생긴 무릎의 흉터와 어깨의 창상 흔적, 또 손등에 난 화상 자국까지 감쪽같이 자취를 감췄다. 그 사실을 알게 되었을 때, 암브로시니 백작은 경악을 금치 못한 나머지 두려움까지 느껴야 했다.

다 망가진 조잡한 피리 하나가 이런 기적을 만들어내다니!

암브로시니 백작은 카시아스를 바라보고 있는 지금도 그때 일이 꼭 꿈같기만 했다.

"정말 그 피리가 날 살린 걸까?"

카시아스가 독백처럼 물었다. 암브로시니 백작은 카시아스 역시 자신과 마찬가지로 그 생각에서 한시도 벗어나지 못하고 있음을 알아차렸다.

전하께선 나보다 훨씬 더 여파가 크시겠지. 몸소 겪으신 일이니.

"백작의 생각은 어떤가? 듀이의 말처럼 그 피리가 정말 요술 피리인 걸까?"

"예, 전하. 전 그렇게 믿습니다."

암브로시니 백작은 솔직하게 본심을 밝혔다.

"요술 피리라… 요술 피리……."

나직이 중얼대던 카시아스가 돌연 말머리를 돌렸다.

"얘기를 들어보니, 듀이와 꽤 오랫동안 같이 지낸 것 같던데… 듀이에 대해 어떻게 생각하나? 아, 말하기 전에 우선 앉는 게 좋겠네."

왼쪽 무릎에 통증을 느끼고 있던 암브로시니 백작은 군말없이 의자를 찾았다. 마흔 살 무렵 낙마 사고를 당한 이후 줄곧 왼쪽 무릎은 그에게 적지 않은 불편과 괴로움을 안겨주었다. 카시아스를 구하는 과정에서 가뜩이나 안 좋은 무릎을 혹사시킨 탓에 가만히 서 있는 것조차 쉽지 않은 일이 되어버리고 말았다.

"듀이 말일세, 어떤 것 같나?"

카시아스는 암브로시니 백작의 생각이 자못 궁금했다.

"그게… 처음엔 아룬델인 줄만 알았습니다. 자신은 아룬델이 아니라 듀이 델코라는 밑도 끝도 없는 말을 들었을 땐, '추잡한 놈이 드디어 실성까지 했구나' 하고 경멸했고요. 그런데 정신을 차려보니 어느새 제 눈에 아룬델이 아니라 듀이가 비치는 게 아니겠습니까? 그를 대면한 지 얼마 지나지도 않았는데 말입니다."

암브로시니 백작은 느릿느릿 고개를 가로저었다.

"솔직히 말씀 올리자면 지금도 혼란스럽습니다."

"듀이가 아룬델일지 모른다는 생각 때문인가?"

"아니요, 아닙니다, 전하. 전 아룬델이 아니라는 듀이의 말을 의심하지 않습니다. 제가 혼란스럽다고 말씀드린 건 '어떻게 이 세상 천지에 그런 일이 벌어질 수 있을까' 하는 놀라움과 의문 때문입니다."

"사실 나만큼 백작의 심정을 이해할 수 있는 사람도 없을 걸세."

카시아스와 암브로시니 백작은 동류의식이 담긴 눈빛을 교환했다.

"듀이는… 괜찮겠지요, 전하?"

암브로시니 백작의 눈엔 근심이 어려 있었다. 카시아스는 듀이의 현재 상태를 두고 한 말이 아님을 짐작할 수 있었다.

"괜찮으리라 믿고 싶네만… 글쎄……."

무책임한 대답임을 잘 알았으나 다른 말은 나오지 않았다. 카시아스는 가라앉은 분위기를 띄울 요량으로 말투를 가볍게 바꿨다.

"난 듀이보다 백작이 더 신기하네. 한밤중에 나가 피리를 고쳐 온 백작이 말일세. 내가 아는 암브로시니 백작은 죽으면 죽었지, 그런 어린애 장난 같은 일을 할 사람이 아닌데… 나이가 들면 잠이 없어지고, 평소에 안 하던 행동을 하게 된다는 말을 들은 적이 있네. 한때 불사신이라고 불리던 백작도 나이는 못 속이나 보군."

카시아스는 딱하다는 듯 혀를 찼다. 암브로시니 백작이 너털웃음을 터뜨렸다.

"그러게나 말입니다. 하지만 제 노망난 행동이 전하께서 쾌차하시는데, 일말의 도움이라도 드렸다면… 백 번이 아니라 천 번이라도 피리를 들고 전력을 다해 뛰겠습니다."

노백작이 꾸밈없이 진솔한 속내를 열어보이자 쑥스러운 마음이 든 카시아스는 '그렇군' 하고 서툴게 응수했다. 마찬가지로 겸연쩍어진 암브로시니 백작은 괜한 헛기침으로 얼버무리며 창밖을 내다봤다.

"그나저나 듀이 말일세."

카시아스는 슬그머니 화제를 되돌렸다.

"예, 말씀하십시오, 전하."

암브로시니 백작도 재빨리 말을 거들었다.

"백작은 듀이의 피리가 진짜 요술 피리임을 의심하지 않는다고 했지? 하지만 내 생각은 좀 다르네."

"하면 요술 피리가 아니라고 생각하신단 말씀입니까?"

카시아스는 피리를 구입하게 된 경위를 간추려 말해주었다.

“싸구려 좌판에서 팔던 엉터리 노리개에 지나지 않네. 그런 것이 요술 피리라니… 터무니없다는 생각밖엔 들지 않는군.”

“하지만 전하께서 이토록 건강하신 몸으로 제 앞에 앉아 계시다는 사실 자체가 그 무엇보다 확실한 증거 아니겠습니까? 그뿐 아니라 전하와 함께 잡혔을 당시에도 듀이만 무사할 수 있었던 연유가 무엇이겠습니까? 요술 피리 말고는 도저히 설명이 되지 않습니다.”

“백작은 중요한 사실 하나를 간과하고 있네. 기적이라 불릴 만한 두 가지 사건이 벌어질 당시, 빠지지 않고 그 자리에 있던 것, 그걸 생각해 보게.”

“그게 피리 말고는…….”

다른 가능성이 퍼뜩 떠오르자 암브로시니 백작은 멍하니 입을 벌렸다.

“하, 하면 전하께선… 바로 듀이가…….”

“듀이 델코… 난 두 개의 기적을 일으킨 장본인이 다름 아닌 듀이라고 생각하네. 즉, 듀이의 힘이 요술 피리라는 매개체를 통해 밖으로 표출된 것이라는 게 나의 견해일세.”

“하, 하지만…….”

“사실 나도 요술 피리일 가능성을 완전히 배제한 건 아니네. 지금 현재로선 그 두 가지 가능성을 다 염두에 두고 있다는 편이 맞겠군.”

카시아스는 충격을 감추지 못하는 암브로시니를 배려해 말의 강도를 약간 누그러뜨렸다.

“전 그게 듀이의 힘이라고는 도저히 믿어지지 않습니다. 듀이는 다만 우연히 요술 피리를 손에 넣게 된 운 좋은 소년일 뿐이라고 생각합니다.”

백작은 자신도 모르게 부르르 몸서리를 쳤다. 듀이가 기적을 일으켰다는 생각은 그에게 두려움을 가져다주었다. 그건 평범한 사람이 느끼는 본능에 가까운 감정이었다.

“내가 틀리고, 백작의 판단이 맞을지도 모르지. 답은 시간이 보여주리라 확신하네. 실은 그 시간을 앞당길 생각으로 묘안을 하나 짜냈는데… 그걸 현실로 옮기려면 백작의 도움이 필요하네.”

그제야 카시아스는 말을 시작한 본뜻을 드러냈다. 그가 상체를 숙이자 암브로시니 백작도 무의식중에 고개를 내밀었다. 카시아스의 소곤거림을 듣던 백작이 천천히 고개를 끄덕거렸다.

“밤톨! 뭐 하는 거야? 냉큼 이리 오지 못해? 지금 할 일이 얼마나 많은데 하루 종일 걸레만 붙잡고 있는 거야?”

주방 바닥에 쪼그리고 앉아 있던 셰이는 부랴부랴 털보 쿡에게로 뛰어갔다. 털보 쿡은 ‘멤피스’ 호에서 주방을 책임지고 있었고, 간혹 아픈 사람이 생길 때면 엉터리이긴 했으나 치료사 역할도 수행하는 사람이었다. 털보 쿡이란 호칭이 말해주듯 그는 머리카락과 수염이 더부룩했고 몸에도 유별나게 털이 많았다. 때문에 그가 만든 음식을 먹는 사람들은 한두 개씩 빠져 있는 털들을 식사 때마다 건져 내야 했다. 셰이는 그 사실을 알게 된 이후 약간의 채소와 과일만으로 지금까지 버텨오고 있었다.

　그녀와 본 존이 '멤피스' 호에 오른 지도 벌써 사흘이 지났다. 세이에겐 그야말로 악몽과 같은 사흘이었다. 그녀는 허드렛일이란 낱말 속에 그토록 많은 일들이 포함되어 있으리라고는 상상도 하지 못했다. 동이 터올 무렵 시작된 허드렛일은 달이 중천에 떠오르고 나서야 끝을 맺었다. 그 시간 동안 세이는 채소 다듬기, 화덕 소제, 음식 재료 옮기기, 설거지, 빨래, 주방 청소, 음식 푸기와 나르기, 창문 닦기 등등 셀 수도 없을 만큼 수많은 일들을 하기 위해 이리 뛰고 저리 뛰어다녀야 했다.

　엄밀히 말하면 그녀가 가장 많은 시간을 할애한 건 이 뛰어다니기였다. 다른 일들은 뭐 하나 제대로 해낸 것이 거의 없었다. 그런 까닭에 그녀는 주로 일을 시키는 털보 쿡에게 쉴 새 없이 구박을 받아야 했다. 머리를 쥐어 박히는 참기 힘든 굴욕을 당한 적도 여섯 차례나 되었다. 다 때려치우고 싶은 마음이 하루에도 골백번씩 들었으나, 그때마다 얼마 남지 않은 이성이 날뛰는 충동을 잡아주었다. 노예선에 탄 채 망망대해에 떠 있는 처지에서 그녀가 매달릴 수 있는 건 오직 인내밖에는 없었다.

　"후딱 갔다 와! 농땡이 부리면 볼기짝이 터질 때까지 갈겨줄 테니까!"

　털보 쿡이 화덕 뚜껑만 한 주먹을 흔들어대며 으름장을 놨다. 그의 발밑엔 굳은 빵과 시든 채소, 상한 과일 등이 뒤섞여 있는 나무통 두 개가 놓여 있었다. 어느새 낯빛까지 어두워진 세이는 양손에 하나씩 나무통을 나눠 들었다. 진저리가 쳐질 정도로 하기 싫은 일이 그녀를 기다리고 있었다. 그건 다름 아닌 물품고에 갇혀 있는 노예들에게 음식을 가져다주는 일이었다. 꿈에 나타날까 무서운 그 일을 하루에 두 차례씩, 지금까지 다섯 번을 겪어야 했다. 이제 곧 절망과 체념만이 남아 있는 공허한 눈들을 여섯 번째로 피해야 하리라.

"자냐? 엉? 지금 걸으면서 겁도 없이 쿨쿨 자는 거냐?"

묵직한 나무통을 들고 터덜터덜 걷고 있던 셰이는 털보 쿡의 외침에 정신을 차리고 걸음을 빨리했다.

"너무 심하게 몰아붙이는 거 아니야? 보아하니, 힘든 일이라곤 세숫물 정도 떠본 게 고작인 것 같은데 말이야."

셰이가 주방문을 나가자 식탁에 앉아 늦은 점심을 먹고 있던 빅터가 말했다. 그는 본 존과 셰이를 배에 같이 타게 해준 사람으로, '멤피스' 호에서 키잡이로 일하고 있었다.

"심하긴 뭐가 심해? 배에 올랐으면 지 밥벌이 정도는 지가 알아서 해야지. 내가 닦달이라도 하니까 그나마 낑하고 움직이는 거라고. 얼마나 게을러 빠진 녀석인지 알기나 해?"

"게으르긴? 일이 서툴러서 그렇지 제대로 엉덩이 한번 깔고 앉아 있는 걸 못 봤는데. 요즘 젊은애들 중에서 저렇게 고분고분 열심히 일하는 애가 어디 흔한 줄 알아?"

"그건 그렇지만……. 저기 말이야, 이건 자네한테만 말하는 건데……."

문 쪽을 살핀 털보 쿡이 목소리를 낮췄다.

"저 녀석을 보면 자꾸만 괴롭혀 주고 싶은 마음이 생기는 거야. 어째 그러는지는 모르겠지만 말이야."

빅터는 씹고 있던 고기 조각을 사방으로 튀기며 낄낄거렸다.

"하여튼 능청하고는. 모르긴 뭘 몰라? 쟤한테 딴마음 먹고 있다는 거 내가 못 알아챌 줄 알았어?"

"어어, 이 사람 말하는 것 좀 보게! 누가 들으면 진짠 줄 알겠네!"

털보 쿡은 정곡을 찔리자 어쩔 줄 몰라 하며 아무것도 없는 화덕 뚜껑을 괜히 열었다가 다시 닫았다.

"하긴 내 눈에도, 요렇게 보면 웬만한 여자 뺨치게 예뻐 보이고, 또 조렇게 보면 꽉 깨물어주고 싶을 만큼 귀엽기도 하고… 아무튼 그렇더군. 자네 눈엔 더하지?"

"실없는 사람 같으니! 지금 무슨 말을 하는 거야? 다 먹었으면 어서 궁둥이나 치워! 바쁜 사람 방해하지 말고!"

도둑이 제 발 저린 격이 된 털보 쿡은 버럭 성질을 부렸다. 빅터는 알 만하다는 능글능글한 웃음을 흘리며 갑판으로 올라갔다. 혼자 남은 털보 쿡은 저녁 식탁에 올릴 두툼한 멧돼지 뒷다리를 화풀이하듯 조리대 위로 털썩 내던졌다. 고기를 손질하는 길지 않은 시간 동안 그는 입구 쪽을 연방 힐끔거렸다. 셰이의 모습이 좀체 나타나지 않자 얼굴이 점점 험상궂어졌다. 그는 '돌아오면 톡톡히 매운맛을 보여주겠다' 고 벼르며 칼로 질긴 힘줄을 거칠게 내려쳤다.

셰이는 여느 때와 마찬가지로 고개를 약간 돌린 채 남녀 노예들이 따로 분리되어 갇혀 있는 물품고에 나무통 하나씩을 밀어 넣어주었다. 되도록 빨리 문을 닫았으나 고함과 욕설이 밖에까지 들려왔다. 음식물을 한발 먼저, 좀 더 많이 차지하기 위해 벌어지는 비참한 아우성이었다.

셰이는 차라리 귀를 막아버리고 싶은 심정으로 빈 통을 집어 들었다. 아침나절에 그녀가 노예들한테 넣어주었던 나무통이었다.

사람을 저렇게 처참한 꼴로 만들어놓고, 물건처럼 사고팔다니……. 인간이란 대체 어디까지 잔인하고 악해질 수 있는 존재일까?

셰이는 침울한 얼굴로 좁은 통로를 따라 걸었다. 통로 양옆으로 피혁이며 직물, 도기 등 갖가지 물품이 담긴 상자들이 굵은 밧줄로 단단히 고정된 채 쌓여 있었다. 그녀가 통로의 중간 부분에 이르렀을 때였다. 갑자기 시커먼 사람의 형상이 시야를 가로막았다. 셰이는 흠칫하며 한발 물러섰다.

"뭘 그렇게 놀라?"

느물거리는 웃음을 보이며 서 있는 사람은 갑판 보조수인 바구스였다.

"놀라길 바라고 한 행동 아닙니까?"

셰이는 무뚝뚝하게 대꾸하며 바구스를 지나치려 했다. 재빨리 움직인 바구스가 거듭 앞길을 막아섰다.

"급할 거 없잖아? 얘기나 좀 나누려고 하는데 말이야."

"비켜주시죠."

"얘기나 좀 하자니까? 잠깐이면 돼."

셰이는 팔을 잡으려 드는 바구스의 손을 매몰차게 뿌리쳤다.

"왜 이럽니까? 자꾸 이러면 갑판장님께 말씀드리겠습니다."

현 상황에서 그녀가 할 수 있는 최대한의 경고였다. 말썽이 생기면 바구스보다 더 곤란해지는 건 바로 그녀 자신이었다.

"아이고, 무서워라!"

바구스가 과장되게 몸을 떨었다. 그러더니 다짜고짜 셰이의 턱을 움켜쥐었다.

"귀여워해 줄 때 얌전히 굴어. 내 눈밖에 나면 어떻게 되는지 알아? 그 자리에서 물품고로 직행이야. 눈물 없이 못 보는 처량한 노예 신세가 되는 거지. 하지만 겁에 질릴 필요는 없어. 넌 그냥 내가 시키는 대로 고분고분 따르기만 하면 되니까. 장담하는데,

너도 그렇게 싫지만은 않을 거야."

음탕한 색욕으로 번들거리는 눈이 셰이의 몸을 타고 미끄러졌다. 목덜미의 솜털이 쭈뼛 곤두서며 전신에 소름이 돋았다.

"내가 무슨 말하는지… 알아들었지?"

"아니, 모르겠는데?"

셰이는 민첩하게 뒤로 물러섰다. 그리고 역겹기 짝이 없는 얼굴을 나무통으로 후려쳤다. 바구스가 짧은 비명을 터뜨리며 얼굴을 감쌌다. 한쪽 손잡이가 떨어져 나간 나무통이 눈에 띄자 셰이는 신음 소리를 뱉어냈다. 털보 쿡에게 얼마나 잔소리를 듣게 될지 벌써부터 걱정이 앞섰다.

"이게 감히!"

잠깐 방심하고 있던 셰이는 번쩍 머리를 쳐들었다. 번뜩이는 칼날이 얼굴로 돌진했다. 셰이는 휙 고개를 젖혔다. 그녀를 놓친 칼날이 곧바로 방향을 바꿨다.

"눈알을 파내주겠어!"

바구스는 셰이의 눈을 겨냥해 단검을 내리찍었다. 그녀가 고개를 비튼 순간 돌덩이처럼 단단한 손아귀가 바구스의 팔뚝을 낚아챘다.

"죽고 싶어?"

바구스 뒤에 바짝 붙어선 본 존이 귀에 대고 거칠게 속삭였다.

"이거 놔!"

"그렇게 죽고 싶으면 내가 도와주겠어."

본 존은 움켜쥐고 있던 팔뚝에 으스러져라 힘을 가했다. 그리고 칼날의 방향을 바구스의 목 쪽으로 돌렸다.

“비, 비켜!”

바구스는 온힘을 다해 버둥거렸지만 싸움을 비롯하여 온갖 험한 일로 단련된 본 존의 완력을 이길 수는 없었다.

“이, 이러지 마! 이러지 말라고!”

뾰족한 칼끝이 목젖을 찌르자 바구스는 급기야 울음 섞인 괴성을 터뜨렸다.

“으어어어어! 사, 살려줘!”

“앞으로 내 동생 손가락 하나라도 건드리면, 그 즉시 네놈의 멱을 따주겠어. 알아들었어?”

“아, 알았어! 다시는 안 그럴게! 맹세해!”

“그럼 꺼져!”

본 존은 팔뚝을 놔주는 것과 동시에 바구스의 엉덩이를 무자비하게 걷어찼다. 앞으로 고꾸라지며 나무 상자에 머리를 부딪친 바구스가 엉금엉금 기어 통로를 벗어났다.

“내가 이런 일 있을 거라고 했지?”

본 존의 말투는 몹시 퉁명스러웠다.

“그따위 말하러 온 거면, 너도 꺼져!”

기분이 좋을 리 없는 셰이도 시비조로 맞받았다.

“어이구야, 벌써 훌륭한 뱃사람이 다 되셨네.”

본 존이 얄밉게 이죽거렸다. 두 사람은 잠시 동안 서로를 노려보며 꼼짝 않고 서 있었다.

“내가 미친놈이지.”

본 존은 천장으로 시선을 올리며 한숨을 폭 내쉬었다.

“이 배에 탄 목적은 오직 버틀랜드로 가기 위해서야. 그리고 이제 얼마 남지 않았어. 조금만 더 버티면 돼."

셰이는 본 존이 아닌 자기 자신을 향해 말했다. 지친 기색이 뚜렷한 그녀의 얼굴을 빤히 바라보던 본 존이 표정을 누그러뜨렸다.

"난 힘내라든지, 지금까지 잘해왔다든지, 앞으로도 그렇게만 하면 된다든지, 역시 내 밤톨이라든지, 하는 낯간지러운 말은 못해."

"그 밤톨이라는 말 좀 그만 할 수 없어? 이 사람, 저 사람 할 것 없이 모두 날 밤톨이라고 부른단 말이야."

"뭐어? 누가 감히 내 밤톨을 허락도 받지 않고 밤톨이라고 불러?"

본 존의 능청에 셰이는 픽 웃고 말았다.

"일은 할 만해?"

본 존이 가벼운 투로 물었다.

"죽지 못해 하는 거지, 뭐."

"이런이런, 제 연약한 심장을 모질게도 울리시는군요, 아름다운 레이디."

"쉿!"

셰이는 황급히 주위를 살폈다.

"아, 미안. 나도 모르게 말버릇이 튀어나왔어. 정말 멍청한 덴약이 없다니까! 천하에 둘도 없는 바보 자식!"

"괜찮을 거야. 여기 내려오는 사람이라곤 나밖에 없거든."

본 존의 얼굴이 급속도로 어두워지자 셰이는 서둘러 그를 안심시켰다.

"나 빨리 올라가 봐야 해. 벌써 많이 늦었어. 아마 지금쯤 털보 쿡이 이를 빠득빠득 갈고 있을 거야."

"으으으, 털보 쿡!"

본 존이 고개를 푹 꺾으며 진저리를 쳤다.

"여러 번 당했구나?"

셰이가 웃으며 걸음을 떼자 본 존도 자연스레 보조를 맞췄다.

"그걸 말이라고 해? 어젠 꿈까지 꿨어. 손바닥만 한 스프 속에 검은 털들이 바글바글한데… 어휴! 내 생전에 그렇게 끔찍한 악몽은 어제가 처음이었어."

"난 그래서 아예 입도 안……."

"여자예요! 여자가 틀림없어요, 갑판장님!"

돌연 거친 고함 소리가 셰이의 말을 끊어버렸다. 그녀를 손가락질하며 외치는 바구스 뒤로 갑판장과 털보 쿡, 빅터, 그리고 이름을 모르는 선원 두 명이 서 있었다.

"저 개자식!"

본 존이 입속말로 욕설을 뱉어냈다.

"제가 똑똑히 들었어요, 갑판장님! 레이디라고 했어요, 레이디요! 아름다운 레이디, 어쩌구 하는 걸 제 귀로 똑똑히 들었다고요!"

본 존은 크게 소리 내어 웃음을 터뜨렸다.

"나 참, 너무 우스워서 말이 안 나오네."

"뭐가 우습다는 거야?"

얼굴이 벌게진 바구스가 침을 튀기며 소리쳤다. 본 존은 계속해서 낄낄거리며 셰이의 어깨에 팔을 둘렀다.

“저 개소리 들으셨습니까? 정말 대단한 개소리라 생각지 않으십니까, 아름다운 레이디?”

본 존은 눈에 고인 눈물을 닦아내며 앞에 버티고 서 있는 사람들을 쳐다봤다.

“전 종종 이렇게 동생을 놀려댑니다. 제 동생이라서가 아니라, 버럭 화를 내며 덤비는 모습이 정말 귀엽거든요. 녀석이 워낙 곱상하게 생겨나서 돌아가신 저희 어머니도 우리 공주님, 우리 공주님 하고 놀리곤 하셨죠. 어머니가 이 자리에 계셨다면, 저와 마찬가지로 배꼽을 잡으셨을 겁니다. 갑자기 병에 걸려 돌아가시지만 않았어도… 동생 녀석까지 이런 험한 곳에서 고생하는 일은 없었을 텐데…….”

본 존의 연기가 꽤 그럴듯하게 보였는지 의혹에 차 있던 사람들의 날 선 눈초리가 한결 누그러졌다. 오히려 자신이 곤란한 상황에 처해질 것 같은 위기감이 들자 바구스는 악착같이 셰이를 물고 늘어졌다.

“옷을 벗어봐! 우리 앞에서 남자가 분명하다는 걸 증명해 보란 말이야!”

사람들의 시선이 셰이에게 몰려들었다. 그녀는 어금니를 악물었다.

어떻게 해야 하지? 이럴 땐 어떻게 해야 하는 거지?

아무 생각도 나지 않았다.

“보셨죠, 갑판장님? 손가락 하나 움직이지 못하고 벌벌 떨고 있잖아요.”

“하도 어이가 없어서 맥까지 빠져 버렸습니다. 나 참, 살다 살다 보니 별 해괴망측한 일을 다 당하게 되는군요. 재수가 없으려니까 별 개 같은 경우를 다 당하네! 제기랄!"

셰이는 바구스를 죽일 듯 노려보다 침까지 퉤 뱉었다. 사람들의 의심을 잠재우려면 더욱 거칠게 나가는 수밖에 없었다.

"그렇게 당당하면 내 말대로 옷을 벗어보란 말이야! 갑판장님! 제 말이 틀림없다니까요!"

갑판장이 굳게 다물고 있던 입술을 열었다.

"옷을 벗어봐라."

"끝장이야."

본 존은 눈을 질끈 감았다.

"어떻게 될까?"

"뭐가?"

본 존이 탁한 어조로 되물었다.

"나 말이야, 사실이 밝혀지면."

"전에 말했었지, 밀항자가 어떤 취급을 받는지. 그거와 크게 다르지 않을 거야."

"그러니까 바다에 빠져 죽든지, 그보다 더 끔찍한 죽임을 당하든지, 아니면 노예로 팔리겠군. 그 중간엔 저들의 노리개가 되겠고."

"뭘 주절대고 있어? 갑판장님, 말씀 못 들었어? 빨리 옷 벗어!"

의기양양해진 바구스가 더욱 목청을 높였다.

"옷을 벗어라… 뭐, 좋습니다. 여러분들이 원하신다면 그렇게 하죠. 저야 꿀릴 게 하나도 없으니까요."

셰이는 천연덕스러운 태도로 신고 있던 가죽신을 벗어 던졌다.

“뭐 하는 거야?”

본 존이 숨죽여 물었다.

“뛰어들 준비.”

“뭐어?”

“바다에 뛰어들 준비한다고.”

“미쳤어?”

“아직은 아니야. 하지만 저들의 노리개가 되느니 차라리 미치는 쪽을 택하겠어.”

본 존이 무슨 말인가를 중얼거렸다. 지나치게 낮고 거칠어서 셰이는 알아들을 수 없었다.

“뭐라고?”

“너 때문에 정말 미쳐 버리겠다고! 젠장!”

본 존이 버럭 고함치며 쏜살같이 앞으로 돌진했다.

“어! 어어어어!”

“저놈, 뭐야?”

본 존은 사람들을 덮치듯 훌쩍 뛰어올랐다. 피할 틈을 찾지 못한 그들이 본능적으로 몸을 움츠린 순간, 본 존은 공중에서 갑판장의 목덜미를 와락 낚아챘다. 뜻밖의 사태에 놀란 셰이는 일순 멈칫했다가 재빨리 본 존 쪽으로 달려갔다.

“모두 손가락 하나 까딱하지 마!”

본 존은 어느 사이엔가 빼어 든 단검을 갑판장의 목에 위협적으로 들이댔다. 사람들이 주춤하며 두어 걸음 물러섰다. 애초에 여섯 명에 불과했던 그들은 심상치 않은 소리를 듣고 모여든 선원들로 인해 어느덧 열한 명까지 늘어나 있었다.

“무슨 짓이야? 빨리 갑판장님을 놔드려!”

“네까짓 것들이 산 채로 여길 빠져나갈 수 있을 것 같아?

“내가 친히 살가죽을 벗겨주겠어.”

“심장은 내가 도려내 주지. 너흰 이제 죽은 송장에 불과해.”

몇몇 선원들이 칼을 뽑아 들었다.

“그래? 그럼 이 죽은 송장께서 저승길 심심하지 않게 송장 서너 개만 더 만들면 되겠네. 먼저 이 녀석부터.”

본 존은 보란 듯이 갑판장의 살갗을 얇게 베었다. 붉은 선이 나타나더니 가느다란 핏줄기가 옷깃 속으로 흘러들었다.

“죽기 싫으면 네가 알아서 해.”

“무, 물러나라! 모두 물러나!”

갑판장의 입에서 겁에 질린 외침이 터지자 조금씩 다가서고 있던 선원들이 다시 한두 걸음 남짓 간격을 벌렸다.

“셰이, 괜찮아?”

“웅.”

셰이는 간단히 답했다. 본 존과 마찬가지로 단검 하나에 의지한 채 험상궂은 선원들과 대치하고 있는 상황이라 다른 곳에 신경 쓸 정신이 없었다.

“갑판장님, 들으셨죠? 방금 저놈이 셰이라고 부른 거 들으셨죠? 역시 제 말대로 여자가 틀림…….”

“입 닥쳐!”

갑판장이 험악하게 내뱉었다. 찔끔한 바구스가 덩치 큰 선원 뒤로 슬그머니 몸을 숨겼다.

“지금 당장 구명정을 내리라고 해.”

“그런다고 무사히 도망칠 수 있을 것 같아?”

“그거야 네가 상관할 일이 아니지.”

본 존은 갑판장의 목을 휘감고 있는 팔에 위협적으로 힘을 가했다.

“어서!”

“구명정을 준비해라!”

‘멤피스’ 호엔 두 척의 구명정이 있었다. 배에 오르자마자 본 존이 가장 먼저 확인한 것이 바로 이 구명정의 위치였다.

구명정 두 척이 신속하게 준비되었다. 본 존 혼자 갑판장을 제압한 채 줄사다리를 내려가는 건 불가능했기 때문에, 세이가 갑판장의 목에 단검을 겨눈 상태로 뒤를 따라야 했다.

본 존은 구명정이 ‘멤피스’ 호에서 어느 정도 떨어질 때까지 갑판장을 보내주지 않았다. 이를 갈고 있을 선원들의 공격 기회를 미리 차단하기 위해서였다. 안전한 거리가 확보되자 본 존은 뒤에 매달려 있는 구명정으로 갑판장을 옮겨가게 했다. 그런 다음 두 개의 구명정을 잇고 있는 밧줄을 풀었다.

“너희 둘은 죽은 목숨이야.”

구명정 사이가 웬만큼 벌어졌을 때 갑판장이 말했다.

“기껏 살려 보내줬더니, 인사말 한번 고약하시네.”

본 존은 가소롭다는 표정을 지었다. 작은 구명정 하나로 버틀랜드 국까지 간다는 건 꿈도 못 꿀 일이었지만, 배로 한나절 정도 걸리는 곳에 ‘작은 샘물’ 이라고 불리는 제누 섬이 있었다. 그 사실을 알고 있던 본 존은 갑판장의 얘기가 일말의 자존심이라도 지키고 싶어 꺼낸 공허한 허풍 정도로 여겨졌다.

“그 구명정을 설계한 사람이 누군지 알아?”

셰이는 눈살을 찌푸렸다. 심상치 않은 예감이 들었다.

“바로 나야.”

갑판장이 히죽 웃으며 말아 쥐고 있던 새끼손가락만 한 목정(木釘)을 들어 보였다.

“이런 젠장! 당했어!”

본 존이 거칠게 뱃전을 내려쳤다. 구명정의 후미 구석에서 물이 새어 들어오고 있었다. 우왕좌왕할 겨를이 없었다. 셰이는 바닥에 고인 물을 손바닥으로 퍼냈다. 갑판장의 웃음소리가 연이어 귀청을 때렸다. 그녀의 행동을 보고 상황을 눈치 챘는지 ‘멤피스’ 호 쪽에서 통쾌하다는 환호성과 야유가 터져 나왔다.

“소용없어!”

본 존이 신경질적으로 바닥에 고인 물을 걷어찼다.

“그럼 뭐 좋은 방법이라도 있어? 그냥 바다에 빠져 죽자고? 구경꾼들이나 즐겁게 해주면서?”

셰이는 한시도 움직임을 멈추지 않았다.

“난 죽더라도 저들의 눈앞에서 죽진 않을 거야. 사람을 사고파는 추악한 짐승들의 유흥거리로 전락한 채 내 생을 마감하진 않겠어.”

“넌 대체……! 이런 젠장! 물이 더 들어오잖아!”

신발을 벗어 든 본 존이 몸을 굽혔다. 두 사람은 미친 듯이 물을 퍼내고, 또 퍼냈다. 숨이 턱 밑까지 차올랐다. 하지만 바닷물은 점점 더 감당할 수 없을 만큼 쏟아져 들어오기만 했다. 눈 깜짝할 사이 발목 위까지 차올랐다. 무게를 못이긴 구명정이 물을 출렁이며 기우뚱거렸다.

"헤엄칠 줄 알아?"

본 존이 다급히 물었다.

"몰라!"

셰이는 악을 쓰듯 소리쳤다. 그녀는 두려움이 아닌 분노에 사로잡혀 있었다. 도저히 빠져나올 수 없는 상황에 대한, 그녀는 아랑곳없이 환하게 주위를 밝히고 있는 세상에 대한, 이런 처지로 무모하게 뛰어든 자신에 대한, 그리고 그녀를 나 몰라라 내팽개쳐 버린 누군가에 대한 분노였다.

"마지막이야."

본 존의 어조는 믿기 힘들 정도로 담담했다. 그러나 셰이에게 못 박힌 하늘색 눈동자엔 숨 가쁜 절박함이 가득했다.

"이샤……."

셰이는 입속말로 중얼거렸다.

난 이런 꼴로 죽음을 맞게 생겼는데, 넌 어디서 뭘 하고 있는 거야? 난 네 주인이야! 넌 내 것이고, 난 너의 주인이라고! 지금 당장 날 구해!

완전히 힘을 잃은 구명정이 밑으로 가라앉았다. 셰이는 온몸이 바다에 삼켜지기 직전 목청껏 소리쳤다.

"네 주인을 구하란 말이야, 이 악질아!"

차가운 바닷물이 일시에 숨을 막아버렸다. 그 순간 무엇인가 강력한 힘이 그녀의 허리를 휘감았다.

"누가 내 주인이야?"

냉랭한 음성이 귀를 파고들었다. 셰이는 눈을 깜박여 바닷물을 털어냈다. 두 팔로 그녀를 받쳐 안은 이샤무딘이 굼실거리는 바다 위 허공에 떠 있었다. 흡사 단단한 땅을 딛고 있는 것처럼 다리를 벌리고 서 있는 모습이 변함없이 오만해 보였다. 셰이는 어안이 벙벙했다. 악다구니를 치는 심정으로 이샤를 부르긴 했으나 실제로 나타나리라곤 결코 예상하지 못했다.

이건 꿈인가? 내가 지금 꿈을 꾸고 있는 걸까?

셰이는 충동적으로 이샤무딘의 팔을 꼬집었다. 반응이 전혀 나오질 않자 다시 한 번 팔뚝 살을 옴팡지게 잡아 비틀었다. 이샤무딘의 눈썹이 꿈틀하더니 얼음장 같은 금빛 눈동자가 그녀를 똑바로 노려봤다.

"하하… 난 혹시 꿈인가 해서……."

"내가 확실히 깨닫게 해주지."

이샤무딘이 손을 놓는 순간 셰이는 번개처럼 그에게 달라붙었다. 오른팔은 그의 목에, 왼쪽 팔은 어깨에 그리고 두 다리는 허리에 단단히 감겨 있었다.

"나한테 손가락 하나도 대지 말라고 했지?"

목소리며 눈빛에 어찌나 냉기가 쌩쌩 도는지 소름이 돋을 지경이었다.

"누군 이러고 있는 게 즐거운 줄 알아? 지금은 어쩔 수 없는 상황이잖아."

셰이는 눈을 흘기며 톡 쏘아붙였다.

"놔!"

"싫어. 바다에 빠뜨릴 속셈인 거 다 알아."

그녀는 팔다리에 더욱 힘을 주어 악착같이 매달리며 주위를 두리번거렸다. 본 존은 물론이고 '멤피스 호'도, 구명정도 보이지 않았다.

"어떻게 된 거야? 다른 곳으로 이동한 거야?"

답변은 나오지 않았으나 장소를 옮긴 것이 분명했다.

"본 존은? 본 존도 바다에 빠졌단 말이야!"

"그래서?"

이샤무딘이 귀찮다는 듯 짧게 물었다.

"본 존을 구해야지!"

고통에 몸부림치며 바다 속으로 가라앉는 본 존의 모습이 생생히 그려졌다. 속이 바짝바짝 타 들어갔다.

"빨리! 본 존이 죽는단 말이야!"

"그 녀석이 죽든 말든 상관없어."

"난 상관있어! 아까 그곳으로 돌아가! 어서!"

셰이는 급한 마음에 이샤무딘의 어깨를 잡아 흔들었다.

"네 목숨과 녀석의 목숨 중에 하나만 택해."

입술을 벌렸으나 아무 말도 나오지 않았다.

"역시 너도 여느 인간들과 다르지 않군."

이샤무딘이 냉소적으로 말했다. 셰이는 그의 멱살을 와락 움켜잡았다.

"넌 내 목숨을 구해. 본 존의 목숨은 내가 구할 테니까."

"그렇게 하지."

이샤무딘의 말이 끝나자마자 눈앞이 흐릿해졌다. 다음 순간 선명해진 시야 속으로 초록빛 들판이 드넓게 펼쳐졌다.

"이게 무슨 짓이야? 본 존이 있는 곳으로 가야지! 이리로 오면 어떡해?”

이샤무딘은 대답 대신 그녀를 풀이 무성한 바닥에 떨어뜨렸다. 거세게 엉덩방아를 찧은 셰이는 그 즉시 벌떡 일어섰다. 본 존에 대한 걱정이 온 마음을 점령하고 있어 아픔도 느껴지지 않았다.

“내 말 못 들었어? 어서 본 존이 있는 곳으로 가란 말이야! 어서!”

“싫어!”

퉁명스럽게 대꾸한 이샤무딘이 돌연 입술을 깨물며 얼굴을 찡그렸다.

“명령이야! 지금 당장 본 존한테로 가!”

“싫다고 했지?”

갑작스레 이샤무딘의 입술에서 억누른 신음성이 흘러나왔다.

“뭐야? 왜 그래?”

“젠장!”

이샤무딘이 거친 숨결을 토해내며 심장 부위를 움켜쥐자 셰이의 눈이 휘둥그레졌다.

“혹시… 내 명령을 따르지 않아서… 그런 거야?”

셰이는 ‘설마 아니겠지’ 하고 생각하며 조심스레 물었다. 이샤무딘이 흘러내린 머리카락 사이로 그녀에게 서늘한 시선을 던졌다.

“네 말을 거부하면 심장에 뻐근한 아픔이 전해져. 두 번째엔 갈가리 찢기는 듯한 통증이 느껴지고, 세 번 연이어 거부하면 심장이 터져 버리게 돼… 네가 바라던 대로.”

담담하던 목소리가 점차 잔인하게 변해갔다.

“그 녀석한테 보내달라고 다시 한 번 말해봐. 오래 기다리지 않아 네 바람이 이루어질 테니까.”

“내 바람이 이루어진다고? 본 존을 구하겠다는 거야, 아니면 내 눈앞에서… 죽겠다는 거야?”

이샤무딘은 그녀를 응시하기만 할 뿐 입을 열지 않았다. 그러나 셰이는 본능적으로 답을 알 수 있었다. 심장이 터지는 한이 있어도, 마지막까지 자존심을 굽힐 사람이 아니었다.

그러니까 나보고 선택하라는 거로군. 본 존과 자신 중에서…….

“알아?”

두 사람의 눈길이 이어졌다.

“넌 정말 나쁜 놈이야.”

셰이는 이샤무딘에게서 등을 돌리고 섰다. 너무 많은 시간을 써버리고 말았다. 본 존은 이미 목숨을 잃었을 것이 분명했다. 그녀는 주먹을 움켜쥐고 이를 악물었다. 무기력한 자신을 용서할 수 없었다.

“미안해…….”

셰이는 자그맣게 속삭였다. 코가 시큰거리며 목이 조여들었다. 곧 눈앞이 뿌옇게 흐려졌다.

“동글동글한 모습이 꼭 밤톨처럼 먹음직스러워 보여.”

그녀를 놀리며 장난스레 웃던 본 존의 얼굴이 떠올랐다. 셰이는 먼 하늘을 올려다봤다. 뺨을 타고 내려온 눈물이 옷깃을 적셨다. 한동안 소리없이 눈물을 흘려보내던 그녀는 옷소매로 대충 얼굴을 닦아낸 다음 뒤를 돌아봤다. 이샤무딘은 가만히 서서 그녀를 바라보고 있었다.

"여긴 버틀랜드 국인 거지?"

"그래."

"칼루스가 어느 쪽인지 알아?"

이샤무딘이 말없이 한쪽 방향을 가리켰다. 셰이는 묵묵히 걸음을 내디뎠다. 어디선가 불어온 한줄기 바람이 다시금 젖어드는 눈두덩을 위로하듯 살며시 어루만졌다.

"다시 말해봐라, 누구한테 당했다고?"

모고르는 잘못 들은 것이 틀림없다고 생각하며 애써 침착한 태도를 견지했다. 그의 눈치를 살피던 카론은 잘 떨어지지 않으려 하는 입술을 어렵사리 움직였다.

"암브로시니 백작과 아… 룬델입니다."

"그러니까 예순이 넘은 늙은이와 손에 검은커녕 과도도 한 번 들어본 적 없는 남창에게 당했다는 말이로구나. 너희 일곱 명이……."

기가 막힌 모고르는 탄식 어린 한숨을 길게 내뿜었다. 침묵이 깊어지자 가뜩이나 몸둘 바를 몰라 하던 기사들은 숨조차 편히 쉴 수 없는 지경에 이르고 말았다.

그들이 사이트러스 성으로 돌아온 건 불과 서너 시간 전인 바로 오늘 정오 무렵의 일이다. 명령을 수행하기 위해 성을 떠난 지 하루하고도 반이 훌쩍 넘은 시점이었다. 땔감을 구하러 가던 농부의 눈에 띄지 않았다면 아직까지도 나무에 묶인 상태로 추위와 배고픔에 시달리고 있을 터였다. 자유를 찾은 순간 기사들은 이제 살았다는 안도감에 서로의 어깨를 두드리며 감격의 눈물을 흘리기까지 했다. 그러나 현재의 심정 같아서는 이 자리에서 벗어날 수만 있다면 그 당시로 돌아가라 해도 기꺼이 따를 것만 같았다.

"꼴도 보기 싫으니 당장 물러가라! 이번 일에 대한 잘못은 톡톡히 물을 것이다!"

고개를 푹 꺾은 기사들이 부랴부랴 명을 따랐다. 그들을 좇는 모고르의 시선은 소름 끼칠 만큼 차디찼다.

한심한 밥버러지들!

모고르는 기사들을 모두 없앨 생각이었다. 그들은 언제든지 다른 이들과 교체할 수 있는 기사 나부랭이에 불과했다. 그런 하찮은 것들의 실수를 눈감아줄 만큼 모고르는 관대하지 않았다.

다 죽어가던 반송장 하나를 처리하지 못해 죽음을 맞게 되다니… 그야말로 가련한 운명들이 따로 없군.

모고르는 실소를 지으며 의자 등받이에 편히 몸을 기댔다. 그는 이번 일이 불러올 파장에 대해 그리 걱정하지 않았다. 카시아스 왕자는 십중팔구 지금쯤 차디찬 주검이 되어 있을 것이다. 용케 숨이 붙어 있다 해도 얼마 못 가 눈을 감을 것이 분명했다.

기적이 일어나지 않는 한, 그런 몸으로 살아나진 못할 거야.

멍청한 부하들 때문에 부아가 치밀긴 했으나 크게 우려할 일은 아니었다. 가짜 아룬델과 넝마 꼴이 된 왕자, 나날이 노쇠해져 가는 늙은 백작, 위협이 될 만한 인물은 한 명도 없었다.

내버려 둬도 아무 상관 없겠지만, 감히 내 면전에서 주제도 모르고 날뛰었으니 뼈저리게 후회하도록 해주지.

모고르는 왕자 일행이 어디 숨어 있을지 대충 짐작이 갔다. 그 몸을 해 가지고 멀리 도망치진 못했을 테니 아르덴에 있는 암브로시니 백작의 지인들 몇 명만 급습하면 쉽게 잡을 수 있을 터였다. 벨페스트를 비롯한 수하들을 시킬 생각은 없었다. 굳이 일의 경중을 따지지 않더라도 카시아스 왕자와 아룬델의 존재가 세상에 드러난 이상, 공개적으로 그들을 잡아 뒤탈이 생기지 않게 해야 한다. 모고르는 지체없이 발 빠른 전령사들을 불러들였다. 이제 곧 국왕의 이름을 건 비상령이 아르덴 전역에 내려질 것이다.

"몸조심하세요."

"응, 아미도 몸조심해."

"그동안……."

카시아스와 암브로시니 백작을 곁눈질하던 아미가 말을 이었다.

"감사했어요."

"응, 나도 고마웠어."

듀이는 또다시 아미의 말을 따라했다. 기억에 남을 근사한 인사말을 해주고 싶은 마음은 굴뚝같았으나 도무지 생각이 나지 않았다. 원래 숫기도 없고 말주변도 부족할뿐더러 반짝반짝 눈을 빛내고 있는 구경꾼 둘을 앞에 두고 있으려니 쑥스러운 마음에 자꾸 몸이 꼬이려 했다.

아미는 숙이고 있던 고개를 들어 듀이의 얼굴을 응시했다. 시선이 마주치자 금세 두 볼이 발그스레해졌지만 한시도 눈을 떼지 않았다. 그를 볼 수 있는 마지막 기회였다. 그의 모든 것을 가슴속에 꼭꼭 담아두고 싶었다.

아미와 가족들은 아르덴을 떠나 멀리 떨어진 푸아드에 가서 살기로 했다. 한적한 시골 마을인 푸아드엔 아미의 외할아버지가 운영하는 목장이 있었다. 떠날 채비를 모두 마친 가족들은 지금 숙부인 마르틴 어의관의 저택에서 아미가 도착하기만을 기다리는 중이었다.

"저… 아룬델님……."

"으… 응?"

듀이는 아미의 시선을 슬그머니 피했다. 죄책감 때문에 그녀를 똑바로 바라보기 힘들었다. 모진 일을 당한 것도, 온 가족이 여태껏 살아온 삶의 터전을 떠나게 된 것도, 자신만 만나지 않았다면 겪지 않아도 될 일이었다.

"아룬델님……."

아미가 다시 한 번 그를 불렀다. 애잔한 슬픔이 감도는 목소리였다. 머뭇거리는 듀이를 향해 카시아스가 어서 무슨 말이라도 하라는 눈치를 주었다.

"미안해, 아미!"

듀이는 충동적으로 소리쳤다. 카시아스가 어이없다는 표정을 지으며 커다랗게 눈을 굴렸다.

"뭐, 뭐가요?"

“전부… 전부 다 미안해. 정말 미안해… 얼마나 미안한지 몰라… 미안해… 아미…….”

코끝이 시큰거리며 눈에 눈물이 그렁그렁 맺혔다. 아미의 입술에 부드러운 미소가 피어났다.

“미안해하지 마세요, 아룬델님.”

발꿈치를 들어 올린 아미가 듀이의 입술에 살며시 입을 맞췄다. 그리고는 뒤도 돌아보지 않고 밖으로 나갔다. 문이 닫힌 후에도 듀이는 눈을 동그랗게 뜬 채 쇠꼬챙이처럼 꼿꼿이 서 있었다.

“이야, 대단한데? 소감이 어때? 넋이 나갈 정도로 황홀했어?”

카시아스는 실실 웃으며 듀이를 놀려댔다.

“전하, 좀 이상한데요?”

듀이를 살피던 암브로시니 백작이 심각한 표정을 지었다. 카시아스의 얼굴에서도 곧바로 웃음기가 사라졌다.

“왜 그래? 몸이 불편해?”

“카시아스…….”

듀이의 눈에서 눈물 한 방울이 또르르 굴러 떨어졌다.

“그래, 나 여기 있어. 어지러워? 토할 것 같아?”

“잘 모르겠어.”

“뭘? 뭐를 모르겠다는 거야?”

애가 탄 카시아스는 목청을 높였다.

“입맞춤 말이야. 여자랑 입맞춤 한번 해보는 게 소원이었는데… 너무 순식간에 지나가 버렸어… 어떤 느낌인지 알아볼 겨를도 없었어… 아미한테 좀 길게 해달라고 부탁하고 싶었는데, 말이 나오질 않는 거야… 세상에 나 같은 바보가 또 있을까?”

듀이는 점점 울상이 되었고, 카시아스의 인상은 급속도로 험악해졌다. 불끈 움켜쥔 카시아스의 주먹을 발견한 암브로시니 백작은 재빨리 듀이를 의자로 이끌었다.

"너무 상심 말게. 입맞춤 정도야 앞으로도 얼마든지 해볼 수 있을 걸세, 질리도록 말일세."

"그건 백작님이 잘 모르서서 하시는 말씀이에요. 나한테 그런 기회가 또 올 리 없어요. 처음이자 마지막 기회였을 게 분명하다고요."

"맞아, 어느 여자가 너같이 덜떨어진 녀석한테 입맞춤을 해주겠어? 실성하지 않는 한, 아니, 머리가 홱 돌아버려도 그런 일은 없을 거다. '죽을래, 듀이 델코하고 입 맞출래?' 하고 물으면 차라리 죽겠다고 아우성칠걸?"

카시아스는 짜증 반, 재미 반 삼아 빈정거렸다.

"나쁜 놈! 이제 너하고는 말도 하지 않을 거야!"

듀이가 눈물을 뚝뚝 흘리며 내실로 휙 들어가 버렸다.

"전하, 꼭 그렇게 모진 말씀을 하셔야 했습니까?"

듀이에 대한 안쓰러움으로 인해 암브로시니 백작의 어조엔 약간의 질책이 깔려 있었다. 머쓱해진 카시아스는 괜히 코끝을 문질렀다.

"발끈하는 게 재미있기도 하고, 어찌 보면 귀엽기도 해서… 나도 모르게 그만……."

"마음이 많이 상했을 텐데… 어서 풀어주십시오."

카시아스는 미간을 찌푸렸다.

"내가 꼭 그런 일까지 해야 되는 건가?"

“앞으로의 여행길을 헤아려 보십시오. 그럼 답이 보이실 겁니다.”

내키지 않는 기색이 뚜렷한 카시아스가 걸음을 떼려는 찰나였다. 밖에서 급박한 발소리가 나더니 문이 세차게 열렸다.

“병사들이 들이닥쳤습니다!”

젊은 하인이 헐레벌떡 뛰어들어 왔다.

“지금 저택 안팎을 샅샅이 뒤지고 있습니다! 곧 이곳 별관까지 몰려들 겁니다!”

“전하! 어서 피하십시오! 제가 최대한 시간을 끌어보겠습니다!”

암브로시니 백작이 다급히 외쳤다.

“그러다 백작이 다치기라도 하면?”

“이러실 시간 없습니다! 가슴에 품으신 보다 큰 뜻을 생각하십시오!”

카시아스는 암브로시니 백작의 어깨를 힘주어 안았다. 두 사람 모두 입을 열지 않았다. 밖으로 꺼내지 못한 수많은 감정들이 짧게 스친 서로의 눈빛 속에 담겨 있었다. 카시아스는 재빨리 듀이가 있는 내실로 들어갔다. 상황을 알아챈 듀이가 안절부절못하며 문가에 서 있었다.

“어쩌지?”

“피리 꺼내.”

카시아스는 명령조로 말했다.

“피리는 안 돼. 요술 피리를 사용하려면 시간이 더 필요하단 말이야.”

말은 그렇게 하면서도 듀이는 품에서 피리를 꺼내 들었다. 그때 쿵쾅거리는 발소리들이 요란하게 바닥을 울려댔다. 병사들이 들이닥쳤음을 알게 되자 듀이의 낯빛이 새파랗게 질렸다.

"어서 피리를 불어! 한시라도 빨리 여기서 떠나야 돼!"

"글쎄 안 된다니까! 널 살린 지 사흘밖에 지나지 않았어! 적어도 닷새는 쉬어야 해! 그래야 힘을 발휘할 수 있어."

"그렇지 않아, 내 말 믿고 빨리 피리를 불어!"

"전에도 여러 번 시도해 봤어! 그런데 아무것도 할 수 없었단 말이야! 정말이야!"

속이 바짝바짝 타 들어간 듀이는 당장이라도 울 것 같은 얼굴이 되었다. 카시아스는 두 손으로 그의 어깨를 움켜잡았다.

"내 말 잘 들어, 듀이 델코!"

결단력과 자신감에 찬 바다 빛 동공이 듀이의 눈을 파고들었다.

"지금 네가 들고 있는 건 요술 피리야. 그것도 아주 막강한 힘을 가진 요술 피리지. 네 말대로 요술 피리는 다 죽어가던 날 살려냈어. 그런데 사람의 생사를 좌지우지하는 요술 피리가 고작 우리 두 사람을 다른 곳으로 옮기지 못할 것 같아? 그런 생각을 한다는 것 자체가 요술 피리에 대한 모독이야. 날 믿지 못하겠다면 네 피리를 믿어봐, 듀이. 결코 널 실망시키지 않을 거야. 왜인지 알아? 그 요술 피리는 하늘이 너에게 내린 특별한 선물이니까."

불안하게 흔들리던 듀이의 눈동자에 확고한 믿음이 깃들었다.

"그래, 이건 요술 피리야. 날 실망시킬 리 없어."

듀이는 단단히 붙잡은 피리를 입으로 가져갔다.

카시아스가 자리를 뜬 뒤 얼마 지나지 않아 이십여 명의 병사들이 몰려들었다.

"이게 무슨 짓들이냐?!"

추상같은 호령에 병사들이 주춤거렸다.

"백작께서 관여하실 일이 아닙니다."

앞으로 나선 사람은 과거 암브로시니 백작 밑에서 수년간 평기사로 있던 말론 자크리라는 수색대장이었다.

"내 목전에서 벌어지는 일이니, 당연히 내가 관여할 사안이네."

"저흰 지금 왕명을 수행하는 중입니다. 물러서십시오."

"그렇게 못하겠다면?"

말론의 얼굴이 심상치 않게 경직됐다.

"왕명을 거역하시려는 겁니까?"

"내가 마음으로 모시는 주군은 오직 한 분뿐이시네."

문제 삼는다면 반역죄에 처할 수도 있는 발언이었다. 암브로시니 백작은 죽음을 각오하고 있었다.

"백작님을 다치게 하고 싶지 않습니다."

말론은 자신의 부관에게 넌지시 눈짓을 했다. 신호를 알아들은 부관이 민첩하게 달려들어 암브로시니 백작의 상체를 두 팔로 휘감았다. 곧이어 눈치 빠르게 움직인 병사 다섯 명이 한꺼번에 달려들자 암브로시니 백작은 옴짝달싹 못하는 지경에 처하고 말았다.

“비켜라, 이놈들! 뭐 하는 짓들이냐?”

백작의 외침을 뚫고 시끄러운 피리 소리가 터져 나왔다. 말론은 번개같이 내실 문을 열어젖혔다.

“안 돼!”

암브로시니 백작이 피를 토하듯 소리쳤다. 카시아스 왕자와 아룬델을 맞닥뜨린 말론은 순간적으로 움찔했다. 그가 안으로 한 발 들어선 순간 피리 소리가 끊기며 두 사람의 모습이 감쪽같이 사라졌다.

“이, 이… 럴 수가……!”

후닥닥 달려온 부관과 병사들이 말론의 어깨 너머로 안을 살폈다.

“무슨 일입니까, 대장님?”

넋이 나간 듯 보이는 말론을 향해 부관이 걱정스레 물었다.

“내 눈으로 분명히 봤는데…….”

“무엇을 말씀입니까?”

“카시…….”

퍼뜩 정신을 차린 말론은 굳게 입을 다물었다. 그의 부관은 권력에 대한 야심이 매우 큰 사람이었다. 카시아스 왕자와 아룬델이 이 방에 있었다는 사실을 알게 된다면 실제보다 과장해서 떠벌릴 것은 불을 보듯 뻔했다. 그럼 집주인인 메르센 자작은 물론이고 암브로시니 백작까지 심각한 곤경에 빠지게 될 터였다. 조금 전에 그가 암브로시니 백작에게 했던 ‘다치게 하고 싶지 않다’ 는 얘긴 괜히 꺼내본 빈말이 아니었다.

“혹시… 카시아스 왕자를 보신 겁니까?”

의혹에 찬 눈길이 말론의 얼굴을 샅샅이 더듬었다.

"창문 하나 없는 방에 카시아스 왕자가 있었다면 지금은 왜 눈에 안 보이는 건가? 땅으로 꺼졌단 말인가, 하늘로 솟았단 말인가?"

"그건 그렇지만 이상한 소리도 들렸고……."

"정신 똑바로 차리게! 오늘부로 옷 벗고 싶지 않으면!"

매섭게 부관을 나무란 말론은 암브로시니 백작에게 정중히 고개를 숙여 보였다.

"괜한 소란을 피웠습니다. 사죄드립니다, 백작님."

암브로시니 백작은 눈으로 고마움을 전했다. 기세가 한풀 꺾인 병사들이 부랴부랴 밖으로 물러났다. 혼자 남겨진 백작은 다리를 끌며 걸어가 안락의자에 앉았다. 온몸이 쇳덩어리라도 된 듯 묵직하게 늘어졌다. 예순일곱이라는 나이의 무게가 오늘처럼 뼈저리게 느껴진 적은 없었다.

"한 살만 더 젊었어도 병사 열댓 명쯤은 한 손으로 때려눕힐 수 있었을 텐데……."

암브로시니 백작은 싱거운 농담을 중얼거려 보았다. 하지만 그의 얼굴에서 웃음기는 찾을 수 없었다.

전하께선 무사하시겠지? 물론 듀이도 그럴 테고…….

고단함이 배어든 안도의 한숨이 길게 흘러나왔다.

"자, 이제 나도 내 갈 길을 가야겠지."

헤이론의 제왕이 된 카시아스의 모습을 그리며 그는 애써 힘차게 몸을 일으켰다.

정신을 차렸을 때, 듀이와 카시아스는 짙은 녹음에 둘러싸여 있었다. 우거진 나뭇잎들 사이로 따스한 햇살이 색색의 광휘를 발하며 부서져 내렸다. 무성하게 자란 잡초가 무릎까지 올라왔고, 주위엔 화려한 빛깔의 야생화가 흐드러지게 피어 있었다. 신비로운 비밀을 간직한 낙원의 침입자가 된 것 같은 느낌을 주는 전경이었다.

"여기가 칼루스야?"

카시아스가 물었다.

"아니."

이리저리 사방을 둘러보던 카시아스가 듀이에게 시선을 맞췄다.

"왜 칼루스로 안 간 거야?"

"그걸 왜 나한테 물어? 너나 나나 요술 피리가 보내준 대로 온 것뿐이잖아."

듀이는 그런 질문을 한 카시아스가 오히려 이상하다는 표정이었다. 카시아스는 어깨까지 들썩이며 한숨을 폭 내쉬었다.

"지금 즉시 칼루스로 이동해."

"이곳저곳 내 마음대로 갈 수 있다면 여태까지 우리가 왜 죽을 고생을 했겠어?"

듀이는 불만스레 입술을 비죽였다.

"그건 네 힘이야."

"응? 뭐가?"

어느 쪽으로 가야 할지, 사방을 살피던 듀이는 별생각없이 물었다.

“너와 날 이리로 옮긴 힘 말이야. 요술 피리가 아닌 네 힘이라고.”

“그걸 지금 농담이라고 하는 거야?”

듀이는 픽, 웃었다. 진지함을 넘어 엄숙하게까지 비치는 카시아스를 보며 그는 눈살을 찌푸렸다.

“내가 진실을 보여주지. 피리 이리 내놔.”

점점 더 영문을 알 수 없어진 듀이는 순순히 피리를 넘겨주었다. 카시아스는 일말의 망설임도 없이 피리를 꺾어버렸다. 듀이에게서 경악에 찬 괴성이 터졌다.

“어어어어! 무, 무슨 짓이야? 미쳤어?”

듀이는 두 동강 난 피리를 허겁지겁 낚아챘다.

“이게 어떤 피린데! 백작님이 힘들게 붙여오신 피리잖아! 네 목숨까지 살려준!”

“네 손에 있는 건 암브로시니 백작이 고쳐 온 피리가 아니야.”

“너, 미쳐도 단단히 미쳤구나!”

카시아스는 품속에 넣어둔 피리를 꺼냈다. 그건 방금 전 그가 부러뜨린 것과 분간이 안 될 정도로 비슷한 모양의 피리였다. 듀이는 피리를 집어 들고 이리저리 돌려가며 살펴보았다. 그의 입술이 멍하니 벌어졌다.

“이, 이게… 어떻게 된 거야……?”

“네가 죽은 듯 잠들어 있는 사이, 백작을 시켜 피리를 바꿔놨어. 내 지시를 받고, 똑같은 모양의 피리를 구해 엇비슷하게 만들어온 사람도 그였고.”

잠시 침묵을 지키던 듀이는 부스스 고개를 들어 카시아스를 바라봤다.

"말루프에서 산 요술 피리가… 이거야?"

"그래, 내가 방금 전에 부러뜨린 피리, 즉, 이곳으로 이동할 때 네가 사용한 것은 바로 백작이 새로 구해온 피리야."

듀이의 시선이 다시 손에 든 피리를 향했다.

"이제 알겠지? 그건 요술 피리 따위가 아니라는 거."

듀이가 무슨 말을 중얼거렸다. 알아듣지 못한 카시아스는 그에게 한 발 다가섰다.

"뭐라고?"

"미친놈! 미친놈이라고 했다! 완전히 미친놈! 속까지 더럽게 미쳐 버린 놈!"

얼굴이 붉게 상기된 채 악을 쓰던 듀이가 휙 몸을 돌렸다. 카시아스는 재빨리 쫓아가 휘적휘적 되는대로 걸음을 옮기는 그의 팔을 움켜잡았다. 듀이가 다짜고짜 주먹을 휘둘렀다. 어렵지 않게 공격을 피한 카시아스는 재차 날아드는 주먹을 낚아챘다.

"진정해. 이렇게 흥분할 일이 아니잖아."

말이 끝나는 순간 듀이가 머리로 그의 얼굴을 들이받았다. 코에 정통으로 박치기를 당한 카시아스는 외마디 소리를 질렀다.

"너, 돌았어?!"

"그래, 돌았다! 이 미친놈아!"

"이런 젠장! 피까지 나잖아!"

손에 묻어난 붉은 피를 발견하자 카시아스의 눈초리가 험악해졌다.

"경고하는데, 한 번만 더 날뛰면 후회하게 만들어주겠어."

“뭐, 뭐어? 후회하게 만들어줘?”

가라앉을락 말락 하던 화가 걷잡을 수 없이 치밀어 올랐다. 듀이는 성난 황소처럼 숨을 씨근덕거리며 무작정 앞으로 돌진했다. 쇠뭉치보다도 더 단단하게 느껴지는 주먹이 그의 턱 중앙에 깨끗이 꽂혔다. 무시무시한 통증이 머리를 헤집는 순간 눈앞이 캄캄해졌다. 카시아스는 정신을 잃고 맥없이 쓰러지는 듀이를 민첩하게 붙잡았다.

“어휴! 이걸 그냥 확 속 시원히 밟아버릴 수도 없고!”

카시아스는 푹신한 풀이 깔려 있는 나무 그늘을 골라 듀이를 눕혔다.

“젠장! 차라리 진짜 아룬델 열 명을 상대하는 게 낫지!”

듀이 델코라는 최악의 골칫거리를 던져준 잔인한 운명을 원망하며 카시아스는 털썩 바닥에 내려앉았다.

날이 어둑어둑해지자 셰이는 지나가던 중년 여인에게 물어 하룻밤 묵어갈 만한 여관을 알아냈다. 그녀는 여인이 가르쳐 준 쪽으로 말없이 발길을 돌렸다. 이샤무딘도 묵묵히 걸음을 옮겼다. 셰이는 그림자처럼 이샤무딘의 뒤를 따르고 있는 거대한 흑마를 곁눈질했다. 고삐를 잡지도 않았는데 알아서 얌전히 쫓아오고 있는 말이 신기해 보였다. 셰이는 ‘훈련을 어떻게 시켰는지 물어볼까’, 하고 망설이다 입을 더욱 단단히 다물었다.

두 사람은 거의 하루가 지나도록 서로 한마디도 나누지 않았다. 처음엔 마음을 점령한 슬픔이, 다음엔 이샤무딘에 대한 원망과 미움이 그녀의 입을 막았다. 그리고 이젠 두텁게 내리덮여 석벽처럼 단단해진 침묵을 깨뜨리는 일이 버겁게 느껴졌다.

셰이는 사람들로 북적이는 식당이 나타나자 무조건 입구로 들어섰다. 음식 생각은 없었으나 이런 기분으로 좁은 여관방에서 이샤무딘과 단둘이 있고 싶지는 않았다.

식당의 규모가 제법 커서인지 여행객들을 위한 말 보관소까지 마련되어 있었다. 식당 앞에 대기하고 있던 심부름꾼 소년이 잽싸게 뛰어와 보관소로 흑마를 데려갔다.

잔치라도 열린 양 왁자지껄하던 식당이 별안간 조용해졌다. 셰이는 무슨 일인가 싶어 뒤를 돌아봤다. 어딘지 모르게 움츠러든 것처럼 보이는 사람들이 일제히 이샤무딘에게 시선을 못 박고 있었다. 비위에 거슬린 듯 이샤무딘이 싸늘한 눈길을 던졌다. 흠칫한 사람들이 허겁지겁 시선을 내리깔았다. 셰이는 한숨을 삼키며 빈 탁자를 찾았다.

“자리 없으니까 냉큼 나가시오. 가뜩이나 정신없어 죽겠는데, 괜히 거치적거리지 말고.”

주인으로 보이는 중년 남자가 퉁명스럽게 말했다. 곧이어 그의 눈이 튀어나올 듯 휘둥그레졌다. 구태여 돌아보지 않아도 이샤무딘이 뒤에 섰음을 짐작할 수 있었다.

“저… 두 분이… 일행인가… 요?”

셰이가 간단히 고개를 까딱이자 식당 주인의 태도가 백팔십도 돌변했다.

“이, 이쪽으로 오십시오, 손님!”

부랴부랴 중앙에 위치한 가장 넓은 탁자로 다가간 주인이 반 정도 남은 음식 그릇들을 서둘러 치웠다.

“아직 덜 먹었는데, 왜 이래?”

“어서들 일어나! 음식값 안 받을 테니까, 어서!”

불만에 찬 여섯 남자가 투덜거리며 마지못해 몸을 일으켰다.

“굳이 여기 앉을 필요없는데요.”

“무슨 말씀을요? 요기가 바로 우리 식당에서 제일 좋은 자리입니다. 어서 편히 앉으십시오!”

식당 주인은 억지웃음을 흘리며 의자까지 빼주었다. 셰이는 괜히 들어왔다고 후회하며 의자에 앉았다. 맞은편에 자리 잡는 이샤무딘을 조심스레 훔쳐 보던 주인이 그녀의 귓가에 대고 소곤거렸다.

“혹시 앞에 앉으신 분이 그… 유명한… 그 뭐랄까……?”

“성질 더럽기로 악명 높은 악질 흑마법사 이샤무딘 아니냐고요?”

셰이가 거리낌없이 말하자 주인은 마른침을 꿀꺽 삼켰다.

“아… 아닌가 보죠?”

“네, 아니에요.”

셰이는 숨죽인 채 귀를 쫑긋 세우고 있는 사람들 전부에게 다 들리도록 똑똑히 발음했다. 안도의 한숨이 식당 안에 휘몰아쳤다. 셰이가 간단한 음식을 주문하자 어느새 기분이 좋아진 주인이 휘파람을 불며 주방으로 향했다. 사람들의 말소리가 점차 커져갔다.

“여기가 어디라고 했지?”

불편한 침묵을 무너뜨릴 좋은 기회라는 생각에 셰이는 아무렇지 않은 투로 물었다.

"비센테."

"칼루스까진 얼마나 걸려?"

"일각."

셰이는 반사적으로 이샤무딘의 얼굴에 시선을 고정했다.

"일각이라고?"

"그래."

마법을 썼을 경우 그렇다는 말이겠지.

"말을 타고 가면?"

"이틀."

이틀이라…….

셰이는 말을 타고 가기로 마음을 정했다. 이샤무딘의 힘을 빌리는 것이 썩 내키지 않았다. 몸은 고단하겠지만, 이틀쯤 늦게 도착한다고 해서 큰일이 생기지는 않을 것이다.

이틀 후에 듀이 델코를 만나고, 이삼 일 칼루스에 머물면서 그가 처한 문제를 해결해 주고…….

셰이는 골치 아픈 문제일 수 있다는 생각에 해결 기간을 닷새나 엿새 정도로 늘려 잡았다. 그럼 늦어도 보름 후엔 바르샤르로 돌아가는 배를 탈 수 있을 터였다.

열여덟 번째 생일날엔 어머니와 루셀의 축하를 받을 수 있을 거야. 유모는 어느새 어른이 다 됐다고 눈물을 찔끔거릴 테고, 그레인은 언제나 그랬듯 황당하고 재미있는 선물을 안겨주겠지.

셰이는 희망에 부풀었다. 내내 우울하던 기분이 덩달아 풀어지며 낙천적인 성격이 되살아났다. 본 존도 죽지 않고 살아 있으리라는 생각까지 들었다.

앞에 음식이 놓이자 새삼스레 허기가 느껴졌다. 그녀는 김이 피어오르는 스튜를 맛있게 떠먹었다. 혼자만 음식을 먹고 있다는 사실을 깨달은 셰이는 이샤무딘을 바라봤다. 그는 멀뚱히 앉아 그녀를 빤히 응시하고 있었다.

"배 안 고파?"

"난 더러운 건 안 먹어."

이샤무딘이 냉랭하게 말했다. 셰이는 눈살을 찌푸리며 음식을 살펴봤다. 확실히 그리 깔끔해 보이지는 않았으나 입맛을 떨어뜨릴 정도는 아니었다.

앞으로 이틀만 더 굶어봐라, 그런 말이 나오나.

"그럼 진작 말하지. 괜히 2인분이나 시켰잖아."

형무소 소장에게 가진 돈을 몽땅 내주고 만 셰이는 한 푼이 아쉬운 처지였다.

"아까우면 네가 다 먹어."

"난 더러운 건 많이 안 먹어."

셰이는 이샤무딘의 말을 빗대며 슬쩍 비꼬았다. 잠시 동안 말 없이 빵에 벌꿀을 발라먹던 그녀는 이샤무딘에게 모난 시선을 던졌다.

"그만 좀 쳐다봐. 불편해서 못 먹겠어."

깨끗이 비운 스튜 그릇을 흘긋 내려다본 이샤무딘이 얄밉게 눈썹을 휘어 올렸다. 끝까지 심술을 부릴 거란 예상을 깨고 그가 시선을 옆으로 치웠다. 이윽고 빵 접시까지 바닥을 드러내자 셰이는 의자에 등을 기댔다. 문득 본 존의 말이 생각났다.

"기회가 있을 때 최대한 먹어둬라, 가슴을 치며 후회할 날이 올 지니……."

셰이는 자신도 모르게 중얼거렸다. 이샤가 아직도 배가 덜 찼느냐는 얼굴로 쳐다보자 그녀의 입가에 미소가 번졌다.

"본 존이 한 말이야. 자신의 신조래. 신조치고는 많이 소박하지?"

셰이는 소리 내어 웃었다.

"처음엔 몰랐는데, 생각하면 생각할수록 본 존한테 딱 어울리는 말인 것 같아. 본 존은 좀… 뭐랄까, 음식을 먹고 있어도 허기져 보인다고 할까? 아무튼 그랬거든. 그리고 어디에서 배웠는지는 모르겠지만 정말 못하는 게 없었어. 세상 물정에도 밝았고… 뭘 하든 지는 걸 보지 못했어. 내 머리도 본 존이 다듬어줬어. 그가 해주지 않았다면, 눈뜨고 못 봐줄 지경이었을 거야. 본 존 덕분에 그나마 사람처럼 보이게 된 것 같아. 아, 그러고 보니 본 존은 밤톨 같다고 했는데… 이샤 눈에도 밤톨처럼 보여?"

셰이는 손가락으로 장난스레 자신의 머리를 가리켰다. 이샤무딘은 머리가 아닌 그녀의 눈에 시선을 고정했다. 그의 금빛 눈동자 속엔 어느새 차가운 냉기가 감돌고 있었다.

"내 눈엔 왕녀로 보이는군. 처량하게 버림받고 내쳐진 초라하고 가련한 왕녀."

셰이의 얼굴에서 웃음기가 사라졌다. 그녀는 아무 말 없이 일어나 밖으로 나갔다. 가만히 앉아 있던 이샤무딘이 잠시 후 몸을 일으켰다.

“저… 손님, 식사 값은……?”

식당 주인이 눈치를 보며 넌지시 물었다. 이샤무딘은 금화 하나를 식탁 위로 툭 던졌다. 급히 숨을 들이켠 주인이 허둥대며 금화를 움켜쥐었다. 이샤무딘이 식당 문을 나서자 벽에 등을 기대고 있던 셰이가 입을 열었다.

“내 상황이나 처지에 관한 말은 앞으로 절대 입에 담지 마. 첫 번째 규칙이야.”

그녀는 말투를 조금 가볍게 바꿨다.

“생각해 봤는데, 굳이 여기서 시간을 지체할 필요는 없을 것 같아. 이샤만 괜찮다면 지금 출발하고 싶어. 밤길에 말을 달리는 게 내키지 않으면 걸어서라도.”

“좋도록 해.”

웬일로 그가 순순히 의견을 받아들이자 셰이는 오히려 마음이 꺼림칙해졌다.

다른 꿍꿍이가 있는 건 아닐까?

의혹에 찬 시선을 받으며 이샤무딘이 말 보관소로 들어갔다. 셰이는 감시의 눈을 떼서는 안 된다고 생각하며 즉시 뒤를 따라붙었다. 두 사람이 흑마 앞에 막 이르렀을 때였다. 뒤쪽에서 그림자 몇 개가 나타나더니 출입문이 닫혔다.

“얌전히 시키는 대로 하는 게 좋을 거야. 숨이 붙은 채로 여길 나가고 싶으면 말이야.”

어딘지 모르게 귀에 익은 목소리였다. 아니나 다를까, 희미한 램프 빛에 모습을 드러낸 사람은 방금 전에 셰이한테 음식을 가져다주었던 식당 주인이었다. 그의 등 뒤로 세 명의 남자가 서 있었다. 입구를 막고 있는 또 다른 사내 셋을 확인한 그녀는 긴 신음 소리를 흘렸다.

"내 수중엔 1페어도 없어."

"너야 그럴지도 모르지만 네 동행은 사정이 다를걸? 식사 한 끼 값으로 떡하니 금화를 내밀 정도면 둘 중 하나 아니겠어? 인심 좋은 대단한 갑부이거나 부잣집에서 태어난 운 좋은 멍청이. 아니, 이 경우엔 운 나쁜 멍청이쯤 되겠네. 안 그래?"

"긴말 필요없어! 빨리 금화나 내놔! 배때기에서 염통을 파내주기 전에!"

사내 한 명이 낫을 치켜들며 을러댔다. 곡괭이며 부엌칼, 각목 등으로 무장한 남자들이 거리를 좁혀왔다.

"그만둬, 죽고 싶지 않으면."

셰이는 진심 어린 충고를 건넸다.

"아이고, 무서라! 이러다 오줌이라도 지리면 어쩌누?"

식당 주인이 소변 마려운 시늉을 하며 다리를 꼬자 몇몇 남자들이 낄낄거렸다.

"내 눈앞에서 꺼지는 게 좋을 거다, 지금 당장."

이샤무딘이 내내 닫고 있던 입술을 열었다. 위협이라곤 느껴지지 않는 낮고 건조한 어조였다. 하지만 이 조용한 경고는 셰이의 팔에 소름을 돋게 했고, 여유 만만하던 사내들의 기세를 단번에 꺾어놓았다. 그중 눈에 띄게 움츠러든 남자 한 명이 슬금슬금 뒤로 물러났다.

"난 그만둘래. 바, 바쁜 일이 생각났어……."

휙 몸을 돌린 남자가 잡을 사이도 없이 후닥닥 달려나갔다.

"야, 지금 와서 혼자만 내빼면 어떡해?"

"제길! 저 겁쟁이 자식! 내 저럴 줄 알았다니까!"

"주둥이 나불거리고 다니는 거 아니겠지?"

"걱정 붙들어매. 입만 벙긋해도 골로 갈 줄 제놈도 알고 있을 테니까."

"그런데 말이야……."

사내 한 명이 식당 주인에게 고개를 들이밀었다.

"그… 흑마법사가 아닌 거 확실하지?"

"그, 그럼 확실하지."

대답과는 달리 자신감이라곤 전혀 묻어 있지 않은 말투였다. 찜찜해진 사내들은 불안한 시선을 주고받았다.

"젠장! 빨리 해치워 버리자!"

낫을 치켜든 남자가 앞으로 튀어나오며 크게 팔을 휘둘렀다. 쉬익, 바람 소리를 내며 낫이 이샤무딘의 목을 파고들려는 찰나 비명 소리가 터져 올랐다.

"으아아아악!"

낫을 떨어뜨린 남자가 바닥을 뒹굴었다.

"왜, 왜 그래?"

"아악! 으아아아악!"

남자가 격렬히 몸부림치며 자신의 몸을 미친 듯이 잡아 뜯었다.

"어어! 저, 저게 뭐야?"

남자에게서 아지랑이 같은 연기가 피어났다. 곧이어 살갗이 새까맣게 타 들어가더니 바짝 말라 버린 논바닥처럼 갈라지며 삽시간에 쪼글쪼글해졌다. 셰이는 처참하게 죽은 남자의 시체에서 황급히 시선을 떼어냈다. 팔다리에 소름이 돋으며 몸이 떨려왔다.

"뭐, 뭐야? 뭐냐고 대체?"

"그, 그… 마법사! 그 흑마법사야!"

"어, 어, 어떡해… 어떻게 해……?"

두려움에 질린 사내들이 주춤주춤 뒷걸음질쳤다. 넘어져 엉덩방아를 찧은 남자 한 명이 무릎으로 설설 기며 공포에 찬 괴성을 질렀다. 이샤무딘의 금빛 눈동자가 싸늘한 빛을 발했다. 그 순간 식당 주인을 비롯한 다섯 명의 남자가 일제히 외마디 소리를 지르며 바닥으로 쓰러졌다. 숨이 막힌 듯 꺽꺽대던 남자들이 가슴을 후벼 파며 검붉은 핏덩어리를 쿨럭쿨럭 토해냈다.

"그만둬!"

셰이는 숨 가쁘게 외쳤다. 새된 비명 소리가 쉬지 않고 쏟아졌다. 공포와 비명만이 가득한 지옥 한가운데로 떨어진 것만 같았다.

"그만 해! 제발. 이제 그만 해!"

셰이는 이샤무딘의 팔을 잡아 흔들었다. 비명 소리가 그쳤다. 하지만 남자들 중 단 한 명도 움직이지 않았다.

"꼭 그래야 했어?"

심하게 갈라진 목소리가 겨우 흘러나왔다. 이샤무딘은 대답하지 않았다.

"저들을 모두 죽일 필요는 없었잖아. 그냥 겁을 줘서 쫓아버리면 되는 거잖아. 저 사람들을 살려준다고 해서 이샤한테 피해가 가는 것도 아니잖아. 대체 이유가 뭐야? 저 사람들을 죽인 이유가 도대체 뭐냐고?"

"이유 따윈 없어."

이샤무딘이 몸을 돌리려 하자 셰이는 그의 팔을 움켜쥐었다. 금빛 눈동자가 그녀의 시선을 붙잡았다.

"아니, 분명히 있을 거야."

그녀는 이샤무딘이 자신을 이해시키길 원했다. 얼음장같이 차갑기만 한 그에게서 손톱만큼의 온기라도 느껴보고 싶었다.

"그새 잊은 거야? 난 피도 눈물도 없는 악질 흑마법사일 뿐이야."

이샤무딘의 얼굴에 선명한 조소가 그려졌다. 셰이는 스르르 손아귀의 힘을 풀었다.

"다시는 널 보고 싶지 않아."

서너 걸음 옮기던 이샤무딘이 멈춰 섰다. 짧은 침묵이 지나갔다.

"들었어? 다시는 널 보고 싶지 않다고!"

"바라던 바야."

냉기 서린 답변만을 남긴 채 이샤무딘이 눈앞에서 사라졌다.

"이러는 이유가 뭐야?"

카시아스는 발을 멈추고 휙 뒤를 돌아봤다.

"당할 때 당하더라도 이유나 좀 알고 당하자, 속이나 시원하게!"

듀이가 깊숙이 꺾고 있던 고개를 들었다. 검붉은 멍으로 덮인 채 심하게 부어오른 턱을 보자 카시아스는 은근히 마음이 불편해졌다.

정신을 차린 이후부터 지금까지 듀이는 단 한마디도 꺼내지 않았다. 다 죽어가는 노인처럼 침울한 얼굴로 터덜터덜 걸음을 옮길 뿐이었다. 인내심을 발휘해 그동안은 듀이가 하는 대로 따라주었지만 이제 카시아스도 한계에 다다라 있었다. 더 이상은 어린애 투정 같은 유치한 행동을 참아줄 마음이 없었다. 카시아스는 이번 기회에 듀이의 버릇을 단단히 고쳐 놓기로 결심했다.

"대체 언제까지 이런 멍청한 짓을 할 생각이냐고?"

일단 말을 시작하자 내내 억누르고 있던 성질이 치밀어 올랐다.

"마음만 먹으면 지금 당장이라도 칼루스에 갈 수 있잖아! 어디 박혀 있는지도 모르는 숲을 언제까지 헤매고 다녀야 하는 거야?"

듀이는 입술을 꾹 다문 채 발을 내디뎠다. 카시아스는 옆을 지나치려 하는 그의 팔을 거칠게 틀어잡았다.

"젠장! 말 좀 해봐! 무슨 말이라도 좀 해보라고!"

"할 말 없어."

"아아, 드디어 듀이 델코님이 입을 여셨군. 다시 조개처럼 닫히기 전에 흙이라도 한 움큼 구겨 넣어야 하는 건가?"

카시아스는 입술을 비틀며 빈정거렸다.

"이거 봐. 너하고는 말하고 싶지 않아, 한마디도."

"내 죄가 크긴 큰가 보지? 말해봐, 내가 뭘 그렇게 잘못했는지. 어디 속 시원히 털어놔 보라고. 하늘이 내려주신 위대한 선물인 줄 알았던 요술 피리가 실제는 엉터리 허섭스레기에 불과하단 걸

가르쳐 줘서? 다른 무엇도 아닌 듀이 델코한테 놀라운 능력이 있음을 깨닫게 해줘서? 그게 그토록 마음을 상하게 만들었어? 대답해!"

"말하고 싶지 않다고 했잖아!"

카시아스는 듀이의 목을 낚아채며 주먹을 치켜들었다.

"너, 오늘 내 손에 죽어볼래?"

"그래, 죽어볼래!"

듀이는 버럭 소리쳤다.

"난 지금 당장 죽어도 잃을 게 하나도 없어! 슬퍼해 줄 사람도 없어! 나한텐 아무것도 없단 말이야! 있는 거라곤 그 피리 하나밖에 없었는데… 네 눈엔 아무 짝에도 쓸모없는 쓰레기로 보였겠지. 하지만 나한텐 세상 그 무엇보다 소중했어……. 내가 그 피리를 얼마나 좋아했는지… 피리가 있어서… 얼마나 기쁘고 행복했는지… 넌 모를 거야……."

카시아스는 듀이의 목에서 손을 떼어냈다.

"아무것도 없다니… 넌 세상 사람들이 모두 부러워할 능력을 가지고 있어. 너한텐 대단한 힘이 있단 말이야."

듀이는 물기 어린 눈으로 카시아스를 바라봤다.

그렇지 않아, 나한테 그런 능력이 있을 리 없어… 난 '겁쟁이 듀이'로 불리던 바로 그 듀이 델코일 뿐이야. '마을의 수치'라고 놀림받던 바로 그 듀이 델코일 뿐이라고…….

듀이는 시큰거리는 코를 문지른 다음, 애써 표정을 가다듬었다.

"여긴 '올빼미 숲'이야. 실제 이름은 에두카인데, 다들 '올빼미 숲'이라고 불러. 저기 야트막한 산 보이지? 저 산 아래에 브리언이라는 마을이 있어. 그리고 우리가 지금까지 걸어왔던 쪽으로 계속 가면 내 고향이 나와."

"얼마나 걸리는데?"

카시아스는 약간 얼떨떨한 상태로 물었다.

"부지런히 걸으면 해 지기 전에 도착할 수 있을 거야."

머뭇거리던 카시아스는 안쪽에 찔러 넣었던 피리를 꺼내 불쑥 내밀었다.

"암브로시니 백작이 고쳐 온 피리야, 내가 말루프에서 사준."

카시아스가 이미 버린 줄로만 알고 있던 듀이는 눈을 끔벅이며 피리를 받아 들었다.

"엉터리 장난감이란 생각엔 변함이 없어. 다만 네가 가지고 있는 것도 나쁘지 않을 것 같아서 챙긴 거야. 기념품 정도로 여기면 될 테니까. 자, 이제 어서 출발하자."

쑥스러운 마음이 든 카시아스는 성큼성큼 앞서 나갔다. 그러다 갑자기 빙글 몸을 돌렸다.

"죽겠다는 말 그렇게 쉽게 하지 마. 진한 입맞춤 한 번 못해보고 죽으면 억울하지 않겠어? 그리고 네가 죽어도 슬퍼할 사람이 없다고 했지? 없긴 왜 없어? 내가 아는 사람만 해도 세 명이나 되는데 말이야."

"세 명? 그게 누군데?"

듀이가 다가오자 카시아스는 나란히 보조를 맞췄다.

"암브로시니 백작도 있고, 또 그 아미라는 소녀도 있잖아."

"나머지 한 명은?"

카시아스는 미간을 찌푸렸다.

그걸 꼭 말로 해줘야 아냐?

"나머지 한 명은 누구냐니까?"

"기억 안 나? '주정뱅이 호'를 타고 바르샤르 왕국으로 갈 때 말이야. 너만 보면 얼굴이 벌게져서 몸만 배배 꼬아대던 비쩍 마른 녀석이 한 명 있었잖아. 네가 죽으면 그 녀석도 꽤나 슬퍼해 줄걸?"

"그래? 그런 사람이 있었나? 그럼 정말 네 말대로 세 명이나 되네."

카시아스는 슬그머니 안도의 한숨을 내쉬었다. 곧이곧대로 믿어버리는 듀이의 꽉 막힌 성격이 처음으로 고맙게 느껴졌다.

✳

"아스트라한께선 평온의 호수에서 휴식을 취하고 계십니다. 아무래도 뵙기는 힘드실 것 같습니다."

호메르스는 눈동자만 움직여 이샤무딘의 눈치를 살폈다. 신계(神界)에서도 악명 높은 존재를 앞에 두고 있으려니 등줄기에 축축한 식은땀이 고여 들었다.

"평온의 호수……."

이샤무딘이 음산한 어조로 중얼거리자 호메르스는 무의식중에 마른침을 삼켰다. 그는 이샤무딘이 문고리를 잡으려 하자 본능적으로 앞을 가로막았다.

"안 됩니다! 설령 천지가 뒤바뀌는 변괴가 일어난다 해도 아스트라한님의 휴식을 방해할 수는 없습니다!"

"네 명줄이 끊어진다면?"

금빛 눈동자에 깃든 냉혹함을 본 호메르스는 핏기 가신 얼굴로 주춤주춤 몸을 비켰다.

"아, 안 되는데… 이래선 안 되는데……."

이샤무딘은 앞을 가로막은 거대한 철문을 열어젖혔다. 다음 순간 철문이 감쪽같이 사라지며 옅은 안개로 뒤덮인 은빛 호수가 펼쳐졌다. 어디선가 희미한 소곤거림이 들리더니 호탕한 웃음소리가 안개를 일렁이며 퍼져 나왔다.

"디프는 자네처럼 아름다운 이는 처음 본다며, 혹시 내 애인이 아니냐고 묻는군."

"웃으시는 걸 보니 제 짐작이 틀렸나 보네요."

안개가 흩어지며 한 남자가 느릿느릿 걸어나왔다. 머리엔 당근 모양의 빨간 모자를 쓰고 있었고, 얼굴은 물론 전신에 알록달록한 토끼 무늬가 그려진 모습이었다. 그는 유흥과 즐거움을 관할하는 신으로, 창조신 아스트라한이 말동무로 즐겨 찾을 만큼 재미있고 익살스러운 성격의 소유자였다.

"웃음과 행복의 전령사, 디스파르, 신비로운 금빛 눈동자를 가지신 불청객님께 인사드립니다."

과장되게 허리를 굽혀 보인 디스파르가 고개를 들며 히죽 웃었다.

"우울하거나 슬플 땐 절 생각하며 제 이름을 불러보십시오. '디프'라고요. 자, 절 따라서 해보십시오, 디프, 디프! 저절로 웃음이 나오지 않습니까?"

“내보내십시오.”

이샤무딘은 호수 속으로 비치는 희미한 형상을 향해 말했다.

“오오, 이럴 수가! 제 여린 마음을 인정사정없이 찢어놓으시는군요. 제가 그토록 마음에 안 드십니까, 아름다운 불청객님? 기분이 풀리실 때까지 춤이라도 춰드릴까요?”

디프는 우스꽝스럽게 엉덩이를 흔들며 이샤무딘의 주위를 빙글빙글 돌았다.

“자, 함께 추시죠, 아름다운 불청객님!”

디프는 이샤무딘의 머리카락을 장난스레 잡아당겼다. 그 순간 이샤무딘이 무자비하게 그의 목을 낚아챘다. 숨이 막힌 디프가 팔다리를 버둥거렸다.

“디스파르를 놔주게.”

아스트라한이 엄하게 명령했다. 그에게 날카로운 시선을 날린 이샤무딘이 천천히 손아귀의 힘을 풀었다. 디프는 기침을 터뜨리며 아스트라한 옆으로 후닥닥 몸을 피했다.

“난 이샤무딘과 나눌 얘기가 있으니, 자넨 그만 나가보게.”

“이, 이샤무딘이라고요? 그러니까 그 이샤무딘이란 말씀입니까?”

아스트라한이 대답을 꺼내기도 전에 디프는 놀란 토끼처럼 전속력으로 달음박질치고 있었다.

“오오오! 맙소사! 그런 건 진작 말씀해 주셨어야죠! 너무하십니다아아!”

디프의 절규 어린 외침이 길게 이어지더니 마침내 정적이 찾아왔다.

“그래, 무슨 일인가?”

“몰라서 묻는 겁니까?”

이샤무딘이 공격적으로 응수했다. 호수 아래 길게 누워 있던 아스트라한이 몸을 일으켰다. 반으로 갈라진 은빛 호수 속에서 태산만 한 형상이 엄청난 굉음을 내며 솟구쳐 올랐다. 그에 발맞춰 수천 개의 뇌화가 허공을 갈가리 찢으며 사납게 울부짖었다. 하늘과 땅이 무너져 내리는 것 같은 무시무시한 광경이었다.

“시끄럽습니다. 그만 하시죠.”

이샤무딘의 기를 죽일 심산이었던 아스트라한은 민망한 마음을 감추기 위해 화가 난 척 호통을 쳤다.

“건방지기가 이를 데 없구나! 다시 한 번 내 앞에서 건방을 떨면 뼈도 못 추리게 요절을 내주겠다!”

“무슨 속셈입니까?”

이샤무딘은 눈썹 하나 움찔하지 않고 곧장 본론으로 들어갔다.

“무슨 속셈이냐니?”

아스트라한은 반문하며 이샤무딘에게 맞춰 몸 크기를 줄였다.

“셰이한테 영혼의 검을 내준 꿍꿍이가 뭐냔 말입니다.”

셰이라고? 저토록 자연스럽게 이름을 부르다니… 그리 길지 않은 시간임을 감안하면 믿기지 않을 만큼 사이가 가까워진 것 같군.

아스트라한의 눈이 은밀하게 반짝였다.

“그 아이가 올린 청이 하도 간곡하여 거절할 수 없었을 뿐이네.”

“그게 다가 아닐 텐데요?”

"무슨 말을 하는 건지 도통 영문을 모르겠군."

아스트라한은 능숙하게 시치미를 뗐다. 그가 셰이에게 준 '영혼의 검'은 말 그대로 서로의 영혼을 묶어주는 힘을 가지고 있었다. 그러나 셰이의 생각처럼 명령을 거부할 수 없게 만들지는 않았다. 영혼의 검이 심장에 박히면 그의 영혼은 자신을 찌른 이에게 종속되었다. 때문에 오랜 시간 떨어져 있거나 보지 못하면 견디기 힘든 통증이 밀려왔고, 상대의 마음을 아프게 하면 자신은 더 큰 고통에 시달려야 했다. 그리고 반복된 충격이 더해져 한계 상황에 이르면 끝내 심장이 터져 버리게 되었다.

"이번 기회에 제게 올가미를 거시려나 본데… 잘 아시겠지만 전 그렇게 만만한 상대가 아닙니다."

"감히 날 협박하는 건가?"

"네, 그렇습니다. 다시는 제 문제에 관여하지 마십시오. 가루가 돼버린 천계를 보고 싶지 않으시면 말입니다."

말이 끝나는 순간 이샤무딘의 모습이 사라졌다.

"저, 저런 건방진!"

아스트라한은 버럭 소리쳤다. 그러나 곧 얼굴에 선명한 웃음기가 스며들었다. 솔직히 털어놓자면, 이샤무딘의 반응은 벌써 예상하고 있었다. 오히려 그는 이샤무딘이 지금에서야 자신을 찾아왔다는 사실에 놀라움을 느끼고 있었다.

"셰이라고 했나? 아무튼 기대 이상으로 일을 잘 처리했나 보군."

영혼의 검이 이샤무딘의 심장에 박히는 장면을 상상하며 아스트라한은 다시 평온의 호수에 몸을 뉘었다.

내 눈으로 직접 봤으면 좋았을 텐데…….

그동안 호기심에 셰이를 찾아본 적은 몇 번 있었다. 하지만 그것도 이샤무딘이 그녀와 함께 있지 않을 경우에만 가능했다. 이샤무딘이 끼어들면 그의 힘이 어김없이 아스트라한의 심안(心眼)을 막아버렸다. 이샤무딘의 힘은 창조신인 아스트라한조차도 섣불리 상대할 수 없을 만큼 강했다.

이샤무딘은 인간들이 알고 있는 것처럼 흑마법사가 아니었다. 암흑의 신과 아스트라한 사이에서 태어난 희귀한 존재라는, 천계에 은밀히 퍼져 있는 풍문 역시 사실과는 거리가 멀었다. 이샤무딘은 세상에 단 하나 남은 흑룡이었다.

현재 용족은 번창했던 과거와는 비교할 수 없을 정도로 그 수가 줄어들어 있었다. 갓 태어난 아기부터 혼혈까지 전부 합해도 육십이 될까 말까 했다. 그중에서도 특히 흑룡은 거의 절멸 상태였다. 용족의 전 수장이자 이샤무딘의 모친인 셀러다인―아스트라한이 남몰래 연모했던 여인이다―은 눈을 감기 전 아스트라한에게 흑룡의 대를 끊어지지 않게 해달라는 부탁을 유언처럼 남겼다. 이샤무딘이 후계자를 남기지 않는다면, 그녀의 우려대로 흑룡은 전설 속에서나 찾아볼 수 있는 존재가 될 터였다.

상황이 이렇게 심각한데, 혼인을 하기는커녕 산꼭대기에 틀어박혀 내려갈 생각조차 안 하니… 내가 나설 수밖에 없지.

이샤무딘을 갖고 싶다는 셰이의 말을 듣고 충동적으로 영혼의 검을 내려준 것에 지나지 않지만, 어느 틈엔가 아스트라한은 이번 일이 처음부터 끝까지 자신의 생각이었다는 착각에 빠져 있었다.

그나저나 앞으로 더욱 재미있어질 것 같은 느낌이 드는군.

연이어 웃음을 흘리던 아스트라한은 돌연 얼굴을 찌푸렸다.

영혼의 검에서 벗어나고 싶어 그 소녀를 죽이는 건 아닐까?

"설마… 아닐 거야……. 심술궂고 포악하고 제멋대로고 음침하기까지 하지만… 힘없는 인간 아이를 죽이지는 않겠지……. 아니… 죽일 것도 같은데……."

아스트라한의 낯빛이 점점 더 어두워졌다.

Chapter 12
만남

“칼루스란 지명 들어본 적 있어?”

“들어본 적…….”

무심코 고개를 돌린 중년 여인이 입을 딱 벌렸다. 경악에 찬 시
선이 꽂힌 곳은 벨페스트의 어깨 너머였다.

“칼루스 알아, 몰라?”

벨페스트는 참을성을 발휘해 거듭 물었다. 그러나 여인은 고르
키가 앞으로 나오자 비명을 지르며 걸음아 날 살려라 달아나 버
렸다. 벨페스트는 고르키에게 짜증 섞인 시선을 던졌다.

“물러나 있으라고 했잖아.”

“그러려고 했는데… 거리가 너무 떨어지면 안 될 것 같아
서……. 미안해, 벨.”

풀이 죽은 고르키가 어깨를 움츠렸다. 그와 벨페스트는 마시호

강 일대를 돌며 칼루스를 찾는 중이었다. 아슬라와 피셔 역시 알바그로 산맥 부근에서 임무를 수행하고 있을 터였다.

"대체 이 칼루스란 촌구석은 어디 박혀 있는 거야? 진짜 있긴 있는 거야?"

벨페스트의 언성이 신경질적으로 높아졌다.

"있으니까 주인님이 찾으라고 하신 거겠지."

"주인님? 주인님이라고? 그렇지, 하늘 같은 주인님께서 내리신 명이니 목숨 바쳐 받들어야겠지. 비천한 종으로나마 거둬주신 은혜에 성심성의를 다해 보답해야 하지 않겠어?"

"네 말이 맞아, 벨. 우린 고마우신 주인님의 은혜에 열심히 보답해야 돼."

벨페스트의 빈정거림을 있는 그대로 받아들인 고르키가 맞장구를 쳤다. 벨페스트는 그를 노려봤다. 이글거리는 자줏빛 눈동자 속엔 증오와 살기가 깊숙이 박혀 있었다.

"왜… 왜 그래, 벨?"

두려움을 느낀 고르키가 발을 질질 끌며 뒤로 물러났다. 벨페스트는 휙 몸을 돌려 사람들의 왕래가 많은 큰길 쪽으로 걸어갔다.

벨이 이상해졌어, 전엔 안 그랬는데. 갑자기 무서워졌어. 가짜 아룬델을 찾는다며 혼자 떠나더니만, 그때부터 이상하게 변했어. 주인님한테 알려야 되는 것 아닐까?

고르키는 야단맞은 어린애처럼 입술을 비쭉 내민 채 벨페스트를 지켜봤다. 그는 손수레를 끌고 가는 소년에게 말을 걸고 있었다.

“칼루스가 어디 있는지 알아?”

“그럼요, 알고말고요.”

아무 기대 없이 물었던 벨페스트는 소년에게 바짝 다가들었다.

“어디 있는데? 칼루스 말이야!”

소년이 저만치 떨어진 푸줏간을 가리켰다.

“저기 푸줏간 주인이 바로 카알 루스예요. 바로 내 매형이죠.”

벨페스트의 얼굴이 단번에 구겨졌다.

“개자식 같으니… 죽여 버리겠어…….”

벨페스트는 손수레에 실려 있던 쇠 지렛대를 집어 들었다.

“왜, 왜, 왜 이래요?”

뒷걸음질치던 소년이 수레바퀴에 걸려 넘어졌다. 벨페스트가 소년의 머리 위로 쇠 지렛대를 휘두르려는 찰나 쌀쌀맞은 목소리가 바로 옆에서 들려왔다.

“할 일이 꽤나 없나 보군.”

벨페스트는 지렛대를 치켜든 상태로 아슬라를 마주 봤다. 그사이 소년은 엄마를 소리쳐 부르며 전력을 다해 내달리고 있었다.

“칼루스가 어디 있는지 알아냈어. 날 죽이고 싶으면 망설이지 말고 내려쳐. 그럴 생각 없으면 던져 버리고 따라와, 어서!”

아슬라가 자취를 감췄다. 지렛대를 떨어뜨린 벨페스트는 서둘러 고르키에게 가까이 오라는 손짓을 보냈다. 어느새 찾아든 흥분과 기대감이 그의 입술에 뚜렷한 미소를 새겨놓았다.

“다 왔어! 여기만 넘어가면 바로 칼루스야!”

듀이는 숨을 헐떡이면서도 언덕을 뛰어올랐다. 카시아스도 힘을 내어 그 뒤를 바짝 쫓았다.

"날 보면 어떤 표정들이 될까? 아버지는 십중팔구 날 번쩍 들어 올리실 거야. 형들은 보나마나 기뻐서 펄쩍펄쩍 뛸 테고, 애니 누나는 울면서 날 꼭 껴안겠지. 카린 누나는 뭐 하다가 이제 왔냐며 주먹을 휘두를 게 뻔해."

듀이는 웃음을 터뜨렸다.

"그리고 시튼 패거리들은 똥 씹은 얼굴이 될 거야. 시튼 패거리에 대해선 내가 전에 말해준 적 있지? 날 괴롭히는 걸 삶의 목표로 삼았다는 놈들 말이야."

말을 끝낸 순간 드디어 칼루스가 시야에 들어왔다. 웅장한 산과는 어울리지 않는 자그마한 오두막들과 거무스름하게 변한 나무집들이 짙은 녹음 사이사이에 자리 잡고 있었다. 매서운 산바람에 군데군데 벗겨져 나간 이엉지붕, 꼬불꼬불 연기가 피어오르는 낡은 굴뚝, 황량하면서도 어딘지 모르게 정감이 느껴지는 마을이었다.

"자, 어때? 기대만큼 멋진 곳이지?"

듀이는 북받쳐 오르는 흥분을 억누를 수 없었다. 심장이 빠르게 요동쳤다. 웃음이 비어져 나와 잠시도 입을 다물고 있기 불가능했다.

"어어! 저기 저 사람 보여? 어깨에 커다란 자루 걸머지고 가는 사람! 아무래도 카일 형 같아! 그래, 맞아! 카일 형이 틀림없어!"

카시아스가 말리기도 전에 듀이는 부리나케 언덕 아래로 달려 내려갔다.

"멈춰!"

카시아스는 몸을 날리다시피 하며 듀이의 옷자락을 잡아챘다. 넘어질 뻔한 듀이가 가까스로 중심을 가누었다.

"진정해! 정신 좀 차리라고!"

"왜 그래? 나 정신 말짱해."

"정신이 말짱한 녀석이 다짜고짜 형한테 달려들려고 해? 넌 지금 아룬델이야. 듀이 델코가 아니란 말이야."

듀이는 흡사 자신의 시체라도 맞닥뜨린 사람 같은 얼굴이 되었다. 잠시 엉거주춤 서 있던 그는 힘없이 바닥에 주저앉았다.

"난… 잊고 있었어……. 아니… 기억하고 싶지 않았는지도 몰라… 내가 더 이상 내가 아니라는 사실을……."

"신세타령 그만 하고 어서 일어나. 한시라도 빨리 네 몸을 찾아야지."

듀이는 카시아스가 내민 손을 잡고 몸을 일으켰다. 두 사람은 듀이의 집 앞에 다다를 때까지 입을 열지 않았다.

"카시아스, 난… 무서워……."

카시아스는 뭐가 무섭냐고 묻지 않았다. 그저 말없이 걸어가 현관문을 두드렸다. 안에서 희미한 인기척이 들리더니 카린이 모습을 보였다. 낯선 사람임을 확인한 그녀는 경계심을 드러내며 문을 반 정도 지그렸다.

"무슨 일이죠?"

"듀이, 지금 집에 있습니까?"

카린은 눈매를 가느스름하게 좁혔다.

"듀이를 어떻게 아는 거죠?"

"작년에 열린 합동수렵회에서 인사를 나눴습니다. 칼루스에 온 김에 얼굴이나 보려고 들렀는데… 괜찮으시면 좀 불러주십시오.”

“합동수렵회에서 듀이를 만났다고? 듀이는 생전 처음 참가한 수렵회에서 목숨을 잃었어! 헛소리하지 말고 썩 꺼져!”

꽥! 소리친 카린이 부서져라 문을 닫았다. 듀이는 얼어붙었다. 머릿속이 하얗게 바래지며 윙, 하는 귀울림이 메아리쳤다.

“지, 지금 내가 제대로 들은 거야? 듀… 듀이가 주, 죽었다고… 내가… 죽었다는 얘기였지?”

“그래… 그렇게 들었어, 네가 죽었다고…….”

듀이처럼 넋이 나갈 정도는 아니었지만 카시아스 역시 충격을 감출 수 없었다.

“아니야, 그럴 리 없어. 거짓말이야. 우릴 쫓아내려고 지어낸 거짓말일 거야.”

듀이는 후닥닥 뛰어가 주먹으로 연거푸 문을 내려쳤다.

“듀이 지금 안에 있죠? 듀이 좀 만나게 해주세요! 듀이를 만나야 해요! 듀이 델코! 빨리 나와! 안에 있는 거 다 알아! 숨어 있지 말고 어서 나와! 듀이 델코!”

문이 벌컥 열리더니 별안간 차가운 물이 전신에 끼얹어졌다.

“미친 녀석 같으니! 꺼지라고 했지? 아까 낮에도 웬 괴상하게 생긴 놈들이 듀이를 찾는다며 생난리를 치더니만! 오늘 왜 이렇게 재수가 없는 거야?”

“카린! 그게 무슨 짓이냐?”

뒤쪽에서 노기 어린 엄한 음성이 날아왔다. 듀이는 주춤주춤 몸을 돌렸다. 대여섯 걸음 떨어진 곳에 아버지가 서 있었다.

“이 사람들이 자꾸 듀이를 만나게 해달라며 헛소리를 지껄이잖아요."

"그만두지 못하겠니?"

풀이 죽은 카린이 듀이와 카시아스에게 눈을 흘기며 안으로 들어갔다.

"딸아이가 결례를 범했군. 내가 대신 사과하겠네. 나쁜 마음을 품어서가 아니라, 아직 철이 없어 그런 거니 어렵겠지만 이해해 주게."

듀이에게 시선을 옮긴 아버지가 눈살을 찌푸렸다.

"어허, 이런… 우선 젖은 옷부터 갈아입어야겠군."

"듀이가 죽었다는 게 정말 사실입니까?"

카시아스가 물었다.

"그렇다네."

"언제, 어떻게 죽은 겁니까?"

아버지의 입술은 쉽사리 움직이지 않았다. 멀리 떨어진 흐릿한 산등성이를 잠시 동안 바라보던 아버지가 긴 한숨과 함께 말문을 열었다.

"석 달 전에 열린 합동수렵회에서 갑자기 정신을 잃고 쓰러졌네. 그 후 숨만 겨우 붙어 있는 상태로 이틀을 보냈지……. 그렇게 갔네… 잠든 것처럼 누워서… 고기라도 한 점 먹여 보내고 싶었는데… 물 한 모금도 마시지 못한 채… 그렇게 가버렸네……."

숨을 크게 들이쉬며 아버지가 눈 주위를 두어 번 문질렀다.

"아… 아버지……."

듀이는 아버지에게 다가갔다. 붉게 충혈된 아버지의 눈길이 그를 향했다. 듀이가 다시 한 번 아버지를 부르려 했을 때, 카시아스가 잽싸게 팔을 뻗어 그의 입을 막았다.

"알겠습니다. 삼가 고인의 명복을 빌겠습니다. 상심이 매우 크신 것 같으니 저흰 이만 가보겠습니다."

카시아스는 빠져나오려고 버둥거리는 듀이를 질질 끌다시피 하며 신속하게 아버지의 시야에서 벗어났다. 그는 발끈한 듀이가 주먹이라도 휘두를지 모른다고 예상했다. 그러나 듀이는 입을 꼭 다문 채 휘적휘적 앞으로 걸어나갔다.

"괜찮아?"

카시아스는 한 발 뒤에서 따라가며 듀이를 살폈다.

"괜찮아……."

코맹맹이 소리가 들려왔다. 보나마나 눈물을 흘리고 있는 것이 분명했다. 카시아스는 그가 조금이라도 편히 울 수 있도록 걸음을 늦췄다.

"이제 어쩌지?"

잠시 후 나온 듀이의 목소리는 많이 진정된 상태였다.

"우선 머물 곳부터 찾자, 날도 많이 어두워졌는데."

"조금만 더 가면 사냥꾼 막사가 나와. 칼루스로 사냥하러 오는 다른 지역 사람들을 위해 마을 어른들이 세운 막사야. 지금은 사냥철도 다 끝났으니까 아무도 없을 거야."

"따뜻하고 깨끗한 여관은 없느냐고 물어봤자 시간 낭비겠지?"

듀이는 고개만 두어 번 끄덕였다. 가라앉은 마음이 좀처럼 나아지질 않았다. 목적지에 도착할 때까지 두 사람은 말없이 다리만 움직였다.

사냥꾼 막사는 카시아스의 짐작보다도 더 초라하고 지저분했다. 손바닥만 한 공간엔 먼지가 수북했고, 조잡하게 만든 침상 두 개와 녹슨 난로 하나가 볼품없이 놓여 있었다.

"빨리 젖은 옷부터 벗어."

듀이는 카시아스가 던져 준 마른 옷가지로 서둘러 갈아입었다. 아까부터 계속해서 진저리가 쳐지며 으슬으슬 한기가 들었다.

"기억나? 카린이라는 네 누나가 그랬잖아, 아까 낮에도 괴상하게 생긴 놈들이 와서 듀이를 찾았다고. 아마 모고르의 졸개들일 거야. 놈들이 우리보다 한발 먼저 네 집을 찾아왔던 게 분명해."

"진짜 아룬델은 어떻게 된 걸까?"

듀이가 침상에 앉으며 질문을 꺼냈다. 카시아스는 어떤 대답도 할 수 없었다.

듀이의 육체 속에 갇힌 채로 죽음을 맞은 건가? 자신의 몸은 듀이가 차지하고 있으니, 영혼만 세상 어딘가를 떠돌고 있을지도 모르겠군. 그럼 헤이론 국을 되찾는다는 목표는 어떻게 되는 걸까? 마드라의 열쇠를 손에 넣으려면 어찌 됐든 아룬델의 영혼부터 찾아야 돼. 세상에 버젓이 존재하는 칼루스에 발을 디디는 것만으로도 모든 기력을 써버린 느낌인데… 어디 있는지도 모르는 아룬델의 영혼을 어떻게 찾는단 말이야?

생각하면 생각할수록 암담한 심정이 되어갔다. 무거운 한숨이 저절로 흘러나왔다.

"난 아무래도 믿을 수가 없어."

듀이가 가라앉은 어조로 침묵을 깼다.

"뭘?"

생각에 잠겨 있던 카시아스는 성의 없이 말을 받았다.

“내가 죽었다는 거… 내 몸이 차가운 땅속에 묻혀 있다는 거… 내 몸이 썩어가고 있다는 거…….”

“차가운 땅속에 묻혀서 썩어간다?”

카시아스는 벌떡 몸을 세웠다.

“바로 그거야! 관을 열어봐야겠어! 그 간악한 아룬델 녀석이 죽은 척 연기를 했을지도 몰라! 관 속에 정말 듀이 델코의 시신이 들어 있는지 내 눈으로 직접 확인해야겠어!”

“으응? 뭘 확인한다고?”

자신의 목소리가 꿈결처럼 아득하게 들리자 듀이는 고개를 갸우뚱했다. 순간 몸의 중심이 무너지며 침상에 털썩 쓰러져 버렸다.

“왜 그래?”

카시아스는 황급히 듀이를 살폈다. 볼 주위가 유난스레 붉었고 입술은 하얗게 말라 버린 상태였으며 동공이 풀려 있었다. 그는 듀이의 이마에 손을 대어보았다. 후끈거리는 열기가 느껴졌다.

“열이 나잖아!”

카시아스는 당황했다. 지금껏 감기 한 번 앓은 적이 없는 그였다. 당연히 아픈 사람을 돌보는 일에 대해서도 아는 것이 전무했다.

뭘 어떻게 해야 하는 거지?

“우선 좀 편하게 누워.”

카시아스는 듀이의 다리를 침상 위로 올리고 신발을 벗겨주었다.

“카시아스…….”

듀이가 들릴 듯 말 듯 입 안에서 웅얼댔다. 카시아스는 그의 어깨를 부여잡고 마구 흔들었다.

"정신 차려! 잠들면 안 돼!"

잠을 자면 죽는다는 얘기를 몇 년 전에 어떤 호위기사가 말해 준 적이 있었다.

그러고 보니 잠을 푹 자야 건강해진다는 얘기도 어디선가 들은 것 같은데…….

카시아스는 끙끙거리며 머리를 감싸 쥐었다. 듀이가 무슨 말인가를 우물거렸다.

"뭐? 뭐라고 했어?"

카시아스는 듀이의 입술에 바짝 귀를 가져다 대었다.

"애니… 애니 누나……."

애니는 듀이에게 있어 엄마와도 같은 존재였다. 툭하면 놀림을 당하고 눈물을 쏟기 일쑤였던 그를 언제나 따뜻하게 감싸주었고, 병치레가 잦았던 그를 짜증 한 번 내는 일 없이 밤을 새워가며 간호해 주곤 했다.

"애니 누나… 애니 누나가… 보고 싶어… 애니 누나……."

뜨거운 열기에 휩쓸린 듀이는 무의식의 세계로 빨려 들어갔다. 감은 눈꺼풀 사이로 스며 나온 눈물 한 방울이 카시아스의 눈에 띄었다.

"알았어. 애니 누나가 보고 싶단 말이지? 내가 만나게 해줄게."

카시아스는 듀이를 등에 업었다. 그리고는 전장에 나가는 전사처럼 결연한 태도로 문을 박찼다.

"뭐, 뭐라고? 듀이 델코가 죽었다고?"

"그렇습니다, 주인님."

놀란 나머지 삐죽 엉덩이를 들었던 모고르는 벨페스트의 대답이 나온 후에도 의자에 앉지 않았다. 그는 자신이 불편한 자세로 엉거주춤 서 있다는 사실조차 자각하지 못했다.

"확실한 정보냐?"

"틀림없는 것 같습니다. 가족은 물론, 마을 사람들한테까지 확인해 보았습니다."

모고르는 초조함이 깃든 몸짓으로 의자를 밀치고 나와 이리저리 카펫 위를 걸어다녔다.

대체 일이 어떻게 된 것일까? 카시아스는 분명히 아룬델과 듀이 델코의 영혼이 바뀌었다고 했는데……. 그게 거짓말이었던 걸까?

모고르는 설레설레 고개를 가로저었다.

아니야, 비통에 잠긴 아버지 앞에서 거짓말을 했을 리 없어. 그렇다면 영혼이 뒤바뀌는 과정에서 예기치 못한 사건이 벌어졌다는 것인데… 대체 어디에서 일이 어긋났는지 그걸 알아내야 돼.

모고르는 자신의 수하들을 향해 섰다.

"듀이 델코를 잡아와라."

모든 열쇠는 듀이 델코가 쥐고 있어. 그게 분명해.

"주인님! 유령을 잡아오라는 말씀인가요?"

고르키가 핏기 가신 얼굴로 울상을 지었다.

"가짜 아룬델, 그러니까 듀이 델코의 영혼이 들어가 있는 아룬델의 육체를 잡아오라는 말이다."

모고르는 신경질적으로 높아지려 하는 언성을 간신히 자제했다. 느닷없이 벨페스트가 웃음을 터뜨렸다.

"이거 정말 행복하군요! 제가 그토록 그리워하던 가짜 아룬델을 드디어 마음 편히 잡을 수 있게 되었다니! 관대하신 주인님께 진심 어린 감사의 인사를 올립니다!"

벨페스트는 우아한 동작으로 허리를 굽혔다. 그의 말투와 눈빛에서 조롱기를 감지한 모고르가 눈을 부릅떴다.

"감히! 감히 네까짓 게 나를 비웃어?"

모고르는 번쩍 팔을 치켜들었다. 그의 손끝에서 뻗어 나온 거무스름한 그림자가 눈 깜짝할 사이 벨페스트를 덮쳤다.

"으윽!"

몸이 산산조각 나는 듯한 고통에 휩싸인 벨페스트는 외마디 소리를 질렀다. 그의 입과 귀, 그리고 눈에서 붉은 핏줄기가 흘러나왔다.

"자, 잘못했습니다……. 용서해… 주십시오……."

벨페스트는 비명을 삼키며 가까스로 사죄의 말을 쥐어짰다. 더 한층 극심해진 통증이 들이닥쳤다. 더 이상 견디지 못하고 바닥에 무릎을 꿇는 순간 고통이 사라졌다.

"자비를 베푸는 건 이번이 마지막이다. 다시 한 번 내 앞에서 건방을 떨면 그 즉시 네 몸뚱이를 갈기갈기 찢어버릴 것이다. 내 말 명심해라."

"가슴속… 깊이… 새겨… 놓겠습니다……."

토막토막 끊기는 목소리가 잔인했던 고통의 여파를 고스란히 드러냈다. 노기가 누그러진 모고르는 벨페스트를 손수 일으켜 주었다.

"힘들어하는 널 보면 내 마음도 아프단다, 벨."

모고르는 경련이 멈추지 않는 벨페스트의 어깨를 부드럽게 다독였다.

"말씀하지 않으셔도… 압니다, 주인님."

안색은 백지장같이 창백했으나 벨페스트의 얼굴엔 달콤한 미소가 감돌고 있었다. 모고르는 왠지 모르게 꺼림칙한 마음이 들었다. 그는 예상치 못한 듀이 델코의 죽음이 불러일으킨 일시적인 기분이라고 생각하며 염두에 두고 있던 지시 하나를 더했다.

"가짜 아룬델의 정체를 알고 있는 자들은 하나도 남김없이 제거해라. 미리미리 입을 막아놓지 않으면 후에 말썽거리로 변할 소지가 있다."

수하들이 물러난 뒤 모고르는 평소엔 거의 입에 대지 않는 술을 한 잔 가득 따라 마셨다. 그러나 마음속을 떠도는 찜찜함은 사라지지 않았다.

일이 틀어진 탓에 생긴 불쾌감일 뿐이야.

모고르는 벽에 손을 짚으며 침소로 향했다. 힘을 쓴 다음엔 항상 시야가 흐려질 정도의 피로감이 찾아들었다. 그 위에 익숙하지 않은 술기운까지 더해지자 몸을 가누기도 어려워졌다.

벨페스트가 버릇없이 굴지만 않았어도 이런 무기력한 꼴이 되는 일은 없었을 텐데…….

괘씸한 마음이 되살아나자 모고르의 관자놀이에 힘줄이 불거졌다. 그는 지금까지 자신의 약점을 완벽하게 숨겨왔다. 더군다나 그에게 믿기 힘든 능력이 있다는 사실을 아는 이들도 극소수였다. 굳이 따진다면 벨페스트, 아슬라, 고르키, 피서, 모두 합해 네 사람에 불과했다. 여태껏 모고르는 자신의 힘을 눈치 챈 사람은 무자비하게 없애 버렸다. 그들 중엔 그의 형과 형수, 그리고 부모도 끼어 있었다.

모고르는 침상 위에 똑바로 누웠다. 언제까지 이런 식으로 시간을 낭비해야 하는지 짜증이 치밀었다.

'마드라의 열쇠'만 손에 넣으면 돼. 그럼 모든 게 해결되는 거야.

"마드라의 열쇠… 마드라의 열쇠……."

모고르는 주문을 외듯 반복해서 되뇌며 내키지 않는 잠을 청했다.

선잠에 빠져 있던 카시아스는 정신이 든 순간 번쩍 고개를 쳐들었다. 어깨와 목에 뻐근한 통증이 일자 저절로 신음 소리가 새어 나왔다. 듀이의 이마에 새 물수건을 올려놓던 애니가 그를 돌아봤다.

"피곤하실 텐데 아버지 방에서라도 좀 쉬다가 오세요. 아버진 동이 트자마자 나가셨거든요."

"아닙니다, 괜찮습니다. 그나저나 상태가 좀 나아지긴 했습니까?"

카시아스는 턱으로 듀이를 가리켰다.

"네, 열도 많이 내렸고, 숨소리도 어제보다 한결 부드러워졌어요."

내내 카시아스의 얼굴에서 떠나지 않던 불안이 안도감으로 변해갔다.

"죄송하지만 카린하고 전 밖에 나갔다 와야 할 것 같아요. 땅이 얼기 전에 텃밭에 심어놓은 감자를 마저 거둬들여야 하거든요. 세숫물은 뒷마당에 있는 우물에서 길어다가 사용하시고요. 부엌에 간단한 음식을 차려놓았으니 시장하시면 드세요."

"감사합니다, 정말."

"감사하긴요? 별일도 아닌걸요."

밖으로 나가려던 애니는 카시아스에게 장난기 어린 미소를 던졌다.

"빈 그릇은 씻어서 채반에 올려놓으세요. 지금 카린이 꼬투리 하나 잡을 것 없나 하고 눈에 불을 켜고 있으니 주의하셔야 될 거예요."

카시아스는 문을 나서는 애니를 감탄 어린 눈으로 응시했다. 인간으로 환생한 자애의 신을 보는 기분이었다. 그녀는 무작정 들이닥친 불청객 둘을 기꺼이 받아주었을 뿐 아니라, 밤을 새우다시피 하며 듀이를 돌보기까지 했다. 몸이 아픈 듀이가 누구보다 애니를 먼저 찾는 것도 당연하다는 생각이 들었다.

듀이가 누님 하나는 잘 뒀군.

또 다른 누나인 카린이 떠오르자 카시아스는 잔뜩 인상을 썼다. 그녀는 가뜩이나 쌀쌀한 날씨에 찬물까지 끼얹어 듀이를 병들게 만든 장본인이었다.

아쉽군. 남자였다면 크게 한 방 먹여주었을 텐데……. 하긴, 그쪽도 지은 죄 때문에 우릴 내쫓지 못하고 있는 걸 테지.

카시아스는 쓰게 입맛을 다시며 일어나 기지개를 켰다. 집 안은 조용한 것이 그와 듀이밖에 없는 것 같았다. 현재 이 집에 사는 델코 가의 사람들은 아버지와 누나 둘, 그리고 휴이가 전부였다. 첫째 형은 혼인을 하며 옆 마을에 살림을 차렸고, 그 밑의 두 형은 일자리를 찾아 도시로 떠났다고 한다.

듀이가 죽지 않고 집에 돌아와 있다는 사실을 알면 모두들 얼마나 기뻐할까? 가족에게조차 자신이 누구임을 밝히지 못하는 처지라니…….

듀이에게 머무는 카시아스의 눈길엔 측은함이 서려 있었다.

"괜한 생각 말고 몸이나 씻자. 발가락 사이에서 곰팡이가 피어나기 전에."

기분이 우울해지려 하자 카시아스는 일부러 소리 내어 말했다. 그가 막 방을 나서려 할 때였다. 현관 쪽에서 문 두드리는 소리가 들려왔다. 무심코 현관문을 연 카시아스는 자신도 모르게 등을 꼿꼿이 폈다. 생전 처음 보는 호박빛 눈동자가 믿기지 않을 만큼 강렬하게 다가왔다.

이 사람이 듀이 델코인가?

셰이는 거무스름한 피부의 젊은 남자를 찬찬히 살펴봤다. 이상하게도 어디선가 본 것 같은 느낌이 들었다. 그녀는 남자의 짙푸른 눈동자에 시선을 고정했다.

"당신이 듀이 델코인가요?"

카시아스는 바짝 긴장했다.

"용건이 뭐야?"

반사적으로 공격적인 물음이 튀어나왔다. 무례한 태도에 셰이의 눈꼬리가 매섭게 치켜올라 갔다. 이샤무딘이 떠난 후 가뜩이나 저조하던 기분이 더욱 언짢아졌다.

"듀이 델코인지, 아닌지부터 밝혀."

어쭈, 요 녀석 봐라? 다짜고짜 반말을 해?

카시아스는 셰이를 예쁘장하게 생긴 소년으로 착각하고 있었다.

"그래, 내가 바로 듀이 델코다."

맛 좀 봐라, 하는 심정으로 꺼낸 말이었다. 한편으론 듀이를 찾는 소년의 정체와 목적을 알아내려는 속셈도 가지고 있었다.

셰이는 멈칫했다. 이름과 출생지를 빼곤 듀이 델코에 관해 아는 것이 하나도 없지만, 일단 만나면 첫눈에 알아볼 수 있으리라 생각하고 있었다. 그러나 눈앞의 남자는 보면 볼수록 그녀가 상상하던 듀이 델코의 모습과는 극과 극일 만큼 달랐다.

"당신은 듀이 델코가 아니야."

확신에 찬 반박이 나오자 카시아스의 의혹은 더 한층 깊어졌다.

모고르의 하수인인가?

요사스러운 자주색 눈동자의 남자를 위시해 괴상하기 짝이 없던 모고르의 수하들이 소년 위로 한 명씩 지나갔다. 왠지 모르게 눈앞의 소년은 그들과는 다를 것 같다는 느낌이 들었다.

"사실대로 털어놓자면… 듀이 델코는 지금 무덤 속에 있어."

카시아스는 셰이의 반응을 빈틈없이 관찰했다.

"무, 무덤 속에 있다고? 듀이 델코가?"

죽음의 사자라도 만난 것처럼 셰이의 얼굴이 하얗게 질렸다.

“정말이야? 정말 듀이 델코가 죽었어?”

“그래, 듀이는 죽었어, 그것도 오래전에.”

“말도 안 돼… 거짓말이야… 거짓말이 틀림없어…….”

“정 못 믿겠으면 집집마다 찾아다니며 물어봐. 마을 사람들 모두 나와 같은 대답을 내놓을 테니까.”

세이는 비틀거렸다. 시야가 흐려지며 세상이 빙그르르 돌아갔다. 카시아스가 그녀의 팔을 붙잡았다.

“이봐, 괜찮아?”

“어떡하지?”

허공을 헤매던 초점없는 눈동자가 카시아스를 찾아왔다.

“어떡하면 좋지? 듀이 델코를 만나야 하는데… 죽어버렸다니……. 뭘 어떻게 해야 하는 거지?”

희망이라곤 하나도 남지 않고 전부 사라져 버린 듯한 모습에 카시아스는 말문이 막혔다. 어찌나 절망적으로 보이는지 한순간 ‘듀이를 만나게 해줄까?’ 하는 갈등이 생길 정도였다.

“듀이를 왜 만나려는 건데?”

“뒤틀린 운명을 바로잡으려고…….”

도무지 뜻을 짐작할 수 없는 대답이 나오자 카시아스는 인상을 찌푸렸다.

“누구의 운명이 뒤틀렸다는 거야?”

세이는 석상처럼 가만히 서 있다 천천히 몸을 돌렸다. 밝은 햇살 속으로 걸어 들어가며 그녀는 고개를 떨어뜨렸다. 이유 모를 죄책감에 시달리던 카시아스는 그녀의 모습이 시야에서 완전히 사라질 때까지 자리를 떠나지 못했다.

카시아스는 깍지 낀 손을 풀어 주먹을 쥐었다. 그러고는 주머니에 찔러 넣었다가 금세 다시 꺼내 머리를 쓸어 넘겼다. 그의 몸짓 하나하나에서 초조감이 묻어 나왔다.

"왜 아직까지도 정신을 차리지 못하는 겁니까?"

피에르는 듀이의 몸을 이리저리 만져 볼 뿐 입을 열지 않았다. 칼루스에 거주하는 유일한 신관인 그는 약초와 인체에 관해 꾸준히 공부해 온 까닭에 의술에도 상당한 지식을 가지고 있었다. 그런 이유로 마을 사람들은 다치거나 병이 나면 가장 먼저 그를 찾곤 했다. 오랜 시간이 지나도록 듀이가 의식을 회복하지 못하자 걱정이 된 애니도 동생 휴이를 보내 피에르에게 도움을 청했다.

"글쎄… 맥이 다소 약한 것 빼고는 별다른 이상이 없어 보이네만… 꼬박 하루 동안이나 정신을 잃고 있는 게 마음에 걸리긴 하는군. 내가 사람을 시켜 약을 좀 보내주겠네. 기력이 어느 정도 회복되면 자연스레 정신도 차릴 테니 너무 염려 말게."

피에르와 애니가 방을 나간 뒤 카시아스는 듀이를 물끄러미 내려다봤다.

자신이 죽었다는 사실 때문일까? 그래서 눈도 뜨기 싫은 걸까? 하긴 나 같아도 충격이 컸을 거야. 하물며 듀이는 그 자리에서 기절하지 않은 게 용한 거지.

"형편없는 약골 같으니……."

카시아스는 주먹으로 듀이의 뺨을 가볍게 툭 친 다음 외투를 집어 들었다. 밖으로 나온 그는 조용히 헛간으로 가 곡괭이와 램프를 챙겼다. 그는 오늘 밤 관 뚜껑을 열어볼 결심을 하고 있었다. 듀이 델코가 묻힌 곳도 애니를 통해 미리 알아둔 상태였다. 듀이의 육체가 정말 죽었는지, 아니면 단순히 아룬델의 계략인지 머지않아 진실이 밝혀질 것이다.

카시아스는 성큼성큼 발을 내디디며 후드를 올려 썼다. 한밤중에 무덤을 파내는 일은 얼굴을 드러내 놓고 하기엔 아무래도 꺼림칙한 행위였다. 그가 좁은 오솔길을 벗어나 숲 언저리를 따라 열댓 걸음 이동했을 때였다. 숲 안쪽 조금 떨어진 곳에서 사람들의 말소리가 선명히 들려왔다.

"그래서 내가 주먹으로 배때기를 냅다 갈겨줬지. 그랬더니 무슨 일이 벌어졌는지 알아?"

"뭐, 보나마나 벌벌 떨면서 주머니에 든 먼지까지 탈탈 털어 바쳤겠지."

"그거야 당연한 거고. 글쎄, 털썩 주저앉더니 오줌을 질질 싸대더라고!"

박장대소가 터졌다.

"그래서 그냥 보내줬어?"

"내가 돌았냐? 얌전히 놔주게? 서너 번 가볍게 걷어차 줬지."

"하여튼, 토드 이 녀석은 내가 봐도 못된 놈이라니까!"

"어이구, 사돈 남 말하네! 줄리네 창고에 불 지른 게 누군데? 내가 모를 줄 알아?"

"뭐? 그럼 불낸 사람이 시튼이란 말이야?"

몇 걸음 지나쳤던 카시아스는 시튼이란 이름이 나오자 멈춰 섰다.

"그렇다니까! 불 지른 이유가 뭔지 알아? 닭 훔치러 들어갔다가

댄버 아저씨한테 들켜서 머리를 몇 대 쥐어 박혔다지, 아마? 그리고 그전엔 줄리한테 껄떡대다가 무시당한 적이 두어 번 있고."

카시아스는 낄낄거리는 웃음소리를 따라 숲 안쪽으로 이동했다. 모닥불 주위로 길게 늘어진 네 개의 그림자가 눈에 들어왔다.

"근데, 이 자식들이! 아가리 못 닥쳐?"

"너부터 닥치는 게 어때?"

낯선 목소리에 놀란 남자들이 후닥닥 몸을 일으켰다. 그중 한 명은 앳된 얼굴이었으나 나머지 셋은 이미 소년기를 넘어선 것으로 짐작됐다.

"너희들이 그 유명한 시튼 패거리인가?"

"너, 뭐 하는 놈이야?"

시튼이 눈을 부라렸다. 그러나 내심으론 곡괭이를 든 남자의 출현에 조금 움츠러든 상태였다.

"시간도 부족하니, 빨리 끝내는 게 좋겠군."

곡괭이를 나무에 기대 세운 카시아스는 바닥에서 팔 길이만 한 나뭇가지를 집어 들었다.

"뭐야, 저 자식! 완전히 미친놈이잖아!"

"아니야, 오히려 잘됐어. 그러잖아도 기분이 더러웠는데, 위안거리가 알아서 기어들어 왔잖아. 이제 우리한텐 즐길 일만 남은 거고… 안 그래?"

시튼은 히죽거리며 친구들을 쳐다봤다.

"그래, 네 말이 맞아. 오랜만에 실컷 놀아보자고!"

"야호! 이거 정말 신나는데!"

네 남자가 앞 다투어 손잡이가 짧은 주머니칼을 꺼내 들었다.

“내가 시간없다고 했지?”

카시아스는 한 번의 발차기로 두 남자의 팔을 가격해 칼을 떨어뜨리게 만들었다. 그리고 다른 한 명의 명치에 팔꿈치를 박아 넣으며 동시에 나뭇가지로 시튼의 얼굴을 힘껏 후려쳤다. 카시아스는 그들에게 공격할 기회조차 주지 않았다. 검술로 단련된 그의 움직임은 민첩하고 힘찼으며 우아하기까지 했다. 그와 한 몸이 되어 움직이는 나뭇가지가 전광석화처럼 공기를 가를 때마다 고통에 찬 비명이 터졌다.

“으아아악, 사, 살려주세요! 살려주세요!”

카시아스가 동작을 멈췄을 때, 주위엔 만신창이가 된 남자들이 널브러져 있었다.

“누가 시튼이야?”

엄마를 부르며 흐느끼던 남자가 손가락으로 시튼을 가리켰다. 카시아스가 성큼성큼 접근하자 공포에 질린 시튼이 엉덩이로 기어 슬금슬금 물러났다.

“다, 당신 누구야? 우리한테 왜 이러는 거야?”

“듀이 델코가 보낸 복수의 사자라고 해두지.”

“듀이 델코? 그 ‘겁쟁이 듀이’ 자식 말이야?”

카시아스는 시튼의 멱살을 잡아 올렸다.

“잘 들어. 듀이는 겁쟁이가 아니야. 네까짓 건 발꿈치에도 못 따라오는, 세상 그 누구보다 용맹스러운 투사야. 알아들었어?”

시튼이 뻣뻣하게 고개를 끄덕였다.

“아니, 아직 못 알아들은 것 같은데? 내가 머릿속에 확실히 새겨 넣어주지.”

카시아스는 시튼의 얼굴을 주먹으로 무자비하게 내려쳤다. 정신을 잃은 시튼이 맥없이 뒤로 넘어갔다. 그사이 세 명의 남자는 비틀대며 허겁지겁 도망치고 있었다.

카시아스는 빠른 걸음으로 숲을 벗어났다. 시간이 많이 지체됐다. 이러다간 오늘 밤 안에 일을 끝맺지 못할지도 모른다. 자신의 행동이 그리 자랑스럽지 못하다는 건 알고 있었다. 손바닥엔 가시가 박혔고, 주먹 싸움을 해본 경험이 많지 않은 까닭에 오른손 전체가 화끈거리기까지 했다. 그러나 이상하게도 기분은 나쁘지 않았다.

녀석들 말대로 완전히 미친 건 아닐까?

카시아스는 피식 웃으며 더욱 속도를 높였다. 듀이의 무덤은 그가 어렸을 때 돌아가셨다는 어머니의 묘 옆에 놓여 있었다. 겉옷을 벗어 던진 카시아스는 무덤 중간에 곡괭이를 힘껏 박아 넣었다. 일은 생각보다 훨씬 힘들었다. 채 반도 파내지 못했는데, 손바닥은 온통 물집과 그것들이 뭉개지며 흘러나온 진물로 뒤범벅되어 있었다.

"이러다간 동이 트기 전에 나까지 여기 나란히 묻히게 되겠군!"

그가 뻐근한 허리를 펴며 투덜거렸을 때였다.

"정체가 뭐야, 너?"

전혀 예상치 못한 목소리가 날아왔다. 고개를 돌린 순간 그의 목으로 시퍼런 칼날이 다가들었다.

"추잡한 도굴꾼인가?"

"이 시간에 무덤가를 배회하는 걸 보면, 너도 그렇게 당당한 입장은 아닌 것 같은데?”

카시아스는 줄곧 뇌리에서 떠나지 않던 호박빛 눈동자를 마주 봤다.

“허튼짓하지 마.”

셰이는 더욱 위협적으로 칼날을 들이댔다.

“그럴 생각 없어. 어차피 칼자루를 쥐고 있는 건 너잖아.”

“지금 뭐 하고 있는 건지, 그것부터 말해봐.”

“봐서 알잖아, 너도 눈이 있으니.”

카시아스의 말투는 시종일관 퉁명스러웠다.

“좋아, 다음 질문으로 넘어가지. 듀이 델코의 무덤은 왜 파고 있었던 거야?”

“관을 열어보려고.”

“왜?”

“듀이가 심심할 것 같아서.”

엉터리 대답을 마치자마자 카시아스는 번개처럼 셰이의 팔을 움켜쥐었다. 그리고 펄쩍 뛰어올라 우악스럽게 그녀를 덮쳤다. 셰이는 비명조차 지르지 못한 채 뒤로 넘어졌다. 바닥에 부딪친 순간 숨이 턱 막히며 억눌린 신음 소리가 토해졌다.

“너 같은 어린애가 갖고 놀기엔 위험한 물건이야.”

카시아스는 셰이한테서 빼앗은 단검을 파헤쳐진 무덤 속으로 던져 버렸다.

“비켜!”

셰이는 올가미에 걸린 맹수처럼 사납게 소리쳤다.

“그러잖아도 일어날 참이었어.”

몇 대 쥐어박아 주고 싶은 마음에 주먹이 근질거렸다. 유혹을 꾹 참으며 몸을 일으키려던 카시아스는 일순 멈칫했다.

"설마, 너… 여자였어?"

"그래, 나 여자다, 멍청아!"

눈이 화등잔만 해진 카시아스가 후닥닥 셰이에게서 떨어졌다.

"이, 이런 맙소사! 난 그것도 모르고… 알았다면 그런 식으로 덮치지는 않았을 텐데, 아, 아니 그러니까, 난… 상상도 못하고… 여자일 줄은… 그냥 되바라진 남자 애인 줄만 알고… 아니, 아가씨가 되바라졌다는 말이 아니라… 난 그냥…….."

극도로 당황해 횡설수설하던 카시아스는 하늘을 향해 욕설을 중얼거린 뒤 손을 내밀었다.

셰이는 그의 손을 멀뚱히 바라보다 혼자 힘으로 몸을 세웠다.

"본의 아니게 크나큰 결례를 범하고 말았습니다. 진심으로 사과드립니다."

거짓말처럼 정중해진 카시아스의 태도에 셰이는 어안이 벙벙해졌다. 카시아스는 그녀의 멍한 표정을 겁에 질린 것으로 오해했다.

"믿기 힘드시겠지만 전 그렇게 나쁜 사람이 아닙니다. 지금까지 여자에게 크든 작든 위해를 가한 적은 한 번도 없습니다. 제 이름을 걸고 맹세합니다. 전 카시……."

얼떨결에 신분을 노출할 뻔한 카시아스는 뒤늦게 정신을 차리고 얼른 말을 끊었다. 순간 셰이의 뇌리에 불현듯 그의 이름이 스쳐 갔다.

카시아스 비저 드 아브레이유……. 헤이론 국의 왕자… 맞아,

그가 틀림없어!

카시아스는 세이에 대한 기억 자체가 없어졌겠지만, 두 사람은 초면이 아니었다. 세이가 열두 살 때 헤이론 국에서 시조인 에스트레마드라를 기리기 위한 성축전이 대대적으로 열린 적이 있다. 그 자리엔 특별히 초대된 각 나라의 왕족들도 적지 않게 참석했는데, 세이도 그들 중 한 명이었다.

헤이론 국을 방문한 왕족들은 가는 곳마다 사람들의 이목을 집중시켰다. 특히 바르샤르 왕국의 왕위 계승자였던 세이와 자국의 왕세자인 카시아스에 대한 관심은 그야말로 폭발적이었다. 그랬던 두 사람이 모든 것을 잃은 상태로 버틀랜드 국의 작은 시골 마을에서 다시 만나게 되었다니… 얄궂은 운명의 장난이 아닐 수 없었다.

이런 곳에서 보게 될 줄이야.

세이는 새삼스러운 눈으로 카시아스를 면밀히 뜯어봤다. 왕족들 중 그 누구보다 출중하면서도 나이에 안 맞게 유난히 예의 바르고 점잖았던 과거의 모습이 시간을 거슬러 현재와 겹쳐졌다.

그런데 왜 망조(亡朝)의 왕자가 칼루스 같은 외진 곳에 있는 걸까? 그리고 듀이 델코와는 어떤 사이이기에 버젓이 집에까지 들어가 있었던 걸까?

뒤이어 무덤을 파헤치던 광경이 떠오르자 세이의 궁금증과 의혹은 급속도로 부풀었다.

"듀이 델코와는 어떻게 아는 사이인가요?"

세이는 단도직입적으로 물었다.

"으음… 예전부터 집안끼리 서로 친하게 지내왔습니다."

거짓말.

셰이는 마음속으로 속삭였다.

“그럼 두 분이 친형제처럼 가까우셨겠군요.”

“물론입니다.”

또 거짓말이야.

“그런데 듀이 델코란 분은 어떻게 생기셨나요?”

“어… 듀이는 그러니까… 머리는 갈색이고… 그리고…….”

말문이 막힌 카시아스는 집요하게 따라붙는 눈길을 피해 엉거주춤 몸을 틀었다. 셰이는 그가 거짓말엔 그다지 소질이 없다는 사실을 쉽게 알 수 있었다.

“듀이 델코의 무덤은 왜 파고 있었던 거죠?”

그녀는 계속해서 몰아붙였다.

“관을 열어보려 한다고 말했죠? 관까지 열어 대체 뭘 확인하려고요? 안에 시신이 있는지 없는지 확인하려는 거죠? 듀이 델코는 정말 죽은 건가요? 아니죠? 죽지 않았죠? 살아 있는 거죠?”

뒤쪽에서 바스락거리는 소리가 들리자 카시아스는 재빨리 셰이의 입을 막았다. 불안한 정적 속에서 두 사람은 서로의 눈을 들여다봤다. 이윽고 카시아스가 그녀를 놔주며 한 걸음 물러섰다.

“바람 소리였나 봅니다.”

“진실을 알고 싶어요. 듀이 델코란 사람, 정말 죽었나요? 죽은 게 확실한가요?”

카시아스는 뚫어져라 셰이를 주시했다. 어찌해야 좋을지 좀처럼 판단이 서지 않았다. 천 길 낭떠러지를 앞에 둔 채 안개에 둘러싸인 듯한 기분이었다.

“제발… 제발 진실을 말해줘요… 제발이요…….”

셰이는 간절히 애원했다. 그녀를 지탱하고 있는 희망이 그의 말 한마디에 따라 흔적도 없이 사라질 수 있었다.

“듀이는… 죽지 않았습니다.”

셰이는 눈을 질끈 감았다. 막혀 있던 숨이 길게 흘러나왔다.

“그를 만나야 해요. 지금 어디 있나요?”

“먼저 듀이를 왜 만나려 하는지, 그 이유부터 알려주십시오.”

“그에게 직접 말하겠어요. 내 이름을 걸고 맹세하는데, 그를 해치거나 다치게 할 마음은 조금도 없어요.”

카시아스는 가볍게 고개를 끄덕였다. 그는 이미 자신의 직감에 따라 마음을 정한 상태였다. 잘못된 선택이었음이 밝혀지지 않는 한, 셰이를 믿어볼 생각이었다.

“듀이한테 직접 데려다 드리겠습니다. 하지만 그전에 반드시 해야 할 일이 있습니다.”

“무덤을 마저 파내는 일이겠군요.”

“맞습니다. 저기 앉아 잠시만 기다려 주시면…….”

셰이가 소맷자락을 걷어 올리며 무덤 안으로 들어가자 카시아스의 눈이 휘둥그레졌다.

“서두르는 게 좋겠어요!”

“혼자 해도 충분하니까 밖으로 나오십시오. 이건 내 일입니다. 아가씨의 힘까지 빌릴 생각은 추호도 없습니다.”

카시아스는 정중하면서도 단호한 태도를 취했다.

“틀렸어요. 이건 내 일이기도 해요. 일찍 끝내면 그만큼 빨리 듀이 델코를 만날 수 있을 테니까요. 안 들어오고 지금 뭐 하고 있어요? 완력으로 날 끌어낼 생각 없으면 시간 끌지 말고 무덤이나 파요. 어서요!"

딱하고 애처로운 소녀인 줄만 알았더니… 무시무시한 독불장군이 따로 없군.

카시아스는 흘끗 하늘을 쳐다본 다음 셰이 옆으로 뛰어들었다. 그녀는 카시아스가 빼앗아 던져 버렸던 단검과 손을 사용해 흙을 파내고 있었다.

"무덤은 내가 팔 테니 아가씨는 파낸 흙을 밖으로 꺼내주십시오."

"그러죠."

셰이는 시원스레 의견을 받아들였다.

대체 정체가 뭘까?

카시아스는 납작한 판자를 이용해 열심히 흙을 퍼내는 셰이를 곁눈질했다. 갖가지 궁금증과 의문이 꼬리에 꼬리를 물고 이어졌다. 일단 믿어보기로 마음을 정한 상태긴 하지만, 그의 시선엔 여전히 강한 의혹이 깃들어 있었다. 의혹이 낱낱이 풀리지 않는 이상 한시도 경계의 끈을 늦춰서는 안 되리라. 카시아스는 수수께끼의 소녀에게 무방비로 등을 내보이지 않으려고 노력하며 부지런히 곡괭이를 내리찍었다.

"여긴 왜 또 온 거야, 벨?"

고르키는 영문을 모르겠다는 얼굴로 눈을 끔벅였다.

"집이 꽤 근사하잖아, 고르키. 이참에 느긋하게 구경이나 할까, 해서 그냥 한번 와봤어."

벨페스트는 입에서 나오는 대로 아무 이유나 갖다 붙였다. 두 사람 앞엔 옅은 안개로 덮인 통나무집이 서 있었다. 바로 듀이 델코의 집이었다. 가짜 아룬델을 잡아오라는 명령을 받은 이후 아슬라는 '아무래도 암브로시니 백작이 의심스럽다'는 말을 남기고는 피셔와 함께 모습을 감췄다.

둘씩 나눠서 찾아보자는 말도 하지 않았는데… 피셔가 어지간히 마음에 드나 보지?

벨페스트는 비웃음을 흘리며 현관 쪽으로 다가갔다. 이번이 두 번째 방문이었다. 듀이 델코의 사망 소식을 들은 첫 방문 당시에 모습을 감춘 상태로 이미 집 안 구석구석을 뒤져 보긴 했다. 그런데도 벨페스트는 자꾸만 이 집이 마음에 걸렸다. 더군다나 가짜 아룬델이 갈 만한 곳으로 고향집 빼고는 딱히 꼽아볼 만한 장소도 없었다.

겉껍데기는 아룬델이지만 알맹이는 듀이 델코일 테니까 어떤 식으로든 가족과 접촉하려 했을 거야. 아니면 또 어때? 온 김에 한바탕 신나게 즐기면 그만이지.

"고르키."

벨페스트는 고르키에게 가까이 오라는 손짓을 했다. 고르키가 쿵쾅거리며 뛰어왔다.

"왜?"

"여기 이 문이 왠지 마음에 안 들어서 말이야. 좀 부숴줄래?"

고르키의 눈동자가 신이 난 어린아이같이 반짝였다.

"알았어. 나한테 맡겨, 벨."

뽐내듯 자랑스레 손마디를 우두둑 꺾어 보인 고르키가 문에 쿵! 어깨를 부딪쳤다. 두껍고 견고한 참나무 문짝이 얇은 판자처럼 맥없이 떨어져 나갔다. 고요하던 밤공기가 일순 터진 굉음으로 인해 흔들리자 혼비백산한 가족들이 헐레벌떡 뛰어나왔다.

"뭐, 뭐야? 이게 무슨 소리야?"

벨페스트와 고르키를 발견한 카린이 멈칫했다. 아버지가 보호하듯 그녀와 휴이의 어깨를 감싸 안았다.

"당신들 누구야?"

아버지의 목소리엔 불안감과 긴장이 역력했다.

"아버지… 무슨 일이에요?"

한발 늦게 나온 애니는 비명이 터지려 하는 입술을 두 손으로 막은 채 아버지의 등에 찰싹 달라붙었다.

"아아, 별일 아닙니다. 그러니 들어가 늘 해오던 대로 편안한 단잠을 누리시기 바랍니다. 저흰 신경 쓰실 필요 없습니다. 볼일이 있어서 잠깐 들른 것뿐이니까요."

벨페스트는 곰살궂은 미소를 지으며 집 안으로 들어섰다. 고르키가 지체없이 뒤를 따랐다. 그의 발에 밟힌 문짝이 우지끈 소리를 내며 바스러졌다.

"그 사람들이에요, 아버지! 어제 듀이를 찾는 이상한 사람들이 왔었다고 말씀드렸죠? 바로 저자들이에요!"

카린은 벨페스트와 고르키에게 손가락질을 하며 숨 가쁘게 소리쳤다.

"이거 정말 감격스럽군요. 부족한 저희를 잊지 않고 기억해 주시다니……"

벨페스트는 능청스럽게 응수했다. 카린은 애써 용기를 내어 한

발 앞으로 나섰다.

"썩 꺼져! 듀이는 여기 없어! 듀이를 만나고 싶으면 차라리 자살을 하란 말이야, 여기서 이러지 말고!"

"카린!"

딱딱하게 굳은 아버지의 손이 그녀의 어깨를 지그시 눌렀다.

"그러지 마, 카린."

창백하게 질린 애니가 귀에 대고 속삭였다. 카린은 걱정하지 말라는 뜻으로 그녀의 손을 힘주어 잡았다.

"하여튼 저 유별난 성질머리는 때와 장소를 가리지 않고 빛을 발한다니까!"

평소 카린에게 불만이 많았던 휴이는 기회를 놓치지 않고 이죽 거렸다. 그의 말대로 카린은 이런 상황이라고 해서 참고 넘길 성격이 아니었다.

"콩알만 한 게 까불고 있어!"

그녀는 사정없이 휴이의 머리를 쥐어박았다.

"내가 누나보다 커진 게 몇 년 전부턴지 알기나 해? 내가 콩알이면 누난 벼룩 콧구멍에 든 코딱지다!"

"네가 더 맞고 싶어 아주 생떼를 쓰는구나!"

"그럼 난 가만있을 줄 알아? 때려봐! 때려봐!"

"둘 다 그만두지 못하겠니? 싸움도 상황을 봐가며 해야지!"

언제나 그랬듯 아버지의 불호령이 떨어졌다. 어이가 없어진 벨 페스트는 짧은 헛웃음을 터뜨렸다.

"하! 집주인 머리가 왜 그렇게 휑한가 했더니, 이유가 있었군."

고르키가 진지한 표정으로 고개를 끄덕거렸다.

"내 집에서 당장 나가시오!"

"좀 전에도 말씀드렸다시피 볼일만 끝나면 얌전히 물러나 드리겠습니다."

벨페스트는 더 이상 거짓 부드러움을 꾸미지도, 가식적인 태도를 보이지도 않았다. 문을 밟고 들어설 때만 해도 그는 집 안에 있는 모든 사람들을 하나도 남김없이 죽여 버릴 생각이었다. 그랬던 마음이 어느 틈엔가 바뀌어져 있었다. 끊임없이 충동질해대던 가슴속의 살기가 무슨 이유로 사라졌는지는 그 자신도 알지 못했다.

"그 볼일이라는 게 혹시 금발머리청년을 찾는 일이요?"

"아아, 이거 얘기가 쉬워지겠군요."

벨페스트는 가슴에 팔짱을 끼며 계속하라는 눈짓을 했다.

"저기 오른쪽 구석에 있는 방문을 열어보시오."

"아버지!"

"입 다물어라, 애니."

그의 마음은 흔들리지 않았다. 이미 막내아들을 앞서 보내는 모진 아픔을 겪은 그였다. 자식을 지키기 위해서라면 이보다 더 비겁하고 치졸한 일도 얼마든지 할 수 있었다.

벨페스트는 뚜벅뚜벅 걸음을 옮겼다. 고르키가 바짝 따라붙었다.

"저 문을 왜 열어보라고 하는 거야, 벨? 응? 안에 뭐가 있는데? 뭐가 있는데 열어보라는 거야?"

벨페스트는 고르키의 계속되는 질문을 못 들은 척하고 문을 열어젖혔다. 침상 위에 누워 있는 듀이를 발견한 순간 자주색 눈동자에 붉은빛이 번득였다.

"어어! 아룬델이다! 맞지, 벨? 가짜 아룬델이지? 주인님이 잡아 오라고 하셨던 가짜 아룬델이지?"

"그래, 고르키. 가짜 아룬델이야."

벨페스트는 만면에 미소를 띠며 듀이에게 다가갔다.

"애타게 찾고, 또 찾아 헤매도 번번이 손가락 사이를 빠져나가던 우리의 가짜 아룬델! 그 귀하신 분을 여기서 만나게 될 줄이야! 반가움의 입맞춤이라도 하고 싶은 심정이군."

벨페스트는 듀이의 손등에 장난스레 입술을 가져다 댔다.

"아쉬운 대로 여기에라도."

"벨, 가짜 아룬델을 데리고 지금 당장 돌아가자! 주인님이 기뻐하시는 모습을 빨리 보고 싶어!"

고르키는 흥분을 못 참고 발을 쿵쿵 굴렀다.

"좋아, 고르키. 어서 돌아가자."

"가짜 아룬델은 내가 들을게."

듀이에게 팔을 뻗던 고르키가 문득 동작을 멈췄다.

"아직 일이 안 끝났어, 벨."

"무슨 일?"

벨페스트는 듀이를 훑어보며 건성으로 물었다.

"주인님이 하신 말씀 잊었어? 가짜 아룬델의 정체를 아는 사람은 모두 죽이라고 하셨잖아."

고르키는 어깨에 걸친 몽둥이를 내리며 뒤를 돌아봤다. 델코가 사람들의 얼굴에 공포가 번졌다. 몸을 붙인 채 서로 의지하고 있던 그들은 본능적으로 더욱 바짝 다가들었다.

"도망가……."

"아, 아버지……."

애니는 아버지의 옷자락을 있는 힘껏 틀어쥐었다.

"도망가! 어서!"

아버지에게 와락 떠밀린 애니와 카린, 그리고 휴이는 엉겁결에 마당까지 달려나갔다.

"아버지! 아버지도 빨리 나오세요!"

부지깽이를 들고 어마어마한 체구의 남자 앞을 막아서는 아버지의 모습이 보였다.

"아버지!"

애니는 목이 터져라 소리쳤다. 어른 허리통만 한 팔뚝에 멱살을 잡힌 아버지가 대롱대롱 허공에 매달렸다. 그 순간 카린과 휴이는 안으로 뛰어들었다.

절규에 가까운 날카로운 외침이 바람결에 전해졌다. 흙먼지를 풀풀 날리며 터벅터벅 걸어오고 있던 카시아스와 세이는 반사적으로 시선을 주고받았다. 그리고는 동시에 달음박질을 시작했다.

"젠장!"

떨어져 나간 문이 어렴풋이 시야에 들어오자 카시아스는 버럭 욕설을 내뱉었다.

놈들이야! 놈들이 온 게 틀림없어! 내가 멍청했어! 듀이 옆을 떠나는 게 아니었는데!

나무뿌리에 발이 걸린 세이가 거칠게 넘어졌다. 카시아스는 그녀를 돌아보지 않았다. 여태껏 다쳤는지도 모르는 여자를 나 몰라라 방관한 적은 한 번도 없었다. 하지만 평소 중시했던 예의나 도의 따위는 지금 머릿속에 남아 있지 않았다. 듀이가 위험하다는 급박한 경고만이 그의 정신과 육체를 온통 지배하고 있었다. 카시아스는 더 빨리 움직이지 못하는 자신의 다리를 원망하며 위태롭게 깜박이는 희미한 등불을 향해 미친 듯이 내달렸다.

부지깽이가 쉬지 않고 몸을 가격했지만 고르키는 이마만 조금 찡그렸을 뿐, 신음 소리 한 번 내지 않았다. 그 정도의 공격쯤은 전신이 돌덩어리처럼 단단한 그에게 별다른 타격을 입히지 못했다. 닥치는 대로 주먹질을 하던 카린은 안 되겠다 싶은 마음에 고르키의 허벅지를 무자비하게 물어뜯었다.

"으악!"

드디어 고대하던 비명이 터져 나왔다. 고르키는 카린의 목덜미를 움켜잡고 휙 집어 던졌다. 벽에 머리를 부딪친 카린이 피를 흘리며 정신을 잃었다.

"카린!"

애니는 허겁지겁 그녀에게 뛰어갔다. 부엌칼을 들고 나오던 휴이가 카린의 모습을 보더니 괴성을 지르며 고르키를 향해 돌진했다.

"으아아아아!"

고르키가 방망이로 후려치려는 찰나, 번개라도 맞은 듯 휴이가 푹 고꾸라졌다.

"그쯤 해둬."

벨페스트는 퉁명스럽게 말했다. 휴이를 소리쳐 부르며 고르키에게 소용없는 공격을 퍼붓던 아버지와 애니도 힘없이 바닥으로 쓰러졌다.

"내 손으로 처리하고 싶었는데……."

고르키는 벨페스트한테 불만에 찬 눈초리를 쏘아 보냈다.

조금만 더 데리고 놀다가 죽이려 했는데… 벨이 멋대로 가로채 버렸어. 주인님도 벨만 잘했다고 칭찬하실 거야. 난 쳐다보지도 않으실 게 뻔해.

고르키는 벨페스트를 좋아하고, 또 많이 의지하기도 했지만, 한편으론 모고르의 관심을 독차지하는 것 같은 그에게 강한 시기심을 느끼고 있었다.

내 공을 빼앗으려는 거야! 그걸 노리고 일부러 끼어든 게 틀림없어!

벨페스트가 자신에게 시선을 돌리려 하자 고르키는 재빨리 눈을 내리깔았다. 하지만 그의 속내를 눈치 못 챌 벨페스트가 아니었다.

이제 저 귀찮은 녀석을 떼어버릴 때가 되었어.

"고르키, 내가 무서워?"

"아니, 안 무서워. 난 주인님하고 유령 빼고는 무서운 게 없어. 그런데 그건 왜 물어?"

"너한테만 말하는 건데… 나 말이야… 굉장히 무서운 사람이야."

벨페스트는 달콤한 미소를 지으며 고르키에게 한발 한발 다가들었다.

"유령보다도?"

“그래, 유령보다도.”

벨페스트는 입속말로 주문을 외웠다. 손톱만큼 쌓인 그동안의 정을 고려해 큰 고통은 주지 않을 생각이었다.

깨끗하게 목을 치면 되겠지. 으음… 치울 때 힘들지 않도록 팔다리도 잘라 버릴까?

“주인님보다도 더 무서워?”

고르키는 맞다는 대답이 나오면 모고르한테 꼭 일러바칠 속셈이었다. 벨페스트가 입을 벌린 순간 카시아스가 거친 숨을 몰아쉬며 돌풍처럼 들이닥쳤다. 바닥에 쓰러져 있는 사람들을 보자 그의 얼굴에서 핏기가 가셨다.

“듀이, 어디 있어? 손가락 하나라도 다치게 했다면 네놈들을 갈가리 찢어버리겠어!”

“이런이런, 벌써 구더기가 바글거리는 송장이 되었을 줄 알았더니, 변함없이 건재하시군. 왕족들은 원래 그렇게 명줄이 질기시나? 고르키, 용감하신 우리의 왕자 전하는 너한테 맡기겠어. 그러니 네 입맛에 맞게 손을 좀 본 후 얼른 저세상으로 보내 드려. 네 멋진 활약상을 들으시면 주인님께서도 매우 기뻐하실 거야.”

고르키의 낯빛이 환해졌다. 그는 맛있는 음식을 앞에 둔 사람처럼 혀로 입술을 핥으며 카시아스를 향해 돌아섰다. 마주 선 두 사람 사이로 금방이라도 깨어질 듯 아슬아슬한 긴장감이 흘렀다. 그들을 일별한 벨페스트는 듀이가 누워 있는 방으로 들어갔다. 가짜 아룬델을 데리고 지금 즉시 헤이론 국으로 귀환할 심산이었다.

고르키는 걸어서 오든지, 기어서 오든지 알아서 하라지. 차라리 왕자 녀석이 나 대신 죽여주면 좋을 텐데… 아니, 싸우다가 두 녀석 다 골로 가면 그거야말로 금상첨화겠군.

단단한 물체가 부서지는 듯한 파열음이 울렸다. 무슨 일이든 내가 알 바 아니라고 생각하며 벨페스트는 방문을 닫았다. 듀이에게 다가드는 그의 입술에서 주문이 매끄럽게 흘러나왔다.

방망이가 얼굴로 달려들었다. 카시아스는 재빨리 몸을 돌렸다. 방망이가 일으킨 바람이 귓바퀴를 스쳐 갔다. 복부를 겨냥해 휘둘러지는 방망이를 피해 카시아스는 낮게 몸을 숙였다. 그는 바닥을 한 바퀴 구르며 쓰러져 있는 듀이 부친의 손에서 부지깽이를 빼 들었다. 그리고는 반동을 이용해 가볍게 몸을 일으켰다. 민첩하게 공격을 피해가며 연이어 부지깽이로 급소를 노렸으나 고르키는 인상만 찡그릴 뿐 꿈쩍도 하지 않았다. 하지만 그를 화나게 한 것만은 분명했다. 거대한 방망이가 숨 쉴 틈도 없이 마구잡이로 공기를 휘돌려 댔다.

어서 빨리 듀이를 구해야 한다는 조급함 탓에 고르키에게만 정신을 집중하기가 어려웠다. 듀이가 있는 방문을 흘긋 보며 뒤로 물러서던 카시아스는 휴이의 발에 걸려 넘어지고 말았다. 그의 정수리 위로 육중한 방망이가 높이 치솟았다. 순간 퍼억, 충격음이 터지며 나무 의자가 고르키의 뒤통수를 강타했다. 움찔한 고르키가 어깨 너머를 돌아봤다. 그곳엔 셰이가 부서진 의자 다리를 손에 쥔 채 서 있었다. 카시아스는 기회를 놓치지 않고 고르키의 배를 차올렸다. 그리고 재빨리 등 뒤로 이동해 체중을 실어 발목을 힘껏 걷어찼다. 중심을 잃은 고르키가 쿠웅, 바닥으로 쓰러졌다. 엄청난 진동이 울리는 가운데 분노에 찬 괴성이 터졌다.

"저 방! 저 방입니다!"

카시아스의 외침을 알아들은 셰이는 지체없이 방문을 열어젖혔다. 듀이의 이마에 막 손을 대려 하는 남자가 보였다. 셰이는 황급히 달려가 남자를 힘껏 떠밀었다.

"이런 제길! 넌 또 뭐야?"

난데없는 기습으로 인해 바닥에 넘어진 벨페스트는 사납게 소리쳤다. 셰이는 듀이를 보호하듯 침상 앞에 버티고 섰다. 호박색 눈동자와 자줏빛 눈동자가 정면에서 맞부딪쳤다. 다음 순간 시간이 정지됐다.

벨? 정말 벨페스트가 맞는 건가?

셰이는 눈을 깜박였다. 경악과 혼란이 뒤범벅된 침묵이 그들 사이에 가로놓였다. 벨페스트는 미동도 하지 못했다. 몸이 차갑게 굳어가며 감각이 없어졌다. 휘몰아친 충격이 그의 모든 것을 얼려 버렸다. 커다랗게 열린 동공조차 움직일 수 없었다.

"베엘! 베에에엘!"

비명을 지르듯 벨페스트를 불러대며 고르키가 안으로 들어왔다.

"너무 아파, 벨! 아파서 죽을 것 같아!"

고르키는 어린아이처럼 울음을 터뜨렸다.

"벨, 나 어떡해, 베엘?"

비척비척 걸음을 옮길 때마다 부지깽이가 박힌 옆구리에서 흘러나온 피가 뚝뚝 떨어져 내렸다. 고르키는 외마디 소리를 지르며 부지깽이를 뽑아냈다. 그리고는 벨페스트에게 피투성이 손을 내밀었다.

"나 좀 살려줘! 나 좀 살려줘, 벨!"

벨페스트의 눈동자는 여전히 셰이에게 못 박혀 있었다.

벨이 틀림없어! 그런데 왜 벨이 여기 있는 걸까? 저 덩치 큰 남자와는 또 어떤 사이인 거지?

셰이는 미간을 찌푸리며 고르키에게 눈길을 옮겼다. 그녀의 시선이 떨어진 순간 벨페스트를 묶고 있던 마비가 풀렸다.

빨리 움직여! 빨리! 도망쳐야 돼! 여기서 도망쳐야 돼!

벨페스트는 고르키의 손을 움켜잡았다. 셰이가 그를 부르려 했을 때, 두 사람의 모습이 깨끗이 사라졌다.

"여기가 어디야, 벨? 왜 이런 데로 온 거야?"

고르키는 주춤거리며 고개를 두리번거렸다. 그러나 보이는 건 아무것도 없었다. 칠흑 같은 어둠이 주위를 에워싸고 있었다.

"돌아가자, 벨. 주인님한테로 가자."

고르키는 벨페스트를 찾아 손을 더듬었다. 축축한 흙벽이 만져지자 그는 소스라치게 놀라 겨드랑이 사이로 허겁지겁 손을 밀어 넣었다.

"벨… 나 무서워. 그리고 많이 아파. 정말 무섭고, 정말 많이 아파. 우리 주인님한테로 가자. 응? 주인님한테로 돌아가자, 벨. 지금 당장 주인님한테로……."

"입 닥쳐! 입 닥치라고! 죽여 버리기 전에 입 닥쳐!"

벨페스트가 버럭버럭 고함을 쳤다. 그는 제어할 수 없는 감정의 소용돌이에 휩쓸려 있었다. 밝은 태양 아래로 뛰어나가 눈에

띄는 모든 것들을 산산조각 내버리라는 속삭임이 벌레처럼 머릿
속을 기어다녔다. 괴물의 충동질이 점점 커지며 뇌리를 쩌렁쩌렁
울려댔다. 그럴수록 본질로서의 벨페스트는 움츠러들었다. 이대
로 안전한 어둠에 묻혀 세상 속에서 철저히 지워지고만 싶었다.

세이가 날 봤어! 어떡하지? 그녀가 날 봤어! 내가 누군지 알게
됐어! 내가 누구인지 세이가 알게 됐다고!

'맞아, 그녀는 네가 어떤 놈인지 알게 되었어. 아마 널 혐오스
러워할 거야. 널 너절하고 추잡스럽다고 생각할 거야.'

괴물이 키득거렸다.

"그, 그렇지 않아……."

'널 소름 끼쳐 할 거야. 네 얼굴을 보자마자 비명을 지르며 도
망칠 거야. 목이 터져라 비명을 지르며 세상 끝까지 도망칠 거야.
널 보지 않으려고, 네가 보기 싫어서… 라이가 그랬던 것처럼.'

"아니야! 거짓말이야! 입 닥쳐! 이 더러운 개자식! 입 닥쳐! 입
닥치란 말이야! 입 닥쳐!"

벨페스트는 벽에 머리를 퍽퍽 찧어대며 악을 써댔다. 겁에 질
린 고르키는 벨페스트를 피해 엉금엉금 바닥을 기었다.

"입 닥쳐! 세이는 달라! 세이는 다르다고! 그녀는 날 싫어하지
않아! 왜냐하면! 왜냐하면……!"

세이는 내 황금열쇠니까…….

황금열쇠란 말이 떠오르자 벨페스트는 움직임을 멈췄다. 거짓
말처럼, 자신도 믿어지지 않을 정도로 그를 지배했던 광기가 스
르르 사그라졌다. 그제야 벨페스트는 자신이 어린 시절 괴물들을
피해 숨어들곤 하던 동굴에 와 있다는 사실을 깨달았다. 상황을

파악하자마자 그는 고르키부터 찾았다.

"고르키, 이리 와."

"시, 싫어!"

고르키는 바닥을 기던 자세 그대로 머리를 흔들어댔다.

"괜찮아, 고르키. 무서워할 필요 없어. 아깐 좀 화가 나서 그랬던 것뿐이야. 너도 알다시피 가짜 아룬델을 또 놓쳤잖아. 더군다나 너까지 다쳤고… 그래서 화가 났던 거야. 너도 화가 나면 인상도 쓰고 소리도 지르고 하잖아, 그렇지?"

벨페스트는 상처 입은 짐승을 달래듯 부드럽게 말을 이으며 고르키한테 다가갔다. 그가 한쪽 무릎을 바닥에 대고 손을 내밀자 고르키는 격렬히 몸을 떨었다.

"지금 많이 아프지? 내가 아프지 않도록 해줄게, 고르키."

벨페스트는 고르키에게 치유 마법을 걸어주었다. 통증이 씻은 듯 가라앉자 고르키의 입이 헤벌어졌다.

"이젠 안 아프지?"

"응, 이제 안 아파, 벨. 하나도 안 아파."

"고르키… 오늘 있었던 일 말이야."

벨페스트의 어조가 더욱 은근해졌다.

"무슨 일?"

상처가 났던 옆구리를 이리저리 만져 보던 고르키는 건성으로 응수했다.

"카시아스 왕자와 가짜 아룬델을 만난 일, 그리고 그들을 놓쳐 버린 일, 또 네가 다친 일… 마지막으로 내가 화낸 일……."

고르키는 몸을 움츠렸다. 잠시 잊고 있던 벨페스트에 대한 두려움이 다시 찾아들었다.

“내가 말한 일들에 대해 주인님께 말씀드릴 거야?”

고르키는 벨페스트의 눈치를 보며 입술을 벌렸다. 그러나 떨리는 숨결만 토해질 뿐 말은 나오지 않았다.

“그러지 않을 거지? 주인님께 말씀드리지 않을 거지?”

고르키는 뻣뻣하게 고개를 주억거렸다. 부드러운 미소를 머금은 입술이 그의 귓가로 내려왔다.

“오늘 무슨 일이 있었는지는 우리 둘만의 비밀이야, 고르키. 그 누구한테도 말하면 안 돼. 특히 주인님께서 알게 되시면, 난 아마 화가 많이 날 거야… 아주 많이……. 내가 무슨 말 하는지 알지?”

“아무한테도 말하지 않을게. 주인님이 물어보시면 그냥 열심히 가짜 아룬델을 찾아다녔다고 말씀드릴게. 그럼 되는 거지, 벨?”

고르키는 벨페스트가 원하는 답을 망설임없이 내놓았다. 화를 내는 벨의 모습은 두 번 다시 보고 싶지 않았다. 떠올리는 것만으로도 몸이 부들거렸다. 그에게 벨페스트는 유령보다도, 주인님보다도 더 무서운 존재가 되어 있었다.

벨페스트는 칭찬하듯 고르키의 어깨를 툭툭 두드린 다음 다리를 세웠다.

“일어나, 고르키. 이제 그만 여길 나가자.”

고르키는 엉거주춤 몸을 일으켰다. 문득 어떤 생각 하나가 고개를 쳐들었다.

가짜 아룬델과 함께 있던 여자 애에 대해서도 말하면 안 되는 걸까? 주인님한테만 살짝 말씀드리면 벨페스트도 화내지 않을 것 같은데…….

벨페스트에게 물어볼까, 하고 망설이던 고르키는 밝은 세상 속으로 나오자 안심이 된 나머지 자신이 무슨 생각을 했는지조차 잊어버리고 말았다.

벨페스트가 자취를 감춘 뒤, 멍해졌던 셰이는 정신이 들자마자 황급히 카시아스를 찾아 나섰다. 그는 긴 신음성을 발하며 부서진 의자를 깔고 누워 있었다.

"괜찮아요?"

"어디 다치진 않았습니까?"

셰이와 카시아스한테서 동시에 질문이 튀어나왔다.

"괜찮습니다."

"없어요, 다친 데는."

대답까지 겹치자 두 사람의 얼굴에 엷은 웃음이 피어났다.

"듀이도 괜찮은 거죠?"

셰이는 고개를 끄덕였다. 카시아스의 눈동자에 남아 있던 그늘이 사라졌다.

"사실은 좀 전에 들어오는 아가씨의 얼굴을 보고 짐작하고 있었습니다. 그래도 확실한 대답을 들으니 좋군요. 마음이 한결 놓입니다."

셰이는 아수라장이 된 집 안을 둘러봤다.

"저 사람들… 죽은 건가요?"

"아니요, 처음엔 나도 그런 줄 알았는데, 가만히 누워 있으려니 여기저기서 숨소리가 들리더군요."

카시아스는 씩 웃으며 상체를 일으켰다. 등이 반으로 갈라지는 것 같은 참기 힘든 고통이 밀려왔다.

"이런 젠장! 그 무식한 자식의 목줄을 따버리는 건데!"

아픔을 못 이긴 카시아스는 욕설을 뱉어냈다. 그러다 뒤늦게 셰이의 존재를 의식하고 서둘러 사과의 말을 꺼냈다.

"말이 너무 거칠었습니다. 무례를 범한 점 사죄드립니다."

"그러지 말고 편하게 말하세요. 욕 좀 쓰면 어때요? 그렇게 일일이 신경 쓰실 필요 없어요."

"그럴 순 없습니다."

카시아스는 딱 잘라 말했다.

"듣는 내가 더 불편해서 그래요."

"아무리 그래도 숙녀 앞에서 험한 말을 입에 담는 건 예의에 어긋나는 크나큰 과오입니다."

"이런 상황에서 꼭 예의를 따져야 하나요? 그냥 서로 격의없이 대하는 게 더 편하고 좋지 않겠어요?"

"오늘 처음 인사를 나눈 사이인데, 그런 결례를 범할 수는 없습니다."

"나 참! 답답해서 못 참겠네! 그냥 편하게 말하라는데, 뭘 그렇게 자꾸 따지는 거야? 골치 아프게!"

셰이는 버럭 윽박질렀다. 카시아스는 귀를 의심하며 눈을 휘둥그렇게 떴다.

"이제 알겠지만, 난 숙녀와는 거리가 먼 사람이야. 그러니까 짜증나는 숙녀 대접은 오물통에나 처박아 버리라고!"

셰이는 일부러 더욱 거친 표현을 사용했다. 그녀가 입을 다물자 침묵이 찾아왔다. 정적을 일시에 무너뜨리며 카시아스가 웃음을 터뜨렸다.

"하하하하! 걸작이군! 정말 걸작이야! 이런 젠장! 웃으니까 더 아프잖아!"

진담 반 농담 반 섞인 투덜거림에 셰이의 입술에도 피식피식 웃음이 새어 나왔다.

"어디가 아픈 거야?"

"온몸이 다… 오른쪽 어깨와 목, 그리고 왼쪽 대퇴부와 옆구리 는 울고 싶을 정도로 아프고, 왼팔하고 등은 죽을 만큼 아프고… 그 무식한 녀석이 다 떨어진 신발짝 버리듯 날 이리저리 던져 댔 거든."

스스럼없이 반말이 나왔다. 자신의 입에서 나온 말임에도 불구 하고 카시아스는 스스로가 신기하기만 했다. 어느새 다가든 셰이 가 손을 내밀었다. 카시아스는 그녀의 힘을 빌려 어렵사리 몸을 일으켰다. 용케 부서지지 않은 의자에 앉았을 때, 그는 불쑥 입을 열었다.

"난 카시아스야."

"내 이름은 셰이엔이야."

셰이는 진지하게 말을 받았다.

"반가워, 셰이엔."

"반가워, 카시아스."

두 사람은 만난 후 처음으로 진심 어린 웃음을 주고받았다.

듀이의 가족들 중 머리에 부상을 입은 카린을 제외하고 다행히 심하게 다친 사람은 없었다. 그들의 상태를 살펴본 셰이와 카시아스는 사냥꾼 막사로 듀이를 옮기기로 결정했다. 시간을 지체했다간 듀이는 물론 가족들에게까지 더 큰 피해를 입힐 수 있다는 판단 때문이었다.

카시아스는 난로에서 꺼낸 숯으로 갈라진 탁자 위에 죄송하다는 글을 썼다. 그리고 그 위에 금화 다섯 닢을 올려놓았다. 정신과 육체에 입은 피해는 어쩔 수 없다 해도 최소한 경제적 손실만큼은 메워주고 싶었다.

"좀 도와줘."

혼자 힘으로 듀이를 업으려던 카시아스는—어떻게든 깨워보려고 노력했으나 듀이는 끝끝내 의식을 찾지 못했다—등을 파고드는 고통을 참으며 셰이에게 도움을 청했다.

"내가 업을게."

"무슨 소리? 내가 죽은 다음에나 업어. 난 그 꼴 못 보니까."

카시아스는 어처구니없다는 표정으로 그녀의 제안을 일축했다.

"등이 많이 아픈 것 같은데… 괜찮겠어?"

"물론이지."

카시아스는 짐짓 자신있는 태도를 내보였다. 그러나 그의 허세는 오래가지 못했다. 문지방을 넘어 가까스로 마당까지는 나왔으나 더 이상 통증을 이기지 못하고 바닥에 손을 짚었다. 등이 지독히도 아팠다. 혼자 서 있기도 힘든 상태에서 듀이의 체중까지 가해지니, 한 발 내디딜 때마다 비명이 나오려 했다.

셰이는 아무 말 없이 듀이를 자신의 등으로 옮겼다. 그러게 내가 뭐랬느냐는 말은 꺼내지 않았다.

“잠시만 신세 좀 질게. 조금 있으면 아픔이 가라앉을 거야.”

무안해진 카시아스가 얼굴을 붉혔다.

“나 보기보다 힘 세.”

셰이는 농담조로 가볍게 응수했다. 듀이의 무게를 지탱하며 걸음을 옮기려니 다친 벨페스트를 여관으로 데려가던 기억이 떠올랐다.

아까 그 방에서 마주친 사람… 틀림없는 벨이었어. 왜 벨이 듀이 델코의 집에 있었던 걸까?

“자줏빛 눈동자를 가진 남자를 봤어.”

“아아, 그 녀석!”

벨페스트에 대해 좀 더 많은 걸 듣고 싶었으나 카시아스는 혐오감을 드러내며 입을 다물어 버렸다.

“누군데 거기 있었던 거야?”

셰이는 아무렇지 않은 투로 물으며 카시아스를 곁눈질했다.

“얘기가 복잡한데… 간단히 말하면 듀이와 나를 잡으려고 기를 쓰는, 더럽고 추악한 자식의 쓰레기 같은 졸개야.”

셰이는 말문이 막혔다. 좋은 얘기를 듣진 못하리라 예상하고 있었으나, 그럼에도 카시아스의 말은 충격적이었다.

“듀이 델코는 왜 정신을 잃은 거야?”

셰이는 말머리를 돌렸다. 진실이라 해도 벨페스트에 대한 나쁜 말은 더 이상 듣고 싶지 않았다.

“그것도 쉽게 할 수 있는 얘기는 아니야. 먼저 네 말부터 듣고 난 다음에 하는 편이 낫겠어. 듀이를 만나려 하는 이유에 대해 본인한테 직접 털어놓겠다던 약속… 잊지 않았지?”

셰이는 카시아스가 여전히 의심을 버리지 않았음을 깨달았다. 덧붙여 그의 성격이 굉장히 신중하고 빈틈없다는 것도 알게 되었다.

"이제 내가 업을게. 많이 힘들지?"

"아니."

무심결에 대답한 셰이는 자신의 말이 거짓이 아니라는 사실에 스스로도 놀라고 말았다. 호흡은 편안했고, 얼굴엔 땀 한 방울 맺혀 있지 않았다.

말도 안 돼!

마른 체격이긴 했으나 정신을 잃고 사지를 축 늘어뜨린 듀이를 업고 오는 건 결코 호락호락한 일이 아니었다. 갑자기 그녀의 힘이 기적적으로 세지지 않은 이상 도저히 설명될 수 없었다. 더욱 말이 되지 않는 건, 실제로 듀이의 무게가 거의 느껴지지 않는다는 점이었다.

이샤가 몰래 도와주기라도 하는 걸까?

고민해 볼 것도 없이 답은 이미 정해져 있었다. 이샤무딘이 완벽하게 미쳐 버리지 않는 한 절대로 생길 수 없는 일이었다.

"내가 업는다고 했잖아."

"그럴 필요 없어."

셰이는 걸음을 빨리했다. 등에 솜뭉치라도 업은 것 같은 그녀의 움직임을 보고 카시아스도 입을 딱 벌렸다. 그러나 키가 자신의 어깨밖에 안 차는 소녀에게 무거운 짐을 떠맡기고 모른 체하는 건 그의 긍지와 자존심이 용납하지 않았다.

"그럴 필요가 왜 없어? 어서 이리 내놔!"

“정말 힘이 하나도 안 들어. 아픈 사람에게 괜한 고생을 시킬 이유가 없단 말이야.”

“나 이제 아프지 않다니까!”

“거짓말인 거 다 알아!”

셰이는 뛰다시피 다다닥 발을 움직였다. 아픔을 못 참고 움찔움찔하면서도 카시아스는 끈질기게 그녀를 따라붙었다.

“어서 이리 내놔!”

“세상에! 완전히 황소 고집이잖아!”

“누가 할 소리!”

휙 뻗어 나온 카시아스의 팔을 피해 셰이는 얼른 허리를 숙였다. 그러자 갑자기 듀이의 체중이 고스란히 전해지며 등을 짓눌렀다. 셰이는 무게를 이기지 못하고 크게 휘청거렸다. 순간 어떤 보이지 않는 힘이 몸을 잡아주었다. 그러나 듀이는 그녀처럼 운이 좋지 못했다. 바닥으로 떨어지고 만 그는 야트막한 구릉을 데굴데굴 굴러갔다.

“어어어어!”

“안 돼!”

셰이와 카시아스는 동시에 소리를 질렀다. 이윽고 듀이가 먼지를 피워 올리며 정지했다.

“어어? 여기가 어디야?”

어리둥절한 목소리와 함께 듀이가 부스스 몸을 일으켰다. 얼굴이 환해진 카시아스는 고통까지 잊은 채 언덕을 달려 내려갔다.

“카시아스, 내가 왜 이런 곳에서 자고 있는 거야? 몸도 엄청 쑤셔. 꼭 절벽에서 굴러 떨어지기라도 한 것 같아.”

듀이는 울상을 지으며 어깨와 뒷목을 주물렀다.

"절벽은 아니지만 떨어지기야 떨어졌지. 그보다… 듀이 델코, 널 만나고 싶어하는 사람이 있어."

"누군데?"

옷에 묻은 먼지를 털어내던 듀이는 성의없이 물었다.

"직접 봐."

듀이는 문득 동작을 멈추고 고개를 돌렸다. 대여섯 걸음 떨어진 곳에 셰이가 서 있었다. 그녀는 듀이에게 시선을 고정했다. 그리고 한발 한발 거리를 좁혀갔다.

듀이 델코… 내 황금열쇠……. 나의 황금열쇠가 바로 저기 있어. 내 운명을 되돌려줄 황금열쇠가 바로 내 눈앞에 있어!

마침내 셰이와 듀이는 손을 뻗으면 닿을 수 있는 거리만을 남겨둔 채 서로를 마주했다.

"어… 나는……."

무의식중에 입을 연 듀이는 무슨 얘길 꺼내려 했는지 기억나지 않자 머뭇거리다 겨우 말을 이었다.

"듀이 델코야."

"알아, 듀이 델코."

셰이는 듀이를 끌어안았다. 흥분에 찬 속삭임이 새어 나왔다.

"나의 황금열쇠……!"

부드러운 난로 빛이 스며든 호박색 눈동자가 영묘한 보석처럼 신비롭게 반짝였다. 정신없이 셰이를 바라보던 듀이는 눈이 마주치자 멋쩍은 웃음을 지었다. 그녀도 자연스레 미소를 되돌렸다.

셰이와 듀이는 누가 먼저랄 것 없이 서로에게서 좀처럼 시선을 떼지 못했다. 두 사람은 홀리기라도 한 듯 상대방에게 매료되어 있었다. 말로는 도저히 설명하기 힘들었지만, 확실한 건 이성 간의 끌림은 아니라는 사실이었다. 이유 모를 친밀감과 놀라움, 어리둥절함, 흥분 어린 감탄과 경이로움, 그리고 막연한 두려움. 그건 상상도 못했던 자기 안의 숨겨진 비밀을 발견하게 되었을 때의 느낌에 가까웠다. 황금열쇠에 대해 알고 있는 셰이는 물론, 그녀의 존재를 모르는 듀이 역시 비슷한 감정에 정신없이 빠져 있었다.

"그러다 얼굴에 구멍나지 않을까 걱정되는군."

카시아스의 말투는 다소 퉁명스러웠다. 그는 따돌림을 당하는 것 같은 소외감을 느끼고 있었다. 더군다나 통증까지 계속되는 바람에 신경도 날카롭게 곤두선 상태였다. 사냥꾼 막사에 도착하자마자 부상 정도를 살핀 후 먼지투성이 궤짝에서 찾아낸 낡은 옷가지로 왼팔과 등을 감쌌지만 아픔은 수그러들지 않았다.

"잠깐만 나갔다가 올게."

갑자기 듀이가 휑하니 밖으로 나갔다. 셰이는 반사적으로 몸을 반쯤 일으켰다.

"무슨 일이지?"

"볼일이 급했나 보지."

평소 같으면 목에 칼이 들어와도 셰이 앞에서 절대 꺼내지 않을 대꾸였다. 그러나 카시아스는 통증에 시달리느라 자신이 무슨 말을 했는지조차 의식하지 못했다.

창백한 안색을 발견하고 그의 상태를 눈치 챈 셰이는 난롯불에 땔감을 넉넉히 집어넣었다. 몸에 한기가 들면 고통이 더 심해질지 모른다는 우려에서였다. 그녀는 듀이가 돌아오기를 기다리며 연이어 카시아스를 흘끔거렸다. 기진맥진한 사람처럼 벽에 몸을 기대고 눈을 지그시 감고 있는 그가 걱정스러웠다.

뭐라도 좀 먹고 기운을 차리면 나아질지도 모르는데…….

셰이는 좁은 막사 안을 둘러봤다. 그러나 이미 구석구석 뒤져 본 까닭에 식량은커녕 식수 한 방울도 없음을 알고 있었다. 그녀가 밖에 나가 물이라도 찾아봐야겠다고 생각했을 때였다. 듀이가 엉덩이로 문을 밀면서 들어왔다. 겉옷으로 감싼 꾸러미를 두 팔로 끌어안은 상태였다.

"뭐야, 그게?"

셰이가 물었다. 듀이는 자랑스레 꾸러미를 펼쳐 보였다. 주먹만 한 감자 여덟 개와 말린 무화과 아홉 알, 사과 다섯 개, 그리고 손잡이가 달린 둥근 단지가 나타났다.

"우와!"

셰이는 감탄사를 터뜨렸다.

가슴 뿌듯한 기쁨에 듀이는 헤헤 웃으며 콧등을 문질렀다.

"이걸 다 어디서 구한 거야?"

카시아스가 놀란 얼굴로 당겨 앉았다.

"여기서 조금 더 내려가면 아버지 친구인 프랭키 아저씨 집이 있거든. 거기 창고에서 먹을 만한 걸 좀 챙겨왔어."

듀이는 말을 하면서 감자를 주섬주섬 난로 속으로 밀어 넣었다.

"저긴 뭐가 들었어?"

카시아스는 턱짓으로 단지를 가리켰다.

"나도 몰라. 여러 개가 쌓여 있기에 하나 가져와 본 거야. 흔들어봤더니 찰랑거리는 게 꼭 우유 같더라고. 프랭키 아저씨는 소하고 염소도 키우거든."

"우유?"

셰이는 기대감에 눈을 반짝이며 서둘러 단지 뚜껑을 열어보았다. 달짝지근하면서도 시큼한 냄새가 피어오르자 그녀는 콧잔등에 주름을 잡았다.

"뭔지는 모르지만 엄청 상했나 봐."

“상한 게 아니라 발효된 것 같은데?”

쿵쿵 냄새를 맡으며 단지 안을 살피던 카시아스가 입을 대고 두어 모금 들이켰다.

“내 생각이 맞았어, 이건 술이야. 굳이 따지자면 과실주이고.”

술이란 말에 실망감이 나타난 셰이의 얼굴을 듀이가 미안한 표정으로 바라보았다.

반면 카시아스는 드디어 통증을 덜 수 있게 되었다는 안도감에 긴 한숨을 내쉬었다.

세 사람은 난로 불을 쬐며 소박하지만 왕궁 연회 부럽지 않은 만찬을 즐겼다. 카시아스는 감자가 익기를 기다리는 일이 즐겁다는 걸 알게 되었고, 셰이는 술도 의외로 맛있다는 사실에 놀라움을 느꼈다. 듀이는 자신의 사망 소식을 접한 이후 처음으로 환하게 웃을 수 있었다. 듀이의 농담으로 인해 한바탕 웃음이 지나간 뒤, 카시아스가 불쑥 화제를 바꿨다.

“이제 슬슬 본론으로 들어갈 때가 된 것 같군. 듀이를 만나려 한 이유 말이야.”

분위기가 급속도로 가라앉았다.

“그걸 꼭 지금 들을 필요는 없잖아.”

셰이의 얼굴에서 웃음기가 지워지자 듀이는 카시아스가 못마땅하기만 했다.

“아니야, 언제가 됐든 해야 될 말이고, 빠르면 빠를수록 좋을 거야. 생각을 정리할 시간을 조금만 줘. 얘기가 좀 복잡하거든.”

잠시 후 깊어지는 침묵을 깨며 셰이는 입을 열었다.

“지금부터 내가 하는 얘기가 황당하게 들려도 자르거나 무시하지 말고 일단 끝까지 들어주면 좋겠어."

셰이는 쉬지 않고 단숨에 말했다. 숨이 차오르고 나서야 자신이 꽤나 긴장하고 있다는 사실을 깨닫게 되었다. 그녀는 카시아스와 듀이를 이해시키려면 자신부터 침착해져야 한다고 스스로를 타일렀다.

"셰이엔 가이스카 리베 폰 라시에… 그게 내 이름이야. 난 바르샤르 왕국의 통치자인 예르체리나 여왕의 딸이자 정통 왕위 계승자로 승인받은 바르샤르 유일의 왕녀야."

상상을 초월한 얘기를 듣자 듀이는 반쯤 먹다 만 사과를 툭 떨어뜨렸다. 카시아스 역시 무섭게 보일 정도로 커다랗게 부릅뜬 눈을 그녀한테 못 박고 있었다.

"내가 고모인 알바레즈 공작 부인의 병문안을 마치고 나왔을 때… 그때 이 모든 사건이 시작되었어. 별안간 낯선 남자들이 내 앞을 가로막은 거야……."

마치 방금 전에 벌어진 일인 양 납치범들의 모습이 눈앞에 생생히 펼쳐졌다.

듀이와 카시아스는 셰이가 털어놓는 이야기 속으로 점점 빠져들었다. 타닥타닥 타 들어가는 나뭇가지 소리만이 이따금씩 끼어들 뿐, 두 사람은 단 한 번도 그녀의 말을 방해하지 않았다.

마침내 모든 얘기가 끝났다. 셰이는 카시아스와 듀이에게 차례로 시선을 맞췄다.

"마지막으로 하나만 더 말하고 싶어……. 난 미치지 않았어."

"당연하지!"

듀이가 펄쩍 뛰며 외쳤다. 셰이는 그에게 엷은 미소를 던진 후

술을 한 모금 크게 들이켰다.

"그러니까 내가 셰이의 황금열쇠란 말이지? 셰이는 나의 황금
열쇠고."

셰이는 조금 긴장한 채 고개를 끄덕거렸다.

"굉장해! 그리고 정말 멋져! 그렇게 굉장하고 멋진 얘기는 처음
들어봐! 창조신 아스트라한까지 만났다니! 정말 굉장해, 셰이!"

듀이는 흥분을 이기지 못하고 엉덩이를 들썩거리다 하마터면
난로에 손을 데일 뻔하기까지 했다. 셰이조차 얼떨떨할 정도로
그는 추호의 의심도 없이 그녀의 얘기를 받아들이고 있었다. 반
면 카시아스는 심각한 얼굴로 생각에 잠겨 있었다. 종종 셰이한
테 던지는 탐색적인 시선엔 의혹과 불신의 빛이 감돌았다.

"바르샤르의 왕녀님이 버틀랜드까지 왔다니! 그것도 날 만나기
위해! 카시아스! 정말 대단하지 않아?"

"대단해, 그게 진실이라면."

카시아스의 목소리는 매몰차게 느껴질 만큼 냉정했다. 그러한
반응을 예상하고, 또, 각오하고 있던 셰이는 조금도 놀라지 않았
다. 그녀와 달리 듀이는 어리둥절해졌다.

"그게 무슨 말이야? 셰이의 얘기가 진실이 아니라는 거야?"

"덮어놓고 믿을 수 없다는 뜻이야. 내가 아는 한 바르샤르 왕국
에 왕녀는 없어, 단 한 명도."

"그거야, 당연한 거지. 셰이에 관한 모든 것이 사라져 버렸잖
아. 그러니까 카시아스의 기억에도 당연히 없는 거고."

듀이는 뭐가 문제냐는 태도였다.

"그렇게 쉽게 넘길 만한 화젯거리가 아니야."

“정말 답답해서 못 참아주겠네! 뭘 그렇게 자꾸 따지는 거야? 피곤하지도 않아?”

“그럼 넌 그 얘기가 전부 믿어져? 바르샤르의 왕녀니 황금열쇠니 하는 말을 모조리 믿는단 말이야? 창조신을 만났다는 황당한 얘기까지?”

“그래, 난 믿어! 셰이가 한 말은 처음부터 끝까지 모조리 믿어!”

언성이 높아지자 가뜩이나 불편하던 셰이는 더욱 좌불안석이 되었다.

“둘 다 그만 해. 난 다 이해하니까 내 문제 때문에 싸울 필요 없어.”

듀이와 카시아스는 미리 짜기라도 한 것처럼 셰이의 말을 못 들은 척했다.

“네 처지를 생각해, 듀이 델코! 만에 하나 셰이가 ‘마드라의 열쇠’를 노리고 일부러 접근한 사람이면 어떡할래?”

“내 처지를 누구보다 잘 아니까 셰이를 믿는 거야. 백 명을 앞에 두고 아룬델과 내 영혼이 바뀌었다는 말을 해봐. 백 명 중에 내 말을 믿어줄 사람이 몇이나 있을까?”

카시아스는 벌린 입술을 도로 다물었다.

“아마 한 명도 없을 거야. 모두를 미친 녀석이라고 손가락질하며 비웃을 거야, 셰이를 미쳤다고 생각한 사람들처럼.”

조용히 흐르는 침묵 속에서 셰이는 고개를 숙였다. 듀이는 그녀를 믿어주었다. 무작정 찾아온, 가진 건 빈손뿐인 그녀를 어떠한 의심도 없이 받아주었다. 독한 술을 머금은 듯 목 안쪽이 뜨거워지더니 숨결이 흐트러졌다. 난로 불에 일렁이는 힘껏 맞잡은 두 손이 점점 흐릿해져 갔다.

"어? 셰이, 우는 거야?"

놀란 듀이가 셰이에게 얼굴을 들이밀었다.

"안 울어."

감정을 내색하고 싶지 않았으나 잔뜩 잠긴 목소리가 나왔다. 듀이의 성난 시선이 곧장 카시아스에게로 날아갔다. 하지만 이미 카시아스는 자신이 셰이를 울렸다는 죄책감에 빠져 있었다.

"미안해, 셰이. 상처 줄 마음은 없었는데……. 난 그냥 신중해야 한다는 얘길 하고 싶었을 뿐이야……. 타고 난 성격이 좀… 듀이 말대로 답답하다고나 할까? 의심도 많고 따지기 좋아하고… 그래도 뒤끝은 없어……."

카시아스는 쩔쩔매며 말을 늘어놓았다.

"나 안 운다니까. 하품을 몇 번 했더니 눈물이 조금 나온 것뿐이야."

쑥스러워진 셰이는 얼굴을 붉히며 허둥지둥 말머리를 돌렸다.

"그 얘기나 좀 해봐. 듀이와 아룬델이란 사람의 영혼이 바뀌었다고 했지? 그 말은 지금 내 눈에 보이는 듀이의 모습이 실제는 아룬델이란 사람의 몸이고… 아룬델의 영혼은 듀이의 몸에……."

어떤 생각이 퍼뜩 떠오르자 셰이는 주먹으로 손바닥을 내려쳤다.

"아아, 그래서 듀이의 무덤을 파본 거로구나! 그럼 그 무덤에 있던 시신이 진짜 듀이의 몸이라는 말이잖아……. 왠지 섭섭하다… 뼈만 남기 전에 듀이를 한번 봤으면 좋았을 텐데……."

"카, 카시아스… 저, 저 말이 무슨 뜻이야?"

새파랗게 질린 듀이를 본 후에야 세이는 자신의 실수를 깨달을 수 있었다. 허겁지겁 손으로 입술을 막았지만 이미 듀이의 얼굴엔 충격이 가득했다.

"내가… 내 몸이 썩었다는 거야? 악취를 풍기며 살이 썩어 문드러지고… 그 위에 구더기가 바글바글 들끓는 시체… 뼈다귀가 덜그럭거리는 흉측한 해, 해골이 됐다는……."

별안간 듀이의 동공이 뒤로 돌아가며 눈자위가 하얗게 드러났다. 카시아스는 다리를 쭉 뻗어 앉은 자세 그대로 넘어가는 듀이의 머리를 발등으로 떠받쳤다.

"듀이가 정신을 잃었나 봐! 어떡해? 내 잘못이야! 그런 흉측한 말을 갑자기 꺼내다니! 그러면 안 되는 거였는데!"

어쩔 줄 몰라 하는 세이와 달리 카시아스는 태연하기만 했다.

"천천히 예고까지 마친 뒤 꺼냈어도 매한가지일걸? 원래 툭하면 이래. 일종의 특기라고나 할까? 신경 쓰지 마."

얼떨떨해진 세이가 지켜보는 가운데, 카시아스는 듀이를 안아 들어 침상 위에 눕혔다. 그가 듀이에게 먼지투성이 모포를 덮어 주고 난로 앞으로 돌아왔을 때, 세이는 고개를 갸웃거리며 단지를 살피고 있었다.

"뭐 해?"

"술이 아니라 다른 게 들어 있는 것 같아서."

영문을 알 수 없어진 카시아스는 덩달아 단지 속을 들여다봤다.

"내 눈엔 그저 평범한 술로 보이는데? 맛도 그랬고."

"아파서 끙끙대던 병자가 이걸 마시고는 사람을 번쩍 들어 올리게 됐잖아. 성 에스트레마드라가 마셨다는 영생의 샘물인 것이 분명해."

셰이가 자신을 놀리고 있음을 알게 된 카시아스는 웃음을 터뜨렸다.

"앞으로 바르샤르 왕국을 통치할 사람이면 좀 더 점잖은 척 무게부터 잡아야 하는 거 아니야?"

셰이의 입술에 피어났던 미소가 서서히 지워졌다. 카시아스 역시 어느새 진지한 표정이 되어 있었다.

"널 믿기로 했다는 걸 그새 잊고 있었어. 너무 엄청난 얘기를 듣는 바람에."

"왜 그런 말을 하는 거야?"

"일단 한번 마음을 정하면 여간해선 바꾸는 법이 없는 것도 내 천성 중 하나거든."

셰이의 눈을 똑바로 주시하며 카시아스는 말을 계속했다.

"셰이엔 가이스카 리베 폰 라시에, 앞으로 어떻게 할 생각이야?"

"듀이가 처한 문제를 해결해야지, 그러려고 이곳에 온 거니까."

카시아스는 알겠다는 듯 간단히 고개를 끄덕였다.

"그럼 듀이의 문제에 대해 알아야겠군. 그 얘기에 앞서 내가 누군지, 세르지오와 모고르는 또 누구인지, 가장 중요한 인물인 아룬델은 또 어떤 자인지부터 말해줄게."

카시아스의 신분은 이미 알고 있었고, 귀족들 사이에서 홍밋거리로 퍼져 있던 얘기에 불과하지만 아룬델에 관해서도 모르지 않았다. 그러나 셰이는 잠자코 카시아스의 목소리에 귀를 기울였다. 듀이가 처한 상황에 대해 최대한 많은 것들을 알고 싶었다. 그녀의 운명을 되돌리기 위해 밟아갈 수밖에 없는 필연적인 단계여서가 아니었다. 셰이는 듀이의 문제를 어느새 남이 아닌 자신의 문제로 인식하고 있었다.

"그 집을 빠져나온 후 듀이 델코가 정신을 차렸고, 두 사람도 별탈없이 만나게 되었습니다. 지금은 사냥꾼 막사에서 카시아스라는 인간 남자와 이야기를 나누고 있습니다. 듀이 델코는 옆에서 코를 골고 있고요."

머리를 조아리고 있던 나탄은 조심스레 이샤무딘의 눈치를 살폈다. 불호령이 떨어질지 모른다는 근심에 마음이 조마조마했다. 명령도 받지 않은 상태로 셰이라는 소녀의 곁에 머문 일도 그렇고, 그녀에게 일어났던 사건들에 관해 제멋대로 올린 보고 역시 본분을 망각한 주제넘은 소행이었다.

그냥 타브리스 산으로 돌아가 얌전히 주인님이나 기다리고 있을걸. 왜 괜히 나서서 이런 사태를 초래하고 만 것일까?

후회를 곱씹어봤자 이미 엎질러진 물이었다. 나탄은 더욱 납작하게 엎드리며 자신이 왜 그런 행동을 했는지 심각하게 고민했다. 그러나 별다른 건 생각나지 않았다. 그저 이샤무딘이 떠나자 주인 대신 소녀를 지켜야 한다는 의무감이 생겼고, 그 후엔 주인이 소녀에 대해 궁금해할지 모른다는 육감 비슷한 것이 들었을 따름이다.

조금 전 이샤무딘이 있는 바인게르트 성으로 향하면서도 나탄의 머릿속엔 어서 발길을 돌리라는 경고가 끊임없이 울려댔다. 그럼에도 불구하고 대체 어떤 힘이 자신을 끝내 이 자리까지 오게 만들었는지 스스로도 놀라지 않을 수 없었다.

바인게르트는 흑룡의 정통 후계자들에게 대대로 내려오는 성으로 워낙 외진 곳에 위치해 있었기 때문에 주거보단 휴식이나 은둔의 목적으로 사용되는 경우가 많았다. 성의 크기와 성지의 면적도 어마어마했다. 여러 차례 방문한 이들조차 멋모르고 발을 들였다간 평생 동안 헤매어도 밖으로 나가기 쉽지 않을 정도였다.

"그런 보고를 올리는 이유가 무엇이냐?"

이샤무딘의 어조는 몹시 딱딱했다. 나탄은 간담이 서늘해졌다.

"트, 특별한 이유가 있는 게 아니라… 그저 그래야 할 것 같아서……."

나탄은 빠져나가기 용이하도록 자신을 기름으로 변형시켰다. 그리고는 스르륵 스르륵 뒤로 미끄러졌다.

"전 이만 물러가겠습니다. 편히 쉬십시오."

나탄에겐 천만다행히도 이샤무딘은 그를 잡지 않았다. 큰 고비를 넘겨 무사히 이샤무딘의 시야 밖으로 빠져나온 나탄은 날개로 변해 허겁지겁 바인게르트 성을 떠났다. 몸통도 없이 퍼덕거리는 커다란 날개를 목격한 운없는 사람들은 그 후 오랫동안 악몽에 시달려야만 했다.

나탄이 떠난 후 사방엔 정적이 찾아들었다. 시간마저 멈춰 버린 듯한 공간에 돌연 미세한 공기의 흐름이 감지됐다.

“꺼져. 당장 꺼지지 않으면…….”

“꺼지지 않으면?”

도발적인 어투로 이샤무딘의 말을 자르며 한 남자가 모습을 보였다. 그는 운명을 관할하는 열두 명의 신 중 하나인 자르키안이었다. 온화하고 따듯한 바다를 연상시키는 청록빛 눈동자와 진한 벌꿀색의 금발을 가진 그는 누가 봐도 감탄사를 터뜨릴 만큼 빼어난 외모의 소유자였다.

“오랜만이야, 이샤무딘.”

“꺼지라고 했을 텐데?”

“너무 그렇게 신경 곤두세우지 마. 중요한 정보가 있어 알려주러 온 거니까.”

자르키안은 노골적인 냉대에도 아랑곳하지 않고 천연덕스러운 태도로 의자에 앉았다.

“그나저나 심기가 많이 흐려 보이는군. 어디가 아픈 것 같기도 하고…….”

이샤무딘의 얼굴을 뜯어보던 자르키안은 어둡게 가라앉은 금빛 눈동자를 알아채고 슬며시 웃음을 흘렸다.

“영혼의 검이 그 대단하신 흑룡의 심장에 박혔다는 소문이 지금 천계 전체에 파다해. 보나마나 용족 사이에서도 대단한 화젯거리가 되고 있을 거야. 어찌나 난리들을 떨어대는지 여태까지 퍼지지 않은 게 신기할 정도라니까. 하긴 운명의 신인 나조차도 얼마 전에야 그 사실을 알았으니, 다른 이들은 말할 것도 없겠지.”

영혼의 검은 창조신 아스트라한의 명을 따라 열두 운명의 신이 모여 만든 검으로, 전부 합해 일곱 개가 된다.

"우습게도 그 소문을 들은 이들은 모두 한결같이 똑같은 반응을 보이더군. 그럴 리 없다고 펄쩍 뛰었다가 눈을 반짝이며 묻는 거야. 대체 누가 그런 믿기 힘든 기적을 일으켰느냐고."

자르키안의 어조가 한층 더 은밀해졌다.

"그래서 내가 말해줬지. 신비롭고 열정적인 호박빛 눈동자를 가진 어느 인간 소녀라고 말이야. 그다음에 나오는 반응들이 꽤 재미있어. 다들 헛소문이라고 일축하며 실망과 안도감이 교차하는 묘한 표정을 짓더라니까."

"그래서? 하고 싶은 말이 뭐야?"

"서로에게 유용한 정보를 교환하지 않겠어?"

"쓸데없이 나불거리던 신 하나가 이제 곧 흔적도 없이 사라지게 될 것이라는 정보를 알려주지."

"하하하하! 이런, 한 방 먹었군!"

자르키안은 호탕한 척 웃어젖혔다. 그러나 눈 속엔 채 숨기지 못한 분노가 깔려 있었다. 그는 이샤무딘에게 열등감이 섞인 강한 경쟁의식을 가지고 있었다.

거의 대부분의 천족뿐 아니라 용족들까지 이샤무딘을 꺼려하고 은근히 두려워했으나, 그건 경외에 가까운 감정이었다. 그들은 천계를 이끌 최고의 능력자로 이샤무딘을 뽑는 것에 주저하지 않았다. 그것만으로도 마음이 언짢은데 자르키안를 더욱 화나게 만든 건, 자신이 외모에서도 이샤무딘보다 낮은 평가를 받는다는 사실이었다.

그는 외모에 대한 자부심이 대단했고, 종족과 성별, 나이를 불문한 이들의 추앙을 당연한 것으로 받아들였다. 실제로 그는 거부할 수 없는 바람둥이로 일컬어졌다. 사람들의 넋 나간 얼굴이나, 정신을 차리지 못하는 모습만큼 그를 흐뭇하게 만드는 건 없었다. 그가 던지는 눈길 한 번에 실신까지 하는 여인들을 만나게 되면 미약을 마신 듯 짜릿한 쾌감이 핏줄기를 뜨겁게 달구곤 했다. 하지만 그의 앞엔 언제나 이샤무딘이 벽처럼 가로막고 있었다.

이샤무딘을 무너뜨릴 날만을 손꼽아 기다리던 자르키안은 며칠 전 디스파르의 말을 듣는 순간, 자신이 갈망하던 기회가 드디어 찾아왔음을 확신할 수 있었다. 디피는 묻기도 전에 이샤무딘이 평온의 호수로 아스트라한을 만나러 왔던 사건에 대해 시시콜콜하게 떠벌려 댔다. 디스파르는 천계의 소식통으로 불리어졌는데, 그건 역설적이게도 버젓한 신으로서 인정받지 못하는 그의 처지 때문이었다. 대부분의 신들과 용들은 그가 자리에 있든 없든 별 신경을 쓰지 않았던 것이다.

디피로부터 천금 같은 소식을 듣게 된 자르키안은 그 즉시 발빠르게 정보를 끌어 모았다. 그 결과 '영혼의 검'은 물론 이샤무딘과 얽힌 셰이라는 인간 소녀에 대해서도 꽤 많은 것들을 알게 되었다.

"솔직히 털어놓자면, 내가 여기까지 온 건 자네한테 도움을 주기 위해서야. '영혼의 검'에서 벗어나고 싶지 않아?"

자르키안은 이샤무딘을 떠보며 빈틈없이 반응을 살폈다. 그러나 이샤무딘의 얼굴은 철저하게 무표정했고, 괜히 그의 사기만 한풀 꺾이고 말았다. 실망하기엔 아직 이르다고 생각하며 자르키안은 마음을 다잡았다.

"내가 영혼의 검을 없애는 방법을 알아냈어. 예상외로 그리 어려운 일은 아니더군. 영혼의 검이 이어준 영혼의 주인을 없애면 된다고 하더라고, 물론 자신의 손으로. 어때? 상당히 쉬운 방법 아니야?"

"그래, 쉬운 방법이로군."

끝까지 무시할 줄 알았던 이샤무딘이 말을 받자 자르키안은 속으로 쾌재를 불렀다. 엄밀히 따지면 그의 말은 사실이었다. 그러나 실제로 사용할 만한 방법은 아니었다. 영혼의 검으로 묶인 이들은 어느 한쪽이 죽으면 자유로워질 수 있으나 그 과정에서 심장이 떨어져 나가는 듯한 통증을 견뎌내야만 했다. 또한 자신의 손으로 상대를 죽인 경우는 그보다 훨씬 더 혹독한 대가를 치르게 된다. 상대의 심장이 멎는 순간 본인의 심장도 영혼의 검과 함께 녹아내려 끔찍한 고통 속에서 죽음을 맞는다.

그렇게만 되면 소원이 없겠는데…….

자르키안은 속마음을 감추며 말머리를 돌렸다.

"그나저나 여기 있으면 안 되는 거 아니야? 영혼의 검이 맺어준 소녀와 함께 있어야 할 자네가 왜 바인게르트 성에 있는지 궁금해서 묻는 거야."

"네가 관여할 일이 아니야."

"그거야 그렇지만, 자네가 걱정돼서 그래. 영혼의 주인과 오랫동안 떨어져 있으면 지독한 고통이 찾아온다고 하던데……."

자르키안은 말끝을 흐리며 쯧쯧, 혀를 찼다.

"그래서 그렇게 안색이 창백했던 거군. 난 그것도 모르고 밖에 나가 따뜻한 볕이라도 좀 쬐라는 말을 하려고 했지 뭔가? 그러다가 쓰러져 사경이라도 헤매게 될까 걱정되는군 그래.”

은근 슬쩍 비꼬던 자르키안은 이샤무딘의 입가에 엷은 미소가 나타나자 왠지 모르게 오싹해졌다.

“두 가지만 말하겠어. 첫째, 내 말이 끝나는 순간 너란 존재는 이 세상에서 깨끗이 사라지게 될 거야. 둘째, 내 영혼의 주인은 오직…….”

파랗게 질려가던 자르키안은 이샤무딘이 말을 끝맺기 직전 허겁지겁 자리를 떠났다.

“나 하나일 뿐이야.”

이샤무딘은 그 누구도 아닌 자신을 향해 말했다.

도망치다시피 바인게르트 성을 떠나 자신의 거처로 돌아온 자르키안은 천계에서도 단 두 개밖에 없다는 혼천경(魂泉鏡)—육체에 가려져 있는 진실한 영혼의 모습을 비쳐 주는 거울이다—을 그 자리에서 깨뜨려 버렸다. 그래도 화는 잦아들지 않았다. 이샤무딘에게 업신여김을 당했을 뿐 아니라 비굴한 모습까지 보였다는 생각이 들자 오히려 더욱 격한 분노가 치밀어 올랐다.

통증 때문에 끙끙대고 있을 녀석을 보며 한바탕 비웃어주려고 했더니만… 대체 이게 무슨 꼴이야?

자르키안은 뿌드득, 이를 갈았다.

두고 봐, 용 따위가 감히 신에게 대들면 어떤 형벌이 내려지는지 알게 해주겠어! 뼈저리게 느끼도록 만들어주겠어!

꽤 오랜 시간이 지난 후에야 겨우 흥분이 가라앉았다. 자르키

안은 곰곰이 생각에 잠겼다. 이샤무딘을 확실히 혼내주면서도 그
뒤에 자신이 있다는 사실은 숨겨야 했다. 인정하긴 싫지만 이샤
무딘은 운명의 신인 그로서도 벅찬 상대였다.

무슨 좋은 수가 없을까?

의자 손잡이를 손가락으로 톡톡 두드리며 방법을 궁리하던 자
르키안은 문득 동작을 멈췄다. 현재 이샤무딘은 평소와 비교할
수 없을 정도로 약해진 상태였다. 인간 소녀와 영혼의 검으로 묶
여 있는 이상 단연코 유리한 건 그 자신이었다.

그래, 그거야! 내가 왜 진작 그 생각을 못했지?

애초부터 이샤무딘의 눈치를 볼 필요조차 없었다. 그가 처지를
깨달았을 땐, 이미 자르키안이 채운 족쇄가 전신을 얽매고 있을
것이다.

파멸을 담보로 한 족쇄가…….

자르키안의 얼굴에 선명한 미소가 떠올랐다.

달빛이 점점 희미해졌다. 새벽이 시작된 지 오래였지만 하늘은
아직 납빛이었으며 채 가시지 않은 적막한 밤기운이 떠돌고 있었
다. 셰이는 청량한 새벽바람을 한껏 들이마셨다. 잠깐 동안의 선
잠 후에 맞는 여명이었으나 머리는 그 어느 때보다 맑았다.

카시아스와 셰이는 밤늦도록 대화를 나눴다. 그녀를 믿겠다던
말대로 카시아스는 자신과 듀이가 처해 있는 상황에 대해 세세한
부분까지 털어놓았다. 처음부터 끝까지 이야기책에서나 나올 법
한 내용이었으나 셰이는 단 한 가지를 빼곤 그의 말을 있는 그대
로 받아들였다.

벨페스트가 그렇게 나쁜 사람일 리 없어. 그럴 수밖에 없었던 이유가 분명히 있을 거야.

좁은 침상에 앉아 그녀에게 바느질을 가르쳐 주던 광경이 떠올랐다. 셰이는 자신의 생각이 틀림없으리라 확신했다. 그처럼 꾸밈없는 웃음을 보이던 벨이 사악한 존재로 돌변해 카시아스와 듀이를 해치려 했다니, 도무지 믿어지지 않았다.

"내 생각이 틀린 걸까?"

셰이는 허공을 향해 질문을 던졌다. 옆에 꼭 누군가가 있는 것만 같았다. 어제저녁 듀이를 업었을 때 힘을 보태주었고, 넘어질 뻔했던 그녀를 잡아주기도 한 누군가… 셰이는 그가 이샤이길 바라고 있었다. 인정하고 싶진 않았다. 아니, 그런 생각을 하는 자신이 답답하고 싫어지기까지 했다. 그러나 언제까지 스스로를 속일 수는 없었다. 그녀는 이샤가 보고 싶었다.

이건 그냥 어쩌다가 드는 충동일 뿐이야……. 아무런 이유도 없이 생겼다가 사라지는 단순한 변덕일 뿐이야…….

"그래, 그게 틀림없어."

"뭐가 틀림없는데?"

듀이의 목소리가 말을 받았다. 셰이는 미소 지으며 뒤를 돌아봤다.

"일찍 일어났네?"

"나도 놀랐어. 그냥 눈이 딱 떠지더라고."

옆에 나란히 선 듀이가 어깨에 두른 모포를 만지작거리며 물었다.

"춥지 않아?"

“조금 추워.”

듀이가 모포를 벗으려 하자 셰이는 재빨리 모포 자락을 들추고 그 옆에 붙어 섰다. 어깨가 닿으며 체온이 느껴졌다.

“따뜻하다.”

“나도… 나도 따뜻해.”

두 사람은 약간의 쑥스러움과 놀라움, 그리고 낯설지 않은 친밀감에 둘러싸인 채 연한 금빛으로 물들어가는 세상을 지켜봤다.

“이상해.”

셰이는 자신도 모르게 말했다. 그녀 안의 무엇인가가 크게 변한 것 같은 느낌이 들었다. 듀이는 고개를 끄덕였다. 잠시 후 그가 입을 열었다.

“난 좀… 무서워.”

이번엔 셰이가 고개를 주억거렸다. 어디선가 불어온 서늘한 바람이 모포 자락을 흔들었다.

“이제 어쩌지?”

듀이가 불쑥 질문을 꺼낸 건, 어제 먹다 남은 음식으로 대충 아침을 때운 직후였다.

“넌 어떻게 하고 싶어?”

카시아스가 되물었다.

“난 여기 남고 싶어. 내 가족과 함께 살고 싶어.”

“안 된다는 거 너도 알지?”

“그래, 알아. 내 몸은 이미 다 썩어버렸으니까.”

듀이는 침울한 얼굴로 자신의 것이 아닌 두 손을 물끄러미 내려다봤다.

"그렇지 않다 해도 여기서 곱게 살도록 놔둘 모고르가 아니야. 그 괴상한 놈들을 다시 보낼 게 분명해."

분위기가 더욱 가라앉았다.

"아룬델의 영혼을 찾을 방법은 없겠지?"

셰이가 처음으로 입을 열었다.

"그렇다고 봐야 할 거야. 지금쯤 그 녀석 영혼은 지옥에서 불타고 있을 테니까. 그걸 생각하면 그리 기분이 나쁘지는 않은데……."

한숨을 푹 내쉰 카시아스가 말을 이었다.

"문제는 마드라의 열쇠를 찾지 못하게 되었다는 거야."

"마드라의 열쇠가 현재의 모든 난제들을 해결해 줄 거라고 생각해?"

카시아스는 당연한 걸 왜 묻느냐는 표정으로 셰이를 쳐다봤다. 별안간 듀이가 발로 바닥을 쿵 내려쳤다.

"너야 헤이론 국의 왕이 되고 싶어서 마드라의 열쇠를 찾는 거잖아! 그럼 난 뭐야? 나한텐 좋은 게 하나도 없잖아!"

"소란 피우지 마, 놈들이 지금 밖에서 우릴 찾고 있을지도 모르니까. 네 말대로 난 헤이론을 되찾기 위해 마드라의 열쇠에 매달리고 있어."

카시아스의 어조는 냉정하게 느껴질 정도로 침착했다.

"하지만 듀이, 너도 나만큼이나 마드라의 열쇠를 갈망해야 돼. 성 에스트레마드라가 어떤 방법으로 암흑의 세력을 물리쳤는지 알아? 그는 무한대로 자신의 전사들을 만들어낼 수 있었어. 전장이든 무덤이든 널린 게 시체였으니까."

"그럼 마드라의 열쇠가 듀이의 원래 몸을 되살려낼 수 있다는 거야?"

듀이는 셰이의 질문을 듣고 난 후에야 카시아스의 말뜻을 알아차릴 수 있었다. 그는 엉덩이를 반쯤 들었다가 카시아스를 뚫어져라 응시하며 다시 엉거주춤 앉았다.

"사실이야?"

목소리가 파르르 떨려 나왔다.

"그래, 사실이야. 창조신 아스트라한이 세상을 만든 후 남겼다는 어마어마한 힘… 마드라의 열쇠가 있으면 그 힘을 가둬놓은 봉인을 풀 수 있어. 즉, 원하는 모든 것을 이룰 수 있다는 뜻이야."

듀이는 눈을 꼭 감은 채 카시아스의 말을 듣고 있었다.

몸을 찾을 수만 있다면… 내 가족도 찾게 될 거야. 다시 예전처럼 아버지와 형들, 누나들과 함께 듀이 델코로 살 수 있게 되는 거야…….

가슴 가득 희망이 차올랐다. 듀이는 주먹을 불끈 쥐며 힘차게 일어섰다.

"빨리들 일어나! 이러고 있을 때가 아니야! 어서 빨리 마드라의 열쇠를 찾아야지!"

"그걸 누가 몰라서 이러고 있는 줄 알아? 대체 마드라의 열쇠를 어디서 찾을 건데? 아룬델을 만날 가능성이 없어졌다는 거 벌써 잊었어?"

카시아스가 단번에 기를 죽이자 듀이의 고개가 아래로 푹 꺾였다. 셰이는 듀이 옆에 가 섰다.

"갈 곳은 이미 정해졌어."

듀이와 카시아스의 시선이 그녀에게 꽂혔다.

"그게 어딘데?"

"생각해 봐. 마드라의 열쇠를 감춘 사람은 성 에스트레마드라 야. 그 후 그는 헤이론 국을 세우고 마드라의 열쇠를 헤이론의 상징으로 삼았어. 자, 그럼 여기서 문제 하나를 내겠습니다. 마드라의 열쇠는 지금 어디에 있을까요?"

"헤이론 국!"

듀이와 카시아스는 입을 맞춰 대답했다. 셰이가 씨익 웃음 짓자 두 사람의 얼굴에도 미소가 그려졌다.

"맞아, 헤이론에 가면 분명히 어떤 단서를 찾아낼 수 있을 거야."

괜스레 마음이 급해진 세 사람은 부랴부랴 짐을 챙겨 들었다.

"멈춰!"

밖으로 막 달려나가려던 듀이는 주춤하며 카시아스를 쳐다봤다. 카시아스는 그의 어깨에 두 손을 얹었다.

"네가 꼭 해야 할 일이 있어."

"뭔진 모르지만 가면서 얘기하면 안 돼? 이럴 시간 없잖아."

"시간이 없으니까 하는 말이야. 너한테는 대단한 힘이 있어, 듀이. 이제 그 힘을 발휘할 때가 되었고."

카시아스는 듀이의 어깨를 잡은 손에 지그시 힘을 가했다.

"듀이 델코, 지금 당장 우릴 헤이론 국으로 이동시켜."

"난……."

목이 막혀오자 듀이는 침을 삼킨 후 어렵사리 말을 이었다.

"못해."

"아니, 넌 할 수 있어."

"그건 네가 몰라서 하는 말이야. 난 못해, 그런 능력 자체가 없단 말이야."

듀이는 울고 싶다는 생각을 하며 애꿎은 바닥을 노려봤다. 셰이가 가까이 다가왔다.

"넌 할 수 있어, 듀이. 난 널 믿어. 그러니까 너도 네 자신을 한 번 믿어봐."

듀이는 고개를 쳐들었다. 해낼 수 있다는 자신감은 없었지만 셰이를 실망시키고 싶지 않았다.

"한번 해볼게."

듀이는 셰이와 카시아스의 손을 잡았다.

헤이론 국으로 가야 돼, 반드시.

눈을 감은 듀이는 마음속으로 계속해서 헤이론 국을 되뇌었다. 잠시 후 이제 됐을까, 싶은 마음에 가슴 두근거리며 눈을 떠보았으나 바뀐 건 전혀 없었다. 그들은 여전히 막사에서 한 발도 벗어나지 못한 상태였다. 듀이는 두 사람의 어깨에 팔을 두른 뒤 다시 눈을 감았다. 결과는 마찬가지였다. 어찌할 바를 몰라 입술을 잘근잘근 씹던 그는 마지막이란 생각으로 셰이와 카시아스를 더욱 가까이 오게 해 꼭 끌어안았다.

"꼭 이렇게까지 해야 돼?"

카시아스가 퉁명스럽게 물었다. 어느새 인상도 상당히 구겨져 있었다.

하는 것 없이 편하게 서 있기만 한 주제에!

짜증이 난 듀이는 바로 쏘아붙였다.

"헤이론 국으로 가기 싫어? 자꾸 그러면 너만 빼놓고 간다?"

"알았으니까 빨리 하기나 해."

초조한 시간이 정처없이 흘러갔다. 듀이는 아까부터 저리고 쑤셔대던 팔을 슬그머니 내렸다. 가느다랗게 샛눈을 뜨자 살벌하게 노려보고 있는 바다색 눈동자가 곧바로 날아와 박혔다.

"어어? 여기가 어딘가?"

듀이는 괜히 사방을 두리번거리다 어색한 웃음을 흘렸다.

"아직도 그대로네……."

"포옹을 해도 안 되니 대체 어떻게 해야 하는 거야? 아아, 그래. 간절히 소원하던 입맞춤이라도 해줄까? 그럼 요 앞 공터까진 갈 수 있을지도 모르잖아. 기쁨을 못 참고 펄쩍펄쩍 뛰면서 말이야."

카시아스는 몹시 깔보는 듯한 태도로 빈정거렸다. 듀이의 눈썹이 사납게 치켜올라 갔다.

"어디 그 밥맛없는 입술 한번 내밀어봐! 그 순간 네 대갈통이 뽀개지고 있을 테니까!"

"하! 내 대갈통을 어떻게 뽀갤 건데? 열정적인 포옹으로?"

카시아스는 크게 코웃음 쳤다. 자신이 심술 난 어린애처럼 굴고 있음을 모르지 않았으나, 그냥 무시하고 넘길 만큼 기분이 저조한 상태였다. 듀이가 능력을 발휘할 수 있으리란 기대가 허무하게 무너진 탓이었다.

"그 엉터리 요술 피리에라도 한번 입맞춤을 해보지 그래? 여자에겐 죽었다 깨어나도 못할 테니, 처량하지만 손쉬운 상대라도 찾아야 하지 않겠어?”

“저 재수없는 자식을 그냥!”

머리끝까지 화가 치민 듀이는 무작정 달려들어 카시아스의 배에 머리를 박았다. 훅, 숨을 들이켠 카시아스가 듀이의 머리카락을 와락 틀어잡으며 주먹을 치켜 들었다. 두 사람의 시선이 험악하게 맞부딪쳤다.

“왜들 이래? 둘 다 진정해.”

셰이의 개입으로 팽팽하던 긴장감이 무너졌다. 카시아스는 팔을 툭 떨어뜨렸다.

“관두자, 관둬.”

두 사람은 서로 한 발씩 물러섰다. 카시아스는 거친 몸짓으로 머리를 쓸어 넘기며 혼잣말을 뇌까렸다.

“상대는 듀이 델코야. 그 이상이 되길 바랐던 내가 멍청이지.”

듀이의 눈동자에 핏발이 곤두섰다. 성난 핏줄기가 아우성치며 정수리를 향해 치달아 올랐다. 눈앞이 온통 붉은색으로 물든 순간 듀이는 카시아스의 얼굴을 두 손으로 움켜잡았다. 그리고 그의 입술에 자신의 입술을 강하게 부딪쳤다.

“이 미친 자식!”

카시아스는 듀이를 확 밀쳐 냈다. 일순 머리가 쪼개지는 듯한 아픔이 듀이를 찾아왔다. 거친 신음 소리가 터져 나왔다. 듀이의 모습이 별안간 흐릿해 보이자 셰이는 본능적으로 그를 향해 달려갔다.

“카시아스!”

셰이는 카시아스에게 손을 내밀었다. 상황을 알아챈 카시아스가 지체없이 손을 잡았다. 세이는 잔뜩 웅크린 듀이의 등을 다급히 껴안았다. 쉬익, 하는 낮은 바람 소리가 귀를 파고들었다.

"두 사람의 행방에 대해 여러모로 알아보고 있사오나, 아직까진 확실한 정보가 들어오고 있지 않습니다."

모고르는 죄스러운 표정을 능숙하게 만들었다.

"알았네."

실망감을 못 이기고 역정을 내리라는 예상을 깨고 세르지오는 별다른 반응을 보이지 않았다. 얼굴이 조금 경직되고 눈빛이 어두워진 것만 제외하면 평상시와 거의 흡사한 모습이었다.

아룬델에게 품고 있던 음욕이 그새 없어진 것일까? 아니면 다른 이유가 있는 걸까?

세르지오를 속속들이 파악하고 있다고 자신했던 모고르는 조심스러워졌다. '마드라의 열쇠'에 모든 신경이 쏠려 있는 까닭에 전처럼 그에게 주의를 기울이지 못한 건 사실이었다. 일례로 며칠 만의 입궁인지조차 기억나지 않을 정도였다. 세르지오가 보낸 전언을 받지 못했다면 지금 이 자리에 서 있는 일도 없었을 터였다.

"아무래도 카시아스 왕자와 아룬델은 이미 사망한 것 같습니다."

모고르는 일부러 극단적인 얘기를 꺼냈다. 세르지오의 속내를 알아볼 속셈이었다.

"무슨 근거로 그런 말을 하는 건가?"

"제가 알아본 바에 의하면 카시아스 왕자와 아룬델은 무슨 이유에서인지 헤이론을 떠나 버틀랜드 국으로 가려고 했습니다. 그리고 그 과정에서 '푸른 날개 호'라는 화물선을 타게 되었나 봅니다. 그런데 이 '푸른 날개 호'가 출항한 지 이레 만에 침몰 했다고 하더군요. 안타깝게도 살아 돌아온 자는 한 명도 없고 말입니다. 크롤 해는 이맘때쯤 유난히 기후 변화가 심하다고 하던데, 큰 폭풍우라도 만난 것이 아닐까… 어림짐작만 하고 있습니다."

언제 어디서든 능란하게 이야기를 지어낼 수 있었기 때문에 모고르의 답변은 막힘이 없었다.

"그렇다고 해도 그 두 사람이 죽었다는 결론을 내리는 건 좀 경솔한 판단이지 않은가? 내가 알아오던 자네라면 좀 더 신중한 입장을 취했을 것 같은데… 그동안 많이 변했나 보군."

모고르는 미간을 찌푸렸다. 질책이라기보다는 마치 떠보는 것 같다는 생각이 들었다. 석연치 않은 느낌이 점차 강해졌다.

"물론 지금도 모든 노력을 기울여 카시아스 왕자와 아룬델을 추적하고 있습니다. 그들이 죽었다면 명확한 증거를 찾아 폐하께 올릴 것이고, 그들이 살아 있다면 그 즉시 잡아들여 폐하 앞에 무릎을 꿇릴 것이옵니다."

모고르는 되도록 빨리 왕궁을 벗어날 요량으로 말을 끝내자마자 예를 갖췄다.

"전 이만 물러가겠습니다, 폐하."

"가기 전에 자네가 만나야 할 사람이 있네."

세르지오의 눈짓을 받은 시종장이 문을 활짝 열었다. 심한 부상을 입은 남자가 시종들의 부축을 받으며 모습을 보였다. 그 뒤로 왕궁 직속 근위대 기사 스무 명이 따라 들어와 포위하듯 입구를 막아섰다.

모고르는 남자를 한눈에 알아봤다. 그는 얼마 전까지 모고르의 호위기사로 있던 클리브였다. 카시아스를 놓쳐 버린 잘못을 물어 조용히 없애 버리라 명령했던 기사들 중 한 명이 숨이 붙은 채 눈앞에 서 있었다.

"저 기사에게서 어떤 얘기가 나왔는지는 능히 짐작할 수 있겠지. 자, 모고르, 이유나 한번 말해보게. 카시아스를 잡아서 고문한 뒤 죽이려 하다가 다시 놓쳐 버리기까지 했다던데… 난 그 모든 일들에 관해 자네로부터 단 한마디도 들은 적이 없네. 그 이유를 알고 싶네. 대체 내 뒤에서 무슨 일을 꾸미고 있었던 건가?"

모고르의 입술은 열리지 않았다.

"말해! 어서 말해! 그 시커먼 머릿속에 어떤 간악한 흉계가 들었는지 낱낱이 고하란 말이다!"

세르지오는 간신히 억누르고 있던 분노를 폭발시켰다.

"내가 네놈 속을 모를 줄 알아? 마드라의 열쇠를 네놈 혼자 차지하려는 그 추악한 속을 모를 줄 알았더냐?"

격노를 참지 못한 세르지오가 의자 손잡이를 연거푸 내려쳤다.

"이 더럽고 간사한 놈! 내가 네놈을 어떻게 대해줬는데! 탐욕스러운 지주 밑에 붙어 빌빌거리던 놈을 거두어 재상의 자리에 앉혀주었거늘, 은혜를 원수로 갚으려 해? 개돼지만도 못한 놈!

"개돼지만도 못한 건 바로 네가 아니냐? 친형제처럼 대해준 그라무스 3세를 죽이고 권좌를 빼앗은 너 말이다, 세르지오."

한순간 덮친 경악의 소용돌이가 숨 막히는 정적을 몰고 왔다. 기사와 시종들은 입을 딱 벌린 채 모고르를 응시했고, 세르지오 는 자신의 귀를 의심하며 얼빠진 얼굴로 앉아 있었다.

"그래, 네 말이 맞다. 내가 마드라의 열쇠를 찾는 이유는 너에 게 바치기 위해서가 아니다. 너같이 무능하고 아둔한 자의 손에 마드라의 열쇠가 쥐어진다니… 그처럼 가당찮은 소리가 또 있겠 느냐? 시정잡배조차 비웃을 일이다!"

본심이 드러나자 그 속엔 경멸과 조롱만이 가득했다.

"네, 네놈이… 감히… 감히……!"

세르지오의 낯빛이 온통 새빨갛게 물들며 전신이 부들부들 떨 렸다.

"저놈의 혀를 뽑아라! 더러운 혀를 뽑아내고 사지를 찢어 죽여 라!"

왕의 목쉰 부르짖음에 정신을 차린 근위대 기사들이 민첩하 게 움직여 모고르를 에워쌌다. 약간의 긴장감이 흘렀을 뿐, 기 사들의 얼굴에서 불안한 기색은 찾을 수 없었다. 상대는 힘없는 중년 남자에 지나지 않았다. 재상이란 지위에서 단번에 반역자 의 처지로 굴러 떨어진, 곧 비참한 죽음을 맞을 중죄인일 따름 이었다.

근위대 대장의 신호를 받은 기사 두 명이 앞으로 나섰다. 그 들의 손이 모고르의 팔에 막 닿았을 때였다. 검붉은 연기가 화 마처럼 치솟으며 눈 깜짝할 새 사방으로 퍼져 나갔다. 한 치 앞 도 보이지 않는 짙은 연무 속에서 찢어질 듯한 비명이 쏟아졌 다.

　잠시 후 거짓말처럼 시야가 밝아지며 지옥의 한복판을 떼다 놓은 듯한 광경이 드러났다. 시뻘건 피가 벽이며 바닥, 천장 할 것 없이 눈에 띄는 모든 것들을 뒤덮고 있었다. 기사들과 시종들 역시 예외가 아니었다. 혀가 뽑히고 사지가 찢겨진 시체들이 핏물에 잠겨 나뒹굴고 있었다. 사라지지 않고 허공을 떠도는 희생자들의 절규를 밀어내며 역한 피비린내가 차올랐다. 이 소름 끼치는 아수라장 속에서 살아 숨쉬는 건 모고르와 세르지오뿐이었다.

　"네 명을 재촉한 건 너 자신이니 날 원망하지 마라."

　공포에 질려 얼어붙어 있던 세르지오는 모고르가 다가오자 허겁지겁 의자 뒤로 몸을 숨겼다.

　"나, 날 해치진 못할 거다! 감히 날 해치진 못할 거야!"

　"네가 날 막을 수 있을 것 같으냐?"

　"난 헤이론의 국왕이다! 날 해치면 네놈도 무사하지 못할 거다!"

　"아니, 네 바람과는 달리 난 무사할 뿐만 아니라 '마드라의 열쇠'에도 한발 더 다가갈 수 있게 될 것이다."

　모고르는 여유 만만했다. 한 줌 남은 핏기마저 완전히 씻겨 나간 세르지오가 무릎으로 엉금엉금 기어나와 모고르의 다리를 부여잡았다.

　"살려주게! 살려줘, 모고르! 제발 목숨만 살려줘! 이번 일은 없었던 걸로 하겠네! 전부 다 잊어버리겠네! 목숨만 살려주게! 하라는 대로, 자네가 시키는 대로 다 하겠네! 제발 죽이지만 말아주게!"

모고르는 격한 만족감과 승리감에 도취됐다.

자, 다들 이걸 봐라! 헤이론 국의 왕이 지방 마름의 아들인 나, 모고르 앞에 무릎 꿇고 목숨을 구걸하는 광경을 보란 말이다!

회색 눈동자가 쾌감으로 일렁이며 굳게 닫혀 있던 입술이 슬며시 벌어졌다. 그의 마음이 흔들린다고 착각한 세르지오는 더욱 필사적으로 매달렸다.

"그동안의 정을 생각해 보게, 모고르! 지금껏 그래왔듯 우리 둘이 함께할 그 긴 세월을 헤아려 보게! 본의 아니게 자네를 섭섭하게 한 일도 분명 적지 않을 걸세. 하지만 자넨 늘 내 옆에서 변함없이 날 도와주었지 않나? 내가 얼마나 고마워하는지 자넨 모를 걸세! 그래서 하는 말인데, 내게 기회를 주게! 자네에게 정말 잘할 수 있는, 은혜를 갚을 수 있는 기회를 내려주게! 모고르, 제발! 제발 부탁이네!"

"사실 난 피를 보는 걸 좋아하지 않는다."

세르지오는 눈물 콧물이 범벅된 얼굴을 치켜들었다.

"나… 나를 살려준다는 말인가? 그런 뜻인가, 모고르?"

모고르의 시선이 세르지오를 떠나 허공에 정지했다.

"나와라!"

명령이 떨어지자 아슬라와 피셔가 모습을 보였다. 모고르는 기사들에게 둘러싸였을 당시 이미 아슬라와 피셔를 불러 가까이에 대기시켜 놓고 있었다.

"아슬라, 피 한 방울 남지 않도록 이곳을 말끔히 치워라. 피셔는 따로 시킬 일이 있으니 가까이 와라."

　모고르는 피셔의 귓가에 대고 그리 길지 않은 말을 소곤거렸다. 그리고는 한발 물러나며 가슴에 팔짱을 끼었다. 충혈된 눈으로 정신없이 두 사람을 살피던 세르지오는 피셔가 자신을 향해 돌아서자 숨을 헐떡였다. 그는 죽음이 목전까지 다가왔음을 본능적으로 알아차렸다.

　"모, 모고르… 죽이지 않는다고… 살려준다고 했지 않은가?"

　"난 피를 좋아하지 않는다는 말만 했다. 피셔를 부른 이유도 그래서이고. 나와는 달리 피셔는 피를 몹시 좋아하거든. 피셔, 뭐 하고 있느냐? 왕족의 피는 과연 어떤 맛일지 궁금하지 않느냐?"

　모고르의 말꼬리가 의미심장하게 올라간 순간, 펄쩍 뛰어오른 피셔가 세르지오를 덮쳤다.

　"모고르! 이놈! 천벌을……!"

　세르지오는 말을 끝맺지 못했다. 날카로운 송곳니가 그의 목을 통째로 물어뜯었다. 숨이 끊어진 세르지오에게 달라붙어 허겁지겁 선혈을 마셔대던 피셔가 몸을 일으켰다. 그의 피부는 어느새 붉은 털로 뒤덮여 있었다. 삽시간에 길게 자라난 붉은 털이 돌연 머리부터 발끝까지 피셔의 전신을 휘감았다. 그리고는 밀랍처럼 녹아내리며 전혀 다른 사람의 형상을 만들어갔다. 잠시 후 모고르 앞엔 세르지오와 완벽하게 똑같은 모습으로 변한 피셔가 서 있었다.

　"훌륭하다, 피셔. 네 재주는 볼 때마다 날 놀라게 하는구나."

　피셔를 훑어보는 모고르의 눈엔 만족감이 뚜렷했다. 반면 그에 못지않게 피로감 또한 역력히 드러나 있었다.

　그 정도 힘을 썼다고 침소부터 찾아야 하는 꼴이라니…….

언제나 그랬듯 짜증이 났지만 그로서도 어쩔 도리가 없었다. 모고르는 마드라의 열쇠를 차지한 자신의 모습을 그려보며 한바탕 휘몰아쳤던 살육의 현장을 떠났다.

✻

"내 이럴 줄 알았어, 이럴 줄 알았다고."

툴툴대던 카시아스는 모닥불 위에 비스듬히 걸쳐 놓은 물고기를 뒤집으며 다시 입을 열었다.

"산해진미는 아니더라도 따뜻한 스튜 한 그릇은 먹을 줄 알았더니만… 온종일 굶다시피 한 뒤 까맣게 탄 물고기가 고작이라니……."

"나도 미안하게 생각해. 하지만 내가 그러고 싶어 그런 것도 아니잖아."

듀이가 억울하다는 듯 볼멘소리를 냈다.

"입 다물어, 듀이 델코. 넌 입이 열 개가 아니라 백 개라도 할 말이 없는 처지야."

"내가 뭘 그렇게 잘못했다고……."

날 선 눈초리가 날아오자 듀이는 말을 끝맺지 못하고 입술만 삐죽였다. 억울한 마음이 새록새록 들었지만 큰소리치며 따질 만큼 넉살이 좋지 못했다. 원인이 어디에 있든 이런 결과를 초래한 건 그 자신이었으니 말이다.

듀이는 칼루스에 있는 사냥꾼 막사에서 자신을 비롯한 카시아스와 셰이를 다른 곳으로 옮기는 일에 성공했다. 지금 생각해 봐도 정말 그런 기적 같은 일을 해낸 것인지 도통 믿어지지 않았다. 꿈을 꾼 듯 얼떨떨하기만 했다. 사실 적당한 장소로만 이동했다면 듀이는 지금처럼 풀이 죽기는커녕 환호성을 지르며 펄쩍펄쩍 뛰어다니고 있을 것이다.

고르고 골라 하필이면 강 위로 떨어질 게 뭐람?

그들은 공간 이동에 성공했다는 사실을 깨닫기도 전에 차디찬 강물 속으로 처박히고 말았다. 그 결과 듀이는 구역질이 날 정도로 물을 들이켜야 했고, 지금은 코를 훌쩍이는 형편에 처하고 말았다. 그래도 셰이가 겪은 일에 비하면 그 정도쯤은 웃으며 넘길 수 있는 수준이었다. 셰이는 헤엄을 못 치는 데다가 설상가상 깊이 팬 바닥으로 인해 만들어진 소용돌이 한가운데에 빠지고 말았다. 머리 꼭대기까지 잠긴 채 강바닥으로 빨려 들어가는 그녀를 카시아스가 때맞춰 구해냈으니 망정이지, 하마터면 목숨까지 잃을 뻔했던 아찔한 사건이었다.

셰이한테 나쁜 일이 생겼다면, 난 영원히 내 자신을 용서하지 못했을 거야.

뺨을 발그스레하게 물들이고 모닥불을 쬐고 있는 셰이를 바라보며 듀이는 새삼 가슴을 쓸어내렸다.

"이제 먹어도 될 것 같은데?"

카시아스는 탄 부위를 대충 털어낸 뒤, 먹기 편하도록 나뭇가지에 꿴 물고기를 셰이에게 내밀었다.

"으음… 맛있겠다!"

셰이는 눈을 반짝이며 물고기를 받아 들었다. 낚시하러 나온 어떤 노인을 운 좋게 만난 덕분에 손에 넣게 된 물고기였다. 그

리 크지 않은 물고기 여섯 마리를 300페어라는 적지 않은 금액
에―500페어 달라는 노인과 끈덕지게 흥정을 벌인 카시아스의 공이었
다―구입하긴 했으나 그마저도 구하지 못했다면 배를 쫄쫄 곯고
있을 터였다. 물고기가 떼를 지어 몰려다니는 강이 바로 코앞에
있었지만, 세 사람 중 어느 누구에게도 그걸 잡을 만한 능력은
없었으니 말이다.

세이 다음으로 물고기를 건네받은 듀이가 눈을 뾰족하게 치켜
떴다. 그의 손에 들린 물고기는 한입 베어 물면 없을 정도로 작았
을 뿐 아니라, 그마저도 새까맣게 탄 상태였다.

"난 왜 이런 걸 주는 거야?"

"곯지 않는 것만도 다행으로 생각해."

"말도 안 돼! 불공평해!"

듀이는 당장 반발했다.

"불공평한 쪽은 네가 아니라 세이하고 나야. 그중에서도 특히
나."

목소리는 처음부터 끝까지 차분했으나 듀이에게 꽂힌 눈빛은
서릿발같이 매서웠다. 그는 기습적으로 당한 입맞춤 사건의 여파
에서 벗어나지 못하고 있었다. 카시아스 말대로 입이 열 개가 아
니라 백 개라도 그럴듯한 변명을 내놓을 수 없는 듀이는 금세 풀
이 죽고 말았다.

"하지만… 나도 조금은 불공평하다, 뭐."

"먹기 싫어? 먹기 싫으면 이리 내놔."

"아니, 누가 먹기 싫대? 그냥 말이 그렇다는 거지."

듀이는 얼른 꼬리를 내렸다.

치사한 놈! 어쩌다가 잘못해서 입술 한번 부딪친 것뿐인데, 그걸 꼬투리 잡아 갖은 유세를 다 떠네!

생각이 많은 카시아스와 달리 복잡한 걸 싫어하는 듀이는 입맞춤 사건을 실수라고 간단히 넘겨 버렸다. 제대로 기억나는 거라곤, 머리가 터질 것 같던 분노와 지독한 두통뿐인 그의 입장에선 실수라는 단어만큼 딱 들어맞는 표현도 없었다.

실수든 아니든 무사히 여기까지 왔는데⋯ 오히려 칭찬받아야 할 일 아닌가?

듀이는 퉁명스레 심술만 부려대는 카시아스를 이해할 수 없었다.

세 사람이 하룻밤 머물기로 한 장소는 오랜 세월을 거치며 자연적으로 생성된 동굴로, 스콜라 산 언저리에 있었다. 처음엔 도착한 곳이 어디인지를 몰라 당황했으나 일단 지명을 알게 되자―물고기를 판 노인 덕분이었다―자연스레 방향을 잡을 수 있게 되었다. 스콜라는 알바그로 산맥의 끄트머리에 있는 산인데, 세 사람이 향하고 있는 에트디그니스에서 도보로 사흘 정도 걸리는, 그리 멀지 않은 곳에 위치해 있었다.

그들이 헤이론 국으로 가기 위해서 반드시 거쳐야 하는 에트디그니스는 버틀랜드에서 첫손가락에 꼽히는 항구 도시이다. 또한 바르샤르 왕국의 뷰렌 시장에서 이샤무딘이 헤어지며 셰이에게 찾아오라고 한 곳이기도 했다. 얼떨결에 성공한 공간 이동이 세 사람을 에트디그니스와 비교적 가까운 스콜라 산으로 옮겨놓은 건 다행스러운 일이 아닐 수 없었다. 물론 이건 듀이의 견해일 뿐, 카시아스는 도착 직후부터 지금까지 내내 못마땅한 얼굴로 인상을 쓰고 있었다.

흥미진진하게 두 사람을 지켜보던 셰이는 슬쩍 웃음을 흘렸다. 첫 만남이 있은 후 얼마 지나진 않았으나, 그녀는 카시아스와 듀이에 대해 꽤 많은 걸 알게 되었다. 셰이의 판단과 느낌에 따르면, 카시아스는 그 누구보다 의지가 강하고 인내심이 많은 사람이었다. 이 정도의 불편을 못 참고 원망 섞인 불평을 늘어놓을 만큼 약하지도 않았고, 엄살을 부릴 성격도 아니었다. 셰이의 눈에 카시아스의 태도는 거북하고 쑥스러운 마음을 감추기 위해 애써 꾸며낸 연기쯤으로 비쳐졌다.

"헤이론 국까지 얼마나 걸릴까? 에트디그니스에서 배를 타면 말이야."

셰이는 궁금하던 질문을 꺼냈다. 입 안에 있는 가시를 뱉어낸 후 카시아스가 말을 받았다.

"어떤 배를 타느냐에 따라 달라지겠지. 으음… 대충 잡아 이레에서… 길면 보름쯤일 것 같은데?"

"그렇게 오래 걸려?"

듀이의 얼굴엔 실망감이 역력했다. 참으려 해도 자꾸만 마음이 조급해졌다. 하루 빨리 마드라의 열쇠를 찾아 온전한 자신의 몸으로 돌아가고 싶었다.

"요샌 날씨 변화가 워낙 많은 시기라 적당한 배를 구하지 못할 수도 있어. 예상보다 훨씬 더 늦어질 가능성도 있다는 걸 염두에 두어야 해."

카시아스가 더욱 비관적인 의견을 내놨다. 듀이는 충동적으로 불쑥 입을 열었다.

"다시 한 번 시도해 볼까? 그 공간 이동이란 거 말이야. 운 좋으면 여기서 곧장 헤이론 국까지 날아갈 수도 있잖아."

"꿈도 꾸지 마."

카시아스는 거론할 가치도 없다는 투로 딱 잘라 말했다.

"그러지 말고 한번 생각해 봐. 뭐, 어려울 것도 없잖아. 그냥 아까처럼만 하면 되는 거 아냐?"

카시아스의 응수는 단호하면서도 한편으론 매우 단순했다.

"죽을래?"

도끼눈을 뜨고 카시아스를 노려보긴 했으나 셰이가 보기에도 듀이의 기세는 이미 완전히 꺾여 있었다. 셰이는 기운 내라는 뜻으로 듀이의 어깨를 토닥였다. 티격태격하는 두 사람을 구경하는 것이 재미있기도 했으나 풀이 죽은 듀이를 보니 그녀의 기분도 자연스레 가라앉았다.

세 사람은 주위를 정리한 뒤 잠자리를 마련했다. 잠자리라고 해봤자 대충 뜯어다 깐 덤불 위에 모포를 펴놓은 것이 전부였으나 모닥불에 비친 모습이 제법 아늑해 보였다. 많이 피곤했는지 얼마 되지 않아 카시아스의 코 고는 소리가 나직하게 흘러나왔다.

"지겨운 놈… 시끄럽게 코까지 고네. 콧잔등을 냅다 갈겨줄까 보다!"

듀이가 카시아스를 향해 주먹을 흔들어댔다. 셰이는 미소 지었다.

"난 언젠가 지금 이 순간을 그리워하게 될 거라는 생각이 들어. 나무 타는 매콤한 냄새와 희미한 생선 비린내, 벽에 아른거리는 그림자, 네가 투덜거리는 소리, 또 카시아스의 코 고는 소리, 심지어는 끈질기게 녹지 않는 내 차가운 발까지… 이 모든 것들이 그리워질 때가 올 것만 같아……. 듀이, 잠들었어?"

"으, 응? 뭐, 뭐라고?"

"아니야, 아무것도. 그냥… 잘 자라고."

"너도 잘 자… 셰이……."

듀이가 잠꼬대처럼 웅얼거렸다.

나도 어서 자야 돼. 내일은 하루 종일 걸어야 할 거야.

새벽에 일찌감치 출발하기로 얘기가 되어 있었다. 셰이는 눈을 감고 잠을 청했다. 풀벌레의 울음소리가 어렴풋이 들려왔다. 수풀 사이를 지나는 스산한 바람 소리도 전해졌다. 깊어지는 밤기운을 쫓아 나뭇가지가 타닥타닥 타 들어갔다.

그러나 잠은 오지 않았다. 낮에 몸을 말리며 잠시 토막 잠을 잔 것이 원인인 듯했다. 셰이는 일어나 동굴 밖으로 나갔다. 차가운 밤 공기에 소름이 돋았다. 동굴에서 조금 떨어진 곳에 이르자 그녀는 몸을 빙 돌려가며 사방을 둘러봤다.

"나와. 여기 있는 거 알고 있어. 어서 나와."

셰이는 조용히 말했다. 잠자코 기다려 보았으나 이샤는 나타나지 않았다.

"어울리지 않게 왜 숨어 있는 거야? 겁쟁이처럼 굴지 말고, 어서 모습을 보이란 말이야!"

정적이 흘렀다.

"정말 끝까지 이럴 거야?"

셰이는 주먹을 움켜쥐고 어둠 속 허공을 노려봤다.

“저… 여기 있습니다.”

난데없이 발밑에서 낯선 음성이 들렸다. 소스라치게 놀란 셰이는 펄쩍 뛰어 뒤로 물러났다.

“뭐, 뭐야?”

심장이 거세게 쿵쾅거렸다.

“놀라게 할 생각은 없었는데… 죄송합니다.”

셰이는 허리를 굽히고 바닥을 유심히 살폈다.

“거기가 아니라 조금 옆입니다.”

목소리를 따라 눈길을 옮겼지만 보이는 건 잡초와 돌멩이뿐이었다. 셰이는 몹시 꺼림칙한 얼굴로 잡초를 가리켰다.

“혹시 이건가요?”

“아니요.”

별안간 안개가 불룩하게 솟아오르더니 커다란 입술 모양으로 변했다. 눈을 감았다가 뜨자 어느새 빛깔까지 붉게 물들어 있었다.

“정말… 개성있게 생기셨네요.”

셰이는 모습을 감출 만하다고 생각하며 자꾸만 뒷걸음질치려 하는 다리에 힘을 가했다.

“감사합니다.”

말소리에 맞춰 입술이 자연스럽게 열렸다가 다시 닫혔다. 기괴하면서도 흉측한 광경이 아닐 수 없었다.

“지금까지 날 따라다닌 사람… 아니, 입술이……. 어쨌든 그쪽이 날 따라다닌 건가요?”

“그렇습니다. 그리고 저를 부를 땐 그냥 나탄이라고 하시면 됩니다.”

　나탄은 정중히 이름을 밝혔으나, 세이에게 명칭 같은 건 관심 대상이 아니었다.

　“언제부터 날 따라다닌 건가요? 이유는 또 뭐고요? 아니, 그것보다 대체 정체가 뭐기에……. 혹시 날 도와준 존재가 당신인가요? 듀이를 업고 사냥꾼 막사로 갈 때, 그리고 언덕에서 넘어지려 했을 때, 당신이 날 도와줬나요?”

　“네, 제가 했습니다. 그리고 전 나탄입니다.”

　기대가 와르르 무너지자 이루 말할 수 없는 실망과 상실감이 밀려왔다. 여태껏 이샤일 리 없다고 스스로를 타이르면서도 세이는 혹시 모른다는 생각을 은연중에 품고 있었다.

　아닐 줄 알았어. 이샤가 그런 일을 했다고 생각한 내가 바보였어.

　기운이 전부 빠져나간 듯 어깨를 축 늘어뜨리고 있는 세이의 모습이 나탄에겐 안쓰럽게만 보였다. 그는 이 빨간머리소녀를 위로하려면 어떻게 해야 하는지 고민에 빠졌다.

　주인님께 연락을 취해보면 어떨까?

　머리를 쥐어짜던 나탄이 한 가지 방법을 겨우 생각해 냈을 때, 세이가 고개를 들었다.

　“날 도운 이유가 뭔가요?”

　“그건… 모르겠습니다.”

　“당신은 이샤무딘의 친구인가요?”

　“치, 친구라고요? 아닙니다! 절대 아닙니다! 하늘과 바다가 뒤집히고 암흑의 세력이 천지를 뒤덮고, 모든 생명체가 사라지고,

전 세계가 멸망한다 해도 결코 있을 수 없는 일입니다! 친구라니!
감히 입에 담을 수도, 상상할 수도 없는 죄악입니다!"

무서울 정도로 쩍 벌어진 입술이 격렬히 요동을 쳐댔다. 이샤
무딘의 악명을 고려하면 당연한 반응이라 생각하면서도 입술에
게 꽂힌 셰이의 시선은 곱지 않았다.

이샤의 성격이 좀… 아니, 많이 나쁜 건 사실이지만, 저렇게까
지 기겁해서 펄펄 뛸 필요는 없잖아. 괴상한 입술과 친구가 되고
싶어하는 사람도 그리 많진 않을 것 같은데 말이야.

"계속 날 따라다닐 생각인가요?"

셰이의 말투는 조금 쌀쌀맞게 변해 있었다.

"잘 모르겠습니다."

"앞으론 그러지 않았으면 좋겠군요."

이샤라 여기고 있을 때는 생각지 못했는데…….

그가 아닌 다른 존재가 내내 자신을 쫓아다니며 감시(?)하고 있
었음을 알게 되자 기분이 그리 좋지 않았다. 셰이는 나탄을 짧게
일별한 후 동굴을 향해 서너 걸음 옮기다 주저하며 뒤를 돌아봤
다.

"혹시… 이샤무딘이 지금 어디 있는지 알아요?"

"네."

"어딘데요?"

셰이는 한걸음에 나탄 앞으로 되돌아왔다.

"바인게르트에 계십니다."

바인게르트?

처음 듣는 이름이었다.

내가 모르는 도시의 지명인가?

"바인게르트는 어떻게 가야 하나요? 여기 버틀랜드 국에 있나요?"

"아니요, 바인게르트는……."

말끝을 흐리던 나탄은 바인게르트 성을 그대로 가져다가 작게 본뜬 모형으로 자신을 변신시켰다.

"이게 바로 바인게르트입니다."

셰이에게 바인게르트는 성이 아닌 광대한 산맥처럼 비쳤다. 산봉우리같이 솟은 십여 개의 탑들과 주인을 보위하듯 위용을 과시하며 끝없이 내리뻗은 사성탑, 그 사이로 육중하게 자리 잡은 거대한 성채. 실제가 아닌 모형에 불과했지만 그래서인지 성의 특징이 더욱 자세하고 강렬하게 눈을 사로잡았다. 옅은 푸른빛과 거무스름한 그림자가 드리워진 바인게르트는 우아하다거나 아름답다는 말보다는 독특하고 기가 질릴 만큼 웅장하다는 표현이 더 어울리는 성이었다.

"쉽게 갈 수 없는 곳에 있겠군요."

셰이의 얼굴은 어두웠고 목소리에도 힘이 빠져 있었다. 다른 건 몰라도 이런 성이 존재하는 나라는 세상 어디에도 없다는 것쯤은 알고 있었다.

"네, 바인게르트는 지상에 있지 않습니다. 천계도 마계도 아닌……. 바인게르트에 직접 가보시겠습니까?"

셰이는 뜻밖의 말에 놀라 눈을 동그랗게 떴다.

"그래도 되나요?"

나탄은 대답을 망설였다. 경솔하게 꺼낼 말이 아니었다는 후회가 뒤늦게 들었다. 그 자신은 몰라도 인간 소녀에겐 극히 위험천만한 일이었다. 최악의 경우 차원의 경계를 넘다가 흔적도 없이 타버릴 수도 있었다.

"죄송한 말씀이지만 가지 않으시는 게 좋겠습니다."

"그 말은 갈 수 있긴 하다는 얘기군요. 바인게르트에 가고 싶어요. 아니, 바인게르트로 가겠어요."

셰이는 단호하게 말했다.

"위험한 길입니다."

"상관없어요."

"어쩌면 목숨을 잃게 될지도 모르고요."

죽을 수도 있다는 소릴 듣자 셰이는 선뜻 말이 나오지 않았다.

이샤를 만나기 위해 목숨까지 걸어야 한다? 그렇게까지 해서 꼭 그를 만나야 하는 건가?

"다시는 널 보고 싶지 않아."

이샤를 향해 내뱉던 자신의 거친 목소리가 메아리처럼 되돌아왔다.

넌 그때 일을 후회하고 있어.

셰이는 마음속에서 들려오는 속삭임을 부인하지도 인정하지도 않았다.

후회하는지 아닌지는 모르겠어. 난 다만… 이샤가 보고 싶을 뿐이야.

"난 그렇게 쉽게 죽을 운명이 아니에요. 바인게르트로 가겠어요."

셰이는 뭘 어떻게 하면 되느냐는 물음을 담아 나탄을 바라봤다. 그녀가 포기하지 않기를 은근히 바라고 있던 나탄은 지체없이 준비에 들어갔다. 우선 나탄은 거대한 거미로 변해 셰이의 몸에 거미줄을 친친 감아댔다. 흉측하기 짝이 없는 거미의 모습도 오싹한 마당에, 끈적끈적한 거미줄이 빙글빙글 돌아가며 전신을 압박하기까지 하자 셰이는 덜컥 겁이 났다.

"저, 저기요… 꼭 이렇게까지 해야 하나요?"

"안전하게 모시고 가기 위한 방편입니다. 그리고 제 이름은 나탄입니다."

이윽고 셰이는 발하고 얼굴만 밖으로 삐죽 나온 고치 모양으로 변했다. 숨 쉬기도 불편할 만큼 답답했으나 좋은 점이 아예 없지는 않았다. 거미줄이 어찌나 따뜻한지 으슬으슬 떨리던 몸이 순식간에 훈훈해졌다.

그런데 설마 이런 꼴로 이샤무딘 앞에 나타나게 되는 건 아니겠지?

그 광경을 상상하는 것만으로도 진저리가 쳐지며 이마에 식은땀이 맺혔다.

"나탄! 이건 언제 풀 수 있는 거죠?"

셰이는 허둥지둥 질문을 던졌다. 드디어 그녀가 자신을 이름으로 불러주자 나탄은 기분이 좋아졌다.

"위험에서 벗어나기만 하면 언제든 원하실 때 없애 드리겠습니다."

"바인게르트 성에 도착하기 전에 꼭 풀어주세요. 잊으면 안 돼요."

"알겠습니다."

나탄은 안개로 변신해 셰이의 몸을 둘러쌌다.

"미리 알고 있어야 할 주의사항 같은 건 없나요?"

"눈을 꼭 감고 계십시오."

말이 끝나는 순간 몸이 붕 떠오르는 듯한 느낌이 전해졌다. 셰이는 얼른 눈을 감았다. 날카로운 휘파람 소리 같은 것이 희미하게 들려왔다. 세찬 바람이 얼굴에 확 끼얹어지더니 감은 눈꺼풀 위로 불그스름한 기운이 나타났다. 붉은색이 삽시간에 짙어졌다. 눈앞이 온통 핏빛으로 물들었을 때, 나탄이 괴성에 가까운 어떤 말을 소리쳤다. 셰이는 본능적으로 무언가가 잘못되었음을 알아차렸다. 목숨을 잃게 될지도 모른다는 나탄의 경고가 뇌리를 스쳤다.

난 죽지 않아! 내가 죽으면 이샤는 자유를 찾았다고 만세를 부를 거야! 그 악질이 좋아하는 꼴만은 절대 못 봐!

태풍에라도 휩쓸린 듯 몸이 격렬히 요동쳤다. 치잉, 하는 날카로운 금속성이 귀를 파고들었다. 나탄이 짧은 비명을 터뜨렸다.

무슨 일이 있어도 살아서 이샤를 만날 거야!

셰이는 이를 악물었다. 나탄이 보여줬던 바인게르트 성이 머릿속에 또렷이 되살아났다. 그 순간 어딘가를 향해 빨려 들어가는 것 같은 어마어마한 속도감이 들이닥쳤다.

셰이가 눈을 감았다. 모습을 감춘 상태로 동굴 뒤편에 서 있던 벨페스트는 그녀가 잠들기를 기다렸다. 그는 칼루스에 있는 사냥꾼 막사에서부터 그녀를 쫓아왔다. 그 과정에서 인간이 아닌 어떤 존재가 셰이 곁에 머물러 있다는 사실도 알게 되었다.

초조한 시간을 힘겹게 흘려보낸 뒤 벨페스트는 조심스레 셰이에게 다가갔다. 불꽃의 그림자가 부드럽게 너울거리는 얼굴이 무척이나 평온해 보였다. 그는 잠시 주저하다 그녀의 뺨으로 손을 가져갔다. 손끝이 살갗에 닿으려는 순간 셰이의 눈꺼풀이 활짝 열렸다. 흠칫한 벨페스트는 구석진 어둠 속으로 황급히 몸을 숨겼다.

들킨 거야! 들킨 게 틀림없어!

가슴 밑바닥까지 덜컥 내려앉았던 심장이 정신없이 쿵쾅거리기 시작했다. 잠자리에서 일어난 셰이가 조용히 동굴을 나섰다. 그의 존재를 눈치 챈 것 같지는 않았다. 벨페스트는 놀란 가슴이 조금 진정되자 밖으로 이동했다. 등을 돌리고 서 있는 셰이가 보였다. 가까이 다가가려 했을 때 셰이 앞에 커다란 입술이 나타났다. 벨페스트는 경계하며 움직임을 멈췄다. 그녀를 따라다니는 존재가 범상치 않은 능력을 지녔음은 이미 알고 있었다. 자칫 일각이라도 방심했다간 들킬 위험이 있었다. 그 존재의 정체가 무엇인지, 둘 사이에 어떤 말들이 오가는지 벨페스트는 궁금해 애가 탈 지경이었다.

하지만 그를 가장 못 견디게 만든 건 셰이엔이라는 호박빛 눈동자의 소녀였다. 듀이 델코의 집에서 마주친 이후 그는 자신이 셰이에 대해 아는 것이 전혀 없다는 사실을 깨닫게 되었다. 그녀

가 누구며 듀이 델코와는 어떤 사이인지, 이번 일에 끼어든 이유
는 무엇인지… 모든 게 의혹투성이였다.

혹시 말루프에서 내 정체를 알고 일부러 접근한 건 아닐까?

벨페스트는 격렬히 머리를 흔들었다.

아니야! 그럴 리 없어! 세이가 나한테 그런 짓을 했을 리 없
어!

“많이 아파?”

걱정스레 그를 바라보던 호박빛 눈동자가 생각났다. 벨페스트
는 세이가 한 땀 한 땀 정성들여 꿰매주었던 옆구리에 손을 얹었
다. 흥분이 빠르게 가라앉았다. 잠깐이나마 그녀를 의심했던 자
신이 부끄러워졌다.

세이의 억양이 갑자기 달라진 것 같은 느낌이 전해졌다. 벨페
스트는 재빨리 그녀에게 주의를 되돌렸다. 거미줄에 감겨 있는
세이가 눈에 들어왔다. 공포에 휩싸인 그는 무작정 앞으로 달려
나갔다. 들킬지 모른다는 걱정은 까맣게 잊혀졌다. 그녀가 위험
에 빠졌다는 두려움이 머리를 마비시켰다. 그가 세이를 향해 허
겁지겁 팔을 뻗었을 때였다. 안개가 짙어지더니 돌연 그녀의 모
습이 없어져 버렸다.

“세이!”

벨페스트는 목이 터져라 소리쳤다. 다급히 따라가려 했으나 그
녀의 흔적은 완전히 사라진 후였다. 벨페스트는 입술을 물어뜯었
다. 하지만 그것으로는 분노를 잠재울 수 없었다. 걷잡을 수 없이

살기가 치밀어 올랐다. 그는 부들부들 떨며 천천히 몸을 돌렸다. 핏빛으로 물든 눈동자 속으로 흐릿한 동굴의 불빛이 비쳐 들었다.

Chapter 14
두 개의 얼굴

쿵! 요란한 충격음을 발하며 셰이는 딱딱한 대리석 바닥으로 떨어졌다. 탄력있는 거미줄 고치가 대부분의 충격을 흡수해 주었으나 워낙 급박하고 아찔한 추락이었던지라 일순 정신까지 멍해지고 말았다. 신음 소릴 내며 한동안 죽은 듯 엎드려 있던 셰이는 팔다리가 그대로 붙어 있는지 확인해야겠다고 생각하며 몸을 일으키려 했다. 그때서야 그녀는 자신이 심각한 곤경에 처했다는 사실을 깨닫게 되었다. 간단히 말해 그녀는 일어서기는커녕 제대로 몸을 움직일 수도 없었다. 어떻게든 거미줄을 풀어볼 요량으로 끙끙대며 안간힘을 써봤지만 아무 소용 없었다. 애벌레처럼 꿈틀거리는 것이 고작이었다.

"나탄, 이것 좀 풀어줘요."

하는 수 없이 셰이는 나탄에게 도움을 청했다. 그러나 나탄은 대답을 하지도, 모습을 보이지도 않았다. 셰이는 능력이 닿는 한도 내에서 요리조리 고개를 움직여 가며 주위를 살펴보았다. 가장 먼저 눈에 띈 건 한쪽 벽면을 온통 차지해 버린 창문이었다. 이 기가 질릴 만큼 거대한 창문은 너무 높아 온전히 보이지도 않는 아치형 천장과 맞닿아 있었다. 창문 밖으로 보이는 광경은 더더욱 놀라웠다. 까마득하게 먼 지평선 즈음에 눈 덮인 산맥이 가느다랗게 자리 잡았고, 그 사이로 연보랏빛 하늘과 티 한 점 없는 새하얀 설원이 시야 가득 펼쳐져 있었다. 황량하고 쓸쓸하지만 왠지 모르게 신비한 아름다움이 풍겨 나오는 곳이었다. 그러나 어디를 봐도 이 세상 것이 아닌 듯한 풍경만 눈에 들어오자 셰이는 은근히 불안해졌다.

"나탄, 여기 없어요?"

그녀는 목청을 높였다. 신경을 곤두세우고 귀를 기울여 봤지만, 들리는 건 없었다. 정신없이 추락하는 과정에서 그만 나탄과 떨어지게 된 것이 분명했다. 이제 셰이는 어디인지도 모르는 곳에서 죽음을 걱정해야 하는 처지가 되고 말았다. 사태의 심각성을 깨닫자 뒷골이 쭈뼛거렸다.

"나탄! 내 목소리 들리면 대답 좀 해줘요! 나탄! 나탄! 어디 있어요? 대답해요, 나탄! 제발 대답 좀 해줘요!"

셰이는 애타게 소리쳤다. 별안간 어떤 소리가 귓전을 스쳤다. 톡, 톡, 톡, 무언가를 가볍게 두드리는 듯한 소리였다.

"나탄! 거기 있었군요!"

이제 살았다는 안도감에 기쁨이 몰려왔다. 셰이는 환하게 웃으며 소리가 들려오는 뒤쪽으로 부지런히 몸을 굴렸다.

“창조신, 아스트라한이시여! 감사합니다!”

감사의 기도를 막 끝낸 순간, 금빛 눈동자가 그녀의 시선을 잡아챘다. 셰이는 그 자리에서 얼어붙어 버리고 말았다.

이샤! 이샤무딘이야!

저만치 팔걸이 의자에 깊숙이 몸을 묻고 있는 사람은 틀림없는 이샤무딘이었다.

하필이면… 하필이면 이런 모습일 때, 만나게 되다니…….

불이라도 붙은 듯 얼굴이 화끈거리며 저절로 울상이 만들어졌다. 어찌나 창피하고 부끄러운지 고치 속으로 파고들어 가 영영 나오고 싶지 않은 심정이었다.

“오… 랜만이야.”

셰이는 차분한 목소리를 내기 위해 혼신의 노력을 기울였다. 동의한다는 듯 이샤무딘이 거만한 동작으로 고개를 한번 까닥였다.

“그동안 잘 지냈어?”

“그래.”

그녀의 인사말에 맞춰 잘 지냈느냐는 의례적인 물음이라도 나오길 기다렸으나 이샤무딘의 입술은 더 이상 움직이지 않았다.

대체 왜 저렇게 뻣뻣한 거야? 쇠막대기도 너보단 부드럽겠다!

셰이는 불만스레 눈을 흘기다 시선이 마주치자 재빨리 고개를 돌렸다. 이상하게도 전처럼 이샤무딘을 편하게 대할 수가 없었다.

하긴, 이런 꼴을 한 채 편안함을 느낀다면, 제정신이 아니라는 말이 성립되겠지.

“여긴 왜 왔어?”

웬일인지 이샤무딘이 먼저 말을 꺼냈다.

“볼일이 있어서.”

셰이는 망설이다 다시 입을 열었다.

“먼저 이것부터 좀 풀어줘.”

“싫어.”

기다렸다는 듯 대답이 나왔다. 이토록 단칼에 거절당하리라고는 생각지 못했던 셰이는 조심스러워졌다.

“왜……? 왜 싫은데?”

“널 보는 게 재미있거든.”

말과는 달리 그의 얼굴은 지극히 무표정했다. 괜한 심술을 부리고 있는 것이란 확신이 서자 셰이는 눈을 부릅뜨고 그를 노려봤다. 그녀는 알지 못했으나 이샤무딘을 만난 순간부터 호박빛 눈동자엔 생기가 가득했다.

“이 악질 흑마법사! 빨리 풀지 못해?”

별안간 이샤무딘이 의자에서 일어나 똑바로 걸어왔다. 그리고는 그녀에게서 세 걸음 정도 떨어진 곳에 다리를 벌리고 섰다.

“내 발밑까지 기어와 울면서 애원해 봐. 그럼 풀어주겠어.”

셰이는 입술만 벙긋댔다. 너무나 기가 막힌 나머지 말도 나오지 않았다.

“바, 발밑까지 기어와 애원하라고? 그것도 울면서?”

말이 터지자 곧이어 성질이 불끈 치솟았다.

“좋아, 발밑까지 기어가지! 가서 다리몽둥이를 부러뜨려 버리고 말겠어!”

셰이는 투지를 불태우며 앞으로 나아갔다. 두 발을 손가락 마디만큼 올린 다음, 발끝과 턱을 이용해 몸을 끌어당겼다. 그야말로 중노동이 따로 없었다. 한 걸음 나아가기도 전에 호흡이 거칠어지며 이마에 송골송골 땀이 맺혔다. 우아함과는 거리가 한참 먼 모습이었으나 노력 하나는 칭찬받기에 충분했다.

정체불명의 이상한 소리를 들은 건, 그녀가 코끝을 간질이는 머리카락을 후~ 불어 떼어냈을 때였다. 얼얼해진 턱을 치켜들자 몸을 비스듬히 튼 채 고개를 약간 숙이고 있는 이샤무딘이 보였다. 셰이는 얼굴을 찌푸렸다. 처음엔 그가 왜 저러고 있는 건지, 짐작이 가지 않았다. 미세하게 떨리는 어깨가 눈에 잡히고 나서야 그가 웃고 있다는 사실을 깨달을 수 있었다. 순간 셰이는 머리를 호되게 얻어맞은 사람처럼 멍해지고 말았다.

"지금… 웃고 있는 거야?"

"아니."

냉랭하게 응수하며 이샤무딘이 그녀를 바라봤다. 얼굴엔 감정이 조금도 묻어 있지 않았으나 금빛 눈동자 속엔 선명한 웃음기가 배어 있었다. 셰이는 뚫어질 듯 그의 눈을 들여다봤다. 홀리기라도 한 것 같은 느낌이었다.

"계속 거기 그러고 있을 거야?"

이샤무딘의 목소리에 셰이는 퍼뜩 정신을 차렸다. 믿어지지 않게도 몸을 압박하던 거미줄이 사라지고 없었다. 셰이는 부스스 몸을 일으켰다.

"앉을래?"

이샤무딘이 물었다. 고개를 끄덕이자마자 안락의자가 나타났다. 셰이는 조금 얼떨떨한 상태로 의자에 앉았다.

"어… 여기가 바인게르트 성이야?"

괜스레 쑥스러워진 그녀는 생각나는 대로 질문을 꺼냈다.

"그래."

셰이는 어색한 헛기침으로 잠시 이어지던 침묵을 깼다.

"나 말이야… 이샤가 없는 동안에 내 황금열쇠를 만났어. 듀이 델코… 내가 전에 말한 적 있나? 이름이 듀이 델코라고……. 듀이를 만났을 때의 느낌은… 뭐라고 말해야 할지 잘 모르겠어. 으음… 정확한 표현은 아니지만 떨어져 나간 줄도 몰랐던 내 안의 조각을 찾은 것 같은… 그런 느낌이었어. 어떻게 생전 처음 보는 사람한테서 그런 느낌을 받을 수 있는 건지… 지금 생각해도 잘 믿어지지가 않아."

셰이는 다리를 앞으로 뻗었다가 탁 소리를 내며 바닥에 내렸다.

"듀이와 나, 그리고 카시아스는 마드라의 열쇠를 찾기로 했어. 그걸 찾아야 듀이의 문제를 해결할 수 있대. 그런데 쉽게 찾아질 것 같지는 않아. 마드라의 열쇠는 당연히 헤이론 국에 있으리라는 추측 하나만 가지고 지금 헤이론으로 가고 있는 중이거든. 내가 이런 말을 하는 이유는……."

셰이는 살며시 이샤무딘을 곁눈질했다. 그의 시선은 그녀가 아닌 창문 밖 세상에 머물러 있었다.

"함께 가자고 얘기하고 싶어서야."

애써 담담하게 말하려 했으나 채 지우지 못한 긴장이 묻어 나왔다. 이샤무딘이 천천히 고개를 돌렸다. 시선이 맞닿자 셰이는 어색한 미소를 지었다.

"지난번처럼 억지로 끌어들이긴 싫어. 같이 갈 생각이 있으면 에그니스로 와."

셰이는 짐짓 씩씩하게 다리를 세웠다.

"볼일 다 끝났으니까 이만 돌아가야겠어. 아침 일찍 출발하기로 했거든."

저 멀리 떨어진 문을 향해 성큼성큼 걸어가던 셰이는 반도 못 가 발길을 되돌려야 했다. 그녀는 이곳이 어딘지도, 어떻게 돌아가야 하는지도 모르는 처지였다.

"혹시 나탄 어디 있는지 알아?"

"나탄은 없어."

"여기 없다는 건 나도 알아, 나한테도 버젓한 눈이 있으니까."

셰이는 눈을 크게 뜨고 보란 듯이 이샤무딘 앞으로 고개를 내밀었다.

"내 말은 어디 있는지 알면 좀 불러달라는 뜻이었어."

"말한 대로야, 나탄은 없어. 널 데리고 차원의 경계를 넘으려 하다가 소멸됐어."

셰이는 멍하니 입술을 벌렸다.

"주, 죽었다고? 나탄이 죽었다는 거야?"

"아니, 소멸됐다니까."

"그러니까 죽었다는 말이잖아! 나 때문에!"

충격을 그대로 드러내며 셰이의 낯빛이 하얗게 질려갔다.

"죽음과 소멸은 달라."

"어떻게 다른데?"

“죽음은 육체에 깃들었던 생명력이 고갈되는 걸 뜻해. 육체는 물론 그 영혼까지 사라지는 것이 소멸이고.”

“그렇다면 죽음보다 더 나쁜 게 소멸이잖아.”

셰이의 고개가 저절로 꺾였다. 무거운 죄책감이 어깨를 짓눌러 댔다.

“난 나탄이 그렇게 될 줄은 몰랐어… 위험하다는 얘긴 들었지만 나한테만 해당되는 말인 줄 알았어. 나탄까지 위험할 수 있다는 걸 진작 알았더라면…….”

“바인게르트에 오지 않았을 거라는 소리야?”

“잘 모르겠어. 하지만 그처럼 쉽게 결정을 내리진 못했을 것 같아. 많이 망설이고, 많이 고민했을 거야.”

셰이는 가만히 이샤무딘을 바라보다 느릿느릿 고개를 가로저었다.

“아니, 그렇더라도 결과는 같았을 거야. 나뿐 아니라 나탄까지 위험하다는 걸 알았어도, 그걸 무릅쓰고 이곳으로 오는 쪽을 택했을 테니까. 난 그냥… 죄책감이라도 줄이고 싶었나 봐. 마음의 짐을 덜고 싶은 생각에 그런 말을 한 건가 봐…….”

셰이의 음성이 더욱 낮게 가라앉았다.

“난 언제나 나만 생각해. 모든 걸 내 관점에서만 판단하고 결정해 버려. 그리고는 그게 다인 줄 알아. 오직 그것 하나만 바라봐. 다른 쪽도 있다는 건 아예 생각하려 들지도 않아. 다른 사람이 다치거나 말거나 그냥 내 임의대로 결정하고 밀어붙여 버려……. 정말 이기적이지? 내가 생각해도 이기적인 애야, 나는……. 구제 불능일 정도로…….”

"살아 있는 것들은 전부 이기적이야. 작은 벌레부터 창조신 아스트라한에 이르기까지 별다를 것 없어. 특히 인간들이란 죄다 자신들이 세상의 중심이라도 된 줄 알고 날뛰어대지. 너도 그 한심한 족속 중 하나이니 이기적인 게 당연해. 네가 벌레부터 아스트라한까지의 범위를 초월한다고 생각진 않겠지?"

이샤무딘이 슬쩍 미간을 좁혔다.

"어쩌면 그럴 수도 있겠군. 벌레 밑에 속할 가능성도 있으니."

이샤무딘이 엷은 냉소로 말을 끝맺었을 때, 셰이는 도끼눈을 뜬 채 그를 노려보고 있었다.

저걸 위로랍시고 한 거야? 누가 악질 흑마법사 아니랄까 봐, 잊어버릴 만하면 꼭 저렇게 비딱하게 나온다니까!

침울했던 마음이 자신도 모르는 사이 놀랄 정도로 풀려 있었으나 셰이는 알아차리지 못했다.

"나나 이샤나 인간이란 한심한 족속 중 하나잖아. 난 이미 내가 이기적이란 걸 인정했으니, 이젠 이샤 차례야."

이샤무딘은 멀뚱히 그녀를 바라볼 뿐 입을 열지 않았다.

"인정하라니까."

"귀찮아."

의자에서 일어난 이샤무딘이 정면에 버티고 있는 거대한 창문을 향해 걸어갔다.

"치사하게! 인정하기 싫어서 괜히 딴말하는 줄 내가 모를 줄 알아?"

셰이는 잽싸게 그의 뒤를 따라붙었다. 이샤무딘이 긴 다리로 성큼성큼 걸음을 옮기는 통에 그녀는 뛰다시피 재게 발을 놀려야 했다.

“혼자만 싹 빠지려 하지 말고 어서 인정하라니까!”

“귀찮다고 했지?”

“좋아, 그럼 내가 대신 해줄게. 이샤무딘은 한심한 인간 족속의 하나로, 그중에서도 가장 못되고 이기적인 악질 흑마법사입니다.”

이샤무딘이 별안간 우뚝 멈춰 섰다. 바삐 종종걸음을 치던 셰이는 그의 등에 쿵 얼굴을 박았다. 불운은 거기에서 끝나지 않았다. 본능적으로 몸을 젖히다가 균형이 무너지는 바람에 오히려 이샤무딘을 와락 끌어안고 만 것이다. 그 즉시 후닥닥 몸을 떼어 냈으면 그나마 다행이었을 텐데, 셰이는 당황한 나머지 그럭저럭 수습할 수 있는 기회까지 날려 버리게 되었다.

어쩌지? 머리가 아파서 저지른 실수라고 우겨댈까? 아니면, 그냥 정신을 잃은 척할까?

고민하던 셰이는 이샤무딘이 몸을 움직이려 하자 얼른 눈을 감았다. 부드럽지만 단호한 느낌의 어떤 힘이 그녀를 이샤무딘에게서 떼어냈다. 셰이는 샛눈을 떠보았다. 이샤무딘의 손이 자신을 잡고 있는 줄 알았으나, 그는 가슴에 팔짱을 낀 채 조금 떨어진 곳에 서 있었다.

“내가 그랬지…….”

“죽고 싶지 않으면 나한테 손가락 하나도 대지 말라고.”

셰이는 이샤무딘의 말을 가로채 대신 마무리 지었다. 그리고는 그 앞에 두 손을 펼쳐 보였다.

“나 손 깨끗해. 재와 먼지가 조금 묻고… 물고기 비늘하고 흙도 약간 묻고 거미줄도… 좀 묻긴 했지만……."

은근히 마음이 찔린 셰이는 자신의 손을 곁눈질했다. 그녀의 눈에도 그리 깨끗해 보이지는 않았다.

"뭐… 그럭저럭 깨끗해."

셰이는 태연한 척 주머니에 손을 찔러 넣었다.

"손가락 하나도 대지 못하게 할 정도로 더럽지 않다는 뜻이야."

"하고 싶은 말이 뭐야?"

"그 말, 취소해 주었으면 좋겠어."

"못하겠다면?"

"그럼 이유라도 말해줘. 왜 그렇게 날 싫어하는 건지."

이샤무딘의 금빛 눈동자에 놀라움이 스쳐 갔다. 미처 감추지 못한 당혹감이 뒤를 이어 떠올랐다. 셰이가 그런 말을 할 줄 전혀 예상치 못한 것 같았다. 그렇지 않다면 그처럼 무방비로 감정을 드러내지는 않았을 터였다.

"난……."

"난?"

셰이는 뒷말을 기다리며 숨을 죽였다. 이상스레 가슴이 두근거렸다. 그의 얼굴에 망설이는 기미가 나타났다.

"좋아하는 게 별로 없어. 싫어하는 건 많지만."

말을 끝내기도 전에 이샤무딘이 몸을 돌렸다. 셰이에겐 대충 얼버무리는 것 같이 느껴졌다.

왜 저렇게 숨기는 게 많은 거야?

셰이는 한숨을 푹 내쉰 다음, 이샤무딘 옆에 나란히 자리 잡았다.

"그 말은 나뿐 아니라 모든 사람을 통틀어서, 손끝 하나도 대기 싫다는 뜻이지?"

대답이 나오지 않자 그녀는 눈동자만 움직여 이샤무딘을 훔쳐 봤다.

"왜 그런지 말해주면 안 돼?"

좀처럼 끝날 것 같지 않은 침묵이 흘렀다.

이샤한테 그런 걸 바란 내가 바보지. 이 자리에서 꼼짝 않고 백 년을 기다려 봐도 대답은 듣지 못할 거야.

셰이가 체념 상태에 빠졌을 때 놀랍게도 이샤무딘이 말을 시작했다.

"난 마음을 읽을 수 있어. 인간이든 인간이 아닌 존재든 마찬가지야. 특히 인간들은 눈길을 주는 것만으로도 마음이 훤히 들여다보여. 만약 손끝이라도 닿게 되면 그 자신보다도 더 많은 걸 알게 되지. 그럴 때는 추악하고 지저분한 오물 덩어리를 만진 것 같은 기분이 들어. 그 느낌은… 더러워. 구역질이 날 정도로."

"그, 그런 거였어? 손가락 하나 대지 말라고 경고한 이유도 그래서였어?"

목소리가 파르르 떨려 나왔다. 당혹감과 혼란, 치부를 들켜 버린 듯한 부끄러움과 수치심, 이샤에게서 멀리 도망치고 싶은 두려움. 감당하기 힘든 갖가지 감정들이 그녀를 더욱 아찔한 낭떠러지 끝으로 밀어붙였다.

"난 그런 줄도 모르고……."

대체 나한테선 어떤 걸 읽었을까? 내 마음을 보면서도 더럽다고 느꼈을까? 추악하다고 생각했을까? 지금도 억지로 구역질을 참고 있는 건 아닐까?

"그런 줄도 모르고……."

셰이는 주춤주춤 뒷걸음질쳤다.

"괜히 소란 피우지 마. 그럴 이유 없어."

이샤무딘이 말했다. 무서울 정도로 딱딱한 어조였다.

"그럴 이유가 왜 없어? 허락도 없이 남의 마음이나 읽는 주제에, 그렇게 쉽게 말하지 마! 내 기분이 어떤 줄 알아? 그래, 잘 알고 있겠지! 지금도 훤히 보일 테니까! 숨기고 싶은 내 비밀까지도 낱낱이 들여다보일 테니까!"

"넌 달라."

셰이의 귀엔 이샤무딘의 말이 전혀 들어오지 않았다.

"내가 널 보고 싶어한다는 걸 알았을 때, 기분이 어땠어? 얼마나 내가 우스워 보였어?"

자신이 너무나 못나고 초라하게 느껴졌다.

큰소리치던 내가 자기 같은 악질 흑마법사 따위를 그리워했다는 걸 알았을 때… 얼마나 날 비웃었을까?

막을 새도 없이 눈물이 흘러나왔다.

"넌 다르다고 했지!"

"다르긴 뭐가 달라? 이 나쁜 놈아! 그런 이유라면 차라리 모르는 게 나았어! 날 괴롭히고 싶어서 말한 거지? 넌 대체… 넌 도대체 어떻게 생겨먹었기에 그렇게 못된 짓만 골라 하는 거야? 나쁜 놈! 세상에서 제일 나쁜 놈!"

울먹이던 셰이가 몸을 돌리려는 찰나 이샤무딘이 그녀의 손목을 낚아챘다. 셰이는 그 순간 그의 뺨을 후려쳤다. 짜악! 날카로운 마찰음이 터졌다.

"이 손 놔!"

세이는 격렬히 손목을 비틀어댔다. 이샤무딘은 아픔이 느껴질 만큼 바짝 손아귀에 힘을 가했다.

"넌 다르다고……."

"그 말 한 번만 더 해봐! 얼굴 전체에 피멍이 들게 만들어줄 테니까!"

금빛 눈동자가 강렬하게 번득였다. 세이의 목덜미를 움켜쥔 그가 와락 입을 맞췄다. 그의 입술이 난폭할 정도로 거칠게 파고들었다. 마치 화풀이라도 하는 것 같았다. 별안간 이샤무딘이 세이의 어깨를 밀어냈다. 그리고는 얼이 빠져나간 그녀의 코앞에 대고 악문 이 사이로 말을 뱉어냈다.

"먹통 같으니… 넌 다르다고 했지!"

"뭐, 뭐가……."

목소리가 괴상하게 갈라져 나오자 세이는 마른침을 삼키고 깊이 숨을 들이쉬었다.

"뭐가 다른데?"

그녀를 노려보던 이샤무딘이 거친 동작으로 머리를 쓸어 넘기더니 창을 향해 돌아섰다.

"뭐가 다르다는 거야?"

세이는 그의 눈치를 살피며 슬금슬금 다가들었다.

"지금까지 만난 이들 중 마음을 읽을 수 없는 존재는 단 셋밖에 없었어. 그 셋 중 하나가 바로 너야."

전혀 예상하지 못한 말에 세이는 숨을 죽였다.

내 마음은 못 읽는다고? 정말일까? 소란을 피우지 못하게 하려고 괜히 해본 말은 아닐까? 좀 전에… 입맞춤도 그래서 한 건 아닐까?

셰이는 자신도 모르게 입술을 만져 보았다. 약간 부어오른 듯한 입술에서 따끔거리는 감각이 느껴졌다. 괜스레 얼굴이 화끈거렸다.

그냥 별생각없이 한 걸 거야. 내가 자길 좋아한다는 걸 알고 한 건 아닐 거야.

일순 셰이는 머리 꼭대기부터 발끝까지 꽁꽁 얼어붙었다.

이샤를 좋아한다고……? 내가? 말도 안 돼! 피에 굶주린 냉혈 흑마법사를 좋아한다니!

셰이는 격렬히 몸을 떨었다.

왜 갑자기 그런 미친 생각이 든 거지? 충격이 너무 커서 그런가?

"맞아, 그거야. 충격이 커서 한순간 정신까지 나가 버린 거야."

놀란 가슴을 쓸어내리던 셰이는 갑자기 불안해졌다.

그런데 이샤가 이런 정신 나간 망상까지 읽었다면 어떡하지?

어떻게든 확인해 봐야겠다는 생각에 그녀는 이샤무딘의 손을 잡았다.

"내가 무슨 생각을 하는지 맞춰봐."

그녀에게 박혀드는 이샤의 눈초리엔 진한 짜증이 서려 있었다.

"치워."

이샤무딘은 쌀쌀맞게 그녀의 손을 뿌리쳤다.

"거짓말이었지? 마음을 못 읽는 사람이 셋 있다느니, 그중 하나가 나라느니 하는 말, 전부 꾸며낸 말이지?"

이샤무딘의 얼굴이 당장 목이라도 조를 것처럼 살벌하게 변했으나 세이는 물러서지 않았다. 이번 기회를 놓치면 영영 의혹을 떨치지 못하리란 걸 직감할 수 있었다. 그녀는 이샤무딘의 손을 두 손으로 꼭 감싸 쥐었다.

"다시는 이런 요구하지 않을게. 처음이자 마지막이야."

귀찮은 골칫덩어리를 빨리 쫓아버리고 싶었는지 이샤무딘은 인상을 쓰면서도 그녀가 하는 대로 내버려 두었다.

으음… 무슨 생각을 하지?

"아무거나 대충 생각해."

이샤무딘이 퉁명스럽게 말했다.

"내가 이럴 줄 알았어!"

뿌리치려 하는 세이의 손을 이번엔 반대로 그가 잡았다.

"과민반응 보이지 마. 그 정도는 코흘리개 어린애라도 넘겨짚을 수 있어. 설마 자신의 생각이 복잡하거나 심오하다고 착각하는 건 아니겠지?"

이샤무딘이 얄밉게 빈정거렸다. 세이는 그에게 눈을 흘기고 나서 다시금 마음을 차분하게 가라앉혔다.

날 떼어버리고 싶으면 내 마음을 읽어. 그럼 맹세하는데, 다시는 귀찮게 하지 않을 거야. 지금 내 마음을 읽지 못하면… 영원히 날 참아내야 할 거야.

"됐으니까 이제 한번 맞춰봐."

"난 왜 이렇게 못났을까? 머리부터 발끝까지 전부 엉망진창이니, 차라리 아까처럼 거미줄로 온몸을 감고 다닐까?"

이샤무딘의 말투는 너무나 천연덕스러웠다. 셰이는 맥이 쭉 빠지는 듯한 안도감을 애써 감추며 그를 노려보았다.

"그만 가봐."

그녀에게서 모든 관심을 끊은 것 같은 냉정한 얼굴로 이샤무딘이 말했다.

"알았어."

셰이는 아쉬움을 느끼며 천천히 그의 손을 놓았다.

"맞아! 어떻게 돌아가지? 올 땐 나탄이 도와줬는데…….”

그새 나탄을 잊고 있었다는 생각에 셰이는 마음이 무거워졌다.

"나탄은 차원의 경계를 뚫지 못했어."

"나도 알아. 소멸됐다고 한 말, 잊지 않았어."

"그게 아니라…….”

무슨 말인가를 하려던 이샤무딘이 도로 입을 다물었다.

"나, 돌려보내 줄 수 있어?"

이샤무딘이 간단히 고개를 끄덕인 순간 그녀 주위로 푸르스름한 안개가 피어올랐다.

"에그니스로 올 거야?"

시간이 얼마 남지 않았음을 깨달은 셰이는 소리 높여 물었다. 대답을 듣기도 전에 눈앞이 온통 잿빛으로 물들었다. 그녀는 눈을 질끈 감으며 전신을 휘감는 세찬 손길에 몸을 맡겼다.

돌아오는 길은 바인게르트 성으로 갈 때처럼 어지럽지도 속이 울렁거리지도 않았다. 물론 추락의 충격을 견딜 필요도 없었다. 귓전을 맴돌던 바람 소리가 사라진 후 눈을 떠보니 동이 터오는 하늘과 수풀의 모습이 어슴푸레하게 보였다. 왠지 모르게 허전한 마음이 든 셰이는 괜스레 주위를 둘러보다 후우, 한숨을 내쉬며 발을 내디뎠다. 몇 걸음 옮기지 않았을 때였다. 어떤 이유도 없이 불안감이 엄습했다. 무언가 심상치 않은 일이 벌어진 것 같은 느낌이 전신을 오싹하게 만들었다. 셰이는 허겁지겁 동굴을 향해 내달렸다. 형체도 없이 무너져 내린 동굴의 잔해가 시야에 잡히자 그녀는 공포감에 휩싸였다.

“듀이! 카시아스!”

셰이는 입구를 막아버린 돌무더기와 흙더미를 파헤쳤다.

“듀이! 듀이! 괜찮은 거지? 카시아스! 대답 좀 해줘! 카시아스!”

무사할 거야! 아무 일 없을 거야! 두 사람 모두 괜찮을 거야!

“무사하게 해주세요… 제발, 제발… 무사하게 해주세요…….”

셰이는 계속 기도를 되뇌며 미친 듯이 손을 놀렸다. 뾰족한 돌에 긁혀 곳곳에서 피가 났지만 의식조차 못했다.

“셰이……!”

멀리서 들리는 듯한 외침이 어렴풋이 전해졌다. 셰이는 휙 고개를 돌렸다. 한쪽 다리를 절룩거리며 필사적으로 달려오고 있는 카시아스가 보였다. 셰이는 황급히 그를 향해 뛰어갔다.

“듀이는? 듀이는 어디 있어? 무슨 일이야? 대체 무슨 일이 벌어진 거야?”

거리가 좁혀지자 셰이는 숨을 헐떡이며 소리쳤다. 비틀거리던 카시아스가 털썩 바닥에 주저앉았다.

“카시아스! 듀이는?”

카시아스는 헉헉 거친 숨을 몰아쉬느라 제대로 말을 꺼내지 못했다.

"노, 놈이… 데려… 갔어……."

"듀이를 데려가? 누가?"

"개자식… 그 더러운 개자식이 듀이를 데려갔어……!"

카시아스가 성난 맹수처럼 으르렁거렸다. 그는 격한 분노에 사로잡혀 있었다. 셰이는 마음을 진정시키기 위해 심호흡을 했다. 침착해야 한다. 흥분은 그 어디에도 도움이 되지 않을 것이다.

"어디 다친 곳은 없어? 다리가 좀 불편한 것 같던데."

"지금 그까짓 다리가 문제야! 그 추잡한 자식이 듀이를 데려갔단 말이야! 제기랄! 다시 말해줄까? 구역질나는 개자식한테 듀이가 잡혀갔다고!"

카시아스가 버럭버럭 악을 써댔다. 셰이는 그의 멱살을 와락 움켜잡았다.

"정신 차려! 카시아스 비저 드 아브레이유!"

두 사람의 눈길이 코앞에서 맞부딪쳤다. 돌연 카시아스가 눈을 질끈 감았다. 셰이는 손을 풀고 그 옆에 앉았다. 잠시간이 흐른 뒤 카시아스가 입을 열었다.

"갑자기 잠이 깼어. 잘은 모르겠지만, 잠결에 어떤 불길한 느낌을 받은 것 같아. 빨리 밖으로 나가야겠다는 생각에 서둘러 듀이를 깨웠어. 그런데 그때 동굴 입구에 그 녀석이 나타났어."

"그 녀석이라니?"

"내가 말해준 적 있지? 벨페스트라고, 모고르의 하수인 녀석."

"자주색 머리카락과 자주색 눈동자를 가진 그 벨페스트?"

셰이는 벨페스트의 얼굴을 떠올리며 조용히 물었다.

"내가 그런 것까지 말해줬어?"

기억이 나지 않자 카시아스는 눈살을 찌푸렸다.

"아니, 그렇진 않아. 내 눈으로 직접 봤어."

"언제?"

셰이는 어떻게 대답해야 할지 잠시 망설였다.

"관을 확인한 뒤 듀이의 집에 갔을 때."

알겠다는 듯 두어 번 고개를 끄덕인 카시아스가 얘기를 이어갔다.

"동굴 입구에 서서 심장을 파내겠다느니 모조리 죽여 버리겠다느니, 하며 떠들더니만 주문 같은 걸 중얼거리더라고. 난 놈이 주문을 완성하기 전에 뭐라도 하지 않으면 끝장이란 걸 직감했어. 그래서 무작정 놈한테 달려들었지, 자세히 기억은 안 나지만 듀이한테 도망가라고 소리쳤던 것 같아. 그 녀석과 내가 한 덩어리가 되어 뒹굴고, 듀이가 막 밖으로 뛰어나갔을 때 동굴이 무너지기 시작했어. 난 놈을 한 대 걷어차 준 뒤 황급히 동굴을 탈출했어. 그것으로 끝난 줄 알았어… 녀석이 흙더미에 깔려 죽었다고 생각했거든."

카시아스가 부랴부랴 듀이를 찾았을 땐, 이미 벨페스트가 그 옆에 서 있었다. 비웃음이 뚜렷이 새겨진 벨페스트의 입술이 열렸다가 닫혔다. 피할 새도 없이 카시아스 앞으로 시커먼 연기가 달려들었다. 숨통이 조여들며 심장이 갈가리 찢어지는 듯한 고통이 덮쳤다. 카시아스는 비명을 지르며 바닥에 무릎을 꿇었다.

"카시아스!"

듀이가 그를 불렀다. 순간 어디선가 몰아닥친 거센 돌풍이 카시아스를 들어 올려 저 멀리 초원 쪽으로 날려 버렸다. 돌풍이 시야를 막기 직전 마지막으로 본 건 벨페스트와 함께 사라지는 듀이의 모습이었다.

갑작스레 바람의 위력이 잦아들었다. 카시아스는 풀밭 위로 내동댕이쳐지며 다리를 다치고 말았다. 지체없이 몸을 일으킨 그는 고통을 참으며 달리고 또 달렸다. 듀이를 구하기엔 너무 늦었다는 걸 알면서도 속도를 늦출 수 없었다.

"듀이가 바로 내 눈앞에서 끌려갔는데… 난 아무것도 하지 못했어. 내 자신이 너무나 무력하고 한심하게 느껴져……."

카시아스는 어금니를 악물며 먼 하늘을 향해 고개를 치켜들었다. 셰이는 소리없이 울분을 삭이고 있는 그를 남겨놓고 자리를 떠났다. 판에 박힌 위로의 말보다는 혼자 있을 시간이 더 필요하리라는 생각에서였다.

창백한 기운이 채 가시지 않은 초원 위로 아침 햇살이 퍼졌다. 셰이는 긴 한숨을 내쉬었다. 피곤했다. 하루의 시작이 아닌 끝을 맞이한 것 같은 느낌이었다. 기운내야 한다고 자신을 북돋우며 그녀는 부목으로 쓸 만한 나무를 찾아 나섰다.

셰이가 다시 카시아스 앞에 섰을 때도, 아픈 다리를 살피고 부목을 댈 때도, 두 사람 사이엔 한마디 말도 오가지 않았다. 자리를 털고 일어서며 셰이와 카시아스는 동시에 같은 물음을 입에 담았다.

"괜찮아?"

두 사람은 싱겁게 웃었다.

"많이 지쳐 보여."

"그러는 카시아스는 밤새도록 두들겨 맞은 사람처럼 보여."

"틀린 말은 아니군."

그 말을 끝으로 셰이와 카시아스는 묵묵히 걸음을 옮겼다. 두 사람 다 어디로 가야 하냐고 묻지 않았다. 갈 곳은 이미 정해져 있었다. 듀이가 끌려간 곳, 그리고 마드라의 열쇠가 있는 곳.

문제는 시간이었다. 그들과 듀이 사이엔 어마어마한 거리가 버티고 있었으며, 시간은 지금도 쉼없이 흘러가고 있었다. 초조한 마음만으로는 시간을 멈출 수도 거리를 좁힐 수도 없었다.

어떻게 해서든 최대한 빨리 에트디그니스로 가야 해. 이샤가 그곳에서 기다리고 있을 거야. 그를 만나면 듀이도 금세 구할 수 있을 거야.

"에그니스로 올 거야?"

바인게르트를 떠나기 직전 셰이는 그렇게 물었다. 미처 대답은 듣지 못했으나 그녀는 이샤가 올 것이라고 믿었다. 아니, 그렇게 믿고 싶다는 것이 솔직한 마음이었다.

분명히 와줄 거야. 틀림없어. 어쩌면 지금 에트디그니스에서 날 기다리고 있을지 몰라.

"젠장!"

거친 욕설이 셰이를 현실로 되돌렸다. 그제야 그녀는 자신이 카시아스의 부상은 고려하지도 않은 채 무신경하게 걸음을 빨리

했다는 사실을 깨달았다. 셰이는 자신을 나무라며 그가 가까이 올 때까지 기다렸다.

"미……."

"그 이상 말하지 마."

카시아스가 무뚝뚝한 어조로 말을 잘랐다. 그리고는 휘적휘적 걸어 셰이를 앞서 나갔다.

미안하다는 말 한번 듣는 게 뭐가 어때서 저러는 거야? 보나마나 왕족들이 기를 쓰고 내세우는 그 잘난 자존심 때문일 테지. 꼭 이런 상황에서까지 자존심을 세워야 하는 건가? 나도 왕족이긴 하지만 저 정도는 아니잖아.

"그나저나 밤새 어디 있었어?"

"으음… 잠깐 바람 쐬러 나갔었어."

당황한 셰이는 대충 둘러댔다.

"잠깐이 아니던데?"

"나한텐 잠깐이었어."

셰이는 종지부를 찍듯 딱 잘라 말했다. 더 이상의 군소리는 용납하지 않겠다는 오만한 투였다. 그러나 기가 눌려 할 말을 못할 카시아스가 아니었다.

"억지 부리지 말고 사실대로 말해, 어서."

부하라도 추궁하는 것 같은 명령조가 나오자 셰이의 눈매가 날카로워졌다.

"할 말도 없을뿐더러 설령 있더라도 하지 않을 거야."

"그 말은 용납할 수 없어. 명확한 답변 없이 계속 그렇게 버티면 뭔가 미심쩍은 구석이 있음을 너 스스로 시인하는 거야."

"마음대로 생각해. 난 하고 싶지 않은 건 하지 않을 거니까."

"나 참! 왜 그렇게 고집이 센 거야?"

카시아스는 셰이에게 마땅찮은 시선을 던졌다.

"누가 할 소린데 그래?"

"관두자, 너하고는 정말 대화가 안 된다!"

"나도 너와 말하느니 차라리 꾸벅꾸벅 졸고 있는 황소를 붙잡고 얘기하겠어."

셰이는 먼 들판 쪽을 두리번거리며 혹시 황소가 보이는지 살폈다.

"그거 듣던 중 반가운 소리군. 그러잖아도 머리가 지끈거리던 참이야. 오늘에서야 깨달았는데 세상에 벽창호만큼 무서운 건 없는 것 같아. 특히 빨간 머리 벽창호는 어찌나 무시무시한 옹고집인지 상상을 초월하더라고."

벽창호보다 빨간 머리란 말에 더 기분이 상한 셰이는 카시아스의 앞을 가로막고 섰다.

"카시아스 비저 드 아브레이유! 앞으로 절대 나한테 말 걸지마, 한마디도!"

"전적으로 찬성이야."

셰이와 카시아스는 못마땅한 눈으로 서로를 노려봤다. 입을 굳게 다물며 두 사람은 똑같은 생각을 했다.

역시 듀이가 있어야 돼.

눈꺼풀 위로 어른거리는 불빛이 잠을 방해했다. 듀이는 인상을 찌푸리며 고개를 모로 틀었다.

"카시아스… 그 불 좀 어떻게 해줘."

불빛이 다시금 정면에서 비쳐들자 그는 툴툴대며 눈을 가느스름하게 떠보았다. 희끄무레한 사람의 형상이 나타났다.

"뭐 하는 거야? 불 좀 치워달라고……."

듀이는 헉, 숨넘어가는 소리를 토해냈다. 자신을 바라보고 있는 눈동자가 바다색이 아니라 자줏빛을 띠고 있음을 깨닫는 순간, 억지로 밀쳐 놓았던 기억이 선명하게 살아났다.

맞아! 난 잡혀왔어, 그 동굴 앞에서! 카시아스! 카시아스와 셰이는 어떻게 되었을까?

돌풍에 휩싸여 멀리 날아가던 카시아스의 모습이 떠올랐다.

무사할 거야, 카시아스는 강하니까. 그런데 셰이는? 셰이도 괜찮을까? 설마 동굴 속에 묻힌 건 아니겠지?

카시아스의 손에 흔들려 잠이 깨었을 때부터 동굴 밖으로 뛰어나가는 순간까지 듀이는 정신없이 셰이를 찾고 또 찾았다.

셰이는 없었어. 벨페스트라는 이 기분 나쁜 남자가 들이닥치기 전에 동굴을 벗어난 게 분명해.

셰이와 카시아스는 안전하게 도망쳤으리라는 생각이 들자 듀이는 한결 마음이 편해졌다. 두려움으로 인해 싸늘하게 굳어버린 손은 풀릴 기미를 보이지 않았지만 말이다.

듀이는 자신에게서 한시도 떠나지 않는 자주색 눈동자를 의식하며 흘끔흘끔 주위를 살폈다. 귀퉁이에 구멍이 뚫린 채 비스듬히 내려앉은 천장이며 수북한 먼지 다발과 뒤섞여 바닥을 뒹구는 새똥, 그리고 창문 모서리에 겨우 매달린 너덜거리는 커튼이 보였다. 다 쓰러져 가는 폐성임을 쉽게 알 수 있었다.

“날 왜 이런 곳으로 데려온 건가요?”

“너한테서 꼭 받아내야 할 답변이 있어.”

마드라의 열쇠야! 그게 어디 있는지, 왜 찾는지 물어보려는 거야!

“난 마드라의 열쇠에 대해 아는 게 없어요! 정말이에요!”

“내가 알고 싶은 건 마드라의 열쇠 따위가 아니야.”

마드라의 열쇠가 아니라고? 그럼 뭐지?

“아룬델의 영혼이 어디 있는지도 몰라요! 그 사람과 내 영혼이 왜 바뀐 건지도 모르고요! 어떻게 그런 일이 생긴 건지도 몰라요! 정말이지 난 아는 게 하나도 없어요!”

“그 입 좀 닥쳐!”

벨페스트는 버럭 소리쳤다. 움찔한 듀이는 핏기가 가실 정도로 입술을 앙다물었다.

“셰이… 알지?”

듀이의 눈이 휘둥그레졌다. 벨페스트의 입에서 셰이의 이름이 나오리라고는 상상도 못하고 있었다.

“셰이와 너와의 관계, 내가 알고 싶은 건 바로 그거야.”

이 사람은 셰이를 알고 있어! 셰이한테 어떤 못된 짓을 하려는 게 틀림없어!

듀이는 떨리는 두 손을 힘껏 맞잡았다.

“둘이 어떤 관계야?”

“먼 친척이에요. 돌아가신 어머니의 외사촌 딸인가, 뭔가 하는 소릴 들었는데, 자세한 건 모르겠어요.”

“먼 친척……”

벨페스트는 혼잣말을 중얼거렸다.

"그런데 왜 너와 함께 다니는 거지? 그 왕자 녀석도 같이 말이야."

"집에 데려다 주려고요. 여자 애 혼자 다니는 건 아무래도 위험할 테니까요. 더군다나 가까운 곳도 아니고요. 셰이의 집이 헤이론 국에 있거든요. 정확한 지명은 카시아스가 알고 있어요."

"내 집은 여기 있어. 바르샤르 왕국에."

힘주어 말하던 셰이의 음성이 벨페스트의 뇌리를 스쳤다.

그래, 버틀랜드가 고향이냐고 물었을 때, 분명히 그렇게 말했어.

"거짓말인 줄 다 알아."

"거짓말 아니에요! 맹세할 수도 있어요!"

부딪칠 듯 바짝 다가선 벨페스트가 두 손으로 듀이의 목을 틀어잡았다.

"다시 묻겠어. 이번에도 사실을 말하지 않으면 네 숨통을 꺾어버릴 거야. 알았어?"

벨페스트의 어조는 거칠지 않았다. 오히려 어찌 들으면 감미롭게 느껴질 정도로 지나치게 낮고 조용했다.

"알았냐고 묻잖아?"

목이 조여들자 듀이는 뻣뻣하게 고개를 끄덕였다.

"셰이와 어떤 관계야?"

"듀이 델코… 내 황금열쇠… 넌 나의 황금열쇠야……."

귓가를 울리던 셰이의 속삭임이 되살아났다. 그녀가 지금 바로 곁에 있기라도 한 듯 너무나 생생했다.

말하면 안 돼! 무슨 일이 있어도 말하면 안 돼!

"어떤 관계냐니까?"

"이미 말했잖아요. 먼 친척이라고."

벨페스트의 눈꺼풀이 가늘게 떨렸다. 곧이어 듀이의 목에 감겨 있던 손이 풀려 나갔다. 벨페스트가 두 걸음 물러섰을 때, 화르륵 피어난 검붉은 연기가 듀이를 에워쌌다. 다음 순간 화염에 휩싸인 듯 살갗이 녹아내리는 것 같은 통증이 온몸을 후벼 팠다.

"아아악!"

듀이는 비명을 지르며 몸부림쳤다.

"셰이와 무슨 관계야? 어서 말해! 셰이가 왜 너와 함께 있는 거냐고? 빨리 말 못해?"

말 한마디 한마디가 더해질 때마다 언성이 높아지며 거칠어졌다. 듀이가 느끼는 아픔도 점점 더 극심해졌다.

"네놈이 셰이한테 대체 뭐냔 말이야?"

고통을 이기지 못하고 바닥을 뒹굴던 듀이는 목을 쥐어짰다.

"황금열쇠… 황금… 열쇠……!"

순간 통증이 깨끗이 사라졌다. 듀이는 가슴을 부여잡고 토악질을 해댔다. 토사물과 뒤섞인 시뻘건 핏물이 바닥으로 쏟아져 나왔다.

"황금열쇠… 네가 황금열쇠라고? 셰이의 황금열쇠가 바로 너라고?”

　가혹한 고통의 여파에서 벗어나지 못한 듀이는 힘겹게 고개를 가로저었다.

　“아니야… 황금열쇠가… 아니야……. 난 그게 뭔지도… 몰라…….”

　듀이의 눈에서 굵은 눈물 줄기가 흘러내렸다. 일어나려 했지만 몸이 말을 듣지 않았다. 그는 안간힘을 쓰며 기어가 벨페스트의 발목을 움켜쥐었다.

　“셰이를 괴롭히지 마… 셰이한테… 손가락 하나라도 대면… 죽여 버릴 거야……. 죽여 버리고 말 거야…….”

　“네까짓 게 뭘 할 수 있는데?”

　잔인한 비웃음만을 남기고 벨페스트가 모습을 감췄다.

　말하면 안 되는 거였는데… 아무리 아프고 힘들어도 끝까지 참았어야 하는데……. 셰이에게 나쁜 일이 생기면 어떡하지? 놈이 나한테 한 것처럼 셰이도 아프게 하면 어떡하지?

　듀이는 계속해서 흐느꼈다.

　나 때문이야… 내가 못나서 셰이까지 피해를 보게 되는 거야……. 내가 ‘겁쟁이 듀이’라서 이 모든 일이 생긴 거야……. 이대로 사라져 버렸으면 좋겠어… 아무것도 느끼지 못하는 곳으로… 사라져 버렸으면 좋겠어…….

　어쩔 수 없는 무력감과 절망감이 전신을 천근만근 짓눌러댔다. 속이 메슥거리며 끊임없이 욕지기가 올라왔다. 시야가 흐릿해지는가 싶더니 머릿속까지 하얗게 색이 바래갔다. 아득한 공허감이 조금씩, 그러나 확실하게 내부를 장악해 들어왔다.

✳

“잠⋯⋯.”

말을 꺼내려던 셰이는 아차 싶은 마음에 얼른 입을 다물었다. 그리고는 카시아스의 팔을 툭 친 다음, 바닥을 가리키며 잠시 쉬었다 가자는 뜻을 전했다. 고개를 끄덕여 보인 카시아스가 평평한 부분을 골라 바위 위에 앉았다. 신음 소리가 새어 나오려 하자 그는 이를 악물었다. 셰이 앞에서 더 이상 약한 모습을 보이고 싶지 않았다.

뻐근한 허벅지며 종아리를 주먹으로 두드리던 셰이가 갑자기 일어나 수풀이 우거진 숲 쪽으로 들어갔다. 그녀는 지팡이 대용으로 쓸 만한 나무막대를 찾아 이리저리 바닥을 두리번거렸다. 졸지에 말 한마디 나누지 않는 사이가 돼버렸지만 힘들어하는 카시아스를 나 몰라라 외면할 수는 없었다.

운 좋게 길고 튼튼해 보이는 나뭇가지가 눈에 띄었다. 셰이는 잔가지를 떼어내며 서둘러 걸음을 되돌렸다. 숲을 벗어나려 할 때, 등 뒤로 시커먼 사람의 형상이 나타났다. 흠칫한 순간 차가운 손길이 그녀의 입을 막았다.

“나야, 셰이.”

조급함과 조심스러운 긴장감이 뒤섞인 음성이었다. 단번에 벨페스트임을 알 수 있었다. 셰이는 스스로도 의외일 만큼 전혀 놀라지 않았다. 마음 깊은 곳에선 벨이 자신을 찾아오리란 사실을 이미 알고 있었던 것 같았다.

"듀이, 어디 있어?"

시선이 마주쳤을 때 셰이가 물었다. 벨페스트의 얼굴이 눈에 띄게 굳어졌다.

"잘 지냈어, 셰이? 난 잘 지냈어, 아주 만족스럽게."

"듀이를 다치게 하지 마, 벨."

"아, 그렇지, 상처도 다 나았어. 머리에 난 상처도, 옆구리에 난 상처도 잘 아물었어. 기억나지, 셰이?"

벨페스트의 입가에 불안하도록 환한 미소가 피어났다.

"네가 직접 내 상처를 꿰매줬잖아, 작고 외진 여관방에서. 얼굴이 파랗게 질렸는데도 한 땀 한 땀 정성을 쏟으며 꿰매주었잖아. 그 모습이 지금도 눈에 보이는 것 같아. 넌 안 그래, 셰이?"

"벨, 듀이 지금 어디 있어? 모고르란 사람한테 붙잡혀 있는 거야?"

벨페스트의 관자놀이 주변이 불그스름하게 달아오르며 목에 힘줄이 도드라졌다. 애가 탄 셰이는 그에게 바짝 다가섰다.

"듀이 말이야, 벨이 오늘 새벽에 데려간 듀이. 어디 있는지 말 좀 해줘. 해친 건 아니지? 무사한 거지?"

"셰이, 언젠가 그 여관방에 다시 가보지 않을래?"

"듀이, 어디 있냐니까?"

"아, 그래! 말 나온 김에 지금 가볼까? 썩 괜찮은 생각이지?"

"벨페스트!"

셰이는 주먹을 불끈 쥐며 소리쳤다. 그러나 벨페스트는 들은 체도 하지 않았다.

"그때 그 침상에 앉아보면 어떤 기분이 들지 궁금해. 다시 그때로 돌아간 것 같은 기분일까? 난 그때로 돌아갔으면 좋겠어. 세이, 너도 그렇지?"

"아니, 난 안 그래! 그때로 돌아가고 싶은 마음 조금도 없어! 그러니까 엉뚱한 얘기 그만 하고 듀이가 어디 있는지나 말해! 듀이가 무사한지, 다치지는 않았는지, 대체 듀이를 왜 데려갔는지……."

"듀이! 듀이! 듀이! 듀이! 듀이!"

벨페스트가 미친 사람처럼 고함을 쳐댔다.

"그것 좀 그만 말해! 그 자식 이름 좀 그만 불러대란 말이야!"

놀라 주춤거리는 세이 앞으로 벨페스트가 성큼 다가왔다. 그는 물러서려 하는 세이의 어깨를 난폭하게 부여잡았다.

"그 자식이 황금열쇠야?"

세이의 전신이 딱딱하게 경직됐다. 저절로 벌어진 입술 틈으로 거친 숨결이 새어 나왔다.

"그 듀이란 자식이 너의 황금열쇠냐고? 말해! 어서 말해!"

벨페스트는 그녀의 어깨를 마구잡이로 흔들어댔다. 희번덕거리는 자주색 눈동자가 어지럽게 흔들리는 시야 속을 파고들었다. 세이는 처음으로 그가 무서워졌다.

"아니야! 듀이는 내 황금열쇠가 아니야!"

벨페스트가 멈칫하더니 어깨를 놓아주며 한 발 물러섰다.

"듀이 델코가 네 황금열쇠가 아니라고? 지금 그렇게 말한 거야?"

"그래, 그렇게 말했어."

세이는 엉망으로 흐트러진 머리를 쓸어 넘기며 마음을 진정시키기 위해 노력했다.

"그럼 네 황금열쇠는 누구야?"

"그런 건 없어, 벨. 황금열쇠는 그냥 내가 지어낸 말이야. 벨도 지난번에 그랬잖아, 그런 건 헛소리에 불과하다고."

"정말이야?"

벨페스트의 눈 속엔 의심의 빛이 역력했다.

"정말이고말고. 수백 명, 아니, 수만 명의 사람들을 모아놓고 물어봐. 한 사람도 빠짐없이 황금열쇠란 말은 들어본 적도 없다고 할 테니까. 그래도 믿기지 않으면 창조신 아스트라한께 직접 알아보는 방법도 있어."

벨페스트는 잠시 동안 말없이 서 있었다. 그녀의 말을 곰곰이 되짚어보는 눈치였다.

"그럼 듀이 델코와 넌 어떤 관계인 거야?"

"듀이는 나의……."

셰이는 다급히 머릿속을 더듬었다.

"먼 친척이야."

"먼 친척?"

벨페스트가 놀란 얼굴로 반문했다.

"그래, 먼 친척. 어머니 쪽으로 연결된 먼 친척이야. 자세한 건 나도 몰라."

자주색 눈동자에 남아 있던 불길한 그림자가 말끔히 씻겨 나갔다.

"미안해, 셰이. 난 그것도 모르고."

어쩔 줄 몰라 하던 벨페스트는 손을 내밀었다가 주춤주춤 거둬들였다. 그는 거절당할지 모른다는 두려움에 싸여 있었다.

"너한테 그런 짓을 하다니… 정신이 나갔었나 봐. 난 듀이 델코가 네 황금열쇠인 줄만 알았어. 내가 정말 멍청했어. 미안해, 셰이. 정말 미안해."

벨페스트는 금방이라도 울 것 같은 얼굴로 사과의 말을 늘어놓았다. 셰이는 그의 반응을 주의 깊게 살피며 질문을 꺼냈다.

"벨, 듀이는 어떻게 되는 거야?"

미처 생각해 보지 못한 듯 벨페스트는 대답없이 머뭇거리기만 했다.

"나한테 데려다 줄 수 있어?"

벨페스트는 바닥을 내려다보며 느릿느릿 머리를 가로저었다.

"왜? 모고르란 사람 때문에?"

이번에도 그는 고개만 끄덕였다.

"듀이는 지금 그 사람한테 잡혀 있는 거야?"

"아니. 다른 곳에 있어, 나만 아는 장소에."

벨페스트의 어깨 너머로 카시아스의 모습이 나타나자 셰이는 바짝 긴장했다. 제대로 시선을 맞출 수도 없었던 벨페스트는 그녀의 변화를 눈치 채지 못했다. 손에 검을 든 카시아스가 살금살금 거리를 좁혀왔다.

"돌아가, 벨."

자신도 모르는 사이 튀어나온 말이었다.

"지금?"

벨페스트가 어린애처럼 되물었다. 카시아스는 이제 공격이 가능한 지점까지 다가와 있었다. 평상시의 그였다면 벨페스트의 목을 단칼에 자를 수도 있는 거리였다. 그러나 다리가 불편한 현재로선 좀 더 간격을 좁힐 필요가 있었다. 벨페스트가 범상치 않은 능력의 마법사라는 건 카시아스도 잘 알고 있었다. 완벽한 기회를 잡지 않으면 오히려 그에게 죽임을 당할 위험이 컸다.

"그래. 지금 돌아가, 어서."

셰이는 최대한 침착하게 말했다. 그리고 벨페스트가 자신을 따라오길 바라며 성큼성큼 걸음을 옮겼다.

"셰이, 또 만나러 와도 돼?"

그녀의 의도대로 벨페스트는 네다섯 보 앞으로 이동했다.

"그래."

그의 얼굴에 미소가 번진 순간, 검을 치켜든 카시아스가 몸을 날렸다. 번득이는 검날이 텅 빈 허공을 갈랐다.

"빌어먹을!"

카시아스는 격한 분노를 이기지 못하고 검을 바닥에 내동댕이쳤다.

"거기 서!"

셰이는 마음의 준비를 하듯 깊이 숨을 들이 쉰 다음 카시아스 앞까지 걸어갔다.

"너, 정체가 뭐야?"

"알고 있잖아."

"바르샤르의 왕녀라는 거? 아니면 모고르의 더러운 하수인이라는 거?"

"그런 말 하는 것도 당연해. 오해할 만한 상황이 벌어졌으니까. 하지만 맹세컨대, 난 모고르의 하수인이 아니야. 카시아스, 힘들겠지만 날 좀 믿어줘."

"널 믿으라고? 그러니까 나보고 널 믿으란 말이지?"

카시아스는 하늘을 향해 거친 헛웃음을 토해냈다.

"벨페스트는 버틀랜드 국으로 오기 전에 말루프 항구에서 만났어. 부상을 입고 쓰러져 있기에 도와준 것뿐이야."

셰이는 카시아스가 자신을 믿어주기만을 바라며 한 걸음 다가섰다.

"진작 말했어야 하는데, 지금처럼 이렇게 오해를 살까 봐 걱정이 됐어. 만난 지 얼마 되지도 않았을 때고, 또, 그것 말고도 꺼내기 힘든 얘기가 산더미였으니까. 내가 누구인지 이해시키기도 힘든 상황에서 벨을 알고 있다는 말을 꺼낼 수는 없었어."

"헛소리하지 마!"

"헛소리 아니야!"

"첫째, 넌 오늘 새벽 벨페스트란 놈이 쳐들어오리란 걸 그전부터 알고 있었어. 그래서 미리 몸을 피할 수 있었던 거야. 둘째, 내가 놈에게 다가가는 걸 보게 되자, 넌 어쩔 수 없이 선택을 해야 했어. 정체가 발각될 위험을 무릅쓸 것인지, 아니면 놈의 목이 잘리는 꼴을 볼 것인지. 어느 쪽을 택했는지는 네가 잘 알고 있을 거야."

방금 전과 달리 카시아스의 어조엔 분노가 담겨 있지 않았다. 셰이는 그가 이미 자신에게 확고한 낙인을 찍어버렸음을 알아차렸다.

"둘 중 하나만 일어났다면 내 오해일 수도 있어. 하지만 두 가지 일이 벌어진 경우라면… 그건 오해가 아니라 진실이 될 수밖에 없는 거야."

카시아스는 반박하려면 해보라는 듯 셰이의 눈을 똑바로 응시했다. 어떤 말로도 그의 생각을 돌리지 못하리란 건 알고 있었지만 셰이는 순순히 포기할 수 없었다.

"오해는 오해일 뿐이야. 어떤 이유를 붙이더라도 오해가 진실이 될 순 없어. 오해가 풀려야 비로소 진실이 보이게 되는 거야."

"세상에 존재하지도 않는 왕녀 노릇을 하더니만 말도 그럴싸하게 하는군."

카시아스는 입술을 비틀며 조소를 던졌다. 호박빛 눈동자에 절망감이 차올랐다.

"어떻게 하면 날 믿어주겠어?"

셰이는 꽉 잠긴 목소리로 힘겹게 물었다.

"다시는 내 눈앞에 나타나지 마. 듀이한테도 마찬가지야."

"그럴 수 없어… 카시아스도 알 거야."

"내 앞에 나타나는 순간, 넌 내 손에 죽게 될 거야. 내 이름을 걸고 맹세하겠어."

검을 집어 든 카시아스가 셰이 옆을 스쳐 지나갔다.

"마지막으로 경고하는데, 내 이름을 다시는 네 더러운 입에 담지 마."

셰이는 눈을 감은 채 석상처럼 미동없이 서 있었다. 카시아스의 발소리가 조금씩 멀어졌다. 주위가 정적 속에 잠긴 후에도 그녀는 움직이지 않았다. 아니, 움직일 수 없었다. 눈조차 뜰 수 없었다. 시간을 거슬러 올라간 느낌이었다. 그녀를 외면하던 드레이크와 유모, 루셀, 그레인의 얼굴이 차례차례 나타났다가 사라졌다. 그리고 마침내 메이르 강을 바라보며 서 있던 그녀의 모습만이 남겨졌다. 눈을 뜨면 그때처럼 살갗을 온통 헐어버릴 듯 아프게 부딪치던 바람이 몰아닥칠 것 같았다. 다시는 일어나지 못할 것 같은 절망을 견디며, 철저히 혼자가 돼버린 자신을 바라볼 용기가 나지 않았다.

괜찮아… 난 괜찮아……. 아무렇지도 않아……. 어디 한군데 부러진 곳도… 다친 곳도 없어… 그러니까 난 괜찮아…….

"아무렇지도 않아."

셰이는 소리 내어 말하며 눈을 떴다. 그리고는 똑바로 앞만 주시한 채 걸음을 내디뎠다. 텅 비어버린 옆자리가 그녀를 따라 움직였다.

에트디그니스에 닿을 때까지 셰이는 한순간도 쉬지 않았다.

벨페스트가 돌아왔을 때, 듀이는 망가진 헝겊 인형처럼 바닥에 널브러져 있었다. 피와 토사물이 묻어 있는, 백지장같이 창백한 얼굴이 눈에 들어왔다.

저렇게까지 할 필요는 없었는데…….

찜찜한 마음이 든 벨페스트는 선뜻 움직이지 못하고 가만히 서서 듀이를 내려다봤다.

어서 주인님께 데리고 가야 해. 시간이 더 지체되면 내가 멋대로 벌인 일들까지 알려지게 될 거야.

벨페스트는 듀이에게 치유 마법을 걸었다. 그러나 듀이는 여전히 눈을 뜨지 않았다. 그 모습 위로 셰이의 얼굴이 겹쳐졌다.

“듀이를 다치게 하지 마, 벨.”

근심이 가득하던 호박빛 눈동자가 생각나자 벨페스트의 마음은 한층 더 무거워졌다. 모고르는 듀이 델코를 살려줄 사람이 아니었다. 보자마자 죽이진 않겠지만 이용 가치가 없어지면 그 즉시 제거해 버릴 것이 분명했다.

듀이 델코가 죽으면 셰이는 날 원망할 거야. 어쩌면 날 미워하고 증오하게 될지도 몰라.

벨페스트는 핏방울이 맺힐 정도로 입술을 질끈 깨물었다.

셰이에게 데려다 주면 어떨까?

느닷없이 떠오른 생각이었다. 그러나 모고르한테 발각될 수 있다는 불안이 곧바로 고개를 쳐들었다. 그런 일이 벌어지면 그와 듀이 델코는 물론 셰이의 목숨까지도 위태로워질 위험이 있었다.

모르게 하면 되잖아.

마음속에서 은밀한 속삭임이 들렸다.

어떻게 해야 할지 갈피를 못 잡게 된 벨페스트는 먼지투성이 바닥을 이리저리 서성거렸다.

어차피 이번 일을 아는 건 나밖에 없어. 셰이한테 듀이 델코를 데려다 준 다음, 뒤처리만 말끔하게 끝내면 어느 누구도 알지 못할 거야. 영원히 비밀로 남겨지게 될 거야.

마음을 정한 벨페스트는 듀이를 깨울 생각으로 가볍게 뺨을 때렸다.

“듀이 델코! 눈 떠! 정신 차려!”

듀이의 눈꺼풀이 별안간 활짝 열렸다.

“어서 일어나, 셰이를 만나고 싶으면.”

듀이가 부자연스러운 동작으로 일어나 앉았다. 곧이어 입술을 핥아보더니 오만상을 쓰며 침을 퉤퉤 뱉어냈다. 그는 겉옷을 벗어 신경질적으로 보일 만큼 빠르고 꼼꼼하게 입 주변을 문질렀다. 그런 건 나중에 하라고 소리치려던 벨페스트는 셰이에게 조금이라도 나은 모습을 보여주는 편이 낫겠다는 생각에 잠자코 그의 행동을 지켜봤다.

“다 끝났으면 일어나. 셰이한테 데려다 줄 테니까.”

“그럴 필요 없어.”

벨페스트는 눈살을 찌푸렸다. 전과 다를 바 없는 듀이 델코의 목소리임에도 불구하고 전혀 다른 사람이 말한 것 같은 이상스런 느낌이 들었다.

“셰이를 괴롭히지 말라며 질질 짜기에, 데려다 준다고 하면 감격의 눈물이라도 펑펑 쏟을 줄 알았더니만… 왜 갑자기 마음이 변한 거냐?”

“내가 만나고 싶은 사람은 따로 있어.”

“누구? 아아, 들어볼 필요도 없어. 보나마나 그 짜증나는 왕자 녀석이 분명할 테니까. 둘이 찰싹 붙어 다니더니, 헤어져서는 못 사는 애틋한 사이라도 되었나 보지? 하긴 녀석에게 밉보여 버림받기라도 했다면 지금까지 멀쩡하게 살아 있지도 못하겠지. 생존 전략 하나는 약삭빠르게 잘도 세워놓았군.”

벽에 몸을 기대고 선 벨페스트가 조롱조로 비꼬았다.

“너도 특별히 나은 것 같진 않은데? 이 사람 저 사람 옮겨가며 벌레처럼 달라붙어 살았다는 게 눈에 빤히 보이는군. 그 대가로

과연 무엇을 바쳤을까? 그럭저럭 쓸 만해 보이는 네 몸뚱이일 것 같은데… 내 말이 맞지?"

벨페스트의 얼굴이 무섭게 일그러졌다.

"이, 이 개자식! 죽여 버릴 거야!"

분노로 인해 아무것도 보이지 않게 된 그는 무작정 듀이에게 달려들었다. 목을 움켜잡으려는 찰나, 그의 몸이 저만치 벽 쪽으로 내동댕이쳐졌다. 뼈가 바스러지는 듯한 아픔에 숨이 막혔다. 벨페스트는 고통을 참으며 빠르게 주문을 외워 나갔다. 주문을 완성하기 직전 그는 흠칫하며 입을 다물었다. 어떤 강력한 힘이 그의 마법력을 옴짝달싹 못하도록 억누르고 있었다. 벨페스트는 믿어지지 않는다는 눈으로 듀이를 노려봤다.

능력이 있으리라 짐작은 했지만 이 정도일 줄이야…….

갑가지 그의 몸이 벽에 찰싹 달라붙더니 천장을 따라 움직여 듀이의 머리 위까지 이동했다.

"멋져! 아주 멋져! 정말 대단해!"

듀이의 연초록 눈동자에 숨길 수 없는 흥분이 나타났다.

"그래, 듀이 델코. 네 말대로 정말 대단하군. 그런데 한 가지 궁금한 게 있어. 왜 여태껏 나한테 얌전히 당하고 있었던 거지? 네 마음대로 날 다룰 수 있으면서도 말이야."

벨페스트는 몹시 궁금하다는 표정을 지었다. 속으론 이를 갈며 공격 기회를 노리고 있었으나 겉모습은 지극히 태연했다.

"그때와 지금의 날 비교하지 마!"

듀이는 불쾌하다는 듯 날카롭게 반응했다.

"우습군, 그때나 지금이나 똑같은 듀이 델코잖아."

벨페스트를 받치고 있던 힘이 일시에 사라졌다. 바닥으로 추락한 그는 턱뼈가 부서지는 순간 고통에 찬 비명을 터뜨렸다.

"잘 들어, 난 그 멍청한 듀이 델코가 아니야."

벨페스트는 가까스로 상체를 일으켜 세웠다. 시뻘건 선혈이 후드득 떨어져 내렸다.

"네 주인이 모고르라고 했지? 그에게 가서 전해, 귀빈을 맞을 준비를 하고 있으라고."

선홍빛 입술에 가느다란 미소가 그려졌다.

"곧 아룬델님께서 친히 방문하실 테니까……."

Chapter 15

보이는 것과 보이지 않는 것

"눈이 삐었어? 앞 좀 똑바로 보고 다녀!"

앙칼진 목소리가 송곳처럼 뇌리를 파고들었다. 마주 오던 젊은 여자에게 떠밀려 담벼락에 어깨를 부딪친 셰이는 어렵사리 몸을 바로잡았다. 그녀는 서 있는 것이 신기할 정도로 기진맥진한 상태였다. 온몸이 젖은 솜처럼 천근만근 늘어졌고, 다리는 통나무같이 뻣뻣했으며 어깨와 허리는 끊어질 듯 아파왔다. 심지어는 커다란 돌을 이고 있는 것 같은 묵직한 두통이 머리며 시야까지 흐릿하게 만들었다.

"어휴, 재수없어! 더러운 거 묻었으면 가만 안 놔둘 줄 알아!"

여자가 어깨며 팔을 탁탁 털어댔다. 셰이는 그녀를 흘긋 본 다음 말없이 발을 내디뎠다. 아무래도 상관없었다. 모욕을 당했지만 화도 나지 않았다. 지친 탓만은 아니었다. 저 밑바닥까지 내려앉은 마음이 모든 느낌과 감정을 무덤덤하게 만들었다.

"오빠, 뭐 하고 있어? 빨리 내 옷 좀 봐줘. 요샌 별 거지 같은 것들이 다 활개치고 돌아다닌다니까!"

"누가 아니래? 창피한 줄을 알아야지. 왜 쓸데없이 기어나와서 우리 귀염둥이를 괴롭히는 거야? 재수없게!"

남자가 바닥에·침을 퉤, 뱉었다. 이미 두 남녀를 지나쳐 서너 걸음 옮기고 있던 셰이는 휙 발길을 돌려 그들 앞을 막아섰다.

"뭐야?"

여자가 눈을 동그랗게 떴다.

"사과해. 너희 둘 다."

"어, 어머! 웃겨, 정말!"

"미친 애 아니야?"

남자가 어이없다는 표정을 지으며 셰이를 아래위로 훑어 내렸다.

"무슨 일이야?"

두 남녀 뒤로 네 명의 건장한 사내들이 다가왔다.

"글쎄, 큰오빠! 막내오빠랑 같이 걸어가는데, 쟤가 갑자기 시비를 거는 거야! 아무 이유 없이 말이야! 아무래도 제정신이 아닌 것 같아. 무서워서 정말 죽는 줄 알았다니까. 오빠들이 좀 쫓아줘."

"왜 이렇게 안 오나 했더니만……."

네 명의 사내가 위협적인 태도로 셰이 앞에 버티고 섰다. 막내오빠라는 남자도 지체없이 끼어들어 한자리를 차지했다. 오빠들의 어깨 사이로 고개를 삐죽 내민 여자가 맛이 어떠냐는 듯 젠체

하며 히죽거렸다.

"냉큼 꺼져! 뭉개 버리기 전에!"

덩치 큰 다섯 남자에게 둘러싸이자 셰이는 본능적으로 움츠러들었다. 그녀는 애써 어깨를 펴고 턱을 치켜들었다. 어느새 그들 주위엔 이십여 명에 달하는 구경꾼들이 눈을 반짝이며 모여 있었다.

"날 모욕한 것에 대한 사과부터 해."

"사과는 무슨 얼어 죽을 사과! 얘들아!"

큰형의 눈짓을 받은 동생 둘이 셰이를 번쩍 들어 올렸다. 갑작스런 움직임에 아찔한 현기증이 일었다. 셰이는 눈을 감았다. 진땀이 배어들며 머릿속이 아득해졌다.

"큰형, 이제 어떡해?"

"저리 던져 버려!"

남자가 가리킨 건 퇴비로 쓰기 위해 수레에 수북이 쌓아놓은 말똥 더미였다.

"좋았어!"

"정말 멋진 생각이야, 큰오빠!"

여자가 손뼉을 쳤다. 구경꾼들의 수군거림이 더욱 커졌다.

"아이고, 저를 어째?"

"쯧쯧! 하필이면 저 망나니 형제들한테 걸려서……."

"글쎄 말이야. 딱하게 됐네, 정말."

"재미있겠는데, 뭘 그래?"

웃음소리와 갖가지 웅성거림이 넘쳐 나는 가운데 형제들이 셰이를 집어 던지려던 찰나였다.

"내려놔, 얌전히."

낯선 음성이 날아왔다. 그리 크진 않았으나 자신감과 힘이 느껴지는 어투였다. 사람들의 시선이 한 남자에게 몰려들었다. 군살 없이 탄탄하면서 강단있어 보이는 체격의 남자가 다리를 약간 벌린 채 서 있었다.

"넌 뭐야?"

형제들이 눈을 부라리며 을러댔다.

"다치기 싫으면 좋게 말로 할 때 꺼져!"

"하릴없이 지나가던 놈팡이인가 본데, 그냥 계속 갈 길이나 가서! 괜히 남의 일에 끼어들었다가 골로 가지 말고!"

"당장 꺼지지 않으면 눈물 콧물, 덤으로 코피까지 콸콸 쏟게 해주겠어!"

앞으로 나서려 하던 동생들은 그만두라는 큰형의 눈짓을 받고 주춤거렸다.

"너희들이나 얌전히 물러가. 굳이 소란을 피우고 싶다면 마음대로 하고, 말리지 않을 테니까."

정체불명의 남자가 단검을 공중에 휙 던져 올렸다. 그리고는 쳐다보지도 않은 채 휘리릭 맴을 돌며 떨어지는 예리한 단검을 능숙하게 낚아챘다.

"이 자리에 남는다면, 제대로 팔다리가 붙은 상태로 돌아갈 생각은 안 하는 게 좋을 거야."

다소 기가 눌린 형제들이 시선을 주고받았다. 큰형이 고개를 끄덕이자 남자들은 엉거주춤 들고 있던 세이를 바닥에 내려놓았다.

"뭐, 뭐야? 이대로 가는 거야? 저 남자 하나를 못 당해서? 말도 안 돼! 오빠들은 다섯이나 되잖아!"

"입 다물어. 네 오빠들 죽는 꼴 보고 싶지 않으면."

"형, 아리카 말이 틀린 건 아니잖아."

"맞아, 우리가 왜 꽁지 빠진 강아지처럼 꼴사납게 줄행랑을 쳐야 하는 거야?"

"이리 가까이들 와봐."

큰형의 손짓에 동생들이 전부 모여들었다.

"내가 선착장에서 봤다는 남자 있지? 치기배 아홉을 혼자 상대했다는."

"그, 그럼 저 녀석, 아니, 저 사람이 그 남자라는 거야?"

"뭐어? 모조리 초주검을 만들었다는 그 싸움꾼?"

큰형이 며칠 전에 해준 얘기를 기억해 낸 동생들은 남자를 흘끔거리며 슬금슬금 뒷걸음질쳤다. 남자가 찌푸린 얼굴로 주위를 둘러보자 구경꾼들도 부랴부랴 자리를 떠났다. 그는 바닥에 앉아 힘없이 고개를 꺾고 있는 셰이에게 다가갔다.

"네 모습을 보니, 그동안 잘 지냈느냐는 인사는 꺼낼 필요도 없겠어."

셰이는 기력이 소진된 노인처럼 느릿느릿 얼굴을 들어 올렸다.

"왜 이렇게 다 죽어가게 된 거야?"

"걸었어… 조금…….."

"얼마나 걸었는데?"

"이틀하고 반나절인가… 사흘하고 조금 더 걸은 것 같기도 하고… 잘 기억이 안 나…….."

"그래, 네 말대로 참 조금 걸었다."

남자가 셰이 앞에 한쪽 무릎을 꿇고 앉았다.

"나 보니까 어때? 반가워? 설마 '바다에 빠져 죽은 줄 알고 좋아했는데, 짜증나게 왜 살아 돌아온 거야?' 뭐, 이런 생각하고 있는 건 아니겠지, 밤톨?"

본 존은 장난스럽게 웃었다. 셰이는 아무 말 없이 그를 바라봤다. 그의 하늘색 눈동자가 조금씩 부옇게 흐려졌다. 눈물 한 방울이 셰이의 볼을 적시며 굴러 떨어졌다.

"셰이……."

본 존이 조금 당황한 얼굴로 그녀의 이름을 불렀다. 셰이는 그의 팔에 이마를 가져다 댔다. 가느다란 흐느낌이 새어 나왔다.

"왜 그래, 셰이?"

셰이는 울음을 막기 위해 입술을 깨물었다. 그러나 한번 터진 눈물은 좀처럼 그치지 않았다. 본 존이 가늘게 떨리는 그녀의 어깨를 끌어안았다. 셰이는 그의 가슴에 얼굴을 묻었다. 눈물이 계속해서 흘러나왔다.

"꽤 괜찮은 기분이야."

얼마간의 시간이 흐른 뒤, 울음이 거의 잦아들었을 때 본 존이 말했다.

"뭐가?"

잔뜩 잠긴 코맹맹이 소리가 나오자 셰이는 왠지 모르게 이 모든 상황이 별일 아닌 것 같은 느낌이 들었다.

"거리 한복판에서 사람들한테 즐거운 볼거리를 제공하는 기분 말이야."

"나도 생각만큼 최악의 기분은 아니야."

"그 말은 나처럼 멋진 남자한테 안긴 상태에서 꺼낼 만한 표현은 아닌 것 같은데?"

"나 스스로도 결코 용납할 수 없는 행동을 대대적으로 벌인 기분을 말한 거야."

셰이는 아무렇지 않게 본 존의 가슴을 밀며 몸을 일으켰다. 예전의 그녀였다면, 아니, 당장이라도 쓰러질 정도로 피곤하지 않았다면 죽고 싶을 만큼 창피했을 것이다. 그러나 지금 이 순간만큼은 부끄러운 마음도 후회의 감정도 생기지 않았다.

"그 말을 들으니 나야말로 기뻐해야 할지 슬퍼해야 할지 헷갈린다."

본 존은 뻐근한 근육통이 느껴지는 다리를 몇 번 흔들어 풀어주었다.

"가자."

"어딜?"

셰이는 커다랗게 하품을 했다. 정신이 몽롱했다.

"편안히 눈 좀 붙일 수 있는 곳으로. 지금도 반쯤은 잠에 빠진 것 같으니, 완전히 곯아떨어지기 전에 어서어서 움직여야지."

본 존은 부축하듯 셰이의 어깨에 팔을 두르고 걸음을 떼었다. 그는 대여섯 개의 여관이 몰려 있는 골목으로 방향을 잡았다. 현재 머물고 있는 숙소가 있긴 했으나 셰이를 데려갈 수는 없었다. 험한 선착장 뒷골목에 있을 뿐 아니라 지저분했고, 결정적으로 세 명의 사내와 함께 기거하는 곳이었다.

두 사람이 막 골목 어귀로 접어들려고 할 때였다. 대여섯 걸음쯤 앞서 가는 세 노인의 얘기 소리가 들려왔다.

"글쎄, 바닥에 퍼질러 앉아 둘이 꼭 껴안고 있더라니까!"

"하여튼 요즘 젊은것들은 남부끄러운 줄도 몰라요."

"누가 아니래? 앞으로 뭐가 되려고 그러는지……."

노인들이 일제히 혀를 찼다. 본 존은 피식 웃었다. 뒤따라가고 있는 자신과 셰이를 보면 노인들이 어떤 표정을 지을지 궁금했다.

어디 한번 모르는 척하고 앞으로 나서볼까?

"근데 말이야. 내가 좀 전에 말한 그 젊은 애들한테 한마디 해줄까, 말까 망설이다가 얼핏 어떤 남자를 봤는데……."

좌우를 살피던 노인이 목소리를 낮췄다.

"그 남자 눈이 금색이더라고."

노인의 말을 흘려들으며 셰이를 고쳐 잡던 본 존은 일순 동작을 멈췄다.

"금색? 그게 뭐 어때서? 금색도 특이하긴 하지만, 난 더한 것도 본 적이 있단 말씀이야! 아, 글쎄, 희끄무레하니, 누르퉁퉁하니, 꼭 썩은 달걀처럼 보이는 눈알이 있더라니까! 니들 그런 거 본 적 없지?"

"내가 말하려던 건 그런 게 아니라… 왜 거 있잖아. 금빛 눈, 황금빛 눈을 가졌다는 그 마법사……."

"저, 저주받은 흑마법사?"

노인 한 명이 꽥! 소리를 질렀다. 비몽사몽 잠결에 빠져 거의 무의식중에 다리를 움직이고 있던 셰이는 부스스 고개를 들어 올렸다.

"뭐? 지금 뭐라고 했어?"

"별거 아니야. 이쪽엔 여관이 없는 것 같으니 다른 곳으로 가봐야겠다고 말했어."

본 존은 자연스럽게 방향을 바꿔 왔던 길을 되돌아갔다.

아니기 십상이겠지만 조심해서 나쁠 거야 없지. 저주받은 흑마법사 따위와는 되도록 연관되지 않는 편이 셰이에게도 더 나을 테고.

"그렇지, 셰이?"

"으응… 그래……."

셰이가 불분명하게 우물거렸다. 그녀는 이제 본 존에게 매달려 가다시피 하며 발을 질질 끌고 있었다.

"아무래도 안 되겠다. 이러다간 숙소를 찾기 전에 네 발이 전부 닳아 없어질 것 같아."

본 존은 셰이를 등에 업었다.

"편해?"

깊은 숨소리가 대답 대신 들려왔다. 본 존은 나직이 휘파람을 불며 노인들과의 거리를 더욱 넓게 벌렸다.

커튼이 쳐진 그리 밝지 않은 공간엔 금방이라도 무너질 듯한 정적이 쌓여 있었다. 은밀한 긴장감이 흐르는 침묵 속에서 모고르는 맞은편에 앉아 있는 젊은 남자를 하나하나 뜯어봤다. 빈틈 없는 그의 시선엔 상대를 지배하려 드는 강한 위압감이 깔려 있었다.

　모고르는 상황을 주도하고 상대의 기를 꺾기 위한 방법으로 침묵을 즐겨 사용했다. 침묵은 대부분의 사람들을 초조하고 불안하게 만들었다. 침묵이 만든 중압감을 이기지 못한 사람들은 이성적으로 말하고 행동하지 못했다. 그럼 주도권은 자연스레 모고르에게 넘어갔다. 그런 이유로 모고르는 늘 애초에 자신이 원했던 것 이상의 수확을 거둘 수 있었다.

　그러나 자신을 아룬델이라고 주장하는 이 남자는 달랐다. 끝없이 이어질 것 같은 묵직한 침묵 속에서도 별다른 반응을 보이지 않았다. 자신이 유리한 입장에 있음을 아는 듯 거드름을 피우며 앉아 있을 따름이었다.

　대체 무슨 속셈일까? 뭘 노리고 이따위 일을 벌인 것일까? 스스로 내 앞에까지 나선 걸 보면 어떤 꿍꿍이속이 있을 게 분명한데…….

　모고르는 초조감을 이기지 못하고 미간을 좁혔다. 의도적으로 만든 침묵의 덫에 오히려 그 자신이 걸렸음을 깨달은 모고르는 심기가 언짢아졌다. 그러나 감정을 드러내 상대에게 주도권을 넘길 그가 아니었다. 반대로 그는 이 상황을 역이용하기로 마음먹었다. 그리고 그 즉시 탁자를 강하게 내려쳤다. 쾅! 소리가 터지자 놀란 남자가 몸을 움츠렸다.

　"네가 감히 누굴 속이려 드는 게냐?"

　"속이긴 누가 속였다는 거야?"

　남자가 신경질적으로 되받았다.

　됐어!

그가 자신의 손바닥 안에 들어왔음을 확신한 모고르는 상대적으로 느긋해졌다.

"넌 듀이 델코다! 아룬델의 거죽을 쓴 듀이 델코! 다시 한 번 아룬델이라는 헛소리를 늘어놓는다면, 영원히 잊지 못하도록 그 거죽을 벗겨 네놈 눈앞에 매달아놓을 것이다!"

"난 아룬델이다!"

"네놈이 정말 피 맛을 봐야 정신을 차리겠구나!"

"증거를 대면 될 것 아니야? 내가 아룬델이라는 증거 말이다!"

"증거라고? 그런 증거가 있을 리 없다."

"생전에 프린시페 왕비가 기거했던 아이보리 궁으로 가서 네 개의 출입구 중 왕비의 침소와 가장 가까운 금문 아래를 파봐. 내가 왕비한테 저주를 내리기 위해 쓴 마경(魔鏡)이 거기 있을 거야."

이번에 놀란 쪽은 모고르였다. 그라무스 3세의 극진한 사랑을 받았던 프린시페 왕비는 원인 모를 병에 걸린 지 채 사흘도 못 되어 숨을 거두었다. 아룬델이 왕궁에 처음 모습을 보인 날로부터 정확히 보름 전에 일어난 사건이었다. 비통한 슬픔에 빠져 있던 그라무스 3세가 마치 혼이라도 나간 듯 아룬델에게 빠져들었던 일은 헤이론 국의 국민이라면 모르는 이가 없을 정도로 유명한 얘기였다.

이제야 알겠군, 프린시페 왕비의 석연찮은 죽음 뒤에 누가 있었는지. 그라무스 3세에게 접근하기 위해 먼저 왕비부터 없애 버린다? 사전 준비가 놀랄 만큼 치밀했어. 만약 내가 아룬델이었다 해도 그런 방법을 썼을 거야. 그저 외모만 믿고 나서는 머리 빈

남창인 줄만 알았더니…….

아룬델을 보는 모고르의 시선엔 감탄과 약간의 경계심이 담겨 있었다. 모고르는 이제 눈앞의 남자가 아룬델임을 의심하지 않았다. 그와 더불어 만만히 볼 자가 아니라는 사실도 깨닫게 되었다.

"뭐 하고 있는 거야? 어서 가서 파보라니까!"

"날 보자고 한 이유가 궁금하구나, 아룬델."

아룬델의 얼굴에 그럼 그렇지, 하는 미소가 번졌다.

"사람 속을 박박 긁어대더니만, 이제야 말이 좀 통하겠군."

"듀이 델코란 자는 네가 지어낸 인물이냐?"

"절대 아니다! 절대! 난 어떻게든 죽음만 모면하고 싶어서 그랬던 것뿐인데, 그 듀이 델코란 녀석이 괜히 끼어든 거란 말이다! 생전 한 번 본 적도 없는 녀석이 내 몸을 차지하고, 그것도 모자라 주인 행세까지 하다니! 그걸 빤히 지켜보면서도 내 마음대로 손가락 하나 까딱하지 못하는 심정이 어떤지 알기나 해?"

아룬델은 몹시 불쾌한 듯 사납게 발까지 굴렀다. 사실 도망치고 싶은 절박한 마음에 듀이와 영혼을 바꾸려고 시도한 쪽은 그 자신이었다. 그 과정에서 무엇인가가 잘못되는 바람에 육체를 내주고 자신은 그 안에 갇히는 꼴이 되고 말았으나, 아룬델은 그 모든 일들이 다 듀이 때문에 벌어진 것이라고 자기 편한 대로 결론 짓고 있었다.

"죽음을 모면하기 위해 뭘 했다는 거냐?"

모고르는 인사말이라도 건네듯 지극히 태연한 어조로 물었다. 그러나 반쯤 내려 뜬 그의 회색 눈동자 속엔 용의주도한 계산이 깔려 있었다.

“그건 파비앙…….”

퍼뜩 정신을 차린 아룬델이 얼른 입을 다물었다. 그러나 모고르는 이미 대충이나마 일의 정황을 간파하고 있었다.

그라무스 3세가 죽기 전에 무슨 방법을 말해주었나 보군.

“그건 그렇고, 마드라의 열쇠는 왜 찾는 거야?”

아룬델이 다짜고짜 물었다. 정곡을 찔린 모고르는 반사적으로 부인하고 나섰다.

“마드라의 열쇠를 왜 찾느냐고? 난 그런 적 없다!”

“듀이 델코에게 비록 몸은 빼앗겼지만 녀석이 뭘 보고, 뭘 경험하는지 하나하나 느끼고 읽을 수 있었어.”

다 알고 하는 말이라는 뜻이었다.

“마드라의 열쇠는 헤이론 국의 상징이 아니냐? 새 국왕 폐하께 헤이론의 상징을 바쳐 국권을 바로 세우고 정통성을 확고히 하기 위해서이다.”

그사이 냉정을 되찾은 모고르는 하나 마나 한 상투적인 답변을 내놨다. 아룬델의 얼굴에 짜증이 서렸다.

“지어낸 얘기 말고 본심을 털어놓으란 말이야! 마드라의 열쇠를 찾고 싶으면!”

모고르는 정신이 번쩍 나는 느낌이었다. 재빨리 이해득실을 따져 보던 그는 일단 한 조각의 진실을 드러내 보이기로 마음을 정했다.

“난 힘을 가지고 싶다.”

“힘? 힘은 가져서 뭐에다 쓰려고? 품에 안고 잘 애첩의 머릿수나 늘리고 싶다는 얘기야?”

아룬델은 콧방귀를 뀌며 빈정거렸다. 조롱거리가 된 기분이 들자 모고르는 불끈 화가 치밀었다.

"네놈이 죽고 싶어 안달이 난 모양이로구나! 다시는 내 앞에서 함부로 혀를 놀리지 못하게 만들어주마!"

진회색 연기가 아룬델을 향해 돌진했다. 아룬델은 재빨리 손을 치켜들었다. 그의 손끝에서 투명한 빛이 번쩍이더니 허공에 눈부신 섬광이 일었다. 삽시간에 연기가 사라졌다. 흡사 빛으로 이루어진 맹수가 연기를 한입에 삼켜 버린 듯한 광경이었다.

"어, 어떻게 이런 일이……."

모고르는 방금 전 자신의 눈앞에서 일어난 일을 도저히 믿을 수 없었다. 그의 힘이 이토록 맥을 못 추고 철저히 제압당한 건 처음이었다. 벨페스트나 아슬라 역시 범상치 않은 능력을 가지고 있었으나 그의 적수는 되지 못했다.

온전히 힘을 발휘하지 않아서일 거야. 그래, 그게 틀림없어. 지금이라도 마음만 먹으면 아룬델 정도는 이 자리에서 죽일 수 있어. 암, 그렇고 말고.

모고르는 간신히 자신을 납득시켰다. 탐색적인 시선으로 아룬델을 견제하던 그는 이해 못할 의문이 생기자 이마에 주름을 잡았다.

저 정도의 능력을 가졌다면 무기력하게 내실에 갇혀 있을 이유도, 죽음을 모면하기 위해 아등바등할 이유도 없었을 텐데……. 대체 어떻게 된 일일까?

"꽤나 놀란 것 같군. 나도 내가 가진 힘이 믿어지지 않을 정도니… 너야 당연히 더하겠지. 말해봐, 모고르. 네 눈에도 내 능력이 대단한 것 같지 않아?”

아룬델은 뽐내듯 의기양양하게 말했다. 만족스러움을 조금도 숨기려 들지 않았다.

벌써부터 자만에 빠져 희희낙락하는 꼴이라니……. 하긴, 네가 그럴수록 난 더욱 유리한 입장에 서게 될 테니, 기뻐해야 할 일이로구나.

“그래, 정말 대단한 능력이다, 아룬델. 어찌나 놀랐는지 하마터면 의자에서 떨어지는 줄 알았다.”

모고르는 아룬델의 자만심을 은근히 부추겼다. 그리고 뒤이어 혼란스럽다는 표정을 지어 보였다.

“그나저나 정말 이해가 안 되는구나. 그 정도의 능력을 가졌으면서 어떻게 지금까지 숨길 수 있었던 것이냐? 장장 이 년이 넘도록 말이다.”

“힘을 손에 넣은 지는 얼마 되지 않았어.”

그럼 그렇지. 역시 내실에 갇혀 있을 때, 어떤 일이 벌어진 거야, 아룬델에게 막강한 힘을 안겨준 어떤 일이…….

궁금해 애가 탈 지경이 된 모고르는 단도직입적으로 물어보는 쪽을 택했다.

“어떻게 해서 얻게 된 힘이냐?”

“그걸 밝히기에 앞서 알고 싶은 게 있어. 마드라의 열쇠를 찾는 이유, 그걸 먼저 알아야겠어.”

“천하를 내 손 안에 넣고 싶어서이다.”

모고르는 거리낌없이 본심을 열어 보였다. 이만하면 탐색은 충분했다. 이젠 일을 진척시켜야 할 때가 되었다. 모고르는 본능적으로 아룬델이 자신과 동류임을 느끼고 있었다. 그건 상황에 따라 때로는 신중하게, 때로는 밀어붙이듯 과감하게 다룰 필요가 있음을 의미한다.

"역시 그랬군. 천하를 가지고 싶다니 대단하구나, 모고르."

아룬델의 얼굴이 전에 없이 진지해졌다.

"네 손에 천하를 쥐게 되면, 헤이론 국을 나한테 줘. 내가 원하는 건 그게 전부야. 난 너처럼 큰 걸 바라지 않아. 그저 전과 같이 아랫것들의 시중이나 받으면서 적당한 권력을 누리고 싶을 뿐이야."

모고르는 황당한 나머지 벌린 입을 다물지도 못했다.

"헤… 헤이론 국을… 달라고?"

"그래."

잠시 아룬델을 바라보고 있던 모고르는 큰 소리로 웃어젖혔다. 이처럼 마음에서 우러나오는 웃음은 그에게 매우 드문 경우였다.

"정말 우습구나! 살아생전 들은 얘기 중 가장 재미있는 우스갯소리였다."

"마드라의 열쇠를 갖고 싶지 않은가 보지?"

모고르는 단번에 웃음을 그쳤다.

"마드라의 열쇠가 어디 있는지 아느냐?"

"물론."

답변이 나오기가 무섭게 모고르는 의자를 밀치며 일어섰다.

"어디 있느냐? 어서 말해라! 마드라의 열쇠가 어디 있는지, 어서 말해라!"

"헤이론 국을 나한테 준다고 약속해. 그럼 말해주겠어."

모고르는 아룬델의 멱살을 난폭하게 움켜쥐었다.

"네놈을 한 점 한 점 얇게 저며줄 수도 있어. 넌 아마 한 점만 떼어내도 울며불며 모든 걸 술술 털어놓게 될 거다."

"그렇겐 못할걸?"

아룬델은 자신만만했다.

"네가 가진 그 같잖은 힘 때문에 이렇게 기고만장한 것이냐?"

"아니, 마드라의 열쇠 때문이야. 마드라의 열쇠가 어디 있는지 알아낸다 해도 내가 죽으면 아무 소용 없을 테니까."

모고르의 미간에 깊은 주름이 패었다. 아룬델이 무슨 말을 하는지 감도 잡히지 않았다.

"네가 실성을 했나 보구나?"

"그래도 모르겠어?"

아룬델은 거만한 태도로 모고르의 손을 밀쳐 냈다.

"내가 바로 마드라의 열쇠야."

"뭐… 뭐, 뭐라고……?"

다리에서 힘이 풀린 모고르는 비틀거렸다. 그가 간신히 의자 등받이를 틀어쥐었을 때, 아룬델이 웃음을 터뜨렸다. 천하를 손에 쥔 듯 거리낌없는 웃음소리가 사방으로 퍼지며 공기를 울렸다.

*

"맙소사!"

셰이의 발을 보자 본 존은 잠시간 입을 다물 수 없었다. 벗겨진 살갗 곳곳에서 배어 나온 진물 섞인 핏자국, 십여 개에 이르는 크고 작은 물집들, 뽑혀 나간 발톱 자리에 드러난 벌건 생살… 처참하다는 말이 떠오를 정도로 셰이의 발은 엉망이었다. 걸은 시간이 이틀인지 사흘인지 모르겠다는 말을 들었을 때, 본 존은 다소 과장된 얘기로 받아들였다. 그녀의 발을 못 봤다면 여전히 그렇게 생각하고 있을 터였다.

"대체 왜 이렇게까지……."

본 존은 절레절레 고개를 흔들었다.

저 정도로 자신을 혹사시키면서 대체 뭘 얻으려는 걸까?

한숨을 내쉬던 본 존은 이러고 있을 때가 아니라는 생각에 부랴부랴 약초 가게로 뛰어갔다. 그는 약초상이 가르쳐 준 대로 두 가지 약초를 우려낸 약물에 셰이의 발을 담갔다. 상처에 약초물이 닿자 정신이 번쩍 든 셰이는 외마디 소리를 지르며 후닥닥 발을 빼냈다.

"안 돼, 조금 더 담그고 있어야 돼."

"아파!"

"아프니까 담그는 거야. 잠시만 참아봐, 그럼 곧 괜찮아질 테니까. 지금 빨리 치료하지 않으면 더 악화될 수도 있단 말이야."

본 존은 셰이를 살살 달랬다.

"싫어! 죽으면 죽었지 저 물엔 발가락 하나도 안 댈 거야!"

펄펄 끓는 용암에 발을 집어넣은 듯한 아픔을 또다시 겪을 생각만 해도, 셰이는 뒷골이 쭈뼛 곤두서는 것 같았다.

"고집 피우지 마. 무조건 담가야 돼."

본 존은 셰이의 발목을 움켜잡고 완력을 써서 약초 물이 든 통으로 가져갔다.

"싫어! 이거 놔! 싫어!"

셰이는 격렬히 저항했다.

"으윽!"

그녀의 발에 관자놀이 부근을 걷어차이고 만 본 존은 바닥을 노려보며 험한 욕설을 연이어 쏟아냈다. 찔끔한 셰이는 그의 눈치를 살폈다.

"그러게, 내가 싫다고 했잖아."

본 존은 초인적인 인내심을 발휘해 부글부글 끓고 있는 성질을 억눌렀다.

"셰이엔, 나도 네가 힘들어하는 모습은 보고 싶지 않아. 하지만 이렇게 안 하면 정말 끔찍한 일이 생긴단 말이야."

본 존은 생각하기도 괴롭다는 표정을 지으며 몸서리를 쳤다.

"어떻게 되는데?"

"상처에 벌레가 생긴대."

"버, 벌레?"

셰이는 본능적으로 발을 움츠렸다.

"응, 처음엔 굉장히 작대, 실오라기처럼. 그런데 이놈들이 점점 살이 붙기 시작하면 순식간에 손가락 굵기만큼 빵빵해진다고 하더라. 그러니까 이렇게 꿈틀꿈틀대며 질척하게 곪아 들어가는 살점이며 힘줄, 피고름 같은 것들을 꾸역꾸역 먹어치우는 거지. 뼈가 허옇게 드러날 때까지 열심히 꿈틀꿈틀하면서……."

본 존은 셰이의 눈앞에 대고 손가락 하나를 실감나게 꼼질거렸다.

“말도 안 돼. 세상에 그런 벌레가 어디 있어?”

“당연히 그렇겠지? 나도 괜히 겁주려고 지어낸 얘기일 거라 생각하고 있었어.”

본 존은 약물통을 집어 들며 옆까지 다 들리게 혼잣말로 투덜댔다.

“형편없는 돌팔이 같으니… 치료사라는 명칭이 아깝다. 실력도 없으면서 벌레니 뭐니, 황당한 소리만 떠들어대고… 아까운 내 돈만 날렸네.”

“치료사가 해준 얘기야?”

“어? 뭐라고 했어? 잠깐만 기다려. 이것만 쏟아버리고 금방 돌아올게.”

본 존은 성큼성큼 문가로 다가갔다. 그가 막 밖으로 나가려 했을 때, 셰이가 입을 열었다.

“나, 그거 할래.”

“뭐? 무슨 말이야?”

본 존은 못 알아들은 척 시치미를 뗐다. 셰이는 그에게 눈을 흘겼다.

“발 담그겠다고, 그 물에.”

“많이 아프다면서? 안 하는 게 낫지 않을까?”

“아프기야 하겠지만 한번 참아볼게.”

“그래? 그럴 필요까진 없을 것 같지만… 네가 정 하고 싶다면야, 뭐.”

본 존은 약물통을 셰이의 발치에 내려놓으며 슬그머니 웃음을 흘렸다.

"나 지금 바보 같은 술수에 넘어간 가지?"

"눈치 빠른 레이디께 존경의 마음을 담아……."

본 존이 우아한 동작으로 셰이의 손등에 입을 맞췄다.

"그럴 줄 알았어. 내 비명 소리가 아무리 시끄러워도 귀 막으면 안 돼. 우스꽝스러운 허풍으로 날 설득시킨 죄에 대한 벌이야."

힘없이 웃어 보인 셰이는 마음의 준비를 하듯 심호흡을 했다. 그리고 약물에 발을 담갔다. 온몸이 바싹 수축하며 눈에 보일 정도로 부들부들 떨렸다. 셰이는 이를 악물고 쏟아지려 하는 비명을 참아냈다. 전신에 축축한 식은땀이 배어들었다.

"소리 질러, 참지 말고!"

보다 못한 본 존이 셰이의 팔을 잡아 흔들었다. 거친 신음 소리가 흘러나왔다. 시간이 지남에 따라 점차 통증이 잦아들었다.

"좀 어때? 괜찮아?"

공연스레 안절부절못하며 창가를 서성이던 본 존은 대답이 나오지 않자 서둘러 셰이에게 다가갔다. 그녀는 어느덧 고른 숨을 내쉬며 잠들어 있었다. 본 존은 빙그레 웃으며 뭉쳐진 모포를 꼼꼼히 펴주었다. 약물통을 치우고 뒷정리까지 말끔하게 끝낸 후, 그는 여분의 모포를 바닥에 깔았다. 안락해 보이는 침상과 세상모르고 잠들어 있는 셰이가 눈에 들어오자, 옆에 누울까 하는 유혹이 생겼다. 그러나 휴식이 절실한 그녀를 편히 쉬게 해주고 싶다는 마음이 그보다 훨씬 강했다.

철이 들려는 건지, 노망이 나려는 건지 모르겠군.

본 존은 피식거리며 딱딱한 바닥에 팔베개를 하고 누웠다.

"보고 싶었다는 말, 내가 했던가?"

본 존은 대답을 기다리듯 입을 다물었다. 잠시 후 다시 말을 꺼내려던 그는 소리없이 한숨을 내쉰 다음 오지 않는 잠을 애써 청했다.

"그러니까 내가 꼬박 하루하고도 반나절을 더 잤다는 거야?"

셰이는 본 존이 내미는 물 잔을 받아 들며 창밖으로 시선을 가져갔다. 하늘이 약간 흐려 있긴 했으나 저녁이 되려면 아직 멀었음을 알 수 있었다.

"그래, 한 번도 깨지 않고 쿨쿨 잘 자더라."

본 존은 희귀 생물을 관찰하는 듯한 눈으로 셰이의 안색을 살폈다. 실제로 셰이는 그가 자신의 발을 세 번이나 더 약물에 담갔다는 사실도 알지 못했다. 덕분에 그녀의 발 상태는 상당히 호전되어 있었다.

"좀 깨우지 그랬어?"

셰이의 말투엔 약간의 질책이 담겨 있었다.

"창문 밑에서 시끄럽게 떠드는 꼬마 녀석들까지 쫓아내며, 편히 잘 수 있도록 해주었더니만… 고맙다는 말 한번 제대로 듣네."

다소 익살스럽게 툴툴대던 본 존은 자신이 정말 서운함을 느끼고 있다는 사실을 깨닫고는 어이가 없어졌다.

철이 든 것이 아니라 노망이 난 게 분명하군.

"혹시 내가 자고 있는 사이에 누구 찾아온 사람 없었어?"

"만나기로 한 사람이라도 있어?"

본 존은 태연한 어조로 되물었다.

“아니… 딱히 그런 건 아니지만……. 그런 사람 없었지?”

“있을 리가 없지. 우리가 이렇게 구석진 토끼우리 같은 여관방에 있다는 걸 누가 알고 찾아오겠어?”

그런 건가? 이샤도 그래서 못 찾아오는 걸까?

셰이는 이샤에게 에트디그니스로 오라는 말을 하면서도, 정확한 위치를 몰라 찾지 못하리라는 걱정은 하지 않았다. 지난번 바다에서 이샤를 불렀을 때, 그가 나타난 일을 기억하고 있었기 때문이다.

못 찾는 것이 아니라 안 찾는 게 분명해. 귀찮아서라도 내 여행 길에 동행하고 싶지 않을 거야. 그럴 줄 알았어.

별일 아니니 대수롭지 않게 넘기면 된다고 자신을 달래면서도 셰이는 시무룩해졌다.

듀이를 구해내는 일이 더 힘들어지리라는 걱정 때문이야. 그나저나 이러고 있을 때가 아닌데…….

셰이는 모포를 젖히고 침상 아래로 다리를 내렸다.

“무슨 짓이야?”

본 존은 일어서려 하는 그녀의 팔을 잡아 제지했다.

“듀이가 잡혀갔어. 한시라도 빨리 구해야 돼. 이러고 있을 시간이 없단 말이야.”

“듀이가 누군지는 모르지만, 넌 당분간 여기서 한 발도 나가면 안 돼. 그 지경이 된 발로 걸을 수나 있을 것 같아?”

“걸을 수 있어.”

셰이는 본 존의 손을 뿌리치고 바닥에 발을 디뎠다. 그러나 온전히 체중을 싣기도 전에 극심한 통증이 일었다. 그대로 주저앉을 뻔한 셰이를 본 존이 재빨리 잡아 침상에 앉혔다.

"하루만 더 참아. 사흘 정도 가만히 있으라고 말하고 싶지만, 그런다고 들을 네가 아니니까."

본 존이 무뚝뚝하게 말했다. 어쩔 수 없다고 생각하며 셰이는 형태를 못 알아볼 정도로 심하게 부어오른 발을 내려다봤다.

이런 상태로는 걷기는커녕 헤엄치기도 힘들 거야. 하긴, 난 원래 헤엄을 못 치지.

헤엄이라는 말에 지난번 바다에서 겪은 일이 문득 생각났다.

"그 바다! 그때 그 바다에서 어떻게 살 수 있었던 거야?"

"진짜 궁금해서 묻는 거야? 아니면 예의상 한번 꺼내본 거야?"

셰이는 자신이 본 존의 감정을 상하게 했음을 깨달았다. 미안한 마음에 그녀는 겸연쩍은 미소를 지었다.

"정말 궁금해서 물은 거야. 참, 빨리도 물어보지?"

본 존은 찌푸리고 있던 얼굴을 펴며 셰이 옆에 내려앉았다.

"그저 살아야겠다는 일념 하나로 노만 꽉 움켜쥐고 팔에 쥐가 나도록 헤엄쳤어. 그나마 노를 고정하던 목정이 발길질 한번에 떨어져 나간 게 다행이었지."

노를 떼어내자마자 본 존은 셰이를 향해 헤엄쳐 갔다. 그러나 셰이는 그가 다다르기도 전에 눈앞에서 사라지고 말았다. 본 존은 그녀가 안전해졌다는 사실을 직감적으로 알 수 있었다.

"그러다가 지나가던 배라도 만나게 된 거야?"

"응. 여기서 죽는구나, 하는 생각이 들었을 때, 멀리서 배 비슷하게 생긴 덩어리가 보이더라고. 처음엔 신기루 같은 건지 알았어. 아무튼 가까스로 배에 오르고 보니 버틀랜드 국에서 제누 섬으로 식량과 물을 나르는 범선이더라고. 그런데 말이야. 원래는 나흘 전에 버틀랜드로 돌아갔어야 하는데, 제누 섬 일대에 폭풍우가 휘몰아치는 바람에 출항이 늦어졌다는 거야. 그 말을 듣는 순간, 번개라도 맞은 듯 온몸이 짜릿해지는데… 정말 그때 그 느낌을 어떻게 표현해야 할지 모르겠다. 지금 돌이켜 봐도 그야말로 하늘이 내려준 구명줄을 놓치지 않고 기적적으로 잡은 격이었어."

씩 웃으며 구명줄에 매달리는 시늉을 해보이던 본 존이 다시 진지해졌다.

"그 일이 있기 전엔 어차피 한번 죽는 세상사, 죽음이 닥치면 아등바등하지 말고 깨끗이 받아들이자는 생각으로 살았어. 그런데 죽음이 실제로 코앞까지 들이닥치니까, 그런 생각은 떠오르지도 않더라. 그저 살고 싶다는 일념 하나만 머리에 꽉 차더라고. 그런 일을 겪어서 그런지, 살아 숨 쉰다는 것보다 더 큰 기적은 없는 것 같아."

얘기에 푹 빠져 있던 셰이는 본 존의 의견에 진심으로 동의하며 고개를 주억거렸다. 그가 살아 있어서 정말 다행이라는 생각이 새삼스레 들었다.

"그 후 버틀랜드에 무사히 발을 디디니까 에트디그니스로 가야 한다던 네 말이 기억나더라고. 그래서 무작정 이곳으로 온 거야. 바르샤르 왕국으로 돌아가기 위해선, 아무래도 에트디그니스를 거치는 편이 가장 손쉽고 빠를 테니까. 부두며 선착장 근처를 기웃거리다 보면 호박빛 눈동자를 가진 내 꿈속의 여인을 다시 만날 수 있을 것 같더라고. 상당히 꾀죄죄한 몰골이긴 했지만 만나긴 만났으니 이만하면 대성공이지.”

셰이와 본 존은 서로를 마주 보며 미소를 주고받았다.

“그건 그렇고, 이제 네 얘기 좀 해봐. 나하고 헤어진 뒤 무슨 일이 있었으며, 듀이란 사람은 누구인지, 하는 것들.”

“얘기가 굉장히 길어.”

“지금 우리한테 넉넉히 있는 것이라곤 시간뿐이란 거 잊었어?”

본 존은 쉽게 말했지만 셰이는 머리가 복잡해졌다. 그녀의 신분이며 뒤틀린 운명, 황금열쇠로 이어진 듀이와 그가 처한 문제… 간단히 꺼낼 만한 건 하나도 없었다. 얘기를 한다 해도 대체 어디까지 말해줘야 하는지, 그가 믿기라도 할지, 어수선한 마음에 선뜻 결정을 내리기 힘들었다.

“뭔데 그렇게 뜸을 들여?”

“어…….”

셰이는 입을 열었다가 도로 다물었다.

“나한테 말하기 싫어?”

“그런 게 아니라… 어디서부터 말을 해야 할지 잘 모르겠어서…….”

본 존의 감정을 상하게 하고 싶지 않다는 생각을 하며 셰이는 모든 걸 털어놓기로 마음을 굳혔다.

“내가 하는 얘기, 굉장히 황당하게 들릴 거야.”

“그건 알아서 판단할 테니까 어서 시작하기나 해.”

“벌레 보듯 날 슬금슬금 피할지도 몰라.”

셰이는 걱정스런 마음에 다시 한 번 경고했다. 본 존에게 말하고 싶지 않다는 것이 솔직한 심정이었다.

"엄청나게 흥미진진할 것 같은데?"

본 존의 시선에 강한 호기심이 어렸다.

"먼저 내가 누구인지부터 알아야 돼."

셰이는 깊이 숨을 들이쉰 다음 본격적으로 말문을 열었다. 이야기는 상당히 오랫동안 이어졌고, 시간이 갈수록 본 존의 입술은 점점 더 굳게 다물어졌다.

"그런데 듀이가 잡혀갔어. 내 생각엔 모고르란 사람한테 붙잡혀 있는 것 같아. 그래서 헤이론 국으로 가려는 거야. 마드라의 열쇠를 찾기 위해서라도 어차피 가야 할 곳이고."

마침내 모든 걸 털어놓은 셰이는 물 한 모금으로 칼칼한 목을 달랬다.

"어… 이런, 무슨 말을 해야 할지 모르겠네."

본 존은 슬쩍 셰이의 시선을 피하며 몸을 일으켰다.

"잠깐 머리 좀 식히고 올게."

말과는 어울리지 않게 본 존은 외투는 물론 자신의 짐까지 챙겨 들었다. 셰이는 그가 이곳으로 돌아오지 않을 심산임을 어렵지 않게 짐작할 수 있었다. 서운한 건 사실이었으나 못마땅하거나 밉지는 않았다. 셰이는 본 존을 이해했다. 방금 전 들은 얘기를 정신 나간 헛소리 정도로 치부한다면 셰이가 꺼림칙하게 느껴지는 건 당연한 결과였다. 만에 하나 그녀의 말을 믿는다 해도 지금껏 살아온 익숙한 일상이 아닌 한 치 앞도 내다볼 수 없는 혼탁한 소용돌이 속으로 빠지고 싶은 마음은 없을 것이다.

"무사해서 다행이야!"

본 존을 보는 건 이번이 마지막이라는 생각에 셰이는 다급히 말했다.

"그래… 고마워."

본 존이 어색하게 응수했다. 셰이를 스치듯 바라본 그가 밖으로 나가 조용히 문을 닫았다. 셰이는 그녀의 상처 치료에 쓰기 위해 본 존이 사다 놓은 천을 찢어 발을 꼼꼼히 감쌌다. 되도록 빨리 여관방을 떠날 생각이었다. 혼잣말로 처량한 푸념이나 늘어놓으며 이곳에 있고 싶지는 않았다.

조심스레 발을 디뎌보았다. 체중이 실릴 때마다 통증이 일었다. 헤이론 국으로 가는 건 고사하고 배편이나 구할 수 있을지 암담해졌다.

이럴 때라도 좀 도와주면 악명 높은 흑마법사의 명성에 흠이라고 생기나?

"망할 이샤무딘!"

셰이는 애꿎은 허공을 노려봤다.

"망할 흑마법사 같으니……."

작은 반짝임이 시야에 잡혔다. 셰이는 이샤무딘이 온 것이라 생각하며 숨을 죽였다. 곧 믿기지 않을 만큼 아름다운 외모를 가진 금발 머리의 남자가 모습을 보였다. 낯선 남자의 갑작스런 출현에 셰이는 긴장할 수밖에 없었다.

"망할 흑마법사란 혹시 이샤무딘을 말하는 것이냐?"

"그전에 자신이 누구인지, 왜 왔는지부터 밝히는 게 순서 아닌가?"

남자의 눈초리가 가느스름해지며 오뚝 솟은 콧날이 두어 번 가늘게 떨렸다. 셰이의 말투를 불쾌하게 받아들인 것이 확실했다.

"난 운명의 신 자르키안이다!"

자르키안은 음절 하나하나에 위엄을 실었다. 그는 겁에 질린 셰이가 벌벌 떨며 허겁지겁 무릎을 꿇으리라 짐작했다. 하지만 그녀는 인상을 쓰며 침상에 걸터앉을 뿐이었다. 발의 통증 때문이었으나 자르키안은 이샤무딘만 믿고 저지른 건방진 행동으로 받아들였다.

역시 끼리끼리 만난다더니만…….

"당신의 말이 사실인지 어떻게 믿죠?"

셰이는 반신반의하면서도 혹시나 싶은 마음에 어투를 고쳤다.

"네가 이샤무딘의 심장에 꽂은 영혼의 검을 누가 만들었는지 아느냐? 바로 나다!"

자신 외에도 열한 명이나 되는 운명의 신이 더 있었으나 자르키안은 과감히 생략했다. 셰이는 긴장한 채 자세를 가다듬었다.

"제 운명을 어떻게 하면 바로잡을 수 있는지 가르쳐 주러 오신 건가요?"

자르키안은 눈살을 찌푸렸다.

저건 또 뭔 소리야?

영문은 몰랐으나 그는 일단 고개부터 끄덕였다. 일을 쉽게 처리할 수 있으리라는 생각에서였다. 셰이는 아픔을 무시하고 서둘러 일어나 자르키안에게 다가갔다.

"어떻게 하면 되는 건가요? 아스트라한께서는 황금열쇠의 문제부터 풀어야 한다고 말씀해 주셨는데, 다른 방법이 있나요?"

셰이가 아스트라한을 언급하자 자르키안은 놀랄 수밖에 없었다. 인간 소녀의 입에서 창조신이 나오리라고는 전혀 예상하지 못하고 있었다.

이샤무딘의 심장을 찌를 정도라면 평범한 인간 아이가 아니라는 것쯤은 짐작했어야 하는데… 어쩌지? 없던 일로 치고 그냥 돌아가는 편이 나을까? 아니야, 그 시건방진 흑룡 녀석을 뼛속까지 손봐줄 절호의 기회를 이대로 포기할 수는 없어. 하지만 저 소녀의 선이 아스트라한에게까지 닿아 있다면 그야말로 큰일이잖아. 어떡하면 좋지?

혼란에 빠진 자르키안이 갈팡질팡하고 있을 때, 문이 열리며 본 존이 들어섰다.

"뭐야, 너?"

낯선 남자를 발견한 본 존은 셰이가 위험에 빠졌다고 판단했다. 그는 앞에 놓인 의자를 훌쩍 뛰어넘으며 남자를 향해 몸을 날렸다. 덮치려는 찰나 자르키안은 감쪽같이 모습을 감췄다. 본 존은 황급히 셰이를 돌아봤다. 방 안 어디에서도 그녀는 보이지 않았다.

"이런 제길!"

본 존은 손끝에 걸리는 물건을 낚아채 벽에 집어 던졌다. 엉망으로 뭉개진 사과 두 개가 바닥을 뒹굴었다. 조금 전까지만 해도 자신의 손에 들려 있던 사과를 본 존은 울분을 토하듯 발로 사납게 짓이겼다.

"일어나라."

어렴풋이 전해지는 낯선 목소리가 정신을 깨웠다. 셰이는 천천히 눈을 깜박였다. 시야가 맑지 않았고 머리도 몽롱했다. 몸을 움직여 보려 했으나 축 늘어진 손과 발에 힘이 들어가지 않았다. 그녀는 자신이 꿈을 꾸고 있다고 생각했다. 몸 상태도 그러했지만 현실이라곤 도저히 여겨지지 않는 광경이 눈앞에 놓여 있었다.

셰이는 둥글고 투명한 막으로 둘러싸인 상태였다. 막 속엔 부드러운 액체 같기도 하고, 묵직한 안개처럼 느껴지기도 하는 은회색의 어떤 물질이 담겨 있었다. 셰이는 깊이 숨을 들이쉬어 보았다. 답답한 느낌과 함께 달짝지근한 향기가 맡아졌다.

"기분이 어떠냐?"

유심히 그녀의 상태를 관찰하던 남자가 물었다. 그의 주위로 끝이 보이지 않는 거대한 공간이 펼쳐져 있었다. 셰이는 흐릿한 기억을 더듬어 그가 운명의 신, 자르키안이라는 사실을 생각해 냈다.

"잘… 모르겠어요……."

자신의 귀에조차 잘 들리지 않는 어눌한 목소리였다.

"이샤무딘을 불러라."

자르키안이 다짜고짜 명령했다.

"이… 샤… 무… 딘……."

셰이는 입 안에서 우물거렸다.

"내 말은 그를 이쪽으로 오게 하란 뜻이다."

"어떻게요?"

자르키안은 당장 인상을 썼다.

"네가 감히 날 기만하려 드는구나! 그래 보았자 너만 괴로워질 따름이다. 너를 감싸고 있는 것이 무엇인 줄 아느냐? 그건 모든 걸 무(無)로 되돌리는 은적(隱迹)의 안개이다. 아직까진 괜찮겠지만 은적의 안개가 안으로 스며들면, 넌 조금씩 사라지게 될 것이다. 육체뿐 아니라 영혼까지도.”

꿈이라 믿고 있는 셰이는 놀라지도 두려워하지도 않았다.

은적의 안개? 별 신기한 것도 다 있네…….

그녀는 주위에서 아른거리는 은회색 안개를 호기심 어린 눈으로 쳐다봤다.

“죽기 싫으면 어서 이샤무딘을 부르라니까!”

“부르고 싶지 않아요. 주인인 내 말은 콧등으로도 안 듣고, 하나부터 열까지 자기 멋대로고, 자신도 인간인 주제에 인간을 무슨 더러운 벌레 보듯 하고… 그뿐만이 아니에요, 에트디그니스엔 오지도 않았다고요! 솔직히 말하자면 꼴도 보기 싫어요!”

셰이는 열변을 토했다. 흥분한 탓에 맥없이 늘어져 있던 팔다리에도 일순 힘이 돌아왔다.

“안됐군, 내 꼴을 또 봐야 할 테니.”

돌연 이샤무딘의 음성이 허공을 울렸다. 셰이는 하품을 하고, 자르키안은 흠칫 몸을 도사린 가운데 그가 모습을 보였다.

“풀어줘, 지금 당장.”

이샤무딘이 딱딱한 어조로 명령했다.

“왜 나한테 그런 말을 하는 거지? 잘난 네 손으로 직접 구해주면 될 것 아니야?”

자르키안은 회심의 미소를 지었다. 순수한 상태인 ‘은적의 안개’는 위험하지 않았다. 자르키안이 주문을 걸지 않았다면, 셰이도 자신의 힘으로 은적의 안개를 헤치고 나올 수 있었을 것이다. ‘은적의 안개’는 주문을 건 당사자의 능력에 따라 그 힘이 달라졌으며, 주문자가 아닌 다른 존재가 그걸 깨뜨리려 했을 때는 그 위험성이 몇 배는 더 높아졌다.

"마지막으로 기회를 주지. 지금 당장 저 오물 덩어리를 없애지 않으면 넌 내 손에 죽게 될 거다."

조금도 위협적이지 않은 낮고 담담한 목소리였으나 자르키안은 왠지 모르게 등줄기가 오싹해졌다.

움츠러들 필요 없어. 저건 괜한 허세일 뿐이야. 어차피 칼자루를 쥔 쪽은 나야. 제아무리 두려울 것 없는 흑룡이라 해도 감히 날 건드릴 수는 없어.

자르키안은 금세 여유를 되찾았다. 모든 걸 염두에 두고 일을 벌인 터라 실속없는 허풍 따위에 신경을 곤두세울 하등의 이유가 없었다.

"이거 큰일이군, 겁이 나서 오금이 다 저리니."

자르키안은 일부러 하나만 준비해 두었던 의자에 앉았다.

"나도 마지막 기회를 주겠어, 이샤무딘. 저 아이를 구하고 싶으면 내 말을 하나도 빠짐없이 머리에 새겨두는 게 좋을 거야."

이샤무딘은 응수하지 않았다. 자르키안을 정면에서 볼 수 있도록 몸의 방향만 고쳤을 따름이다. 셰이는 이샤가 어떻게 운명의 신을 아는 걸까, 생각하며 다시 한 번 하품을 했다. 참으려 해도 자꾸만 졸음이 밀려들었다. 머리도 흐리멍덩했을 뿐 아니라, 두 남자 모두 전혀 시선을 주지 않은 까닭에 그녀는 그들이 자신에 대해 말하고 있다는 사실도 알아차리지 못했다.

"영혼의 검으로 묶인 상대가 죽으면 어떤 일이 생기는지 알아? 차라리 죽음을 달라고 절규할 정도의 엄청난 고통을 감내해야 돼. 육체의 죽음이 이럴진대, 영혼까지 소멸된 경우엔 과연 어떤 일이 벌어질까?”

자르키안은 자신의 입에서 나오는 한 자 한 자를 마음껏 즐기고 있었다.

“안타깝지만 그건 알아내지 못했어. 영혼의 검이 탄생한 이래 그 지경까지 상황이 악화된 경우는 단 한 번도 없었거든. 이샤무딘, 네가 그 기록을 깨뜨려 준다면, 나야 물론 환영이야… 그것도 대환영이지…….”

“개소리 집어 치우고 본론이나 말해.”

이샤무딘의 어조가 거칠어졌음을 눈치 챈 자르키안은 더욱 편안하게 등을 기댔다.

“네가 대신 ‘은적의 안개’ 속으로 들어간다면, 저 아일 풀어주겠어.”

자르키안은 자신이 노리고 있던 궁극적인 속셈을 드러냈다. ‘은적의 안개’는 인간으로부턴 육신과 넋을 빼앗지만, 용족이나 신들에겐 다르게 작용했다. 영혼과 육체는 건드리지 않는 대신, 그들이 가진 막강한 힘만은 모조리 사라지게 만들었다.

“자, 이샤무딘, 네 이름과 네 심장에 걸고 맹세해! 저 아이 대신 은적의 안개 속으로 들어가겠다고!”

자르키안은 더욱 기세등등해졌다. 신이나 용족이 자신의 이름과 심장을 걸고 맺은 약속을 어기면 심장부터 불타기 시작해 끝내는 한 줌의 재만이 남는 종말이 찾아온다. 이 사실을 잘 아는 자르키안은 승리를 확신했다. 이샤무딘은 이미 거미줄에 걸린 신세였고, 어떤 선택을 하든 패배자가 될 수밖에 없었다.

"왜 그래, 이샤무딘? 왜 아무 말이 없어? 기고만장하던 네 잘난 성질은 어떻게 된 거야? 이토록 무기력하게 주저앉을 네가 아니잖아? 어서 꼴사납게 발버둥쳐 봐! 길길이 날뛰며 난동이라도 부려보란 말이야!"

격한 흥분에 휩싸인 자르키안은 벌떡 몸을 세웠다.

"그보다 무릎 꿇고 애원을 하는 건 어때? 정성을 다해 내 발에 매달리면 자비를 베풀어줄 마음도 있어. 운명의 신, 자르키안께서 처량한 흑룡 한 마리를 구제해 줄 수도 있단 말씀이야!"

자르키안은 웃음을 터뜨렸다. 마치 세상을 다 가진 듯 짜릿한 쾌감이 몸 구석구석을 달궜다.

"내가 경고했지?"

이샤무딘이 말했다. 자르키안은 만면에 가득 웃음을 담은 채 그를 바라봤다.

"당장 저 오물 덩어리를 없애지 않으면 내 손에 죽게 될 거라고."

심상치 않은 예감에 자르키안의 얼굴이 묘하게 일그러졌다. 상황을 파악할 겨를도 없이 무지막지한 압력이 사방에서 들이닥쳤다. 자르키안은 재빨리 압력을 밀쳐 냈다. 눈이 멀 것 같은 섬광이 연이어 작렬했다. 그러나 온몸을 짓누르는 무자비한 힘은 줄어들지 않았다. 자르키안은 외마디 소리를 질렀다. 검붉은 화염이 몸을 뒤덮는가 싶더니 으드득 소리를 내며 등뼈가 부러졌다. 또 한 번 단말마의 비명이 공기를 뒤흔들었다. 눈 깜짝할 사이 자르키안은 새까맣게 타 들어갔다. 숨이 완전히 끊어진 순간 그는 맥없이 터져 올랐다. 허공을 떠돌던 흑색의 재가 그가 있던 자리

위로 하나둘 내리덮였다.

이샤무딘은 셰이에게 다가갔다. 그녀는 '은적의 안개' 속에서 눈을 꼭 감은 채 잠들어 있었다. 그는 셰이를 가두고 있는 투명한 막에 손을 얹었다. 손 주위로 거무스름한 연기가 피어오르더니 막이 사라졌다. 이샤무딘은 앞으로 쓰러지는 셰이를 잡아 두 손으로 안아 올렸다.

핏기라곤 찾아볼 수 없는 새하얀 얼굴, 미동조차 하지 않는 뻣뻣한 몸, 온기마저 느껴지지 않았다면 살아 있다는 생각을 하지 못할 정도로 그녀의 상태는 심각했다. 문제는 그 이유가 질병이나 부상에 있지 않다는 점이었다. '은적의 안개'로 인한 증후를 낫게 할 수 있는 약이나 치료법은 존재하지 않았다. 오직 그녀 스스로가 이겨내는 수밖에는, 이샤무딘으로서도 어떻게 손써볼 방법이 없었다.

이샤무딘은 쓸모없는 짐을 버리듯 셰이를 아무렇게나 바닥에 내려놓았다. 그녀를 그곳에 버려둔 채 바인게르트 성으로 돌아갈 생각이었다. 그는 잠시간 서서 셰이를 물끄러미 바라봤다. 그녀의 입술에서 가냘픈 신음 소리가 새어 나왔다. 차디찬 바닥에서 올라오는 냉기가 미약한 체온을 급속도로 빼앗아가고 있었다. 느릿느릿 이어지는 시간 속에서 조금씩 숨결이 약해져 갔다.

"젠장!"

이샤무딘은 셰이를 다시 안아 들었다. 그의 얼굴은 험상궂게 보일 정도로 경직되어 있었다.

왜 내가 이런 귀찮은 일을 해야 하는 거지? 하찮은 인간 아이 하나 때문에 내가 왜 이런 달갑지 않은 감정을 느껴야 하는 거지?

　이 모든 게 다 영혼의 검과 아스트라한이라는 성가신 노인네 때문이라고 생각하며 이샤무딘은 셰이와 함께 자리를 떠났다. 그가 향한 곳은 치유의 신, 에레미아가 머무는 '고요의 숲'이었다.

　새소리를 벗 삼아 명상에 잠겨 있던 에레미아는 낯선 공기를 감지하고 눈을 떴다. 이샤무딘을 발견한 순간 그녀는 짧은 탄성을 터뜨렸다. 맑은 샘물을 연상시키는 연푸른 눈동자가 기쁨으로 반짝이며 뺨이 발그레해졌다.

　"이샤무딘! 여긴 어쩐 일이야?"

　"도움을 청하러."

　이샤무딘은 간단히 답하며 셰이를 흘긋 내려다봤다. 그제야 에레미아는 그의 팔에 안겨 있는 셰이의 존재를 깨달을 수 있었다.

　"이쪽이야."

　그녀는 실망감을 애써 감추며 이샤무딘을 치유의 방으로 안내했다. 이샤무딘은 에레미아가 가리키는 대로 커다란 요람처럼 보이는 넝쿨 위에 셰이를 내려놨다. 에레미아는 셰이의 상태가 예사롭지 않음을 한눈에 알아봤다.

　"어디 보자… 다치거나 병이 난 건 아니고… 혹시 독에 중독된 거야?"

　"아니, 은적의 안개에 노출됐어, 꽤 오랫동안."

　"뭐어? 은적의 안개? 이 아이에게 엄청난 원한을 가진 누군가의 소행인가 보지? 나이도 많이 어려 보이는데, 그런 몹쓸 짓을 당하다니, 가엾기도 하지……."

　에레미아는 측은함이 담긴 눈으로 셰이를 바라보며 혀를 찼다.

“이미 상당한 양이 안으로 스며든 것 같아. 명색이 치유의 신인데 이런 무책임한 말을 하긴 부끄럽지만, 이 아이 혼자 힘으로 이겨내는 방법 외엔 달리 뾰족한 수가 없어. 육체의 기운을 불어넣어 주는 정도만이 내가 할 수 있는 치료의 전부야.”

“그거라도 해줘.”

이샤무딘은 잠시 망설이다 말을 더했다.

“부탁해.”

에레미아의 등줄기가 꼿꼿해졌다. 이샤무딘의 입에서 그런 말이 나왔다는 것도 놀라웠지만, 짧은 순간 그의 얼굴을 스쳐 간 번민의 그림자는 그녀에게 적지 않은 충격을 가져다주었다. 에레미아는 오래전부터 이샤무딘을 사랑하고 있었다. 감정을 억누르지 못하고 그에게 직간접적으로 마음을 표현한 적도 한두 번이 아니었다. 하지만 이샤무딘은 잔인할 정도로 관심을 보이지 않았다. 그때마다 에레미아는 이샤무딘에 대한 악평—살아 있는 생명체 중 유일하게 심장이 필요없는 존재라는 얘기가 용족들은 물론 신들 사이에서도 널리 퍼져 있었다—을 떠올리며 절망에 빠져야 했다. 그런 그에게서 조금 전 그녀가 느낀 건 안타까움과 분노, 그리고 아픔이었다.

“얼마 전에 두려울 것도 거칠 것도 없는 이샤무딘이 어떤 여자아이와 영혼의 검으로 묶였다는 말을 들었어. 난 헛소리로 넘겨버리고 일축했는데… 이 아이였군.”

에레미아는 떨리는 손을 옷자락 사이에 감췄다.

죽여 버릴까?

불현듯 머리를 스친 생각이었다. 지금껏 고의로 생명을 죽인

적은 한 번도 없었으나, 인간 여자 아이 한 명 죽이는 건 그녀에게
있어 어려운 일이 아니었다.

이 아인 작은 충격에도 숨이 끊어질 만큼 약해진 상태야. 그러
니까 치료하는 척하며 심장에 충격파를 조금 흘리기만 해도 죽음
을 맞게 될 거야. 이샤무딘에겐 몸이 너무 약해 '은적의 안개'를
못 이겨냈다고 하면 되는 거고.

비겁하고 치졸한 짓이라는 가책이 일었지만 마음을 온통 점령
해 버린 강렬한 유혹을 잠재우기엔 역부족이었다. 에레미아가 완
전히 마음을 굳혔을 때, 이샤무딘이 셰이를 안아 올렸다.

"뭐 하는 거야?"

"데려가겠어."

"치료는 아직 시작도 안 했어."

에레미아는 이샤무딘의 팔에 손을 얹었다. 그 즉시 이샤무딘은
그녀의 손을 떼어냈다.

"그걸 치료라고 할 수 있을까?"

냉소적인 물음을 끝으로 이샤무딘이 눈앞에서 사라졌다. 에레
미아는 차갑게 얼어붙었다. 그가 자신의 속내를 알아챈 건 아닐
것이라는 말을 수없이 되뇐 후에야 그녀는 간신히 몸을 움직일
수 있었다.

"이대로 흐지부지 넘어가서는 안 됩니다!"

"맞습니다! 반드시 응징해야 합니다!"

"저 역시 동의합니다! 결단코 묵과할 수 없는 만행입니다!"

분개한 운명의 신들이 저마다 언성을 높이는 바람에 회의장은

금세 소란스러워졌다.

"조용히들 하시오!"

제루안의 엄중한 목소리에 어수선한 분위기가 빠르게 가라앉았다. 운명의 신이자 그들의 수장인 제루안은 간단한 말과 표정만으로도 주위를 압도하는 힘을 가지고 있었다.

"이렇게 감정적으로 나가다간 지금보다 더 불행한 사태가 벌어질지도 모르오. 난 그것이 걱정스럽소."

제루안의 표정은 그 어느 때보다 근엄했고 낯빛 또한 어두웠다. 그도 그럴 것이, 자르키안의 갑작스런 죽음만으로도 천계 전체가 들썩일 정도인데, 그를 죽인 자가 이샤무딘이라는 사실이 알려지면 그 여파는 상상을 초월할 것이 분명했다.

"천계를 위해서도 우리가 나서서 되도록 조용히 해결하는 편이 낫지 않겠소?"

"지금 우리가 그런 것까지 신경 쓸 이유는 없다고 생각합니다."

차기 수장 감으로 거론되는 라우시안의 말이었다. 그와 유난히 사이가 가까운 아크리안이 기다렸다는 듯 맞장구를 쳤다.

"제 생각도 라우시안과 같습니다. 다른 신도 아니고, 우리 운명의 신들 중 하나인 자르키안이 잔인하게 죽임을 당했습니다. 그 무엇보다 우선시되어야 할 건, 그의 원통한 죽음을 달래는 일입니다."

대다수의 신들이 당장 동의하고 나섰다. 그들은 자르키안의 죽음을 자신이 당한 일처럼 받아들이고 있었다. 때문에 그들이 느끼는 충격과 분노는 실로 대단할 수밖에 없었다.

"감히 흑룡 따위가 신을 죽이다니! 그게 말이나 됩니까?"

파라키안이 주먹으로 탁자를 내려쳤다. 그는 운명의 신들 중 가장 호전적인 성격을 가지고 있었다.

"만약 이번 일이 유야무야로 끝나 버리면 신들이나 용족, 하물며 인간들까지도 우리 운명의 신들을 깔보고 무시하게 될 것입니다. 그러면 제2, 제3의 자르키안이 나올지도 모릅니다. 때문에 무슨 일이 있어도 이샤무딘을 철저히 응징해야 하는 것입니다!"

제루안은 라우시안을 못마땅한 눈으로 쳐다봤다. 그는 무슨 속셈에선지 다른 신들을 교묘하게 선동하고 있었다.

"전 신중해야 한다는 제루안님의 말씀에 동의합니다."

내내 생각에 잠겨 있던 샤무안이 처음으로 말문을 열었다. 그녀는 자르키안의 죽음을 가장 먼저 인지했으며, 그 사실을 수장인 제루안에게 알린 장본인이었다. 그녀에겐 직접 눈으로 보지 않아도 마치 목격한 것처럼 또렷이 인지할 수 있는 뛰어난 감지 능력이 있었다.

"이샤무딘의 성격에 대해 좋지 않은 평들이 많다는 건 저도 모르지 않습니다. 그러나 그 악평들이 그가 아무 이유 없이 운명의 신을 죽였다고 믿을 만한 근거는 될 수 없습니다."

"그럼 자르키안이 죽어 마땅한 죄라도 지었다는 말입니까?"

파라키안은 발까지 구르며 당장 반발했다.

"그런 뜻이 아닙니다. 저 역시 여러분들과 똑같이 자르키안의 죽음을 안타깝고 애통하게 생각합니다."

"대체 무슨 말을 하려는 겁니까, 샤무안?"

"이샤무딘의 행동에도 분명히 어떤 납득할 만한 이유가 있을지 모른다는 말을 하고 싶을 뿐입니다.”

“이유는 무슨 이유? 피에 굶주린 짐승 같은 녀석입니다! 그런 녀석에게 납득할 만한 이유가 있을 것 같습니까?”

파라키안은 자신의 말에 동조해 주길 바라며 다른 신들을 둘러봤다. 라우시안이 거들려는 낌새를 보이자 제루안은 재빨리 입을 열었다.

“샤무안, 그대가 자르키안의 죽음을 제일 먼저 감지한 걸로 알고 있는데, 혹시 우리에게 말하지 않은 것이 있는 건 아니오?”

“사실… 자르키안이 죽음을 맞을 당시, 이샤무딘 외에 어떤 인간 여자 아이가 그 자리에 있었습니다.”

“인간 여자 아이라고요?”

신들의 얼굴엔 하나같이 놀란 기색이 선명했다. 자르키안이 죽음을 맞은 장소는 천계에서도 가장 외지고 왕래도 거의 없다시피한 곳이었다. 인간이 오기도 거의 불가능할뿐더러 만약 오더라도 얼마 못 가 목숨을 잃을 정도로 공기가 희박했다.

“그 인간 여자 아이가 그 자리에 어떻게, 또 왜 있었는지에 대해선 아는 게 없는 것이오? 자르키안이 죽기 전에 사건의 정황을 유추할 수 있을 만한 걸 언급하지는 않았소?”

제루안의 물음에 샤무안은 죄스럽다는 얼굴이 되었다.

“제 능력이 부족하여 그것까지는 알아내지 못했습니다.”

그녀의 감지 능력은 시각적인 것에만 국한되어 있었다. 즉, 눈으로 보는 건 가능해도 말소리는 들을 수 없었다. 그 점을 깜박 잊고 있었던 제루안은 소리없이 한숨을 내쉬며 라우시안에게 시선을 옮겼다.

"그곳에서 뭐 예사롭지 않은 걸 발견하진 못했소?"

운명의 신들 중 직접 현장에 가본 이는 라우시안과 아크리안밖에 없었다. 수장인 제루안은 그 시간에 창조신 아스트라한이 소집한 회의에 참석하고 있었다. 그리고 다른 신들은 충격에서 채 헤어나지 못한 상태라 그런 것까지 생각할 만한 경황이 없었다.

"아무것도 없었습니다. 심지어는 자르키안의 주검조차 발견하지 못했으니까요. 저와 아크리안이 본 것이라곤, 한 줌의 재가 전부입니다. 자르키안이 죽으며 남기고 간… 새까맣게 타버린 한 줌의 재 말입니다……. 다른 이도 아니고 운명의 신인 자르키안이… 그렇게 처참한 죽음을 맞다니……."

라우시안은 짐짓 눈물을 글썽이며 목이 메어 더 이상 말을 잇지 못하겠다는 표정을 꾸며냈다. 그의 의도대로 잠시 가라앉았던 동요가 일며 비통 어린 슬픔과 분노가 다시금 주위를 휘돌았다. 라우시안은 자르키안의 죽음을 이용해 제루안을 수장의 위치에서 끌어내릴 계략을 꾸미고 있었다. 이번 일이 이샤무딘과의 직접적인 충돌로 이어지면 결과가 어떻게 나오든 아스트라한의 분노를 야기하게 될 것이 자명했다. 그리고 그 책임은 전적으로 수장인 제루안이 지게 될 터였다.

싫든 좋든 수장 자리를 내놓을 수밖에 없겠지.

생각할수록 완벽한 계획이었다. 한 가지 문제가 있다면, 십중팔구 제루안은 자르키안의 죽음을 되도록 조용하고 신중하게 처리하려 들 것이 분명하다는 점이었다. 때문에 라우시안은 그 반대편에 서서 최대한 신들을 자극할 필요가 있었다. '은적의 안개'에 대해 함구한 이유도 그것과 맥을 같이했다. 비록 엷은 흔적에 지나지 않았으나 현장엔 분명히 '은적의 안개'가 남아 있었다. 그건 자르키안의 죽음에 무언가 석연치 않은 일이 관련되어 있음을 말해주는 확실한 증거였다.

은적의 안개가 있었다는 사실이 다른 신들한테 알려지게 해서는 안 돼. 제루안에게는 특히 더 주의를 기울여야 하고.

라우시안은 함께 현장에 갔던 아크리안에게 이미 단단히 입단속을 시켜놓은 상태였다.

"끔찍한 고통 속에서 몸부림치다가 끝내 목숨을 잃고 한 줌의 재가 되어버린 그 친구를 생각하면……. 정말 가슴이 찢어지는 것 같습니다. 어떻게든 도와주었어야 하는데… 차디찬 죽음의 손길에서 구해주었어야 하는데… 죽어가며 얼마나 우리를 원망하고… 또 원망했을까요……?"

라우시안은 얼굴을 일그러뜨리며 거짓 눈물을 뚝뚝 떨어뜨렸다.

"이샤무딘! 그 더러운 흑룡 자식을 가만히 내버려 둬서는 안 됩니다!"

얼굴 전체가 붉게 달아오른 파라키안이 우당탕 의자를 밀치며 일어섰다.

"맞습니다! 이샤무딘에게 죽음을 내려야 합니다!"

"저도 동의합니다! 자르키안이 겪은 고통에 몇 곱절을 더해 갚아주어야 합니다!"

"우리 손으로 이샤무딘을 처단합시다!"

흥분한 신들이 하나둘 몸을 일으켰다. 자리에 앉아 있는 건 제루안과 샤무안, 그리고 라우시안이 전부였다.

"이샤무딘에게 죽음을!"

라우시안은 소리치며 몸을 세웠다. 무언의 압박이 샤무안에게 쏟아졌다. 심란한 얼굴로 제루안과 동료 신들을 번갈아 바라보던 그녀는 내키지 않는다는 기색을 드러내며 마지못해 자리에서 일어났다.

"이제 우리의 의견은 모아졌으니, 남은 건 제루안님의 최종 승인뿐이로군요. 어찌하시겠습니까?"

라우시안은 다소 거만한 태도로 제루안을 내려다봤다.

"제루안님, 결단을 내려주십시오!"

파라키안이 비장한 어조로 말했다.

"모두 진정들 하시고 의자에 앉아 차분하게 얘기를 나눠보는 것이 좋겠소."

"제루안님께선 우리 의견에 반대하시는가 보군요. 다른 분도 아니고, 우리들의 수장께서 어찌 자르키안의 억울한 죽음을 외면하시려는 겁니까?"

라우시안은 기회를 놓치지 않고 밀어붙였다. 제루안의 눈에 분노의 빛이 일며 목소리가 거칠어졌다.

"외면하려는 것이 아니오! 왜 나라고 자르키안의 죽음이 애통하지 않겠소? 다만 이렇게 감정적으로 나가선 안 된다는 말을 하고 싶을 따름이오! 그대들의 섣부른 행동이 아스트라한의 노여움을 불러올지 모른다는 생각을 왜 못하는 것이오?"

"이번 일의 책임은 오직 이샤무딘에게 있습니다. 잘못이 이렇듯 명명백백한 이상 그를 응징하는 건 우리의 의무이자 권리입니다. 공명정대하신 아스트라한께서도 이해해 주시리라 확신합니다."

라우시안은 동료 신들의 마음이 흔들릴 틈을 주지 않기 위해 곧바로 반박했다. 다른 신들이 한마디씩 거들고 나섰다. 제루안의 낯빛이 더 한층 어두워졌다.

"좋소, 승인하겠소. 단, 실행하기에 앞서 사흘의 유예기간을 두겠소."

제루안이 단서를 붙이자 라우시안의 눈동자 깊숙이 서려 있던 만족감이 단번에 사라졌다.

"유예기간은 불필요합니다!"

"맞습니다! 시간 낭비일 뿐입니다!"

"전 제루안님이 현명한 결정을 내리셨다고 봅니다."

샤무안은 서둘러 제루안의 의견에 힘을 보탰다.

"다들 흥분을 가라앉히시고 생각해 보십시오. 이샤무딘은 결코 호락호락한 상대가 아닙니다. 용족은 물론 웬만한 신들조차 어려워할 정도로 그의 힘은 강합니다. 제루안님께서 사흘이라는 유예기간을……."

"우리 운명의 신들이 그깟 흑룡 하나를 못 당해낼 것 같습니까?"

라우시안은 재빨리 샤무안의 말을 잘라 버렸다.

"이샤무딘쯤은 저 혼자서도 묵사발을 만들 수 있습니다! 제루안님이 허락만 해주시면 지금이라도 달려가 녀석의 머리를 베어 오겠습니다!"

파라키안이 불끈 주먹을 쥐었다. 그의 만용에 가까운 허세는 대다수 신들에게 오히려 경각심을 불러일으켰다.

"철저한 준비를 위해 유예기간을 두는 것도 과히 나쁘지 않을 것 같습니다.”

“제 생각도 그렇습니다. 사흘이라면 그리 긴 시간도 아니고 말입니다.”

라우시안은 못마땅한 눈으로 파라키안을 노려봤지만, 대세는 이미 유예기간을 갖는 쪽으로 기울어진 상태였다.

멍청한 것들! 제루안이 왜 그런 단서를 붙였다고 생각하느냐? 여기저기 들쑤시고 다니며 우리 계획을 사전에 무마시키려는 속셈이란 말이다!

라우시안은 다른 신들이 모두 회의장을 떠난 뒤에도 꽤 오랫동안 자리를 지키고 있었다. 이번 기회를 놓치면 영영 수장이 될 수 없으리란 건 자명했다. 제루안이 자신의 눈 밖에 난 그에게 순순히 수장 자리를 물려줄 리 없었다.

어떻게든 그를 막아야 돼… 어떻게든…….

라우시안은 차근차근 생각을 정리해 나갔다. 모든 계획이 세워졌을 때, 그의 얼굴엔 잠시 사라졌던 흡족한 미소가 되돌아와 있었다.

✳

“아룬델의 말을 믿으십니까?”

벨페스트의 어조는 따지는 투였다. 그는 아룬델이 유리한 입장에 서기 위해 약삭빠르게 지어낸 얘기일 것이라 확신하고 있었다. 그러나 모고르는 그와는 달리 선뜻 답을 내놓지 못했다.

“흔들리시면 안 됩니다, 주인님. 녀석이 노리는 것도 바로 이와

† 350 †

같은 상황일 겁니다. 전 사실 이 모든 것이 아룬델이 부리는 얄팍한 술책인 것 같습니다. 그리고 어쩌면 아룬델이 아니라 듀이 델코일지도 모르는 일 아닙니까?"

"그래, 네 말도 아예 일리가 없는 것은 아니다."

진짜 아룬델이 아니면 알기 힘든 얘기를 듣긴 했으나 그것 하나만 놓고 아룬델이라는 주장을 그대로 받아들일 수는 없었다.

"아직은 좀 더 두고 볼 생각이다. 그 자가 아룬델이든 아니든 마드라의 열쇠를 찾기 위해선 어차피 필요한 인물임엔 틀림없지 않느냐?"

자신이 마드라의 열쇠라는 황당무계한 선언을 한 이후 아룬델은 그 말에 대한 일체의 설명을 하지 않았다. 먼저 지저분한 몸부터 씻어야겠다며 자신의 취향에 맞는 호화로운 목욕 채비를 요구했다. 모고르는 그가 원하는 대로 군말없이 들어주었다. 아룬델의 경계심을 풀기 위한 방편이었을 뿐 아니라, 모고르 자신에게도 생각할 시간이 필요했기 때문이다.

목욕을 마친 아룬델은 간단한 식사—입맛이 까다로워 최고급 요리가 아니면 쳐다보지도 않았고 마음에 드는 음식이라 해도 기껏해야 한두 입 정도밖에는 먹지 않았다—를 한 다음, 지금은 단잠에 빠져 있었다.

"아룬델을 어디서 잡았다고 했지?"

"스콜라 산기슭에 있는 어느 동굴에서 잡았습니다."

"일행은 있었느냐?"

"네, 카시아스 왕자와 함께였습니다."

벨페스트는 셰이에 관한 말은 입에 올리지 않았다.

“그래? 호박빛 눈동자를 가진 어떤 여자 아이를 보지는 못했느냐?”

동요를 감추기 위해 벨페스트는 재빨리 표정을 가다듬었다.

“누구를 말씀하시는지 모르겠습니다.”

“나 역시 아는 건 전혀 없다. 그저 고르키가 듀이 델코의 집에서 그런 여자 아이를 봤다고 한 얘기가 생각났기에 물어본 것뿐이지. 그 집에 너와 함께 갔다고 하던데 넌 보지 못한 거냐, 벨?”

모고르는 지나가는 말투로 물으며 벨페스트의 반응을 주시했다. 벨페스트는 입술에 가느다란 미소를 띠었다.

“보지 못했지만… 봤다고 말씀드리면 안 되겠습니까? 주인님께 임무 수행을 게을리 한 것처럼 비쳐질까 봐 속이 타 들어갑니다.”

비록 미소는 보이지 않았으나 모고르의 표정은 눈에 띄게 부드러워졌다.

“그 여자 아이에 대해 알아봐라, 벨. 정체가 뭔지, 듀이 델코와는 어떤 관계인지, 그 집엔 왜 있었던 건지… 하여튼 알아낼 수 있는 건 최대한 알아내라.”

“주제넘은 말씀입니다만, 그런 명을 내리시는 뜻을 모르겠습니다. 아룬델이 스스로 우리 쪽에 붙었으니, 이제 듀이 델코한텐 크게 신경 쓸 필요가 없는 것 아닙니까? 그 주변인들이야 더 얘기할 것도 없고 말입니다.”

“또 내 말에 토를 다는구나, 벨.”

모고르가 언짢은 기색을 드러내자 벨페스트는 잘못을 뉘우친다는 의미로 머리를 숙여 보였다. 사실 모고르도 벨페스트의 생각에 대부분 동의하고 있었다. 고르키에게서 호박빛 눈동자의 소녀에 대해 들었을 당시엔 대수롭지 않게 넘기기도 했다. 이해할 수 없는 건 그 소녀가 지금까지도 문득 생각나곤 한다는 점이었다. 그리고 그때마다 뭔가 석연치 않은 느낌이 으레 뒤따라왔다.

시간 낭비에 불과하겠지만, 확실히 해둬서 나쁠 거야 없지.

"그건 그렇고, 그 왕자 놈은 어떻게 됐느냐?"

죽었다는 대답이 나오길 기대하며 모고르는 벨페스트에게 관심을 돌렸다.

"기를 쓰고 덤비기에 아예 심장을 파내주려고 했는데, 갑작스런 돌풍이 놈을 제 공격권 밖으로 밀쳐 냈습니다. 뒤를 쫓다간 듀이 델코를 놓칠 위험이 있어 하는 수 없이 다음 기회로 미뤄야 했습니다."

"하여튼 미꾸라지 같은 놈이다. 잡았다 싶으면 빠져나가고, 잊어버릴 만하면 나타나 성가시게 굴고……. 지난번에 깨끗이 없앴어야 하는데… 한심한 멍청이들이 놓쳐 버리는 바람에 아직까지도 신경을 쓰게 되는구나."

모고르는 쓰게 입맛을 다셨다.

"그나저나 갑작스런 돌풍이 불었다고 했는데… 돌풍을 일으킨 자가 듀이 델코라고 생각하느냐?"

"지금으로선 그 외에 다른 가능성은 없는 것 같습니다."

"으음… 사람을 날릴 정도의 바람을 순식간에 만들어내는 건 결코 쉬운 일이 아니다. 그렇다면 아룬델의 주장이 거짓이 아닐지도 모르겠구나. 아직은 터무니없는 헛소리란 생각이 지배적이지만 말이다."

모고르는 가벼운 한숨을 내쉬며 자리에서 일어났다. 기다림은 이 정도로 충분했다. 그는 지금이 아룬델에게서 모든 걸 알아낼 적기라고 판단했다. 목욕과 식사, 그 위에 편안한 휴식을 거치면서 아룬델은 긴장과 경계심을 상당 부분 누그러뜨렸을 것이다. 또한 잠에서 막 깨어났을 때처럼 무방비 상태가 되는 경우도 드물었다.

"아룬델을 만나시려는 겁니까?"

허를 찔린 심정이 된 모고르는 놀란 눈으로 벨페스트를 바라봤다.

의외로 날카로운 구석이 있었군.

"그럴 생각이다."

"저도 데려가 주십시오, 주인님."

벨페스트는 말을 돌리지 않았다. 아룬델한테는 아무 관심이 없었으나 듀이 델코는 달랐다. 셰이를 만나기 전부터 그는 듀이 델코에게 강한 호기심을 느끼고 있었다. 더군다나 셰이가 듀이 델코를 걱정하고 있음을 알고 있는 현재로선 어떻게 해서든 최대한 많은 정보를 끌어 모아야 했다.

"네가 굳이 따라오겠다면 막지는 않겠다만, 영문을 모르겠구나. 왜 갑자기 '마드라의 열쇠' 에 대해 관심을 갖는지 말이다."

모고르는 벨페스트의 의중을 잘못 넘겨짚고 있었다.

"관심은 예전부터 많았습니다. 인간을 가장 많이 흥분시키는 것이 바로 힘 아닙니까? '마드라의 열쇠' 는 궁극의 힘을 지키는 문지기와 같은 존재고 말입니다. 당연히 주인님의 소유물이 될 테지만, 한시라도 빨리 제 눈으로 보고 싶어 애가 탑니다."

벨페스트는 그럴듯하게 이유를 꾸며댔다. 모고르는 그의 소견을 들어보는 것도 괜찮겠다 싶은 마음에 청을 받아들였다. 두 사람은 곧장 아룬델이 잠들어 있는 별관으로 향했다. 하인의 손에 의해 강제로 잠이 깬 아룬델은 잔뜩 인상을 구기며 신경질을 부렸다.

"당장 나가! 죽여 버리기 전에!"

"나도 참을 만큼 참았다! 썩 일어나지 못하겠느냐?"

아룬델은 마지못해 일어나 앉았다.

"네가 어떻게 '마드라의 열쇠'가 될 수 있는지 어서 말해라."

모고르는 정신을 추스를 시간을 주지 않기 위해 곧장 핵심을 찔렀다.

"그건 나도 몰라. 마드라의 열쇠가 내 몸 안에 있다는 것만 느낌으로 알 뿐이지. 난 그냥 죽음을 피하고 싶은 마음에 파비앙이 알려준 대로 주문만 외웠어. 그런데 갑자기 마드라의 열쇠가 몸 속으로 들어왔단 말이야!"

아룬델은 모고르의 의도대로 경계심없이 사실을 털어놓았다.

"주문을 외웠다고? 그라무스 3세가 가르쳐 준 주문을? 대체 무슨 주문이기에 마드라의 열쇠가 나타나 네 몸속으로 들어간단 말이냐?"

아룬델이 입을 열기 전, 모고르의 뇌리에 번쩍 해답이 떠올랐다.

"마드라의 열쇠를 찾아내는 주문! 마드라의 열쇠를 불러내는 주문! 바로 그것이로구나!"

모고르는 흥분을 지나 격정에 사로잡혔다. 그는 두 주먹을 불끈 쥐며 천장을 향해 고개를 치켜들었다가 목이라도 조를 기세로 후닥닥 아룬델에게 접근했다.

"난 마드라의 열쇠가 어떤 비밀 장소에 보관되어 있는 줄로만 알았다! 그 장소를 찾아내야 마드라의 열쇠를 가질 수 있다고 믿고 있었다! 그런데 그게 아니었다니! 마드라의 열쇠가 스스로 찾아오게 만드는 주문이 있었다니!"

"당연하지. 헤이론의 왕들이 마드라의 열쇠를 찾는답시고 한밤중에 나가 몰래 땅이라도 팔 줄 알았냐?"

아룬델이 몹시 깔보는 투로 빈정거렸으나 모고르는 신경 쓰지 않았다. 아룬델에게 못 박힌 그의 시선엔 사랑하는 연인이라도 마주한 것 같은 열정이 가득했다.

"네 요구를 받아들이겠다, 아룬델."

아룬델의 연초록 눈동자에 흥분이 서렸다.

"그건 헤이론 국을 나한테 주겠다는 말이겠지?"

"그래, 헤이론 국은 머지않아 너의 소유가 될 것이다."

모고르는 아룬델이 기쁨에 겨워 펄쩍 뛰어오르거나 환호성 섞인 웃음이라도 터뜨릴 줄 알았다. 그러나 아룬델은 오히려 무덤덤해졌다. 희미하게 남아 있던 감흥도 어느새 사라져 버린 뒤였다. 아룬델을 겪어볼 기회가 없었던 모고르는 그가 어떤 일에 크게 기뻐하거나 크게 슬퍼하기엔 지나치게 감정이 메말랐다는 사실을 미처 알지 못했다.

대부분의 경우 아룬델은 자신을 둘러싼 주변 상황을 만족과 불만족으로 받아들였다. 만족을 위해서라면 그 누구라도 희생시킬 수 있고, 그 어떤 일이라도 해치울 수 있는 비정상적인 사고 체계를 가지고 있었다.

"그만 나가봐라."

모고르는 벨페스트를 흘긋 쳐다봤다. 그는 벨페스트를 이곳으로 데려온 결정을 후회하고 있었다. 아랫사람이 너무 많은 것을 알게 되면 뒤탈이 생기기 십상이었다. 벨페스트가 모습을 감춘 뒤, 모고르는 그가 별관을 떠났다는 확신이 들 때까지 입을 열지 않았다.

"마드라의 열쇠를 내게 넘겨라."

"그럴 수 없어."

모고르는 당장 눈을 부라렸다.

"지금까지 날 우롱한 것이냐?"

"그게 아니라, 넘기고 싶어도 방법을 모르겠다는 뜻이야."

"마드라의 열쇠를 어떻게 꺼내야 하는지 모르는 게로구나."

아룬델은 인정하고 싶지 않다는 얼굴로 고개를 끄덕였다.

"방법이야 간단하지 않느냐? 그 주문을 다시 외면 될 테니 말이다."

"주문을 욀 수 없다는 것. 그게 바로 문제라고."

모고르는 설마 설마 하며 침대에 바짝 다가섰다.

"혹시 주문을 잊어버린……?"

말을 끝맺기도 전에 그는 아룬델의 표정 변화를 보고 답을 알아챌 수 있었다. 어찌나 기가 찬지 맥이 탁 풀려 버릴 지경이었으나 금세 해결되리란 생각으로 애써 마음을 진정시켰다.

"다시 기억해 내면 된다."

"그게 그렇게 쉬운 일이면 널 찾아오지도 않았을 거야. 그동안 기억해 내려고 온갖 노력을 다해봤지만, 아무 소용 없었다고.”

“아주 조금도? 단 한마디도 떠오르지 않는 거냐?”

“한마디가 아니라 한 자도 생각나지 않아.”

“어떻게 그걸 잊어버린단 말이냐? 다른 것도 아니고, 어떻게 그걸!”

실망이 분노로 변한 모고르는 버럭버럭 고함을 쳐댔다. 불이라도 붙은 듯 그의 안색이 새빨갛게 달아올랐다.

“내 탓이 아니야! 듀이 델코라는 녀석 때문이지. 그 멍청한 녀석이 마드라의 열쇠에 붙어 함께 들어오는 바람에 난 한동안 내가 누군지도 모른 채 몸을 내줘야 했단 말이야.”

멍청한 놈! 똥오줌도 못 가리는 한심하고 미련한 놈! 마드라의 열쇠가 바로 눈앞에 있는데! 저런 놈 때문에 발만 동동 구르고 있어야 한다니!

모고르는 독기 서린 눈으로 아룬델을 노려봤다. 아룬델은 다소 기가 질렸으나 자신이 가진 특별한 힘을 떠올리며 모고르와 시선을 맞댔다. 잠시 후 어렵사리 평정심을 회복한 모고르가 말문을 열었다.

“주문을 기억해 내라, 아룬델. 어떻게 해서든 최대한 빠른 시일 안에 기억해 내야 한다.”

“물론 나도 할 수 있는 데까지 노력해 볼 생각이야.”

“그래, 잘 생각했다. 명심할 건, 기억나는 게 단 한 자라도 있으면 그때마다 나한테 알려줘야 한다는 거다. 네 망각이 풀리지 않을 경우를 대비해, 난 주문을 손에 넣을 수 있는 다른 방안을 찾아볼 생각이다.”

그 두 가지가 다 불가능하다면, 넌 더 이상 살아남지 못할 거다. 네 배를 갈라서라도 기필코 마드라의 열쇠를 손에 넣을 테니까.

"조용히 생각에 전념할 시간이 필요할 테니 난 이만 자리를 비켜주겠다."

모고르는 능숙하게 본심을 감췄다. 최후로 미루기야 하겠지만, 그 마지막에 다다르기 직전까지도 마드라의 열쇠를 얻지 못한다면, 자신의 손으로 직접 아룬델의 배를 갈라볼 생각이었다.

마드라의 열쇠가 잘못될 수 있다는 불안만 없었다면, 네놈은 벌써 송장이 되었을 것이다!

"원하는 게 있어."

모고르가 문을 나서려 할 때, 아룬델이 말했다. 모고르는 어서 얘기하라는 뜻으로 가볍게 고갯짓을 했다.

"왕궁으로 돌아가고 싶어."

"뭐… 뭐라고?"

"뭘 그렇게 놀라는 거야? 그럼 내가 이런 쥐구멍에서 살 줄 알았어?"

아룬델은 기도 안 찬다는 얼굴로 쓰윽 주위를 둘러봤다. 그가 있는 곳은 별관에 위치한 내실이긴 했으나 일반 평민들의 집 네다섯 채를 통째로 집어넣을 수 있을 만큼 넓었으며 왕궁 못지않게 호화로웠다. 그럼에도 불구하고 그가 왕궁으로 들어가기를 원하는 이유는 왕궁이 갖는 상징적인 의미 때문이었다. 모든 이들이 경외하고 우러러보는 권력의 중심지는 단연코 국왕이 머무는 왕궁 외엔 없었다.

아룬델의 속을 빤히 들여다본 모고르는 경멸에 찬 눈길을 던졌다. 권력의 달콤함은 모고르도 잘 알고 있었다. 권력에 대한 갈망 또한 그 누구보다 강했다. 그러나 적어도 그는 상황에 따라 자신의 속내를 감출 수 있는 자제력은 가지고 있었다.

"지난번 왕궁에서 어떤 일을 당했는지 그새 잊은 모양이로구나. 넌 도망자며, 처형수이다. 네가 그토록 그리던 왕궁에서 죽음을 맞고 싶은 거냐?"

"누가 감히 날 처형시킨단 말이야? 나한테는 힘이 있어. 그 누구도 날 이기지 못해."

모고르는 실소를 터뜨렸다.

저렇게 답답할 수가 있나? 권력의 맛에 중독된 나머지 정신까지 나가 버렸군.

"재상이 나서면 모양새가 좀 나을 것 같아 해본 말인데… 정 안 되겠다면 내가 직접 하는 수밖에. 그럼 마드라의 열쇠는 세르지오한테나 줘야 하는 건가?"

노골적인 협박이었다. 당장 호통을 치려던 모고르는 생각에 잠겼다. 실제로 아룬델을 왕궁으로 들여보내는 일 자체는 어렵지 않았다. 세르지오가 죽고, 그 자리를 자신의 수하인 피셔가 대신하는 상황이니 말이다. 한 가지 마음에 걸리는 건, 그의 등장이 가져올 엄청난 여파였다. 나라를 패망으로 이끌 뻔한 선왕의 애첩이 다시 등장한다면, 귀족 사회는 물론 헤이론 국 전체가 경악과 혼란에 휩싸이게 될 것은 자명했다.

아룬델의 뒤에 내가 있다는 사실이 알려진다면 내 위치까지 흔들릴 위험이 있어. 녀석을 세상에 내놓기 전에 철저한 사전 준비가 필요해. 충격을 줄이면서도 소용돌이의 중심에서 멀찌감치 떨어져 있을 만한 사전 준비가…….

"좋다, 아룬델. 왕궁으로 들어가게 해주마. 단, 큰 무리 없이 일을 진행시키려면 해결해야 할 문제가 한두 가지가 아니다. 네 안전을 지킬 수 있는 대비책도 마련해 두어야 하고 말이다. 이래저래 시간이 좀 필요할 것 같으니 당분간은 이곳에 있어라."

"난 참을성이 많지 않아, 모고르. 네 말대로 여기서 머물긴 하겠지만, 불만족스럽거나 지겨워지면 네가 뭐라고 하든 그 즉시 왕궁으로 들어갈 거야. 말인즉, 날 극진히 모셔야 된다는 뜻이야, 그런 사태가 벌어지는 걸 바라지 않으면."

"좋다, 원하는 게 있으면 언제든지 말해라. 만족스러운 생활을 할 수 있도록 모든 걸 갖춰주마. 아랫것들한테도 단단히 일러놓겠다."

"지금은 없으니 나가봐. 난 잠이나 좀 더 자야겠어. 다시 한 번 허락없이 내 거처에 들어오면, 그 다음번엔 왕궁으로 날 만나러 와야 할 거야. 명심해, 모고르."

"잘 알아들었다."

자제력을 모조리 동원해 태연한 표정을 지었으나 모고르의 눈가엔 파르르 경련이 일고 있었다. 그는 조금 더 있다간 아룬델의 목을 졸라 버릴지도 모른다는 생각에 서둘러 문을 나섰다.

아룬델은 경외에 찬 사람들의 시선을 받으며 당당히 왕궁으로 들어가는 자신의 모습을 상상했다. 만면에 웃음이 피어올랐다. 그에겐 매우 드문 일이었다. 사실 그는 자신의 몸을 되찾은 순간부터 전에는 경험해 보지 못한 즐거움을 느꼈다. 막강한 힘이 있으며 그 힘을 언제 어디서든 쓸 수 있다는 것은 왕궁에서 온갖 권력과 부귀를 누릴 당시와 버금갈 정도로 그를 기분 좋게 해주었다.

제대로 힘 한 번 써보지 못한 채 사라져 버린 신세라니… 듀이 델코보다 더 불쌍한 존재가 세상에 있을까?

아룬델은 듀이의 영혼이 완전히 소멸되었다고 확신했다. 전엔 그의 존재가 자신보다도 더 또렷하게 느껴진 것이 사실이다. 점점 그 느낌의 정도가 약해졌지만 말이다. 실제로 듀이가 고향집을 찾아갈 무렵엔 어렴풋한 자취만이 감지될 정도였다. 주변 상황을 인지할 수 있는 모든 감각이 마비되다시피 하는 바람에 아룬델은 어두운 골방 속에 갇힌 듯한 답답함을 참아내야 했다.

그땐 정말 미치는 줄 알았지, 듀이 델코가 내 몸을 완벽하게 빼앗은 줄로만 알고.

은근히 불안해진 아룬델은 정신을 집중해 자신의 내부를 샅샅이 더듬어보았다. 듀이 델코는 물론 그가 있었다는 미세한 흔적조차 찾을 수 없었다.

나의 완벽한 승리로군, 듀이 델코. 한때나마 몸을 공유했던 널 위해 최고급 대리석으로 만든 비석을 세워주겠어. 이런 글귀가 새겨진…….

"구더기도 피해갈 한심한 멍청이, 여기에 잠들다."

아룬델은 소리 내어 웃으며 침대에 벌렁 드러누웠다. 모든 것이 그가 원하는 대로 하나하나 이루어지고 있었다.

죽음의 위기에서 멋지게 벗어나고, 뜻하지 않은 힘까지 얻게 되고, 다시 왕궁으로 돌아가게 되고… 앞으로 일만 잘 풀리면 혜

이론 국까지 갖게 되겠지. 그렇지 못한다 해도 크게 우려할 필요
는 없는 거고.

자신의 몸 안에 '마드라의 열쇠'가 있는 이상, 그리고 모고르
가 그걸 열망하는 한, 그가 바라는 호사스럽고 편안한 삶은 이미
마련되어 있는 거나 진배없었다.

신이 유달리 자신을 어여삐 여기는 것 같다는 생각을 하며 아
룬델은 다시 한 번 웃음을 터뜨렸다. 그때였다. 내실 중간쯤에 무
언가 흐릿한 형체가 너울거렸다.

"듀이?"

마치 아득한 메아리처럼 점점이 흩어지는 음조가 들려왔다.

"저게 뭐지?"

아룬델은 미간을 좁히며 엉거주춤 일어나 앉았다.

"넌 듀이가 아니야!"

일순 형체가 또렷해졌다. 그 순간 세찬 바람이 휘몰아치며 그
를 저만치 벽 쪽으로 내동댕이쳤다. 아픔을 참으며 고개를 들었
을 때, 형체는 사라지고 없었다. 아룬델은 형체가 나타났던 자리
로 조심조심 접근했다. 그는 자신이 환상을 보았다고 생각했다.
그처럼 강렬하게 번쩍이는 호박빛 눈동자가 현실에 존재할 리 없
었다.

Chapter 16
새로운 국면

여기가 어디지?

셰이는 주위를 두리번거렸다. 보이는 건 오직 희뿌연 안개가 전부였다. 그녀는 자신의 발조차 명확히 보이지 않는 안개 속을 헤매고 또 헤맸다. 시간이 얼마나 흘렀는지도 가늠할 수 없었다.

이러고 있을 때가 아닌데… 어서 듀이를 찾아야 하는데…….

셰이는 더욱 걸음을 빨리했다. 그러나 달라진 건 없었다. 자신 외에는 그 누구도, 그 무엇도 존재하지 않는다는 막막함이 뼛속 깊이 파고들었다. 암담한 마음에 눈물이 나오려 했다.

바보같이 굴지 마! 듀이는 너보다 훨씬 더 힘든 상황에 처해 있을 거야! 네가 징징거리고 있는 동안, 듀이는 비명을 지르고 있을지도 모른다고!

"듀이! 어디 있어? 듀이!"

마음이 다급해진 셰이는 듀이를 소리쳐 불렀다. 그 순간 정면에서 한줄기 바람이 불어왔다. 바람에 밀린 안개가 흩어지며 낯선 광경이 모습을 드러냈다. 내실로 보이는 공간에 한 남자가 있었다. 남자의 생김새가 꼭 듀이같이 보이자 셰이는 가슴을 두근거리며 조심스레 입을 열었다.

"듀이?"

커다랗게 열린 연초록 눈동자가 그녀에게 날아왔다. 틀림없는 듀이의 모습이었다. 하지만 셰이는 그가 이미 듀이와는 완전히 다른 존재가 돼버렸음을 한눈에 알아보았다.

"넌 듀이가 아니야!"

셰이는 버럭 소리쳤다. 조금 전보다 더 세찬 바람이 몰려들었다. 감았던 눈을 떴을 때, 주위엔 다시 안개가 떠돌고 있었다. 셰이는 불안감에 사로잡혔다. 듀이에게 무언가 안 좋은 일이, 굉장히 나쁜 일이 벌어졌음을 확신할 수 있었다.

"듀이! 어디 있는 거야? 대답해 줘, 제발!"

별안간 자그마한 속삭임이 귀로 스며들었다.

"이대로 사라져 버렸으면 좋겠어……."

듀이의 목소리가 틀림없었다. 황급히 사방을 둘러보았으나 모습은 눈에 띄지 않았다. 셰이는 숨을 죽인 채 주의 깊게 귀를 기울였다.

"난 자격이 없어… 셰이의 황금열쇠가 될 자격도… 능력도 없어……. 비겁하고 못난 나 때문에 셰이가 고생하고 있을 거야… 내가 못나서 셰이까지 피해를 보게 되는 거야……. 카시아스도 날 원망하고 있을 거야……. 언제나 자신에게 기대기만 하는 내가 귀찮았을 거야…

할 수만 있다면 떼어버리고 싶었을 거야……. 멍청이… 한심한 멍청
이……. 셰이한테도 카시아스한테도 내가 없는 게 나을 거야……. 난
언제나 일을 망치기만 하니까……. 난 필요없는 존재야……."

"아니야… 그렇지 않아……."

셰이는 자신도 모르게 중얼거렸다.

"이대로 사라져 버렸으면 좋겠어……. 이렇게 힘들지 않은 곳으로…
아무것도 느끼지 못하는 곳으로… 사라져 버렸으면 좋겠어……."

듀이의 아픔이 그대로 전해져 왔다. 셰이는 가느다랗게 흐느꼈
다.

"그러지 마, 듀이. 그러면 안 돼. 넌 필요없는 존재가 아니야.
절대 필요없는 존재가 아니야……."

가슴에 쓰라린 통증이 일었다. 눈물을 멈출 수가 없었다.

"네가 없으니까 모든 게 엉망이 되어버렸어……. 듀이, 난 네가
필요해… 카시아스한테도 네가 필요해……. 넌 절대 필요없는 존
재가 아니야……."

듀이의 목소리가 점점 작아지더니 끝내 정적 속에 묻혀 버렸다.

듀이를 찾아야 돼! 한시라도 빨리 그를 찾아 아니라고 말해줘
야 돼! 절대 그렇지 않다고, 잘못된 생각이라고 알려줘야 해!

때를 놓친다면, 듀이가 사라져 버리리란 걸, 그를 영영 만나지
못할 것이라는 사실을 직감할 수 있었다. 셰이는 어서 안개 밖으
로 나가야 한다는 조급함에 무작정 달리기 시작했다. 안개 속에
갇혀 버린 신세임을 깨닫는 데는 그리 오랜 시간이 걸리지 않았
다. 소용없는 달음박질을 멈춘 그녀는 카시아스를 소리쳐 불렀
다. 조금 전과 마찬가지로 안개가 옅어지며 카시아스의 모습이

보였다. 그는 바닷바람을 맞으며 뱃전에 기대서 있었다.

"카시아스! 듀이가 위험해!"

목청껏 소리쳤으나 카시아스는 그 어떤 반응도 보이지 않았다.

"카시아스! 내 말 안 들려? 빨리 듀이를 구해야 돼! 카시아스! 내 말 들리면 어떤 표시라도 좀 해줘! 듀이가 위험하단 말이야! 카시아스!"

애가 탄 셰이는 카시아스의 팔을 잡아 흔들려고 했다. 다급한 손이 그의 어깨를 통과해 밖으로 쑥 빠져나왔다. 카시아스는 그녀를 거부하고 있었다. 그의 세계에서 셰이는 보이지도 들리지도 만져지지도 않는 공허한 허상과 같았다.

"카시아스… 난 겁이 나……. 듀이를 영원히 잃어버리게 될 것 같아서……. 무섭고 정말 겁이 나……."

카시아스의 무심한 모습 위로 점차 안개가 덮였다. 듀이를 도울 방법이 없다는 절망감에 셰이는 힘없이 주저앉았다.

이러면 안 돼… 어떻게든 방법을 찾아야 돼. 도움을 청할 만한 사람… 날 도와줄 수 있는 사람이 없을까?

"본 존……."

셰이는 작게 속삭였다. 안개가 빠르게 걷히며 비좁은 여관방이 눈앞에 펼쳐졌다.

셰이를 데려가게 놔둬서는 안 되는 거였는데……. 대체 그놈을 어디서 찾는다지?

본 존은 푹 한숨을 내쉬며 머리를 감싸 쥐었다.

"최소한 어떤 놈인지 정체라도 알아야지… 그래야 뭐라도 하든지 말든지 할 것 아니야?”

답답한 마음에 셰이가 원망스러워지기까지 했다.

셰이 주위엔 왜 하나같이 이상한 녀석들만 꼬여드는 거야? 흑마법사 녀석도 모자라 느닷없이 나타난 납치범 녀석까지… 듀이 델코라는 요상한 인간은 또 어떻고?

“황금열쇠라니! 하, 그게 말이 돼? 누구한테나 하나씩 존재하는 명운의 열쇠… 황금열쇠……. 젠장! 그런 헛소리가 어디 있어?”

그럼 여관방으론 왜 돌아온 거야?

본 존은 내면에서 흘러나온 물음에 대답하지 못했다. 셰이한테서 꿈나라 이야기 같은 말을 들은 뒤, 그는 두 번 다시 그녀를 보지 않을 결심으로 문을 나섰다. 본 존은 셰이의 얘기를 조금도 믿지 않았다. 그런 그가 왜 도중에 걸음을 멈추고 필요도 없는 사과를 샀는지, 왜 여관방을 향해 발길을 되돌렸는지, 생각할수록 이해가 되지 않았다. 본 존은 그런 행동을 한 자신이 갑갑하고 못나게 느껴졌지만, 한편으론 신기하다는 생각이 들기도 했다.

“나도 셰이처럼 정신이 나가 버린 건지도 모르지. 이러다간 머지않아 헛소리까지 들리겠군.”

본 존이 실소를 지었을 때, 어떤 불분명한 소리가 귓전을 스쳤다. 그는 멈칫했다.

“본 존…….”

셰이의 목소리가 들리더니 눈앞에 그녀의 모습이 나타났다.

“뭐, 뭐야?”

본 존은 벌떡 일어섰다.

“이거 뭐냐고, 젠장! 내가 정말 미친 건가?”

“부탁이 있어, 본 존.”

“꺼져! 당장 꺼져! 넌 셰이가 아니야! 더럽게 미쳐 버린 내 머리가 만들어낸 허깨비에 불과해!”

“난 허깨비일지 몰라도, 본 존은 미치지 않았어. 만에 하나 미쳤다고 해도 내 부탁은 들어줘야 해.”

“개소리 늘어놓지 말고, 지금 당장 꺼지란 말이야!”

“도움을 청할 사람이 본 존밖에 없어. 제발 부탁이야… 본 존… 제발…….”

셰이의 눈에서 눈물이 흘러내렸다.

“이런 제길! 정말 미치고 홱까닥 돌아버리겠네!”

본 존은 아무 죄 없는 천장을 향해 꽥 고함을 질렀다. 그러고는 셰이의 형상을 노려봤다.

“말해봐, 그 부탁이란 게 뭔지.”

“나 대신 카시아스를 만나 내 말을 전해줘. 듀이가 위험하다고, 한시라도 빨리 그를 구해야 된다고, 그렇지 않으면 아무도 찾지 못하는 곳으로 떠나 버릴 거라고… 듀이를 영영 잃어버리게 된다고…….”

목이 멘 셰이는 잠시 말을 멈췄다.

“그게 다야?”

“듀이를 만나면 이 얘길 꼭 해줘야 한다고 말해줘. 듀이는 절대 필요없는 존재가 아니라고, 반드시 있어야 될 존재라고… 꼭 기억했다가 카시아스한테 전해줘야 돼.”

“그 카시아스란 작자는 어디 있는데?”

“배를 타고 있었어. 아마 버틀랜드 국에서 헤이론 국으로 가는 배일 거야.”

"헤이론 국? 버틀랜드도 아니고 헤이론이라고? 그것도 망망대해에 떠 있는 배 위로 찾아가 어떻게 생겼는지도 모르는 카시아스란 작자한테 허깨비가 말해준 헛소리를 전해줘야 한단 말이지?"

본 존은 사이사이 헛웃음을 섞어가며 비꼰 다음, 거친 어조로 혼잣말을 중얼거렸다.

"젠장! 이거 내가 뭐 하고 있는 짓인지… 이러다간 '보물 사냥꾼 본 존'이 아니라 '더럽게 썩어버린 대가리'로 불리게 되겠군."

"카시아스가 어떻게 생겼는지 가르쳐 줄게. 카시아스는 본 존보다 약간 더 호리호리해. 키는 손가락 길이 정도 더 클 것 같고… 또……."

"그런 작자라면 지금이라도 열 명은 끌고 올 수 있어."

본 존은 심술궂게 말허리를 잘랐다.

"전체적으론 황갈색 머리인데, 금발이 군데군데 섞여 있어. 턱은 좀 각이 진 편이고……. 어떻게 말해야 좋을지 모르겠어. 직접 보여줄 수도 없고."

셰이의 말이 끝나는 순간 본 존의 머릿속에 처음 보는 얼굴이 선명하게 그려졌다.

"짙푸른 눈동자와 거무스름한 피부를 가진 이십대 초반으로 보이는 젊은 남자."

"맞아, 그 사람이 바로 카시아스야! 어어… 안 돼!"

셰이의 음성이 다급해졌다.

"시간이 없어, 본 존! 안개의 움직임이 심상치 않아!"

"나야말로 시간이 없어. 요샌 날씨가 변덕스러워 배편도 구하기 힘들다고."

"내가 보내줄게! 배는 위험하니까 육지로 보내줄게! 자신은 없지만 한번 해볼게! 카시아스한테 꼭 내 말을 전해줘야 돼! 듀이가 위험하다고! 마음의 문을 닫고 절망에 빠져 있다고!"

별안간 여관방이 흔들리기 시작했다. 본 존은 놀라 창틀을 움켜잡았다. 그제야 흔들리는 건 여관방이 아니라 자신과 주위를 에워싼 빈 공간임을 깨달을 수 있었다.

"아! 카시아스한테 한 가지만 더 전해줘!"

셰이의 목소리가 희미해질수록 떨림은 거세졌다. 이젠 눈앞도 분간하지 못할 지경이 되어 있었다.

"아룬델이 깨어났어! 조심해야 돼!"

셰이의 외침과 함께 절벽에서 떨어지는 듯한 아득함이 본 존을 덮쳤다. 그는 중심을 잃고 바닥으로 쓰러졌다. 짭조름하면서 비릿한 냄새가 맡아졌다.

"어허, 젊은 사람이 대낮부터 이게 무슨 꼴이야?"

"그러게 작작 좀 마시지… 쯧쯧! 술이 여러 사람 망친다니까!"

본 존은 혀 차는 소리를 들으며 눈을 가늘게 떠보았다. 구름 한 점 없는 맑고 청명한 하늘이 그를 내려다보고 있었다. 그리 멀지 않은 곳에서 바닷새들의 울음 소리가 들려왔다.

"여보, 저 남자, 갑자기 뿅 하고 나타났다! 되게 신기하지?"

"흥! 쓸데없는 소리 하지 말고 냉큼 따라오기나 해! 그런다고 내가 봐줄 줄 알아? 고기 잡으러 간다고 나가서는 마신지, 여시인지 하는 불여우랑 노닥거린 거, 다 알고 있어! 이번엔 아주 다리몽둥이를 뽀개 버릴 줄 알아!"

"아, 글쎄, 오해라니까! 거짓말이면 내가 당신 아들, 아니, 손자다, 손자! 어어, 여보야! 같이 좀 가!"

본 존은 얼떨떨한 상태로 몸을 일으켰다. 멀리 보이는 선착장 뒤로 쪽빛 바다가 말갛게 펼쳐져 있었다.

"여기가 어딥니까?"

본 존은 선원으로 보이는 덩치 큰 남자를 향해 물었다. 막 지나치려던 남자가 본 존을 아래위로 훑어보며 입귀를 실룩였다.

"정신 차려, 젊은 친구! 여긴 비노바야, 비노바 항구! 생긴 건 멀쩡한데, 정신은 집에다 고이 모셔놓고 다니나 보군."

아니나 다를까, 입술을 헤 벌린 채 고개를 이리저리 휘저어대는 본 존의 모습은 실성한 사람 그대로였다.

"비노바 항구… 비노바 항구야… 난 지금 버틀랜드 국, 에트디그니스에 있는 여관방이 아니라 헤이론 국의 비노바 항구에 있어……."

본 존은 스스로를 납득시키기 위해 계속해서 중얼거렸다. 비노바는 잘 정비된 항만 시설과 수월한 바닷길을 도와주는 해류, 거기에 수도 아르덴과의 비교적 가까운 거리 등으로 인해 헤이론 국에서 첫손가락에 꼽히는 항구 도시이다. 또한, 그 명성에 걸맞게 바르샤르 왕국은 물론 버틀랜드 국에서 들어오는 대부분의 선박들이 으레 종착지나 중간 기착지로 삼는 곳이기도 했다.

"그 허깨비가 진짜 셰이였던 건가?"

본 존은 절레절레 고개를 흔들며 선착장 쪽으로 걸음을 떼었다. 카시아스라는 사람을 놓치지 않으려면 버틀랜드 국에서 오는 배란 배는 하나도 빠짐없이 알아둘 필요가 있었다. 본 존은 이런 황당한 일은 두 번 다시 겪고 싶지 않다고 생각했다. 그러다 문득 자신이 휘파람을 불고 있다는 사실을 깨닫게 되었다. 본 존은 웃음을 터뜨렸다. 어느새 그는 자신에게 닥친 이 해괴한 사태를 은근히 즐기고 있었던 것이다.

"아룬델이 깨어났어! 조심해야 돼!"

말이 끝나기도 전에 본 존의 모습이 완전히 사라져 버렸다. 세이를 둘러싼 안개의 움직임은 더욱 급박해졌다. 거센 바람을 따라 이리저리 몰려다니던 안개가 빠르게 흩어지기 시작했다. 그 자리를 텅 빈 공간이 채워 나갔다. 흡사 굶주린 짐승처럼 닥치는 대로 주위를 삼켜 버렸다. 세이는 점점 사나워지는 사멸의 손아귀를 피해 허겁지겁 내달렸다. 꼼짝없이 잡아먹히게 되리라는 두려움에 뒷골이 쭈뼛거렸다. 저 멀리서 맹렬히 줄달음쳐 오는 공허한 그림자가 보였다. 더 이상 도망칠 곳이 없음을 깨닫자 세이는 멈춰 섰다. 그 순간 그녀를 지탱하던 작은 세상이 한꺼번에 허물어져 내렸다.

세이는 눈을 떴다. 일어나려 했지만 몸이 말을 듣지 않았다. 전신이 물에 젖은 솜처럼 무겁고 나른했다.

무슨 일이 있었던 거지?

자신을 운명의 신이라고 밝히던 남자의 얼굴이 기억났다. 그에게 이끌려가 지금까지 살던 세상과는 전혀 다른 곳을 본 것 같은 어렴풋한 장면이 뒤를 이었다. 그러나 꿈인지 실제인지 분간이 되지 않았다.

세이는 꿈이었으리라 생각했다. 몽롱한 정신 상태로 보아 지금도 그 꿈의 연장선에 있는 것 같았다.

꿈이 분명해… 그렇지 않다면 이샤가 저런 눈으로 날 바라볼

리 없어…….

엷게 드리워진 어스름 속에서 이샤무딘이 그녀를 응시하고 있었다. 서늘한 음영이 스며든 얼굴은 조각처럼 무표정했으나, 세이는 금빛 눈동자에 서린 온기를 엿볼 수 있었다. 정적이 무너지면 처음 느껴보는 따스함이 금방이라도 사라져 버릴 것 같아 그녀는 숨소리를 죽였다.

“어때?”

이샤무딘이 물었다. 오랫동안 입을 열지 않은 듯 나지막이 잠긴 목소리였다.

“뭐가?”

“너 말이야.”

“난… 좀 이상해…….”

“좀이 아니겠지.”

이샤무딘이 혼잣말처럼 중얼거렸다.

“이상한 꿈을 꿨어……. 지금 꾸는 것보다도 더 이상한 꿈……. 꿈에서 난… 만나고 싶은 사람들을 볼 수 있었어… 생각만으로도 그들을 찾을 수 있었어…….”

“꿈이 아니야.”

“응… 꿈이 아니면 좋겠어… 나한테 정말 그런 능력이 있다면… 듀이를 구할 수 있을 텐데…….”

“이대로 사라져 버렸으면 좋겠어……. 이렇게 힘들지 않은 곳으로… 아무것도 느끼지 못하는 곳으로… 사라져 버렸으면 좋겠어…….”

목 놓아 울지도 못하는 듀이의 슬픔… 커다랗게 입을 벌린 그의 아픈 상처가 되살아났다.

"왜… 울어?"

이샤무딘이 눈살을 찌푸렸다. 그제야 셰이는 귓가로 방울져 흘러드는 눈물을 느낄 수 있었다. 무방비에 가까울 정도로 그녀의 몸과 마음은 그 어느 때보다 약해져 있었다.

"모르겠어… 그냥 눈물이 나와… 울고 싶지 않은데……."

셰이는 집으로 돌아가는 길을 영영 잃어버린 어린애처럼 이샤무딘을 올려다봤다.

"아니… 울고 싶어… 엉엉 소리 내어 울고 싶어……."

흐느낌이 새어 나오려 하자 셰이는 입을 막았다. 걷잡을 수 없이 눈물이 흘러내렸다. 자신의 서글픔 때문인지 듀이의 고통이 전해진 까닭인지, 원인조차 알 수 없었다. 그저 가슴에서 느껴지는 알알한 쓰라림이 견디기 힘들 만큼 아플 뿐이었다.

이샤무딘이 천천히 팔을 뻗었다. 허공에서 잠시 멈춰 있던 손이 셰이의 어깨에 닿았다. 셰이는 매달리듯 그의 손을 잡고 파르르 떨리는 입술을 파묻었다. 눈물은 오래도록 그치지 않았다. 아픔을 보듬어주는 듯한 온기를 느끼며 그녀는 그렇게 울다 잠이 들었다.

"내 이럴 줄 알았지."

등 뒤에서 말소리가 들리자 제루안은 몸을 돌려 세웠다. 이런 일이 있으리라 어느 정도 짐작하고 있던 까닭에 크게 놀라지 않았다. 은빛 가면을 쓰고 그 위에 검은색 로브를 깊숙이 덮고 있는 자가 누구인지도 쉽게 알아볼 수 있었다.

"라우시안, 여긴 어쩐 일이오?"

"산책 나온 길에 우연히 제루안님의 모습을 보고 인사나 드릴까 해서 부지런히 발을 놀렸습니다."

라우시안의 어투는 매우 정중했다. 그러나 말 자체엔 손톱만큼의 진실도 깃들어 있지 않았다. 두 사람이 서 있는 장소는 바인게르트 성의 진입로 부근이었다. 천계에 머무는 운명의 신이 산책 삼아 들를 만한 곳은 결코 아니었다.

라우시안은 제루안이 유예기간 동안 이샤무딘과 창조신 아스트라한을 만나려 할 것임을 믿어 의심치 않았다. 덧붙여 신중한 성격의 제루안이라면 위험할 정도로 광활한 바인게르트에 무작정 발을 딛는 일은 없으리라 짐작했다. 그의 예상은 정확히 맞아떨어져 바인게르트 성으로 이동하려던 제루안을 때맞춰 잡을 수 있었다.

"나와 말장난이나 하려고 여기까지 온 건 아닐 텐데? 바쁜 일이 있으니 어서 본론으로 들어가는 게 좋겠소."

"그렇게 하겠습니다. 우리 모르게 이샤무딘을 따로 만나시려는 연유가 무엇입니까?"

"사건의 정황을 당사자에게 직접 들어보고 싶어서이오."

"자르키안을 죽일 만한 이유가 있었다고 생각하시는가 보군요. 만에 하나 그게 사실이라면 뭘 어쩌실 겁니까?"

"먼저 그 사실을 다른 신들에게 알리는 것이 순서 아니겠소?"

"응징을 결의한 운명의 신들을 가로막아 일을 무산시키려는 구린 속셈을 가지고 있다, 제 귀엔 그런 말로 들리는군요."

라우시안의 태도가 불손해지자 제루안의 얼굴이 슬쩍 굳어졌다.

"더 이상 시간을 낭비할 이유가 없는 것 같소."

공간 이동을 하려던 제루안은 자신을 그 자리에 붙잡아 두려 하는 강한 힘을 느낄 수 있었다. 그는 라우시안에게 노기 어린 시선을 날렸다.

"이게 무슨 짓이오?"

"모든 운명의 신들을 대표해 우리의 존엄과 품위를 지키기 위한 고육지책일 뿐입니다."

"헛소리! 이성과 판단력을 잃고 정당한 절차도 무시한 채 오직 복수만을 외치는 패거리에게 무슨 존엄과 품위가 있단 말이오? 그들 모두 굶주린 악귀와 다를 바 없소!"

"오호, 이런… 말씀이 대단히 거치시군요."

"라우시안, 운명의 신들을 통솔하는 수장으로서 명하겠소! 지금 당장 힘을 거두고 이 자리를 떠나시오!"

"참으로 죄송스럽습니다만… 그렇겐 못하겠습니다."

라우시안은 말을 끝내며 팔을 길게 뻗었다. 그의 손에 핏빛을 띤 검이 나타났다. 첫눈에 음영검(陰影劍)임을 알아챈 제루안은 일순 흠칫했다가 위엄 어린 분노를 담아 라우시안을 노려봤다. 음영검은 세상에 존재하는 모든 것을 벨 수 있는 검으로 수장의 상징과도 같았다.

"내 검을 훔쳤군."

"이제 곧 제 검이 될 터이니, 조금 일찍 갖는다고 뭐, 큰일이야 생기겠습니까?"

공격 기회를 노리고 있던 제루안은 서둘러 힘을 끌어 모으려 했다. 원기가 모조리 없어진 것 같은 무력감이 밀려왔다. 그제야 그는 자신이 덫에 걸렸음을 깨닫게 되었다.

"힘을 쓰기가 좀 어려우실 겁니다. 눈치 채셨겠지만, 제가 그곳에 기력을 소진시키는 방진을 미리 걸어놓았습니다."

"날 제거하기 위해 만반의 준비를 해놓았군. 그렇다면 시간 끌 필요 없소."

제루안은 의연한 자세로 죽음을 기다렸다. 악을 쓰며 발버둥쳐도 결코 살아남지 못하리란 사실을 이미 알고 있었다.

"끝까지 잘난 체를 하시는군."

라우시안은 가차없이 음영검을 던졌다. 한줄기 빛으로 변한 음영검이 눈 깜짝할 사이 제루안의 목을 잘라 버린 뒤 제자리로 돌아왔다. 라우시안은 칭찬하듯 음영검을 쓰다듬었다. 덩실덩실 춤이라도 추고 싶은 기분이었다. 샤무안의 감지 능력이 약간 마음에 걸리긴 했으나 크게 신경 쓸 필요는 없었다. 어차피 그녀의 능력은 제한적이었다. 제루안의 죽음과 그 과정을 인지했다 하더라도 말소리를 듣지 못한 이상, 범인으로 그를 지목할 가능성은 전혀 없었다. 라우시안은 가면 위로 더욱 깊이 로브를 내려썼다.

모든 것이 내 계획대로 마무리되었어, 그야말로 완벽하게.

연방 빙글거리던 라우시안은 하늘을 위협하듯 솟아 있는 바인게르트 성의 첨탑이 눈에 들어오자 웃음을 거두었다. 수장이 될 것이 거의 확실해진 지금, 이샤무딘과 굳이 혈전을 벌여야 할 이유도 남아 있지 않았다. 솔직한 심정으로 그는 할 수만 있다면 자르키안의 죽음을 조용히 덮은 채 넘어가고 싶었다. 아스트라한까지도 섣불리 대하지 않는다는 흑룡의 성질을 건드리고 싶은 마음은 조금도 없었다. 그러나 이제 와서 반대 입장에 서면 제루안을 죽인 범인으로 의심받을 위험이 있었다.

이럴 줄 알았으면 그토록 강경하게 주장을 펴지 않았을 텐데…….

선뜻 이러지도 저러지도 못하는 상황에 처했음을 깨달은 라우시안은 씁쓸하게 입맛을 다시며 제루안의 시신을 뒤로했다.

정신을 차리자마자 셰이는 무의식의 세계로 다시 돌아가고 싶은 충동을 느꼈다. 지난번 꿈속에서 본 것과 똑같은 전경이 주위를 에워싸고 있었기 때문이다. 그건 이샤무딘의 손을 붙잡고 눈물을 펑펑 쏟은 남부끄러운 행동이 꿈이 아닌 현실임을 가르쳐 주는 확실한 증거였다. 셰이는 베개에 얼굴을 파묻었다. 괴로운 신음성이 새어 나왔다. 이샤의 얼굴을 어떻게 봐야 할지, 눈앞이 캄캄했다.

그래, 지금 당장 여길 떠나는 거야! 이샤가 돌아오기 전에!

셰이는 침대 가장자리로 부랴부랴 몸을 굴렸다. 빙그르르 돌아가는 시야 속으로 갑자기 이샤무딘의 모습이 끼어들었다. 당황한 셰이는 미처 멈추지 못하고 침대 아래로 굴러 떨어지고 말았다.

"심심해? 재미있을까 봐 하는 거야?"

못 본 척해줘도 될 것을 이샤무딘이 얄밉게 비꼬았다.

"어떻게 알았어? 눈치도 빠르시지."

셰이는 즉시 받아쳤다. 하지만 보기 흉한 꼴로 넘어져 있는 형편이라 효과는 별 볼일 없었다. 그녀는 다시 침대 위로 올라가기 위해 안간힘을 썼다. 마음먹은 대로 팔다리가 움직여지지 않는 상황에서 그건 결코 만만한 일이 아니었다. 끙끙대던 셰이는 버둥거리다시피 하며 간신히 목적을 달성할 수 있었다.

잠시 시선을 피해주는 기본적인 예의 같은 건 아예 무시한 채, 그녀를 빤히 지켜보던 이샤무딘이 천천히 입술을 움직였다.

"꼴사나워."

가뜩이나 상기돼 있던 셰이의 얼굴이 화끈 달아올랐다.

"그러는 이샤는 뭐 엄청 멋있는 줄 알아?"

이샤무딘을 노려보던 셰이는 정말 내키지 않았으나, 처음 만난 순간부터 지금까지 그가 멋있어 보이지 않은 적은 한 번도 없다는 사실을 인정할 수밖에 없었다.

"그래서 세상은 불공평하다고 하는 건가 봐."

셰이는 침울한 어조로 혼잣말을 했다.

하긴, 성질은 더러우니까 조금은 공평한 건지도 모르겠네.

"내일 여기서 나가."

이샤무딘이 말했다. 스스로도 놀랄 정도로 셰이는 몹시 서운한 마음이 들었다.

"더 이상 참아주기 힘들 만큼 내가 귀찮은가 보지?"

"그래, 귀찮아."

그리 냉정한 어투는 아니었으나 그런 건 셰이에게 조금도 위로가 되지 못했다.

푸대접이야 항상 받아온 거잖아. 새삼스레 실망할 이유도, 마음 상해할 이유도 없어.

"기뻐해야 될 일이 생겼어, 이샤무딘. 지금 당장 나가줄게."

셰이는 보란 듯이 몸을 일으켰다. 머리가 핑 도는 현기증이 찾아왔다. 휘청거리던 그녀는 맥없이 바닥에 주저앉았다.

"난 분명히 내일 나가라고 했어."

이샤무딘은 조금 어색한 몸짓으로 손을 내밀었다.

"도와줄 필요 없어."

셰이는 그의 손을 밀어냈다. 허리를 잡은 이샤무딘이 뿌리치기도 전에 그녀를 들어 올려 침대 위에 내려놨다.

"다른 이유가 있지?"

문득 머리를 스친 생각이었다. 셰이는 끈기있게 대답을 기다렸다. 이샤무딘이 굳게 닫혀 있던 입술을 열었다.

"할 일이 있어."

"그거… 나쁜 일이지?"

"글쎄… 확실히 좋은 일은 아니지."

스스로를 비웃는 것 같은 자조 섞인 음성이었다.

"하지 마, 그거."

두 사람의 시선이 마주쳤다. 셰이는 왠지 모르게 불안해졌다.

"나쁜 일이라면 하지 마."

무의식중에 그녀는 두 손을 맞잡았다. 이샤무딘에게 좋지 않은 일이 생길 것 같은 불길한 예감이 손을 싸늘하게 만들었다.

"이샤 말대로 내일 나갈게. 단, 우리 둘이 함께 가는 거야."

물끄러미 셰이를 응시하던 이샤무딘이 긴 한숨을 내쉬며 시선을 돌렸다. 그는 자르키안의 죽음에 대한 보복이 머지않아 닥칠 것임을 잘 알고 있었다. 피하고 싶은 마음도 없었지만, 만에 하나 세상 끝까지 도망친다고 해도 운명의 신들을 따돌리는 건 불가능했다. 이샤무딘은 이곳 바인게르트에서 그들을 기다릴 생각이었다. 자신이 죽든 운명의 신들을 모조리 죽이든, 그 여파는 광활한 바인게르트를 빠져나가지 못할 것이다.

여길 벗어나면 똑바로 날 바라보는 저 당돌한 눈동자도 꽤 오랫동안 건재할 수 있겠지.

"마음이 변했어. 지금 나가, 당장."

셰이가 자신도 모르게 움츠러들 만큼 그의 목소리는 차가웠다.

"난 환자야. 힘도 없고 몸도 많이 아파. 제대로 서 있지도 못하고 쓰러지는 걸 이샤도 봤잖아."

"그럼 기어서라도 가."

강제로 끌어내기라도 하려는 듯 이샤무딘이 팔을 뻗어왔다. 셰이는 침대 모서리를 꽉 틀어잡았다.

"내 몸에 손가락 하나라도 대봐! 확 혀 깨물고 자결을 할 테니까!"

"내 시트에 피 한 방울이라도 떨어뜨리면 내 손에 죽을 줄 알아."

이샤무딘은 심술궂게 응수하며 어깨와 다리를 움켜쥐고 셰이를 번쩍 안아 올렸다.

"구제불능 고집통! 찔러도 찔러도 피 한 방울 안 나오고 불쌍한 바늘만 부러질 천하의 악질!"

셰이는 이를 갈았다. 이샤무딘이 그녀를 아무렇게나 바닥에 내려놓았다.

"어디로 가고 싶은지 말해."

"왜, 자비를 베풀어 낙원에라도 보내주려고?"

“계속 툴툴거리면 바다 속에 처박아줄 거야.”

금빛 눈동자에 서늘한 이채가 나타났다. 셰이는 마지못해 입을 다물었다. 차가운 바닷물을 삼키며 허우적거리고 싶은 마음은 없었다.

“헤이론 국으로 보내줘.”

“헤이론, 어디?”

“모고르란 사람의 저택.”

셰이는 그곳으로 가는 것이 듀이를 구할 수 있는 가장 빠른 길이라고 생각했다.

“안 돼.”

뜻밖의 대답이 나오자 그녀는 어리둥절해졌다.

“뭐가 안 돼?”

“넌 휴식이 필요해.”

“난 멀쩡해, 이샤보다도 더.”

괜한 허세라는 건 누구보다 셰이가 잘 알고 있었다. 잠깐 서 있었던 것뿐인데도 머리가 어지럽고 호흡이 불규칙했다. 금방이라도 꺾일 듯 무릎이 후들거리자 그녀는 이샤무딘의 팔을 붙잡았다.

“가기 전에 물어볼 게 있어. 내가 전에 이상한 꿈을 꾸었다고 했을 때, 이샤가 그런 말을 했어… 꿈이 아니라고…….”

이유 모를 긴장감에 싸인 셰이는 혀로 마른 입술을 축였다.

“그 말 무슨 뜻이야?”

“말 그대로 꿈이 아니라는 뜻이야.”

“좀 자세히 말해줘.”

“네가 직접 알아보든지, 아스트라한에게 가서 질질 짜며 매달리든지 알아서 해.”

이샤무딘이 귀찮다는 기색을 노골적으로 내보였다. 세이가 치사하다는 말을 꺼내려 했을 때, 그가 한발 앞서 가로챘다.

“그래, 나 치사해. 누가 아니래?”

“지금 내 마음속 읽은 거지? 거짓말쟁이! 내 마음은 못 읽는다고 했으면서!”

“넌 너무 유치해서 굳이 힘들게 읽을 필요도 없어.”

“난 유치하지 않아! 내 나이 또래보다 훨씬 성숙하단 말이야!”

자존심이 상한 세이는 발끈했다. 힘없이 늘어지던 몸이 꼿꼿이 펴졌다.

“몇 살인데? 서른? 아니면 마흔?”

이샤무딘이 몹시 거만한 눈으로 그녀를 훑어 내렸다. 그런 그 앞에서 열일곱이라는 말을 하느니 차라리 죽음을 맞겠다는 비장한 결심을 하며 세이는 표정을 가다듬었다.

“대충 그 정도야. 정확한 건 알 필요 없어.”

“그러니까… 아줌마였단 말이지?”

금빛 눈동자에 의미심장한 웃음기가 스쳐 갔다. 괜스레 가슴이 덜컹 내려앉은 세이는 일부러 화난 척 목소리를 높였다.

“잘난 체하지 마! 그러는 이샤는 몇 살인데? 백 살? 이백 살? 혹시 천 살도 더 먹은 요괴 같은 거 아니야, 징그럽게?”

이샤무딘의 눈썹이 꿈틀했다. 어딘지 모르게 기분이 상한 것처럼 보이자 세이는 조금 당황했다.

“화났어?”

그녀는 눈을 동그랗게 치켜뜨고 이샤무딘을 살폈다. 무슨 말을 하려는 듯 입술을 벌리는가싶더니 돌연 그의 눈동자에 매서운 빛이 번득였다.

"꺼져."

"뭐어?"

"귀찮으니까 어서 꺼지라고!"

이샤무딘이 험악할 정도로 거칠게 말을 뱉어냈다. 암흑에서 쪼개져 나온 듯한 짙은 어둠이 삽시간에 셰이를 덮쳤다. 왜 그러는 거냐는 비명 같은 물음만을 남긴 채 그녀가 사라졌다. 순간 희끄무레한 형체들이 이샤무딘을 둘러쌌다.

"몰려다니는 건 굶주린 승냥이 아니면 더러운 개 떼인 줄만 알았더니… 그게 다가 아니었군."

"저, 저런 건방진 놈!"

분통을 터뜨리며 가장 먼저 나타난 이는 파라키안이었다. 다른 운명의 신들도 거의 동시에 모습을 보였다.

"이샤무딘, 우리가 왜 바인게르트를 찾았는지 말 안 해도 알 것이다!"

이미 수장 대리 역을 맡고 있는 라우시안이 한 발 앞으로 나섰다. 내키지는 않았지만 물러나기엔 어차피 늦은 상황이었다. 이젠 밀고 나가는 길밖엔 다른 방도가 없었다.

제아무리 이샤무딘이 강하다고 해도 운명의 신 열 명을 당해내진 못해.

자르키안과 제루안이 빠지긴 했으나 그들과 겨룬다면 모든 신들의 왕인 아스트라한조차도 승리를 장담할 수 없었다.

"널 응징하러 왔다, 이샤무딘!"

지나치게 흥분한 아크리안이 맹수처럼 이를 드러냈다.

"어디 한번 해보시지, 할 수만 있다면."

조소 띤 얼굴로 그들을 도발시킨 이샤무딘이 감쪽같이 자취를 감췄다.

"어어! 놈이 도망을 칩니다!"

"어서 쫓아야 합니다!"

"놓치면 안 됩니다!"

운명의 신들은 재빨리 이샤무딘의 흔적을 따라 이동했다. 이샤무딘은 바인게르트 성에서 멀찌감치 떨어진 광활한 설원 위에 서 있었다. 그는 성이 파괴되는 것을 원치 않았다. 바인게르트는 단순한 거처가 아니라 대대로 흑룡의 후계자들에게 내려오는 유산이자 자부심의 상징 같은 존재였다. 비록 오랫동안 떠나 있긴 했으나 그는 바인게르트를 좋아했으며 성이 지닌 의미 역시 누구보다 잘 알고 있었다. 이샤무딘을 뒤쫓아온 운명의 신들도 금세 그의 의도를 알아챌 수 있었다.

"꽁지 빠지게 도망친 곳이 겨우 여기냐? 왜, 더 멀리멀리 내빼보지 그러냐?"

운명의 신들 중 가장 눈치가 없는 올리안이 크게 코웃음 쳤다. 이샤무딘은 물론 다른 운명의 신들마저 그의 말을 무시했다.

"넌 자르키안을 죽였다! 아무런 이유도 없이! 그렇기 때문에 우리의 응징은 정당하다! 그 누구도 우릴 비난하지 못할 것이다!"

라우시안은 잔뜩 무게를 잡았다.

"네가 이 무리의 대표인가? 운명의 신들도 볼장 다 본 것 같군. 형제의 피를 뒤집어쓴 배신자의 깃발 아래 옹기종기 모여든 꼴이라니……."

라우시안의 얼굴에서 순식간에 핏기가 모조리 빠져나갔다.

알고 있어! 내가 제루안을 죽였다는 걸 알고 있어!

라우시안은 극심한 공포에 사로잡혔다. 이 사실이 밖으로 알려진다면 그는 더 이상 희망이 없었다. 수장 자리에서 영원히 밀려난다는 걱정은 애들 장난과도 같았다. 죽음 또한 차라리 자비로운 결말이었다. 동족을 해친 자는 그 무엇으로도 용서받지 못했다. 그는 죽고 싶어도 죽을 수 없는 처지가 되어 공포와 절망과 고통만이 존재하는 악몽 속에 갇히게 될 것이다. 영원히 끝나지 않는 영겁의 시간 동안.

안 돼! 무슨 일이 있어도 이샤무딘을 없애야 돼! 바로 이 자리에서!

라우시안의 온몸에서 살기가 뿜어져 나왔다.

"죽어라, 이샤무딘!"

운명의 신들이 일제히 공격을 시작했다. 그들과 이샤무딘의 대결은 그야말로 상상을 초월한 파괴력을 발휘했다. 이글거리는 시뻘건 광염이 천지를 뒤덮었다. 대기를 찢어발기며 내리꽂힌 뇌화가 어마어마한 굉음과 함께 격렬히 용솟음쳤다. 제대로 방어 막도 치지 않고 무모한 공격을 퍼붓던 파라키안이 비명을 지르며 털썩 무릎을 꿇었다. 그 순간 눈부시도록 투명한 빛이 하늘에서부터 쏟아져 나와 삽시간에 모든 걸 얼려 버렸다. 시간의 움직임까지 멈췄음을 깨달은 신들은 엉거주춤 서서 주위를 둘러봤다. 그들과 이샤무딘 사이로 창조신 아스트라한의 전령사인 에이지아가 모습을 보였다.

"우리의 주인이시자 존재하는 모든 것들의 주인이신 아스트라
한께서 내리신 전언입니다."

곧 노기로 가득 찬 아스트라한의 음성이 얼어붙은 공기를 휘저
으며 퍼져 나갔다.

"지금 당장 싸움을 멈추고 각자의 거처로 돌아가 근신하라! 먼저 철
저한 조사를 거친 후, 너희 하나하나에게 잘못을 묻겠다! 멍청하고 우
둔한 것들 같으니! 내 결코 이번 일을 그냥 넘기지 않을 것이다!"

전언이 끝을 맺으려는 찰나, 라우시안은 본능적으로 직감했다,
바로 지금이 아니면 두 번 다시 기회가 오지 않으리란걸. 일각이
라도 망설일 틈이 없었다. 그에게 등을 보인 채 서 있던 이샤무딘
이 위험을 깨닫기라도 한 듯 휙 몸을 돌렸다. 그 순간 실처럼 가
느다란 불꽃이 그의 심장을 파고들었다.

됐어! 이제 됐어! 성공이야!

라우시안은 주먹을 불끈 쥐며 빈틈없이 주위를 살폈다. 워낙
빠르고 조용한 공격이었기 때문에 그 누구도 눈치 채지 못한 것
같았다. 그가 던진 홍염(紅焰)은 다른 부위에 꽂히면 별다른 타격
을 가하지 못하지만, 정확히 심장을 맞추면 죽음에 이르는 치명
상을 입힐 수 있었다.

어때, 이샤무딘? 참을 만해? 심장이 조각조각 잘라지는 고통 말
이야. 죽음을 구걸하고 싶을 만큼 아프고 괴로울 텐데 잘도 버티
고 있군. 젖 먹던 힘까지 끌어 모아 조금만 더 버텨봐. 곧 자비로
운 종말이 찾아올 테니까.

라우시안의 눈동자 깊숙이 은밀한 미소가 스며들었다. 살기 띤
눈으로 그를 노려보던 이샤무딘이 몸을 움찔했다. 그러나 그뿐이

었다. 지독한 고통이 심장을 난도질하고 있었지만 몸부림치지도, 비명을 쏟아내지도 않았다. 그는 라우시안을 향해 걸어갔다. 라우시안은 자신의 눈을 믿을 수 없었다. 이샤무딘과 똑같은 공격을 당했던 어느 젊은 청룡은 통증을 견디지 못하고, 자신의 눈과 심장을 파내기까지 했던 것이다.

어, 어떻게 된 거야? 고통 때문에 미쳐 버릴 지경일 텐데? 그래야 정상이잖아! 어떻게 저럴 수 있는 거야?

라우시안은 두려움에 휩싸였다. 어서 피해야 한다는 경고가 머릿속을 쾅쾅 울려댔지만 온몸이 마비된 듯 손가락 하나 움직일 수 없었다. 바로 앞까지 다가온 이샤무딘이 한 손으로 그의 목을 휘어잡았다.

"내 손으로 네놈의 멱을 따버리고 말겠어."

이샤무딘은 으스러져라 악문 이 사이로 한 자 한 자 말을 뱉어 냈다. 금빛 눈동자에서 시퍼렇게 날이 선 살기가 쏟아져 나와 뇌리를 파고드는 것 같았다.

"으어어어억!"

라우시안은 목줄기를 옥죄는 손을 뿌리치며 괴성을 질렀다. 놀란 시선들이 몰려들었다. 이샤무딘의 입술에서 붉은 선혈이 흘러나왔다. 다음 순간 그는 앞으로 고꾸라졌다.

"왜 이리 소란스러운 건가?"

헤르만은 잰걸음으로 마당을 가로지르는 하인을 불러 세웠다.

하인이 부리나케 뛰어왔다.

"해괴한 변괴가 일어났다고 지금 다들 난리들입니다, 어르신."

"해괴한 변괴? 대체 무슨 일인데 그런 얘기가 나오는지 소상히 말해보게."

"지금 대문 밖에 어떤 여자 아이가 한 명 있습니다. 그런데 어르신, 글쎄 그 아이가 아무것도 없던 곳에 난데없이 덜컥 하고 나타났다지 뭡니까요? 주방 하녀 둘이 틀림없이 봤다고 입에 게거품을 물며 우겨대니… 그 말을 믿어야 할지, 말아야 할지……."

하인이 고개를 갸웃거리며 대문 쪽을 흘끔댔다. 일이 어떻게 진행되는지 궁금해 애가 타는 눈치였다.

"아무래도 내가 한번 가봐야겠구만."

"아이고, 예, 어르신! 제가 모시겠습니다!"

헤르만은 얼굴이 환해진 하인을 앞세우고 대문 밖으로 나갔다. 마흔 명에 달하는 사람들이 모여 웅성거리고 있었다. 하인과 하녀들은 물론 길 가던 행인들이며 소란을 듣고 나온 주변 사람들까지 구경꾼 대열에 합세했음을 쉽게 알아볼 수 있었다.

"어이, 좀 비켜들 봐! 어르신께서 나오셨어!"

헤르만을 발견한 사람들이 서둘러 길을 내어주었다. 헤르만은 이 일대에서 모르는 이가 거의 없을 정도로 유명한 치료사였다. 뛰어난 치료술뿐 아니라 점잖고 관대했으며 후덕한 인품을 갖춘 까닭에 사람들의 존경을 받고 있었다.

한 여자 아이가 무릎에 얼굴을 묻은 채 주저앉아 있었다. 한눈에도 상태가 그리 좋아 보이지 않자 헤르만은 소녀의 목에 손을 가져다 대었다. 가늘게 몸을 떨었을 뿐 소녀는 별다른 반응을 보이지 않았다. 고개를 가눌 힘도 없는 반실신 상태임이 분명했다.

"어서 이 아이를 안으로 옮기게나."

"그건 안 됩니다. 이 아이를 안으로 들이면 흉한 일을 당하실지도 모릅니다."

마을의 영매이자 주술사인 오켄이 반대하고 나섰다. 뒤이어 몇몇 사람들이 그의 말을 거들었다.

"오켄님 말씀이 맞습니다."

"제가 보기에도 저 아이는 뭔가 좀 껄쩍지근합니다요."

"저 역시 그런 느낌을 받았습니다. 어떻게 사람이 하늘에서 뚝 떨어진 것처럼 갑자기 나타날 수가 있습니까?"

"그렇게 터무니없는 얘길 믿는 건가? 잘못 본 게 틀림없을 걸세."

헤르만은 한마디로 일축했다. 간혹 신비한 능력을 가진 이가 존재한다는 걸 모르진 않았으나 우선은 사람들부터 진정시켜야 했다.

"잘못 본 게 아닐 겁니다. 어젯밤 제 점괘가 유난히 불길하게 나왔는데, 저 아이와 무관하지 않은 게 틀림없습니다."

더욱 커진 웅성거림 속에서 남자 한 명이 소리 높여 물었다.

"점괘가 어떻게 나왔는데 그런 말씀을 하십니까, 오켄님?"

사람들의 관심이 오켄에게 집중됐다. 요 며칠간 점을 친 적도 없는 오켄은 그럴듯한 말을 궁리하며 그들을 둘러봤다.

"하늘에서 액운의 씨가 내려와 재앙의 불꽃을 뿌리리라!"

경악에 찬 침묵이 주위를 뒤덮었다. 그때였다. 까마득히 먼 하늘 가장자리에서 핏빛 섬화가 잇따라 작렬하며 피에 굶주린 악령이 울부짖는 듯한 굉음이 울려 퍼졌다.

"하늘이 노하셨어!"

“재앙이야! 재앙의 불꽃이 내리는 거야!”

여기저기서 비명이 터져 나왔다.

“이, 이런 변고가 있나!”

“오오! 맙소사! 아무 힘 없는 저희를 불쌍히 여겨주세요!”

“살려주세요! 제발 목숨만 살려주세요!”

공포에 질린 사람들이 바닥에 엎드려 납작 머리를 조아렸다.

“자비로우신 아스트라한이시여!”

오켄은 목청껏 소리치며 두 팔을 번쩍 치켜올렸다.

“바라옵건대, 제발 노여움을 거두어주십시오!”

갑자기 주위가 조용해졌다. 눈만 삐죽 내놓고 상황을 살피던 사람들은 더 이상 무시무시한 번쩍임과 굉음이 나타나지 않자 하나둘 몸을 일으켰다.

“오켄님이 우릴 살리셨어!”

“고맙습니다, 오켄님! 정말 고맙습니다!”

“대단하십니다! 오켄님이 안 계셨으면 어떻게 되었을지… 생각하기도 싫습니다.”

“그런데요, 오켄님… 방금 전 그 변고가 혹시… 저 아이 때문인 건가요?”

꺼림칙한 얼굴이 된 사람들이 소녀에게 시선을 가져갔다.

“믿고 싶지 않지만… 그런 것 같군.”

“역시 내 생각이 맞았어! 내가 그랬지? 왠지 껄쩍지근한 느낌이 든다고!”

“이유가 어디에 있든, 불길한 아이임엔 틀림없습니다! 지금 당장 우리 마을에서 쫓아내야 합니다!”

“맞아! 당장 쫓아 버려야 해!”

“쟤 때문에 재앙이 내릴지도 몰라! 아까처럼 하늘 끝이 아니라 우리 마을에 직접 내릴 게 분명해!”

“어, 어쩌지? 재앙이 내릴 거야! 끔찍한 재앙이 내릴 거라고!”

두려움이 빚어낸 비정상적인 흥분과 동요가 급속도로 퍼져 갔다.

“여보게들! 마음을 좀 가라앉히게! 재앙 같은 건 없네! 아까 그 일은 급격한 날씨 변화로 인해 나타날 수 있는 자연 현상에 지나지 않을 걸세.”

헤르만이 애를 써보았지만 소용없었다. 소동을 잠재울 수 있는 유일한 존재는 오쿼이었다. 그러나 그는 이번 사태를 부추긴 장본인이었을 뿐 아니라, 사람들에게 미치는 자신의 영향력을 은근히 즐기고 있었다.

“아악!”

느닷없이 날카로운 외마디 소리가 터졌다. 반송장처럼 앉아 있던 소녀가 심장 부위를 움켜쥐더니 붉은 핏물을 토해냈다.

“저 저주받은 모습을 봐라! 저 아이를 죽여야 된다! 저 아이는 액운의 씨다! 재앙을 막으려면 액운의 씨를 없애 버려야만 한다!”

오쿼은 앞장서서 사람들을 선동했다.

“그래! 죽여야 돼! 재앙이 찾아오기 전에 빨리 죽여야 돼!”

“죽이자! 어서 죽이자!”

소녀 가까이 서 있던 젊은 남자 한 명이 돌멩이를 집어 들었다. 서너 명의 사내들도 곧이어 그를 따라 했다. 적당한 무기를 가져오기 위해 헐레벌떡 집으로 내달리는 이들도 적지 않았다. 금방이라도 피를 볼 듯 분위기가 살벌해지자 겁에 질린 몇몇 사람들이 슬금슬금 뒤로 물러났다.

"이게 무슨 짓들인가?"

헤르만은 마을 사람들과 소녀 사이를 막아섰다.

"비켜주십시오! 우리 마을을 위해서입니다!"

"마을을 위해서라고? 저렇게 가녀리고 몸까지 아픈 아이를 죽이는 것이 어떻게 마을을 위하는 일이 될 수 있는가? 재앙이 온다고 했는가? 저 아이를 죽이는 것이 진짜 재앙이네! 액운의 씨는 저 아이가 아니라 자네들의 무지와 편견, 그리고 그걸 이용하려드는 사악함이란 말일세!"

헤르만은 엄하게 꾸짖었다. 사람들을 질책하던 매서운 시선이 오켄에게 꽂혔다. 찔끔한 사람들도 어쩌면 좋으냐는 얼굴로 오켄을 바라봤다.

"어르신께선 치료술은 잘 아실지 몰라도, 저처럼 하늘과 땅과 신령의 기운을 읽지는 못하십니다. 어르신의 눈엔 의미없는 살생으로 비치겠지만, 이번 일은 하늘의 뜻입니다. 또한 땅의 뜻이요, 신령의 뜻입니다. 신성한 뜻을 방해하지 마시고 물러나 계십시오."

"그럴 수 없네!"

"뭣들 하는 거냐? 저 액운의 씨를 없애지 않고! 마을에 끔찍한 재앙이 닥쳐 봐야 정신을 차리겠느냐?"

오켄은 헤르만을 무시했다.

맛이 어떠냐, 늙은이? 사사건건 내 일에 훼방을 놓더니만, 눈알이 벌게서 악착같이 대드는 꼴이 볼만하구나! 눈 크게 뜨고 똑똑히 봐둬라. 마을의 진정한 기둥이 누구인지를 지금 이 자리에서 깨닫게 해주겠다!

"비켜주십시오, 어르신!"

"안 되네! 옳은 일이 아니라는 걸 왜들 모르는가?"

"계속 이러시면 어르신께서도 다치실 수 있습니다!"

"그 아이, 내가 데려가겠소!"

갑자기 낯선 목소리가 끼어들었다. 사람들의 이목이 대문 앞에 놓인 붉은색 마차로 쏠렸다.

"오오, 그래주겠는가?"

헤르만은 반색하며 마차로 다가갔다.

"헤르만님만 괜찮으시다면 제가 데려가고 싶습니다."

"그래주게, 그럼."

헤르만은 지체없이 대답했다. 마을 사람들은 뜻밖의 사태에 놀라 다소 얼떨떨해진 상태였다. 오켄이 그들을 다시 부추기기 전에 한시라도 빨리 소녀를 마을 밖으로 빼내는 일이 급선무였다.

"누굽니까, 어르신?"

가까운 곳에 서 있던 나이 지긋한 노인이 넌지시 물었다.

"요양 차 내 집에 머물던 손님이네."

헤르만은 그 말만을 하고 입을 다물어 버렸다. 궁금증만 더욱 커진 노인은 고개를 길게 빼고 붉은 천으로 가려진 마차 창문을 유심히 살폈다. 마차 문이 열리며 한 남자가 밖으로 나왔다. 백발에 가까운 엷은 회색 머리카락이 밤송이처럼 짧게 나 있었고, 유난히 넓은 어깨와 잘 발달된 근육질 팔로 인해 무척이나 탄탄하고 건강해 보였다.

"저 사람이 그 사람입니까?"

요양이 필요하다고는 좀처럼 보이지 않은 모습에 노인은 고개를 갸우뚱했다.

"아니, 저 젊은이는 그 손님이 데려온 하인일세."

소녀를 안아 든 남자가 사람들 사이를 성큼성큼 거침없이 걸어 나왔다. 그리고는 헤르만을 향해 머리를 숙여 보인 뒤 다시 마차에 올랐다.

"저 아이를 그냥 보내선 안 된다!"

관자놀이 부근이 벌겋게 달아오른 오켄이 버럭 소리쳤다. 헤르만은 급한 마음에 마차를 두드렸다.

"어서 출발하게! 어서!"

"그동안 덕분에 편히 잘 지냈습니다. 여러모로 감사드립니다."

위태로운 상황을 아는지 모르는지 마차에서 나온 목소리는 느긋하기만 했다.

"그 아이는 액운의 씨야! 액운의 씨는 한번 내리면 사라지지 않아! 완전히 뿌리를 뽑아내야 재앙이 닥치지 않는단 말이다!"

오켄은 침까지 튀기며 더욱 목청을 높였다. 처음엔 느닷없이 끼어든 낯선 자들로 인해 어찌해야 할지 갈피를 못 잡고 있었다. 그러던 중 이번 일이 흐지부지되면 자신의 꼴만 우스워질지 모른다는 위기감이 들었다.

"어어! 빨리 잡아! 빨리!"

마차가 출발하자 정신이 번쩍 난 듯 사람들의 움직임이 급작스레 부산해졌다.

"서둘러! 이러다가 놓치겠어!"

"어이, 자네들은 빨리 길부터 막아! 어여 어여 움직여!"

지름길로 가기 위해 헐레벌떡 언덕을 넘은 일곱 명의 사내가 출로를 막아섰다. 한발 늦게 도착한 남자가 한 아름 안고 온 각목을 그들에게 나눠 주었다.

"세우지 않으면 어쩌지?"

"그럼 통째로 아주 아작을 내버리자고!"

손바닥에 침을 퉤퉤 뱉은 남자 한 명이 각목을 단단히 틀어쥐었다. 다른 사내들도 일제히 공격 준비를 마쳤다. 마차가 야트막한 내리막길을 성난 황소처럼 달려왔다. 바퀴 소리가 천둥같이 느껴질 만큼 거리가 줄어들었을 때였다. 갑자기 창문이 열리더니 붉은 색깔의 무엇인가가 그들 쪽으로 휙 날아왔다.

"피, 피해!"

"액운의 씨! 액운의 씨야!"

소스라치게 놀란 남자들이 길가로 펄쩍 몸을 날렸다. 마차는 전속력으로 그들 사이를 지나치며 뿌연 흙먼지를 기세 좋게 뿜어댔다.

"뭐야? 손수건이잖아!"

붉은 손수건에 꽂혔던 시선들이 앞 다투어 서로를 찾았다. 그들은 입을 꾹 다문 채 무언의 약속을 나눴다, 이번 일은 무덤에 들어가는 순간까지 비밀로 하겠다고.

"멍청한 것들……!"

경멸에 찬 어조에 셰이는 눈을 떴다. 지나치게 거칠고 탁한 음성이라 목소리만 듣고는 성별을 분간하기 어려웠다. 검붉은 빛깔의 드레스 차림을 본 후에야 자신을 도와준 사람이 여인임을 알게 되었다. 그러나 검은 베일로 머리와 얼굴을 덮고 있었기 때문에 얻어낼 수 있는 정보 역시 극히 제한적이었다.

"이제야 정신을 차렸구나."

여인이 약간 힐난조로 말했다.

"눈만 감고 있었을 뿐, 정신을 잃은 건 아니었어."

셰이는 자연스레 방어적이 되었다. 쫓겨나다시피 헤이론 국으로 보내질 때, 그녀는 차원의 경계를 통과하며 의식의 끈을 놓쳐버리고 말았다. 현재의 몸 상태로 감당하기엔 지나치게 벅찬 여정이 아닐 수 없었다. 갑작스레 바뀐 세상 때문인지 처음엔 숨쉬기조차 어려웠다. 그나마 다행인 건 흐릿하던 머리가 평소와 비슷할 정도로 맑아졌다는 사실이었다. 팔다리에도 조금은 힘이 돌아온 것 같았다.

대체 무슨 일이 있었는데, 이렇게 다 죽어가는 병자 꼴이 된 거지? 여행의 후유증 탓인가? 아까 그 통증도 그래서 생긴 걸까?

셰이는 깊이 숨을 들이마셨다가 천천히 내쉬어보았다. 가슴이 둘로 쪼개지는 것 같던 아픔은 더 이상 느껴지지 않았다.

이샤에게 안 좋은 일이 생긴 걸까? 설마 병이 나거나 어딜 다친 건 아니겠지?

불현듯 머리를 파고든 상념이었다.

아니야, 그럴 리 없어.

정확한 건 모르지만 이샤무딘의 힘이 꽤 강하다는 사실은 알고 있었다. 그런 그가 부상을 입을 가능성은 그리 높지 않았다. 더군다나 어떤 사고가 나거나 병에 걸렸다 하더라도, 그로 인해 그녀까지 아픔을 느낀다는 건 터무니없는 망상에 불과했다.

"이름이 뭐냐?"

한동안 이어지던 침묵을 깨며 여인이 물었다.

"여기가 어디지? 아르덴인가?"

셰이는 다른 질문을 꺼냈다. 이제 곧 헤어질 사이에 통성명까지 할 이유는 없었고, 여인의 정도를 넘어선 하대도 마음에 들지 않았다.

"조금 전 아르덴에 접어들었다. 아까 거긴 토베라는 곳이고."

여인이 순순히 대답을 해주자 셰이의 마음도 누그러졌다.

"난 셰이엔이야."

여인이 작은 호리병을 내밀었다.

"마셔라, 목이 많이 마를 텐데."

여인의 말대로 심한 갈증을 느끼고 있던 셰이는 호리병을 받아들고 단숨에 들이켰다.

"난 적안(赤眼)이라 한다, 저쪽은 단이고."

말없이 앉아 창밖만 내다보던 남자가 셰이를 향해 가볍게 목례를 했다.

"도와줘서 고마웠어."

고맙다는 말이 별 어려움 없이 나왔다. 내가 언제 이렇게 바뀌었나, 하는 생각에 셰이는 조금 얼떨떨하기까지 했다. 마차의 속도가 줄어들더니 덜컹거리며 이내 멈춰 섰다. 민첩하게 움직인 단이 적안을 안아 올렸다. 드레스 아랫자락이 접혀 올라갔지만 다리는 드러나지 않았다. 그제야 셰이는 그녀의 두 다리가 없다는 사실을 알아차릴 수 있었다.

"내려라."

적안이 말했다. 질척한 바닥에 발을 디디며 셰이는 신중하게 주위를 살펴봤다. 그들은 쓰레기와 오물이 굴러다니는 지저분한 골목 모퉁이에 서 있었다. 진한 화장을 하고 가슴이 깊이 팬 싸구려 드레스를 입은 여자들이 여기저기서 눈에 띄었다. 그중 몇몇은 연방 웃음을 흘리며 지나가는 남자를 향해 유혹적인 몸짓을 해 보였고, 몇몇은 따분한 얼굴로 얘기를 나누다가 이따금씩 큰길 쪽을 두리번거렸다. 농탕질에 가까운 낯 뜨거운 행동을 하는 남녀도 심심찮게 볼 수 있었다.

"단, 한동안 안 보이던데 어디 갔다 이제 와? 단은 잘생겨서 보기만 해도 기분이 좋아진단 말이야."

한 여인이 단의 어깨를 느릿느릿 쓰다듬었다. 그녀의 허리를 안고 있던 남자가 불쾌한 듯 코를 벌름거렸다.

"듣자 하니, 벙어리라며? 벙어리가 좋긴 뭐가 좋아?"

"말 좀 못하면 어때? 과묵해서 더 좋기만 하던데."

"돈 없고 말만 많은 남자보다야 단이 천 배는 낫지!"

저만치 담에 기대서 있던 다른 여인이 키득거리며 말했다. 이런 세상이 있었나, 싶은 생각이 들 정도로 셰이에겐 주위의 모든 것이 낯설게 다가왔다.

"여기가 말로만 듣던 홍등가인가?"

셰이의 혼잣말을 알아들은 여인이 소리 내어 웃으며 크게 소리쳤다.

"지금 애가 뭐라고 했는지 알아? 여기가 홍등가란다, 홍등가!"

여기저기서 웃음이 터졌다.

"매음굴보다야 홍등가가 듣기엔 훨씬 좋네!"

"더 듣기 좋은 소리는 따로 있잖아."

능글맞은 표정의 남자가 허리를 바짝 당겨 안으며 혀로 여인의 목을 더듬어 내렸다. 과장된 신음 소리가 여인의 빨간 입술에서 흘러나왔다.

"왜 그런 행동을 하는 거지?"

셰이는 여자에게 물었다.

"어머, 그걸 정말 몰라서 묻는 거야? 당연히 좋으니까 하는 거지."

"아니, 싫어하잖아. 이 남자도, 그런 행동을 하는 자신도."

여자의 얼굴빛이 별안간 시뻘건색으로 물들었다.

"네까짓 게 뭘 안다고 씨부렁거리는 거야? 개지랄 떨지 마! 염병할 계집애 같으니! 에이씨, 오늘 재수 옴 붙었네!"

사납게 몸을 돌린 여자가 퍽퍽 땅을 찍어 차며 큰길 쪽으로 걸어갔다. 남자는 험악한 얼굴로 셰이를 노려보다 부랴부랴 그녀의 뒤를 쫓았다.

"따라와라."

적안이 셰이에게 짧은 시선을 던졌다. 그녀를 안고 있던 단이 낡고 지저분한 건물 안쪽에 놓인 입구로 들어섰다.

"난 여기서 그냥 가는 게 좋겠어."

"요즘 너한테 생긴 이상한 일들에 관해 알고 싶으면 따라와."

문 닫히는 소리가 희미하게 들리자 셰이는 주저할 틈도 없이 건물 입구와 연결된 좁은 계단을 뛰어올랐다.

"그걸 당신이 어떻게 알아?"

셰이는 문을 열자마자 질문을 던졌다. 단이 푹신한 방석이 깔린 장의자에 적안을 내려놓고 있었다.

"그 말을 하면 열이면 열 다 고분고분 따라오더구나."

"그러니까 내가 속아 넘어간 거로군. 먼저 당했던 열 명과 똑같이."

"앉아라."

"그럴 생각 없어."

셰이는 이곳에서 더 이상 시간을 낭비할 마음이 없었다. 한시라도 빨리 모고르의 저택으로 가 듀이를 구하고 싶었다.

"청담수를 마시고 기력이 많이 좋아졌지만, 아직 완전히 회복되지는 못했을 거다."

문고리를 잡고 있던 셰이는 적안을 돌아봤다.

"청담수? 그게 뭐지?"

"마차 안에서 네가 마신 물이 바로 청담수다. 몸에 좋다는 온갖 보약을 구해다 먹어보았지만 청담수만 한 것이 없더구나. 내가 반년에 한 번씩 토베에 가는 이유 중 하나도 바로 그래서이고. 청담수는 전 세계를 통틀어 오직 토베에만 있거든."

안쪽에 드리워진 휘장을 젖히며 단이 걸어나왔다. 그의 손엔 찻주전자와 찻잔이 놓인 쟁반이 들려 있었다.

"차 한 잔 마시고 갈 시간도 없는 거냐? 널 생각해서 단이 특별히 준비한 차인데 말이다."

셰이는 잠시 주저하다 적안 앞에 놓인 나무 의자에 앉았다.

"부탁 하나 해도 되겠느냐?"

내용과는 어울리지 않게 적안의 태도는 몹시 강압적이었다.

"뭔데?"

"네 이마를 내 이마 위에 맞댔으면 한다."

잘못 들었나, 의심이 갈 정도로 엉뚱한 요구였다. 셰이가 받아들일지 말지 결정하기도 전에 적안이 머리에 내려쓴 베일을 걷어

올렸다. 셰이는 놀라움을 감출 수 없었다. 적안의 얼굴 반쪽이 엉망으로 일그러져 있었다. 거친 나무줄기처럼 여기저기 갈라진 피부는 뼈의 윤곽을 적나라하게 드러낸 채 쪼그라져 붙어 있었고, 반죽같이 늘어진 눈꺼풀이 오른쪽 눈을 완전히 덮고 있었다. 코는 형태를 알아볼 수 없을 만큼 납작하게 뭉개졌으며 귓바퀴는 아예 떨어져 나간 상태였다.

"왜 내가 적안으로 불리는지 이제 알겠느냐?"

그제야 셰이는 적안의 눈으로 시선을 옮겼다. 믿기지 않을 만큼 붉은 눈동자가 그녀를 똑바로 주시하고 있었다.

"난 움직일 수 없으니 네가 이리로 와야겠구나."

셰이는 머뭇거리다 몹시 부자연스러운 동작으로 얼굴을 내렸다. 두 사람의 이마가 서로 맞닿았다. 잠시 불편한 침묵이 흐른 뒤 적안이 고개를 뒤로 젖혔다.

"됐다."

자리로 돌아온 셰이는 한층 강렬하게 파고드는 붉은 눈동자를 의식하며 차를 두어 모금 마셨다.

"역시 내 짐작이 맞았군. 너에겐 힘이 있다. 깊숙이 감춰졌긴 하지만 있는 건 확실하다."

"힘? 나한테 힘이 있다고?"

셰이는 어안이 벙벙했다.

"이해할 수 없는 일이 너나 네 주위에서 벌어진 적이 있을 거다."

"얼마 전에 이상한 꿈을 꾸긴 했지만… 그런 경험은 누구에게나 다 있을 거야."

"단순한 꿈이 아니었을지도 모른다."

"꿈이 아니야."

꿈 얘기를 꺼냈을 때, 이샤가 했던 말이 생각났다. 셰이는 적안을 향해 다가앉았다.

"좀 자세히, 내가 알아들을 수 있도록 말해줘."

"내 생각에 너의 힘은 봉인되어 있는 것 같다. 모르긴 해도 그 봉인에 균열이 생긴 건 아마 확실할 거다. 내가 느낄 정도니 말이다. 하지만 감지되는 게 극히 미세한 것으로 봐선 네 힘은 거의 막혀 있다고 봐야 할 성싶구나. 특히나 봉인은 현실에선 더욱 견고해지는 법이니까. 네가 지금껏 눈치 채지 못한 이유도 거기에 있을 거다. 그러나 영혼과 육체가 분리되었을 땐… 얘기가 조금 달라지겠지."

"영혼과 육체가 분리되었을 때… 그러니까 내가 정신을 잃거나 잠이 들었을 때를 말하는 거지?"

적안이 간단히 고개를 끄덕였다. 어떤 생각이 퍼뜩 떠오르자 셰이는 불쑥 고개를 내밀었다.

"예전에 절벽에서 떨어진 적이 있어. 굉장히 높은 절벽이었는데 상처 하나 없이 멀쩡하게 살아남았어. 혹시 그것도……?"

"네 힘이 본능적으로 발현돼 자신을 죽음에서 구한 거겠지."

나한테 힘이 있고… 그 힘은 봉인되어 있다? 어떻게 그런 일이 가능하지?

도무지 믿어지지 않았다. 셰이는 가만히 앉아 눈만 깜박였다.

"내가 아는 건 그 정도다."

적안이 금방이라도 자신을 쫓아버릴 것 같은 마음에 그녀는 서둘러 입을 열었다.

"봉인을 풀려면 어떻게 해야 하는지 알아?"

"모른다. 그걸 알려면 먼저 네 힘을 봉인한 자부터 찾는 게 순서일 테지."

적안이 차를 한 모금 마셨다. 제대로 닫히지 않는 입술 귀퉁이로 찻물이 흘러나왔다. 그녀는 붉은 손수건으로 침착하게 입가를 닦아냈다.

"널 이곳으로 데려온 용건을 밝힐 때가 된 것 같구나."

심상치 않은 느낌이 셰이를 긴장시켰다.

"너에게 시킬 일이 있다, 셰이엔."

적안이 처음으로 그녀의 이름을 입에 담았다. 셰이는 계산된 의도가 깔려 있음을 짐작할 수 있었다.

"나한테 일을 시킬 만한 위치가 아닌 것 같은데?"

"그건 네 생각이고… 내 생각은 좀 다르다."

"차 잘 마셨어."

셰이는 몸을 일으켰다.

"세상에서 가장 경계해야 될 게 무엇인 줄 아느냐? 그건 바로 모르는 사람이 베푸는 호의다."

셰이는 번개라도 맞은 듯 정신이 번쩍 나는 느낌이었다.

"차! 차에다 뭘 탄 거지?"

"아니."

적안은 보란 듯이 찻잔을 비우더니 다시 채워 넣었다.

"차는 아니다. 청담수에 약간의 독을 타긴 했지만 말이다."

셰이는 적안 앞에 가 섰다.

"무슨 속셈이야?"

"너한테 시킬 일이 있다고 하지 않았느냐? 죽고 싶지 않으면 그 일부터 해내라. 그럼 해독제를 주겠다."

셰이는 이를 악물었다. 적안의 손에 완벽하게 놀아났음을 알게 되자 분노가 끓어올랐다.

"사양하겠어."

"살고 싶지 않은가 보구나?"

셰이는 뒤도 돌아보지 않고 밖으로 나갔다. 층계를 다 내려왔을 때, 누군가 팔을 잡았다. 단이었다.

"이거 놔."

셰이가 팔을 빼려 하자 단은 손아귀에 더욱 힘을 주었다.

"난 적안이란 사람하고 더 이상 얽히고 싶지 않아. 그러니까 그냥 가게 내버려 둬."

단이 고개를 가로저었다. 그의 검은 눈동자엔 절실한 간청의 빛이 가득했다.

"아무리 이래도 내 마음은 변하지 않아."

어떻게든 손을 뿌리치려 했지만 단은 막무가내로 붙잡고 늘어졌다. 셰이는 금세 지쳐 버렸다. 다리라도 한 대 걷어차 주고 가 버릴까, 하는 생각이 들기도 했다. 그러나 단을 아프게 하고 싶지 않다는 것이 솔직한 마음이었다.

"알았어, 일단 들어보기라도 할게."

마침내 셰이가 마음을 돌리자 단의 얼굴이 환해졌다. 왠지 모를 허탈감을 느끼며 그녀는 층계를 올랐다. 적안은 조금 전과 똑같은 모습으로 차를 마시고 있었다. 다시 마주 앉은 두 사람 사이로 짧은 침묵이 지나갔다.

"어떤 사람의 침상 밑에 내가 건네주는 물건을 갖다 놓기만 하면 된다. 내가 너한테 원하는 건 그게 전부다."

"어떤 사람이란 누구고, 그 물건이란 건 또 무엇인지부터 알아야겠어."

"별것 아니다. 손바닥만 한 천 조각에 불과하니까."

"내가 찾아가야 될 침상의 주인은?"

"헤이론의 재상, 모고르다."

동공이 커다랗게 열리며 셰이의 등줄기가 꼿꼿해졌다.

"그래… 너도 아는 자로구나."

적안의 붉은 눈동자가 일순 핏빛으로 물들었다.

『황금열쇠』 2권 끝

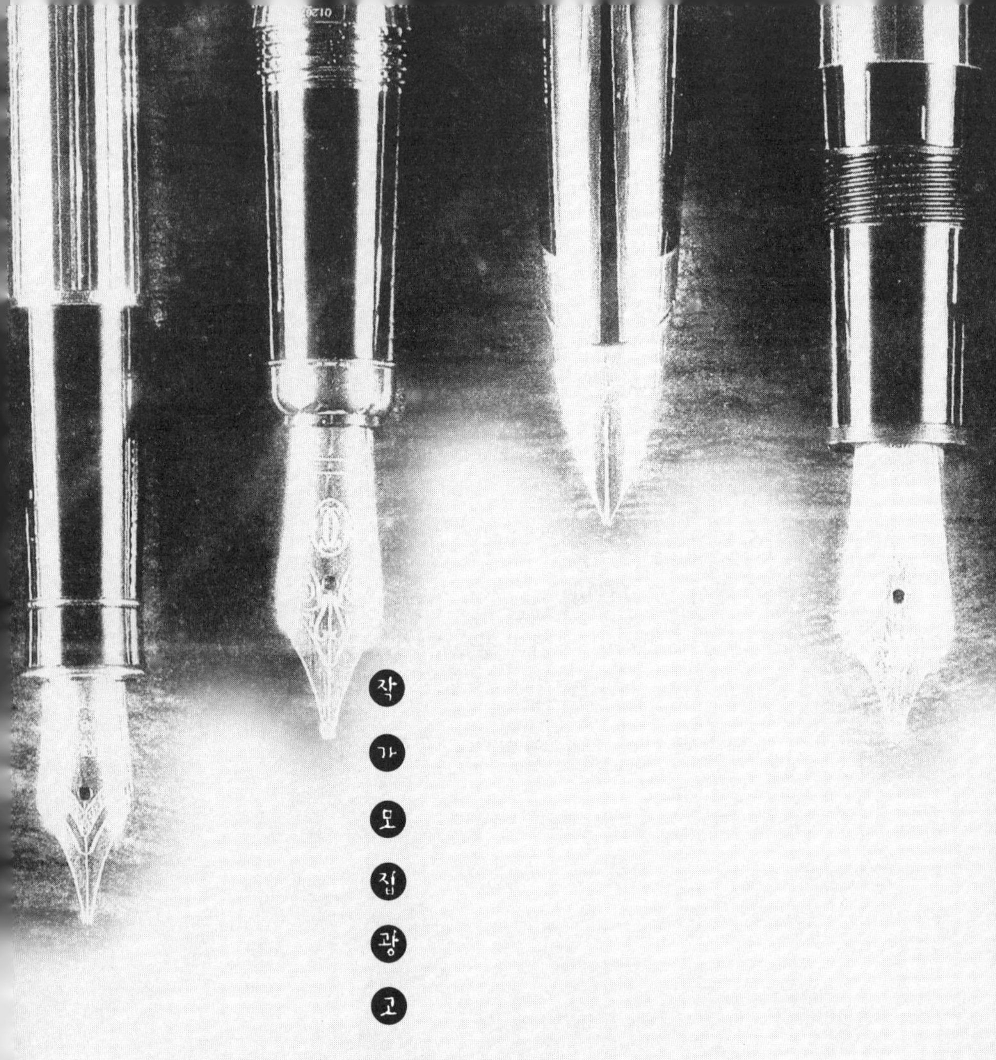

도서출판 청어람의 문은 항상 열려 있습니다.
실력있는 작가 분들의 많은 관심 부탁드립니다.

TEL:032-656-4452 • FAX:032-656-4453
http://www.chungeoram.com
http://chungeoram.egloos.com
e-mail:romance-eoram@hanmail.net